KB117080

그리고 밤은
되 살 아 난 다

そして夜は
甦る

そして夜は甦る

Soshite Yoru wa Yomigaeru
by Ryo Hara

First Published in Japan 1988 by Hayakawa Publishing Corporation.
Korean translation rights arranged with Hayakawa Publishing Corporation
through Timo Associates Inc., Japan and Shinwon Agency Co., Korea.
Korean translation published in 2008 by VICHE, an imprint of Gimm-Young Publishers, Inc.

그리고 밤은 되살아난다

하라 료

권일영 옮김

탐정
사와자키
시리즈

そして夜は甦る

비채

어머니 영전에 바친다.

시미즈 슌지[1] 선생, 후타바 주자부로[2] 선생,
이나바 아키오[3] 선생, 다나카 고미마사[4]
선생의 번역에 감사드린다.

---

1 | 번역가 겸 영화평론가. 미스터리 소설, 특히 레이먼드 챈들러의 작품을 번역했다.
2 | 번역가 겸 영화평론가.
3 | 번역가. 미스터리, SF소설 번역가로 유명하다.
4 | 나오키상, 다니자키준이치로상 등을 수상한 작가이자 미스터리 번역가. 주로 하드보일드를 옮겼고
　　시미즈 슌지와 함께 챈들러 번역가로 유명하다.

등장
인물

1

가을도 저물어가는 어느 날, 오전 10시쯤이었다. 모르타르를 칠한 3층짜리 잡거빌딩 뒤편 주차장에는 매년 그렇듯 주위에 나무 한 그루 없는데도 낙엽이 잔뜩 깔려 있었다. 아직 굴러간다는 이유만으로 타고 다니는 블루버드닛산에서 생산한 대중 승용차를 후진으로 주차하고 건물 정면으로 돌아 나왔다. 잠금장치 없는 우편함 안에 든 것들을 꺼내 한 사람밖에 지나다니지 못하는 좁은 계단을 올라가, 햇빛이 전혀 들지 않는 2층 복도 안쪽에 있는 내 사무실로 향했다. 빌딩이라고는 하지만 도쿄 올림픽이 열리던 해에 마라톤 비공인 세계신기록 못지않은 속도로 지어진 건물이다.

대기실 대신 사무실 문 옆에 놓아둔 벤치에 카키색 코트를 입은 남자가 앉아 있었다. 아무것도 없는 눈앞을 물끄러미 바라보는 그의 모습은 최면이라도 걸린 듯 무방비해 보였다. 발소리를 내며 다가가자 그제야 나를 보더니 체중 감량에 실패한 라이트급 권투선수처럼 천천히 일어섰다. 나보다 조금 어린 삼십대 후반으로 보이는 얼굴에 나하고 비슷한 175센티미터쯤 되는 키였다. 거뭇거뭇 올라온 수염을 정리하지 않은 얼굴이 마치 잃고 난 사람처럼 보였다. 그는 두 손을 코트 주머니에 찔러 넣은 채, 어찌할 바를 모르는 표정으로 나를 바라보았다.

"저어…… 이 사무실 분입니까?"

대답 대신 페인트로 썼지만 칠이 벗겨지기 시작한 '와타나베 탐정사무소'라고 적힌 문의 자물쇠를 열어 보였다.

"와타나베 씨인가요?" 코트를 입은 남자가 다시 물었다.

"그 사람에게 볼일이 있다면 적어도 오 년 전에 왔어야죠. 와타나베는 옛날 파트너인데, 지금 이 사무실은 나 혼자 씁니다. 난 사와자키입니다."

남자는 당황했다. "아니, 그게 아니고…… 이 사무실에 계신 분을 만나러 왔습니다."

나는 문을 열고 사무실 안으로 들어갔다. 그는 입구에 선 채 말했다. "지난주에 르포라이터인 사에키라는 사람이 여기 찾아왔을 겁니다."

나는 기억을 더듬었다. 짚이는 구석이 전혀 없었다. "어쨌든 거기서는 이야기할 수 없죠. 안으로 들어오시겠습니까?" 우편함에서 꺼내온 것들을 책상 위에 던지고, 그 뒤로 돌아가 창문의 블라인드 커튼을 올렸다. 방 안이 약간 환해졌다.

코트를 입은 남자는 어쩔 수 없다는 듯 최소한만 사무실 안으로 들어와 주머니에서 왼손을 빼더니 문을 닫았다. 책상 의자에 앉아 그 남자에게도 맞은편에 있는 손님용 의자를 권했다.

"아뇨, 여기도 괜찮습니다. 사에키 씨가 이 사무실에 들렀을 지난주 목요일 이후 그 사람과 연락이 안 됩니다. 자기 아파트에도 들어가지 않은 것 같더군요. 나는 그 사람을 급히 만나야 합니다."

"미안하지만 도움이 되지 못하겠군요."

"어째서죠?" 그가 무심코 두세 걸음 다가왔다. "그 사람이 여기 왔는지 그걸 알고 싶을 뿐인데."

"말이 많을수록 탐정의 신용은 떨어진다고들 하죠. 물론 상대가 의뢰인인 경우에는 다르지만."

나는 윗옷 주머니에서 담배를 꺼내 종이성냥으로 불을 붙였다. '피스'라는 멍청한 이름의 필터 없는 담배였다.

코트를 걸친 남자는 뭔가 계산하듯이 천천히 손님용 의자로 다가와 그 등받이에 손을 얹었다. 그가 입술을 살짝 일그러뜨리며 말했다. "그럼 당신 의뢰인이 되면 되지 않습니까? 하루 요금이든, 지난주 목요일 이후부터의 요금이든 청구해요. 그 대신 내가 알고 싶은 걸 가르쳐주시오."

나는 담배 연기를 뿜었다. 연기가 상대방의 가슴에 닿아 얼굴 쪽으로 흩어졌지만 그는 꼼짝도 하지 않았다.

"거절하죠." 내가 말했다. "당신은 단지 날 매수하려는 것이 목적이니까."

코트를 걸친 그의 두 어깨에는 말로 표현할 수 없는 피로감이 얹혀 있었다. 그는 손님용 의자를 끌어당기더니 쓰러지듯 걸터앉았다. "대체 어떻게 해야 하나……" 그가 중얼거렸다.

내게 한 말 같지는 않았지만 일단 대답했다. "우선 자기 이름부터 밝히는 게 어떻겠습니까? 르포라이터라는 사에키 씨가 무엇 때문에 여기 왔었는지 그걸 알고 싶군요."

그는 곤혹스러워했다. 자기 이름을 밝히지 않았다는 사실에 놀란 것 같기도 하고, 이름을 밝히기 난처한 듯 보이기도 했다. 확실한 것은 그가 아마추어 탐정 같은 서툰 질문을 계속하는 한, 내 의뢰인이 될 수 없다는 사실이었다.

그는 약삭빠르면서도 어린애 같은 웃음을 지었다. "사에키 씨가 여기 왔다면 그가 무엇 때문에 왔는지, 그리고 내 이름이 무엇인지도 들었을 텐데요."

나도 지지 않고 웃어 보였다. "그러면 결론은 하나, 사에키 씨는 여기 오지 않았다. 이제 됐으면 얼른 나가주셔. 한 대 피우고 우편물 정리도 해야 하니까." 나는 담배꽁초를 W자 모양의 검은 유리 재떨이에 비벼 껐다.

그는 내 뒤에 있는 창문을 바라보며 잠시 생각에 잠겼다. 그가 있는 위치에서는 건물 뒤편 주차장 너머에 있는 엇비슷하게 낡은 잡거 빌딩의 회색 벽밖에 보이지 않으리라. 새삼 그의 얼굴을 가만히 보니, 스포츠맨 같은 체격과는 어울리지 않게 왠지 더 섬세한 신경이 요구되는 일을 하는 사람일지도 모른다는 생각이 들었다. 다른 부분에 비해 가느다란 콧날로 약간 밸런스를 잃었지만 전체적으로는 호감이 가는 미남이었다.

그는 무슨 말을 하기도 전에 자기 기분을 얼굴에 그대로 드러내는 어린애 같은 구석이 있어서, 이번에는 그의 말이 어떤 방향일지 대략 짐작이 갔다. "내가 알고 싶어하는 걸 가르쳐주면 현금으로 이십만 엔을 내죠. 만약에 사에키 씨가 여기 오지 않았다면 확실하게 그렇다고 대답해주면 돼요. 난 이런 일로 시간을 낭비하고 싶지 않으니까."

그는 왼손으로 코트 주머니에서 흰 봉투를 꺼내 내 책상 위에 던졌다. 겉봉에 '도쿄 도민은행'이라고 인쇄된 서비스용 봉투였다.

"아마 만 엔짜리 지폐가 스무 장 넘게 들어 있을 거요."

"말귀를 못 알아듣는군. 자꾸 자신을 한심한 사람으로 보이게 만들 필요는 없을 텐데." 나는 짜증이 났다.

"사에키 씨의 신변에 위험이 있을지도 모릅니다." 그가 언성을 높였다. 하지만 바로 자기 태도가 부끄러운 듯 시선을 돌렸다.

"차근차근 이야기해보는 건 어떻겠습니까?" 내가 말했다. "미리 말해두지만 울며불며 애원하거나 매수, 협박 같은 거 하지 말고."

"그건…… 그렇게는 못하지. 아니, 사에키 씨와 의논한 뒤라면……. 흠, 사에키 씨의 행방을 모른다는데, 대체 어떻게 해야 좋을지 나는 모르겠군요."

이 남자는 사에키라는 인물의 행방과는 별도로 자기도 뭔가 큰 고민을 끌어안고 있는 모양이었다. 그 심각한 문제 때문에 피로와 초조감이 드러나는 게 아닐까 하는 생각이 들었다.

"천천히 생각해보셔." 내가 말했다. 담배를 한 개비 뽑아 물고, 담뱃갑을 그에게 던져주었다. 일부러 오른손으로 잡을 수밖에 없는 위치를 겨냥해 던졌지만 그는 심리상태에 어울리지 않는 반사신경으로 상체를 틀어 왼손으로 멋지게 받았다. 그는 내 의도를 눈치채고 씩 웃었다. 그리고 역시 왼손으로 자연스럽게 담배를 뽑아 물더니 담뱃갑을 내게 던졌다. 의외로 만만치 않은 상대인지도 모른다. 그와 나는 종이성냥으로 담배에 불을 붙였다.

우리는 잠시 담배 연기 속에서 침묵을 지켰다. 그는 필터 없는 담배를 전혀 불편해하지 않았다. 필터가 없는 탓에 익숙하지 않은 사람은 지나치게 세게 빨아 힘들어하기 마련이다. 하지만 그는 요령을 알았다. 이윽고 환기가 잘 되지 않는 사무실 안은 담배 연기로 가득 찼다.

담배 연기에 싸여 그가 비로소 평정을 되찾은 목소리로 말했다. "사에키 씨를 좀 더 찾아볼 생각입니다. 의외로 지금쯤 자기 아파트에 돌아와 있을지도 모르고……. 어쨌든 이삼 일 안에 여기 다시 들르게 될 겁니다. 그때 사에키 씨도 함께 온다면 문제는 없지만……."

그는 담배를 끄고 일어섰다. 처음에 복도에서 보여준 무방비한 인상은 찾아볼 수 없었다.

"그때까지 그 봉투를 맡아주시죠. 다시 한 번 이야기하지만 만약 사에키 씨와 만나게 되면, 앞으로의 문제도 있고 하니 내가 연락을 취하고 싶어한다는 이야기를 전해주면 좋겠군요. 그럼 이만, 실례."

그는 고개를 살짝 숙이더니 문 쪽으로 걸어갔다.

그의 뒷모습을 보며 물었다. "당신을 뭐라고 불러야 하나? 오른손을 보여주지 않는 남자라고 할까?"

그는 문 쪽에서 뒤를 돌아보며 쓴웃음을 지었다. "가이후라고 하면 알 겁니다. 담배 잘 피웠습니다. 말투는 고약하지만 담배는 괜찮은 걸 피우는군요."

그는 나가면서 사무실 문을 닫았다. 그를 불러 세우려 해봐야 소용없다는 것은 안다. 그의 문제는 아마 탐정이 처리할 만한 문제가 아닐 것이다. 르포라이터 사에키란 인물을 찾아내 풀릴 문제라면 그가 보인 그토록 긴장한 모습이 이해되지 않는다. 책상 위의 봉투를 집어 드니 현금의 두께가 느껴졌다. 그런데 나는 가이후라고 이름을 밝힌 남자가 이 사무실을 다시 찾아올 거라는 느낌은 들지 않았다.

2

그가 맡기고 간 봉투를 이 사무실 안에서 유일하게 자물쇠가 있는 책상 맨 아래 서랍에 넣었다. 사무실을 비웠을 때 손님들이 전화 응답 서비스에 남긴 메시지를 확인해보았지만 신경 쓸 만한 내용은 전혀 없었다. 점심을 먹기에는 이른 시간이라 우편함에서 가지고 온 것들을 정리하기로 했다.

먼저 신문을 훑어보았다. 1면에는 납치된 이집트 항공기 기내에서 총격전이 벌어져, 승객과 범인들 가운데 사망자가 나왔다는 소식이 있었다. 스포츠난에는 지요노후지1045승을 기록한 유명한 스모 선수가 규슈 시합에서 5연승을 했고, 자이언츠에 입단하기로 결정한 'PL학원' 오사카 소재 야구 명문 고등학교의 구와타 투수가 학교 측과 갈등을 빚고 있다고 했다. 명인전名人戰 기보는 내가 응원하는 오다케 히데오 9단 것이 아니라서 대충 훑어보고 말았다. 도쿄 지방판에는 새 지사가 내년도 예산안을 둘러싸고 여당인 자민당 의원들과 대립한다는 소식이 실려 있었다. 정치, 범죄, 스포츠, 문화 등 지면은 달라도 어느 기사나 인간의 투쟁 본능에서 비롯된 소식들뿐이었다. 인간만큼 투쟁을 좋아하는 동물은 아마 없을 테고, 남의 투쟁을 구경거리로 삼는 동물 또한 인간뿐일 것이다.

세 통의 우편물은 각각 여대생이나 페미니스트, 여장 취미가 있는 남자에게나 보내야 할 광고 우편물이었다. 늘 그렇듯 쓰레기통에 바로 던져 넣었다. 그런데 그 순간, 우편물 사이에 끼어 있는 종이비행기를 발견하고 다시 집어 들었다. 날개가 독특하게 접힌 종이비행기였다. 펼쳐보니 북방영토 반환 요구 전단지의 여백 부분에 눈에 익은 볼펜 글씨가 적혀 있었다.

창문 밖으로 흘러나오는 정겨운 불빛도 유리창에 페인트로 쓴 와타나베 탐정사무소란 글자도 예전 그대로군. 그리고 블라인드 안쪽에 보이는 그림자 하나. 그림자라는 것이 이리도 그 사람의 특징과 버릇을 고스란히 표현하는지는 몰랐네.

아직 죽지는 않은 모양이로군. 나는 목구멍까지 술이 찼어도 여전히 잘 지내네. 하지만 오늘 밤은 가을바람이 차군. 올겨울에는 따스한 남쪽으로 갈 생각이라서 도중에 잠깐 들렀네. 그럼, 또.

W

이런 편지를 요 근래 오 년 사이에 두세 통 받았다. 종이성냥으로 담배에 불을 붙이고, 펼친 종이비행기를 그 불로 재떨이에 태웠다. 창가로 가서 바깥 거리와 주차장을 내려다보았다. 그저께인 토요일 밤, 옛날 파트너는 틀림없이 맞은편 빌딩 모퉁이에서 이 창문을 올려다보고 있었을 것이다. 위스키 병을 주머니에 꽂고서. 목구멍까지 술이 찼다고? 머리 꼭대기까지 술에 절은 알코올의존자 주제에.

이런 편지를 받은 지 벌써 이 년 가까운 세월이 흘렀다. 손을 뻗으면 닿을 곳까지 왔으면서도 결코 만나려 하지는 않는다. 만날 생각은 없지만 인연을 끊겠다는 용기도 없다. 혈육 한 점 없이 곧 환갑을 맞을 알코올의존자 사내를 동정할 마음은 없다. 오 년 전에 이억 엔 가까운 불로소득을 가로채 죽을 때까지 술을 퍼마실 수 있는 돈과 방랑자나 마찬가지인 생활을 손에 넣은 그 사람은 어느 누구의 동정도 필요로 하지 않으리라.

십일 년 전 처음 이 탐정사무소를 찾아왔던 날이 떠올랐다. 문을 열었을 때 이 책상에 앉아 있던 와타나베 겐고는 막 종이비행기를 날리려던 참이었다. 주위에 있는 종이는 무엇이든 비행기로 접는 버릇이 있다는 사실은 나중에 알게 되었다. 종이비행기는 그와 나 사이의 공간을 두 바퀴 천천히 선회한 뒤 내 발아래 착륙했다.

오 년 전, 그를 마지막으로 본 날도 와타나베는 책상에 앉아서 막 위스키 병을 서랍에 넣던 참이었다. 그는 젖은 입가를 손등으로 닦더니 장난치다 들킨 어린애 같은 표정을 지었다. 그때 이미 그날 밤 결행하려던 일확천금 탈취 계획이 성공하면 다시는 이 사무실에 돌

20

아오지 않을 작정이었으리라. 이제 모두 지난 일이다.

　책상 위 전화벨이 울렸다. 나는 수화기를 들고 스스로도 놀랄 만한 목소리로 "누구야?"라고 소리쳤다.

　"아니, 무슨 전화를 그렇게 받지? 거기 와타나베 탐정사무소 아닌가?"

　옛 파트너의 편지 때문에 나도 모르게 화가 났던 모양이다. 그 편지는 재떨이 안에서 이미 재가 되어 있었다.

　"미안합니다……. 아는 사람 전화인 줄 알고. 와타나베 탐정사무소 맞습니다."

　"좋아요. 바로 본론으로 들어가죠. 나는 변호사 니라즈카라고 합니다. 먼저 묻겠는데, 거기 당신 말고도 탐정이 있소?"

　"아뇨, 나 혼자요."

　"그렇다면 됐어요. 그쪽 책임자와 이야기하고 싶어서 물어보았습니다. 나는 사라시나 슈조 씨의 대리인으로서 전화하는 겁니다. 사라시나 씨는 압니까?"

　어디선가 들어본 듯한 이름이기는 했다. "아뇨, 미안하지만 모르겠군요. 알아야 하는 사람입니까?"

　"당신이 미술에 관심이 있는 사람이라면."

　"폴 세잔쯤은 아는데."

　"미안하지만 사라시나 씨는 화가가 아닙니다. 그 양반은 아마 현재 일본에서 가장 권위 있는 미술평론가 가운데 한 사람일 겁니다."

　그제야 흐릿하게 기억이 났다. 사라시나 슈조가 좋다는 그림의 가격은 두 배나 뛰고, 그에게 형편없다는 평가를 받으면 그 화가는 직업을 바꾸는 게 낫다는 이야기를 들은 적이 있다.

"그 사라시나 씨가 내게 무슨 용건이죠?"

"내일 정오, 덴엔초후에 있는 그 양반 댁에 들러주었으면 좋겠소. 자세한 이야기는 거기서 하게 될 테고."

"일을 의뢰하는 겁니까?"

"물론, 그렇게 생각해도 됩니다."

"어떤 의뢰인지 가르쳐줄 수 없습니까? 경우에 따라서는 맡을 수 없는 일도 있습니다. 그럴 경우 피차 시간 낭비할 필요는 없을 테니까."

"아니, 거기까지 이야기할 권한은 내게 없소."

"당신은 변호사라면서요?"

"내가 맡은 분야는 재산관리. 그런 의미에서는 피차 시간을 낭비하지 않는 게 좋다는 당신 의견에 적극 찬성이오. 사라시나 씨에게 쓸데없는 경비를 지출하지 않도록 하는 게 내 임무 가운데 하나니까…… 이건 내가 한 이야기가 아닌 걸로 여기고 들으시오. 사에키 나오키라는 남자는 아실 테지?"

"르포라이터?" 내가 물었다.

"맞았소." 그는 만족스러운 듯 말했다. "그 사람을 안다면 당신은 이미 사라시나 씨로부터 일을 의뢰받았다고 봐도 맞을 거요. 그것도 보수가 두둑한 일이지."

르포라이터인 사에키 나오키라는 사람을 안다고 할 수는 없었다.

그렇다고 전혀 모른다고 할 수도 없다. 오늘 하루에만 사에키란 인물에 관한 문의가 두 건, 이런 우연은 별로 마음에 들지 않았다.

"내일 찾아뵙겠다고 사라시나 씨에게 전해주십시오." 내가 말했다.

니라즈카 변호사는 덴엔초후에 있는 사라시나의 집 주소와 전화번호 그리고 '니라즈카 법률사무소'의 전화번호도 알려주었다.

"사라시나 씨는 무척 바쁜 분이라 당신에게 할애할 수 있는 시간은 정오부터 1시까지요. 시간을 엄수해주길 바랍니다." 니라즈카 변호사는 그렇게 못을 박듯 말하고 전화를 끊었다.

그날 오후에는 일단 지난주에 처리했던 몇 가지 업무의 청구서를 작성했다. 그 가운데는 도쿄에 출장중인 회사원의 사생활을 조사한 건이 있었는데, 그 요금과 경비 청구서는 간사이 지역에 있는 흥신소로 우송했다. 또 기타신주쿠에 있는 사찰의 의뢰로 요즘 자주 일어나는 불전함 도난에 대한 경비를 겸해 이틀간 장례식 접수 담당일을 한 건이 있었다. 이쪽은 사무실에서 가까워 직접 청구서를 전달하러 갔다. 피둥피둥 살이 찐 주지가 합장하면서 지불은 월말에하겠다고 했다.

돌아오는 길에 구립 도서관에 들러 삼십 분가량 시간을 보냈다. 만약 탐정이 궁금해하는 것을 도서관에 있는 자료들이 가르쳐줄 수있다면 아마 열람실은 협잡꾼들로 가득 찰 것이다. 하지만 업무상파악해두어야 할 인물에 관해서는 적어도 남들만큼은 알아두어야하기에 들른 것이다.

안경을 쓴 미인 사서의 도움을 받아 르포라이터 사에키 나오키를 조사하려 했지만 저자별 색인 카드에서 그 이름을 발견할 수 없었다. 넘쳐날 만큼 많은 글쟁이들의 연맹이니 협회니 하는 단체에서 발행한 인명록도 살펴보았지만 그런 이름은 없었다. 결국 사에키 나오키가 쓴 책이나 잡지 기사를—그런 게 있다고 한다면— 찾지 못해 경력을 조사할 수 없었다.

한편 사라시나 슈조의 저서와 자료는 서가 하나를 차지할 정도였다. 그에게는 미술평론가, '도쿄 예술대학' 강사, '도신 미술관' 관장 등의 직함 말고도 또 다른 직함이 있었다. 이 년 전에 물러나기는 했지만, 그는 약 십 년간 도쿄 서남부 일대에서 가나가와 현에 걸쳐 전철회사와 백화점 형식의 판매망을 소유한 '도신 그룹'의 실질적인 경영자이기도 했다. 이렇게 유명한 인물이 이름도 없는 르포라이터나 사립탐정에게 무슨 볼일이 있는 걸까? 누구나 고민거리는 있기 마련인 모양이다. 탐정사무소로 올라가는 우중충한 계단을 몸소 걸어 올라오든, 아니면 고문 변호사를 시켜 탐정을 자기 저택으로 부르든.

3

　오후부터 점차 흐려질 거라는 일기예보와 달리 도심에서 남서쪽
으로 펼쳐진 하늘은 아직 구름 한 점 없이 푸르렀다. 이튿날, 12시에
서 일 분이 지난 시각. 나는 사라시나의 으리으리한 서양식 저택 현
관에 서서 청동으로 만든 말의 고삐를 당기면 소리가 나게 되어 있
는 거창한 초인종을 울렸다. 덴엔초후 4초메 큰길 쪽으로 난 청동
격자가 쳐진 대문 앞에 도착해 인터폰을 누르고 사라시나 씨를 만나
러 왔다고 했을 때만 해도 약속 시간 몇 분 전이었다. 하지만 블루버
드에 탄 채 원격조작으로 여닫히는 대문을 지나, 잡목 숲 사이로 난
길을 잠시 달려 서른 대는 너끈히 들어갈 법한 건물 옆 주차장에 차
를 세우고 현관문 앞에 섰을 때는 약속 시간에서 일 분이 지나 있었
다. 어제 도서관에서 조사한 내용으로 미루어 짐작은 했지만 상상을

훨씬 뛰어넘는 대단한 저택이었다.

잡목 숲을 둘러보고 이름 모를 작은 동물들의 울음소리에 가만히 귀 기울이며 기다리자 말이 앞발을 치켜들고 지나갈 수 있을 만큼 커다란 현관의 오크 문이 열렸다. 나와 같은 또래로 보이는 키 큰 남자가 나타나 나를 훑어보았다.

"변호사인 니라즈카일세. 사라시나 씨가 기다리네. 자, 들어오지."

귀가 덮일 정도로 긴 머리카락에 가늘고 긴 은테 안경, 날렵한 더블 블레이저. 칼같이 주름이 잡힌 바지의 끝자락 아래 보이는 와인색 하프 부츠. 옷차림은 한껏 젊어 보였지만 잔주름이 잡히기 시작한 길쭉한 얼굴은 실제 나이를 고스란히 드러냈다. 나이는 나보다 다섯 살쯤 위인 마흔다섯가량 되어 보였다.

나는 현관으로 들어가 팔이 끼지 않도록 조심하며 묵직한 문을 닫았다. 니라즈카 변호사는 태어나서 한 번도 펜보다 무거운 것을 들어본 적이 없어 보이는 희고 갸름한 손가락을 우아하게 한 차례 흔들더니 앞장서서 안내하기 시작했다. 저택 안은 늘 일정한 온도를 유지하게 되어 있는 듯했다. 우리는 작은 집 한 채는 들어갈 넓이의 현관홀을 지나 건물 뒤편으로 통하는 복도를 걸었다.

"직업상 나도 흥신소나 탐정사무소와는 두세 번 접촉한 경험이 있어." 니라즈카는 긴 목을 돌려 나를 보고 말했다.

"하지만 개인영업을 하는, 이른바 사립탐정을 만나보는 건 이번이 처음이군."

"무슨 일이나 다 처음이 있죠. 인식을 새롭게 하기에는 좋은 기회입니다." 내가 대답했다.

"아, 그렇지." 그는 긴 이를 드러내며 웃었다. 이 남자의 몸은 어디
나 다 길다.

"결국 이 세상은 경험이 말해주는 거니까, 안 그런가? 자넨 탐정
일을 시작한 지 얼마나 됐나?"

"십일 년입니다." 내가 대답했다. "경험이 방해가 된다는 사실을
배운 지는 칠 년이 되죠."

"재미있는 말이로군." 니라즈카가 말했다.

"사라시나 씨가 자넬 부른 건 빤한 소리를 듣기 위해서가 아닐세.
그걸 잊지 않도록 하게. 와타나베 씨."

"주의하죠." 내가 말했다. 늘 그러듯 내 진짜 이름을 가르쳐주는
사이에 관엽식물 온실 같은 안뜰을 따라 복도를 두 개, 떡갈나무로
만든 세련된 문을 세 개 지났다. 출발한 현관까지 되돌아갈 수 있을
지 걱정이 될 무렵, 니라즈카 변호사는 한결 더 큰 두 짝짜리 문 앞
에 멈춰 섰다. 그는 여기라는 몸짓을 한 뒤, 문을 세 번 두드렸다. 그
러고는 흐트러지지 않았다는 것을 뻔히 알면서도 넥타이를 매만지
고 옷매무새를 가다듬었다. 꽤 멀리서 대답하는 소리가 들리자 그는
문을 열고 나를 앞세워 방으로 들어갔다.

방은 삼십 평은 너끈히 될 법한 이 저택의 식당이었다. 동쪽은 전
체가 정원에서 자유롭게 드나들 수 있는 멋진 프랑스식 창으로 되어
있었다. 방 안에는 차분한 햇살이 들어오고, 창 너머로 잔디가 깔린
넓은 정원과 큼직한 분수가 보였다. 방 한복판에 놓인 오래되어 보

이는 식탁은 서른 명은 너끈히 앉을 법한 크기였지만 거기에는 아무도 없었다. 안에서 들린 목소리의 주인은 그 안쪽에 있는 작은 테이블에 앉아 있었다. 우리가 큰 식탁을 지나 거기까지 가는 데는 삼십 초가 걸렸다.

니라즈카 변호사는 나를 식사중인 그 오십대 중반의 신사에게 데리고 갔다. 숱이 많은 은발에 얼굴 윤곽이 뚜렷해 브론즈 상 같은 용모를 지닌 사라시나 슈조 앞에 우리도 앉았다.

"사와자키 씨라고 했죠?" 그가 나를 보며 말했다. "나이 탓인지 정해진 시간에 식사하지 않으면 컨디션이 좋지 않아서 실례를 무릅쓰고 먼저 시작했습니다. 점심식사는 하셨습니까? 괜찮다면 함께 드시죠."

기모노를 입은 중년 여자가 시중을 들기 위해 다가와 우리의 주문을 기다렸다.

"두툼한 토스트와 다르질링 티 부탁해." 니라즈카가 말했다.

나는 커피를 부탁했다. 사라시나 씨는 미술관 도예 전시회에서나 구경할 수 있을 만큼 정교하게 만든 그릇에 든 차죽茶粥 같은 것을 먹고 있었다.

주문을 받은 여자가 물러가자 그는 변호사에게 말했다. "나오코에게 사와자키 씨가 오셨다고 알려주고 오지 않겠습니까? 그 애는 정원 분수 부근에서 산책하는 중일 겁니다."

매우 정중한 말투지만 오히려 그런 정중함이 상대를 더 위압할 수 있다는 사실을 아는 사람이 보이는 정중함이었다. 니라즈카는 바로 자리에서 일어나 프랑스식 창 하나를 열고 정원으로 나갔다.

"실례지만 올해 나이가 어떻게 됩니까?" 사라시나는 젓가락질을 멈추고 물었다. "실은 사와자키 씨를 보니 문득 내가 이 집에 처음 왔던 날이 떠오르는군요."

"마흔입니다." 내가 대답했다.

"역시, 그런 나이로 보이는군요. 그건 의외로 중요한 문제입니다. 사람은 너무 늙어 보이거나 젊어 보여도 안 되는 것 같더군요. 가짜 겉모습으로 내면의 거짓을 덮어 숨길 수는 없으니까요. 그런데 조금 전 사와자키 씨를 보고 내가 장인에게 결혼 허락을 받기 위해 처음 이 집을 방문했을 때의 모습을 떠올린 것은 자연스러운 일입니다. 내가 집사람과 재혼한 때가 막 마흔하나가 된 참이었으니……. 그때 내 모습을 장인의 눈을 통해 보는 듯한 일종의 회상 착오라고 해야 할까, 아니면 역기시감이라고나 해야 할까, 그런 이상한 착각에 빠졌습니다. 그게 벌써 십오 년 전 일입니다."

사라시나 슈조가 십오 년 전에 열두 살 난 딸을 데리고 재혼한 상대는 '도신 그룹'의 창립자 고야 소노스케의 큰딸 요리코다. 삼 년 뒤, 장인이 암으로 세상을 떴을 때, 도쿄 예술대학 조교수였던 그는 새로 회장이 된 아내의 고문으로 취임해 경제계에도 관여했다. 그것이 고인이 남긴 유언이기도 했던 모양이다. 도신 그룹의 중역들은 물론이고 세상 사람들도 깜짝 놀라며 우려했지만, 십 년간 그가 보인 능력과 실적은 장인보다 나으면 나았지 못하지 않다는 평가였다. 뿐만 아니라 본업인 미술계에서도 더욱 폭넓게 정력적으로 활동했다. 전혀 다른 두 분야에서 대단한 업적을 남긴 셈이다. 이 년 전, 도신 전철의 사장이었던 처남 소이치로가 서른 살이 되자 그룹의 새로운 회장으로 취임했다. 요리코의 배다른 동생이었다. 새 회장의 취임을 계기로 사라시나 씨는 고문 자리를 아내에게 넘기고 도신 그룹 경영에서 손을 뗐다. 그 뒤 미술 분야에 전념했고, 그의 명성과 권위는 날로 높아졌다. 어제 도서관에서 얻은 지식이다.

"거짓이 있어서는 안 됩니까?" 내가 물었다. "인간도 미술품처럼요?"

사라시나는 식사를 마치고 젓가락을 내려놓았다. 순간 그는 내 질문이 왜 나온 것인지 이해가 되지 않는 모양이었다.

"아뇨…… 미술이란 말하자면 허구와 상상력의 세계이기 때문에 오히려 거짓으로 이루어져 있는 셈입니다. 하지만 진짜 예술은 자체에 그 거짓을 견뎌내는 힘이 있습니다. 하지만 우리 인간은 그러지 못하죠. 평범한 인간은 자신의 거짓을 스스로 견뎌내지 못하기 마련입니다."

"평범한 인간 말입니까. 그건 믿을 수 없는 일이지요. 자신이 자신에게 하는 거짓말만큼 간파하기 어려운 것도 없으니까요."

조금 전 그 기모노 차림의 여자가 내 커피와 사라시나의 차를 가지고 와 이야기는 잠시 중단되었다. 나는 커피를 한 모금 마셨다. 커피의 맛이나 난이 그려진 백자 커피 잔이나 최상품이었다.

"왠지 어려운 이야기가 되고 말았군요." 사라시나는 미소를 지으며 말했다. "뵙자고 한 용건을 말씀드려야겠는데, 니라즈카 군과 나오코가 올 때까지 잠깐 기다려주시죠."

그는 몸에 잘 맞는 감색 계통의 트위드 상의 주머니에서 자그마한 브라이어 파이프를 꺼내 물고, 검은 옻칠을 한 던힐 라이터로 불을 붙였다. 상의 안에 크림색 스포츠 셔츠에 짙은 녹색 애스콧타이를 맨 편한 복장이었다. "사와자키 씨, 당신은 스스로에게 거짓말을 해야만 살아갈 수 있는 분으로는 보이지 않는군요."

"그렇지 않습니다. 당장 들통날 거짓말은 하지 않겠지만 스스로 거짓말인지도 알지 못하는 거짓말을 얼마나 하는지 저도 모르니까요."

"진실이란 들통나지 않는 거짓이라고 하지 않습니까?" 사라시나는 짐짓 속된 표현으로 말했다.

프랑스식 창 유리 너머로 니라즈카 변호사와 밝은 보라색 옷을 입은 여성이 잔디가 깔린 정원을 걸어 이쪽으로 오는 게 보였다.

"이 저택에는 어째서 미술품이 한 점도 없는 겁니까?" 내가 물었다. "현관에서 이 방까지 오며 보니 벽에 그림 한 장 없고, 진열장에도 장식품 하나 없더군요."

사라시나는 쓴웃음을 지었다. "사와자키 씨에게나 저 스스로에게나 거짓말하지 않도록 주의해야겠군요……. 아, 특별한 이유가 있는 것은 아닙니다. 볼만한 가치가 있는 작품은 모두 도신 미술관에 전시해 일반인들도 볼 수 있게 해야 한다고 생각하기 때문입니다. 게다가 제가 생각하기에도 한심한 핑계지만 미술은 제게 일단 업무니까요. 말하자면 업무를 집 안으로 끌고 들어오지 않겠다는 원칙이 적용된 건지도 모르겠군요. 말은 이렇게 하지만 응접실에는 딱 한 점, 조르주 루오의 작품이 걸려 있습니다. 흥미가 있으시면 나중에 구경하시죠."

니라즈카와 나오코가 프랑스식 창을 지나 안으로 들어오자 시중드는 여자가 니라즈카의 점심식사를 내왔다. 나오코는 보라색 니트를 입었는데, 작고 호리호리한 체격에 어울리지 않게 낮은 알토 음성이었다.

"저는 홍차를 주세요. 밀크티로 부탁해요."

사라시나가 소개했다. "사와자키 씨, 이쪽은 제 딸인 나오코입니다. 이쪽은 와타나베 탐정사무소의 사와자키 씨란다."

미인이라고 할 만한 미모는 아니었다. 하지만 단정하고 깔끔한 얼굴에는 평범한 미인 이상으로 사람을 끄는 구석이 있었다. 이제 스물일곱 살일 텐데, 야무진 눈썹과 그 아래 서늘한 눈매는 소년 같은 매력을 지녔다. 나는 자리에서 일어나 나오코에게 인사했다.

"사에키 나오코입니다. 잘 부탁드리겠습니다."

나오코가 자기 성을 '사에키'라고 밝히자 주위의 공기가 갑자기 무거워진 느낌이었다. 사라시나 슈조의 브론즈 상 같은 얼굴에 왠지 자신감을 잃은 듯한 표정이 떠올랐다. 니라즈카 변호사의 길쭉한 얼굴에도 분명히 불쾌한 표정이 스쳐갔다. 사에키 나오키라는 사내의 존재를 실감하게 된 것은 그때가 처음이었다.

4

사라시나 저택 식당에 있는 시계가 이미 12시 30분을 가리키고 있었다. 중후하고 화려한 기둥시계는 나보다 키가 컸고, 내가 태어나기 전부터 시간을 재고 있는 듯 보였다. 사에키 나오코가 아버지 옆에, 니라즈카 변호사가 내 옆에 앉아 겨우 업무 이야기를 할 수 있는 자리가 마련되었다.

"제가 이야기를 진행할까요?" 니라즈카가 사라시나에게 물었다.

"아뇨, 그럴 수야 없죠. 니라즈카 씨는 어서 식사하세요. 필요하면 의견을 물어볼 테니까."

사라시나는 딸에게 동의를 구하는 듯한 몸짓을 하더니 다시 나를 보았다. "나오코의 남편인 사에키 나오키는 아시죠?"

"예." 나는 대답했다. 이런 상황에서는 그렇게 대답할 수밖에 없다.

"우리는 급히 그 사람과 연락을 취하고 싶은데, 혹시 어디 있는지 안다면 알려주기 바랍니다."

그의 말투는 매우 차분했다. 아내와 장인이 남편이자 사위인 사에키 나오키의 행방을 낯선 타인에게 물으면서도 그걸 부자연스럽게 생각할 필요는 없다는 태도였다. 이런 상태라면 어제 내 사무실에 나타나 자기를 가이후라고 밝힌 사내와 크게 다를 바 없었다.

"그전에 여쭤보고 싶은 게 있습니다. 다들 왜 제가 사에키 씨의 거처를 안다고 생각하는 겁니까? 아니, 그 이전에 저에 대해 어떻게 알게 되었습니까? 그걸 알고 싶군요."

사라시나와 니라즈카가 재빨리 얼굴을 마주 보았다. 나오코는 홍차 잔을 들고 고개를 숙이고 있어 표정을 살필 수 없었다.

"어제 전화로도 말했듯이……." 니라즈카는 먹던 토스트를 접시에 내려놓으며 말했다. "사라시나 씨는 귀중한 시간을 내어 자네와 이야기하고 계시네. 자네의 호기심에 관해서는 나중에 내가 지장이 없는 범위 안에서 이야기해줄 수 있어. 하지만 지금은 얼른 사라시나 씨의 질문에 대답해주면 좋겠군. 그게 자네에게도 효율적인 일처리가 될 걸세. 그건 내가 보증하지."

나는 사라시나에게 말했다. "변호사를 고용하고 사는 형편이 아니라서 지금 니라즈카 씨의 충고를 정확하게 이해했는지 어떤지 자신이 없지만, 말하자면 니라즈카 씨가 제게 하는 이야기는 꾸물거리지 말고 아는 사실을 털어놓는 게 훨씬 빨리 돈을 벌 수 있을 거다, 라는 겁니까?"

니라즈카는 기가 막히다는 표정으로 나를 뚫어지게 바라보았다. 사라시나는 약간 질린 표정을 지었다. 의외로 사에키 나오코는 고개를 숙인 채 애써 웃음을 참고 있었다.

"나오코, 실례다. 이게 다 너를 걱정하기 때문인데." 사라시나는 딸을 타일렀다. 그리고 내게 말했다. "니라즈카를 언짢게 생각하지 말아요. 자기 임무에 지나치게 성실해서 그러니까. 사와자키 씨의 의문은 당연하다고 생각합니다. 순서대로 이야기하지 않으면 이야기가 풀리지 않을 테니 잠시 참고 이야기를 들어주십시오."

그는 불이 꺼진 파이프를 테이블 위에 내려놓았다. 대신에 내가 담배에 불을 붙였다.

"지난주 목요일 밤." 사라시나가 이야기를 시작했다. "우리는 이 집에서 사에키를 만나기로 했었죠. 사에키가 만나자고 했습니다. 자정이 넘도록 기다렸는데 결국 오지 않았습니다. 아무런 연락도 없었고요. 기다리다 못한 딸이 어제 사에키의 아파트로 찾아갔지만 역시 만나지 못했습니다. 딸 이야기로는 현관에 신문이 목요일 석간부터 쌓여 있었다고 하니 자기 아파트에도 들어오지 않은 모양입니다. 딸은 걱정이 된다고 하지만 르포라이터라는 직업이나 사에키의 평소 생활로 보아 반드시 이상한 일이라고는 생각할 수 없었습니다." 그는 동의를 구하듯이 나오코를 바라보았다. 나오코는 반응을 보이지 않고 내 얼굴을 뚫어지게 바라보았다. 마치 내 얼굴에 정답이 있다는 듯이.

"어쨌든." 사라시나가 말을 이었다. "딸은 사에키의 아파트에서 탁상달력에 적힌 스케줄과 메모를 살펴보았습니다. 하지만 목요일 이후에는 아무것도 적혀 있지 않았고, 사에키가 어디로 갔는지 알 수 있는 단서는 얻지 못했다고 합니다. 다만 목요일 페이지에 있는 마지막 메모가 약간 마음에 걸린다면서 그걸 베껴왔죠. 그게 사와자키 씨, 당신 사무실 이름과 전화번호였던 겁니다." 그는 이미 식은 차를 한 모금 마셔 목을 축였다. "무슨 이야기인지 아시겠죠? 사에키의 행방을 알고 싶은 우리로서는 사에키에 관한 최신 정보를 사와자키 씨에게 묻는 게 좋겠다고 생각한 겁니다. 게다가 사와자키 씨라면 직업상 이런 일에도 익숙하실 거라고 생각해서 이리 와주십사 부탁한 거죠."

"그렇게 된 겁니까?" 나는 크리스털 재떨이를 끌어당겨 담뱃재를 떨었다. "하지만 안타깝게도 저는 사에키 씨의 소재를 전혀 모릅니다. 그 목요일이나 그 이후에도 사에키 씨는 제 사무실에 오지도, 전화도 하지 않았습니다. 탁상달력에 제 사무실 연락처가 적혀 있었다는 사실은 지금 알게 되었습니다만 그게 어째서인지는 알 수 없군요. 실제로 저는 사에키 씨를 한 번도 만난 적이 없습니다."

"그럼 아까 사에키 나오키를 안다고 하신 건 거짓말이었나요?" 사라시나는 표현은 정중했지만 분명히 나무라는 말투였다.

"아니, 그럴 리 없습니다." 니라즈카가 끼어들었다. "사에키에 관해 아무런 정보도 없는 사람을 이 저택에 들이는 것은 가당치 않다고 생각해서 어제 이 남자에게 전화를 했을 때, 지시에는 조금 어긋나지만 만약을 위해 '사에키 나오키라는 남자를 아느냐'고 확인을 했습니다. 그때 이 남자는 '르포라이터 사에키 말이냐'라고 되물었습니다. 만난 적도 없는 사람이 사에키의 직업을 알 리 없죠. 나오코 씨 앞에서는 실례되는 이야기지만 사에키는 글쟁이로 유명한 사람이 아니니까요."

나오코는 사라시나와 마찬가지로 해명을 듣고 싶다는 표정으로 나를 뚫어지게 바라보고 있었다. 자기 남편에 대한 니라즈카의 평가는 별로 신경 쓰는 것 같지 않았다.

"사와자키 씨, 이게 대체 어떻게 된 거죠?" 사라시나가 물었다.

"좀 미묘한 사정이 있어서요." 내가 대답했다.

"잠시만요." 니라즈카가 의기양양한 표정으로 말했다. "탐정 나부랭이는 믿을 수 없습니다. 이 남자는 우리 약점을 찌르고 있을 뿐이죠. 돈이나 우려내려는 이런 교섭은 제게 맡기시는 편이 좋겠습니다." 그는 등을 쭉 펴더니 고개를 들어 나를 내려다보며 말했다. "정말 뭔가 팔 만한 정보가 있다면 조건을 말해보게. 난 그쪽이 어떤 인간인지 알아."

"그렇겠지." 내가 말했다. "올려다봐야 할 인간인지 내려다봐도 괜찮을 인간인지. 당신에게 인간이란 두 종류밖에 없을 테니까." 나는 담배를 재떨이에 비벼 끄고 일어섰다. "여러분에게 도움이 되지 못할 거라는 이야기는 이미 드렸습니다. 그럼, 이만 실례하겠습니다."

나는 저 멀리 보이는 출구를 향했다. 자, 이 대저택을 안내 없이 어떻게 탈출해야 할까. 약간 불안했다.

"사와자키 씨, 잠깐 기다려주세요." 뒤에서 나오코의 목소리가 들려왔다. 나는 걸음을 멈추고 뒤를 돌아보았다. 나오코가 일어서 있었다. 내게 말한 것은 인사를 나눈 이후 처음이었다. "미묘한 사정이 있다고 말씀하셨는데, 대체 어떤 사정인가요?"

나는 의자가 있는 곳까지 돌아왔다. "부인의 남편을 찾는 사람은 여기 계신 분들만이 아닙니다. 어제 니라즈카 변호사한테 전화가 오기 조금 전에 어떤 사람이 제 사무실을 찾아와 역시 사에키 씨에 관한 질문을 했죠. 사에키 씨가 르포라이터라는 사실은 그 사람 입을 통해 알게 된 겁니다. 사에키 나오키를 안다고 대답하기에는 약간 거부감이 들었지만 모른다고 대답할 수도 없었던 거죠."

세 사람의 얼굴에 같은 의문이 떠올랐다. 그걸 말로 표현한 사람은 나오코였다. "그이를 찾는 사람이라니, 누구죠?"

"그건 대답할 수 없습니다. ……그 사람은 제 의뢰인입니다." 분명히 내 책상 서랍에는 그 남자가 맡긴 이십만 엔이 들어 있다. 안 그래도 요즘 거짓말과 참말의 경계에 아슬아슬하게 접근한 발언이 많아졌다. 조심하지 않으면 버릇이 될 것 같다.

"비밀 유지 의무라는 건가?" 니라즈카가 비웃었다. "법률적으로 탐정에게 그런 건 없어."

"이 세상은 법률만으로 이루어진 게 아니지."

"그럼, 의리상의 문제인가? 지켜야 할 비밀은 지킨다, 아주 좋아. 미친 세상이니 탐정에게 의리가 있다 해도 전혀 이상할 게 없지."

"지키고 싶은 비밀은 지키겠다, 그뿐이지."

"니라즈카 변호사, 그쯤 해둬요." 사라시나가 제지했다. 여전히 표현은 정중했지만 훈련이 잘된 개에게 명령하는 듯 효과적이었다.

"이건 상담입니다." 사라시나가 일어서서 말했다. "여러모로 생각해보면 역시 우리보다 사와자키 씨가 사에키의 소재를 파악할 기회가 많을 것 같습니다. 그럴 경우에는 이쪽에도 그 정보를 알려주십시오. 그러면 충분히 사례하겠습니다. 이 요청을 받아주실 수 있겠습니까?"

"저는 보수에 따라 움직입니다. 그런 사례를 받을 생각은 없습니다."

"하지만."

"잠시만요. 제가 할 수 있는 일은 두 가지뿐입니다. 하나는 만약 제가 사에키 씨에게 연락을 취할 수 있게 된다면 여러분이 걱정한다는 이야기를 전달하는 것. 이건 무료입니다. 또 하나는 사에키 씨의 행방을 찾는 일을 제가 의뢰받는 것. 이쪽은 규정 요금을 받겠습니다. 하지만 제가 여러분에게 권하고 싶은 것은 전혀 다른 것입니다. 사에키 씨가 사라져서 조금이라도 불안하다면 바로 경찰에 연락하라는 겁니다. 그 사람이 자기 아파트에 들어가지 않은 지 이미 닷새째라면 누구나 경찰에 신고할 생각을 할 겁니다."

나오코의 안색이 창백해졌다. 힘이 빠진 듯 의자에 몸을 의지하고 앉았다. 사라시나가 걱정스러운 표정으로 딸 쪽으로 몸을 숙였다.

니라즈카가 불쑥 일어서더니 긴 손가락을 내게 디밀었다. "넌 사에키와 나오코 씨 부부의 현재 상태를 아무것도 모르니까 그런 소리를 하는 거야!" 니라즈카는 그렇게 지껄이면서 점점 더 흥분했다.

"목요일 밤, 사에키가 여기 대체 무엇을 하러 올 예정이었는지 가르쳐주지. 사에키는 이혼서류에 도장을 찍고 그 대가로 오천만 엔의 위자료를 받기 위해 오기로 되어 있었어! 그런 남자가 며칠 행방불명이 되었다고 해서 사라시나 가 사람들이 대체 뭘 해야 한다는 말인가."

"니라즈카 변호사, 그만해!" 사라시나가 언성을 높였다. "그런 이야기는 사와자키 씨에게 실례일 뿐이야. 그리고 나오코 처지를 생각하란 말일세."

나오코는 꼼짝도 않고 허공을 바라보았지만 마음이 흐트러진 것 같지는 않았다. 나오코보다 오히려 사라시나의 동요가 더 커 보였다. 미술계와 경제계를 군림하는 사라시나 슈조도 딸의 결혼생활에 대해서는 사실상 무력해 보였다.

나는 등을 돌려 식당 출구로 향했다. 문손잡이를 잡고 뒤를 돌아보았다. 너무 넓은 방이라 그들에게 들리도록 목소리를 높여야만 했다.

"오천만 엔이라는 큰돈을 받으러 오지 않는 사람에게 대체 무슨 일이 일어났을까요? 상식이 있는 사람이라면 일단 경찰에 신고를 할 겁니다. 그다음에 저를 고용해야겠죠."

대답을 기대할 수 있는 상황이 아니었다. 나는 곧장 방을 나왔다.

5

잠목 숲 사이로 난 길을 짙은 남색 메르세데스 벤츠 한 대가 미끄러지듯 달려왔다. 나는 사라시나 저택의 먼지 하나 없는 주차장에서 블루버드에 오르는 참이었다. 우물쭈물하다가는 내 블루버드를 쓰레기로 착각할지도 모른다. 벤츠는 방금 내가 나온 건물 정면의 정차 공간으로 가더니 현관 앞에 바싹 붙여 세웠다. 곧이어 커다란 현관문이 열리고 식당에서 시중들던 기모노 차림의 여자가 마중을 나왔다.

벤츠 색과 같은, 챙이 넓은 모자에 같은 색 테일러드 정장을 입은 나이 든 부인이 차에서 내리더니 바로 현관 안으로 사라졌다. 마중 나온 여자는 운전기사에게 한두 마디 묻고는 부인의 뒤를 따랐다. 얼핏 보긴 했지만 짙은 남색 모자 아래로 드러난 옆얼굴은 신문이나 텔레비전을 통해 본 적이 있는 사라시나 요리코였다. '도신 그룹' 회장을 지냈고, 지금은 신임회장인 동생의 고문을 맡은 여성 실업가다. 나하고는 전혀 인연이 없는 세상 사람이지만, 사에키 나오키라는 행방불명된 사내의 장모라는 사실을 안 지금은 뜬금없기는 해도 일종의 친근감을 느꼈다.

블루버드 문을 열고 운전석에 앉았다. 벤츠는 현관을 지나 주차장으로 들어오더니 내 블루버드 옆에 멈췄다. 저쪽은 왼쪽에 운전석이 있기 때문에 유리창 너머로 전속 운전기사 스타일의 모자를 쓴 중년남자와 얼굴이 마주쳤다. 양쪽 다 유리창을 내렸다. 저쪽은 스위치하나로 편하게, 이쪽은 잘 돌아가지 않는 핸들을 끙끙거리며 돌려서. 운전기사는 사십대 후반으로 보이는 오동통한 남자였다. 검지로모자챙을 추켜올리자 벗어진 이마가 그대로 드러났다. 그의 시선은내 블루버드를 향했다. 시체가 움직이는 걸 본 듯한 표정이었다.

"일찍이 이 저택에서 본 적이 없는 최악의 자동차라는 표정이군." 내가 말했다.

"그걸 차라고 할 수 있나? 출퇴근하는 사환이 타고 다니는 오토바이가 훨씬 더 낫겠군." 그가 빙긋 웃었다. 검고 둥근 얼굴에 사람 좋아 보이는 눈매였다. 전속 운전기사들 가운데 반은 말이 많고, 나머지 반은 말수가 적다. 그것을 결정하는 이는 운전기사 본인이 아니다. 사라시나 부부가 말이 없는 편이기를 바라며 나는 적당한 화제를 찾았다.

"벤츠라는 차는 절대 엔진 트러블이 없다고 들었는데, 진짜 그런가?"

"아, 물론이지. 최근 십오 년 동안 벤츠를 세 대 몰았는데 엔진이 꺼진 일은 한 번도 없었어. 물론 운전을 어떻게 하느냐에 따라 달라지기는 하지만."

"대단한 차군. 은행을 털 때는 반드시 벤츠를 빌려야겠어. 운전기사까지 포함해서."

그가 쓴웃음을 지었다. 하지만 바로 정색했다. "당신 니라즈카 변호사가 이야기하던 그 탐정인가?"

"그런데, 댁은?"

"십오 년간 사라시나, 고야 두 가문의 운전기사로 일하는 하세가와라고 하네. 우리 아버지가 여기 선대 회장님의 운전기사로 이십오 년간 근무했으니 부자 이 대에 걸쳐 신세를 지는 처지야. 나는 여덟 살 때부터 이 저택에서 살았지."

그는 벤츠 백미러에 비친 자기 얼굴을 들여다보며 목소리를 낮췄다. "사에키 씨 문제로 불려온 거지?"

"왜 그렇게 생각하나?" 내가 되물었다.

"이 집에서 골치 아픈 일이라면 사에키 씨 문제밖에 더 있겠나? 새로 회장에 취임한 소이치로 씨가 학생일 때는 골치 아픈 문제를 일으켜 선대 회장님이나 사라시나 부부에게 폐를 끼쳤지. 하지만 선대 회장님이 돌아가시고 대학을 졸업해 '도신'에 들어간 뒤에는 완전히 달라졌어. 그런데 이제는 사에키 씨가 문제야."

"사에키 씨는 어떤 사람인가?"

"좋은 사람이긴 하지. 〈아사히 신문〉 기자였을 때만 해도 아가씨하고 사이가 좋아 주변 사람들이 부러워할 지경이었는데……. 새 회장이 마음을 잡은 건 사에키 씨가 이 집에 출입하게 되면서 나이가 더 어린 사에키 씨한테 영향을 받은 모양이라는 이야기가 있지. ……사에키 씨가 어떻게 했는지는 모르지만."

"사에키 씨와 급히 만나고 싶은데, 도무지 연락이 닿지 않아서 고민이야. 요즘 그 사람 봤나?"

"아니…… 한동안 못 본 것 같아." 하세가와의 목소리가 갑자기 작아지더니 내 얼굴을 흘깃 보고 바로 외면했다. 마침 현관문이 열리는 소리가 났기 때문에 시선을 피한 것인지, 아니면 현관 쪽에 신경을 쓰느라 그런 것인지는 알 수 없었다.

사에키 나오코가 현관에서 나와 이쪽으로 뛰다시피 걸어오는 모습이 보였다. 손에 든 붉은 코트가 소년 투우사의 손에 익지 않은 망토처럼 바람에 나부꼈다.

하세가와는 모자를 고쳐 쓰고 차에서 내렸다. 그는 벤츠 뒤를 돌아 나오코를 태우려고 뒷좌석 문을 열었다. "구가야마에 있는 댁으로 돌아가실 겁니까?"

나오코는 벤츠 보닛 앞에 멈춰 서서 하세가와에게 잠깐 기다리라는 듯이 손을 들었다. 식당에서 마지막으로 보았을 때와는 달리 차분해져 있었다. 옆에 아버지가 없기 때문인지, 아까보다는 나이가 들어 보여 스물일곱 먹은 기혼자다운 분위기가 풍겼다.

"사와자키 씨, 괜찮으시다면 저를 태워주실 수 있을까요? 꼭 의논하고 싶은 이야기가 있는데요."

"물론 괜찮습니다. 신주쿠에 있는 사무실로 돌아갈 예정인데, 댁이 구가야마입니까?"

"아뇨, 나카노에 있는 남편 아파트에 다시 가볼 생각입니다. 어디 적당한 곳에서 내려주시면 됩니다."

나오코는 하세가와에게 기다리게 해서 미안하다고 했다. 하세가와는 "천만에요"라며 얼른 두 대의 차 뒤를 돌아 내 블루버드의 조수석 문을 열어주었다. 나오코는 하세가와에게 고맙다고 하며 내 옆에 올라탔다.

"조심해서 운전해줘, 탐정." 하세가와가 말했다. "사실 당신 차는 아가씨를 모실 만한 물건이 아니니까."

나는 오른손 엄지를 세워 알았다는 신호를 보냈다. 그는 조수석 문을 닫고 나오코에게 인사를 했다. 벤츠 옆에서 잔뜩 긴장한 블루버드의 시동을 걸었다. 내년이면 분명 자유계약으로 내몰릴 노장 선수가 메이저리그에 진출하고 분투해서 클린히트를 날리는 경우도 있는 법이다. 기적적으로 단 한 번만에 시동이 걸렸다.

6

덴엔초후 주택가를 빠져나와 다마가와 정수장을 우회해 간파치 길로 접어들어 속도가 일정해지자 사에키 나오코는 그제야 입을 열었다.

"사에키를, 남편을 찾아주세요."

나는 일 분간 말없이 운전만 했다. 그사이에 나오코는 내 옆얼굴을 뚫어지게 바라보며 끈기 있게 대답을 기다렸다. 이 의뢰는 분명히 나오코의 자기 의지일 것으로 판단되었다. 나는 조사 요금과 경비에 대해 쭉 설명했다. 나오코는 일주일 치 비용을 내일 은행으로 입금하겠다고 했다. 차는 가미노게, 요가를 지나 오다큐 전철 고가 밑을 지났다. 일기예보보다 늦기는 했지만 앞쪽에는 잿빛 비구름이 드리워 있었다.

"남편분 아파트에 제가 동행해도 괜찮겠습니까?" 내가 물었다. "좀 살펴보고 싶은 게 있습니다."

"예, 저도 부탁드리고 싶어요. 혹시 보지 못하고 지나친 것이 있을지 모르니까요."

사에키의 아파트 위치를 물었다. 나카노이기는 했지만 오우메 가도 옆 마루노우치 신나카노 역 근처였다.

"남편분은 올해 나이가 어떻게 됩니까?"

"저보다 세 살 위입니다. 얼마 전에 서른 살이 되었어요."

"남편분 사진이 필요한데요, 갖고 계십니까?"

"깜빡했군요. 하지만 남편 아파트에 가면 있을 거예요."

운전석 창문을 닫았다. 햇볕이 구름에 가려 기온이 떨어지자 바람이 차가웠다.

"신고는 어떻게 하실 겁니까?"

"나카노에 있는 아파트에서 니라즈카 변호사에게 연락하고 나카노 경찰서에서 만나 신고하려고 합니다. 물론 남편이 아직 돌아오지 않았다면요."

고슈 가도와 교차하는 사거리, 이노카시라 선 고가를 지나 오른쪽으로 꺾어져 이쓰카이치 가도로 들어섰다. 하늘은 더 어두워져 당장이라도 비가 쏟아질 것만 같았다.

"사에키 씨가 알고 지내는 사람 가운데 오른손을 숨기고 보여주지 않는 남자를 아십니까?" 내가 물었다.

"아뇨, 그런 사람은 없을 텐데." 나오코는 내 쪽을 바라보며 의아하다는 표정을 지었다. 나는 아랑곳하지 않고 어제 사무실로 찾아왔던 남자의 특징을 이야기했다.

"제가 아는 사람 가운데는 그런 분이 없는데요." 나오코가 대답했다. "남편과 제가 함께 아는 친구는 그리 많지 않아요. 그리고 그 사람이 나카노에 아파트를 얻은 게 올 1월이었죠. 그 뒤로는 거의 별거나 마찬가지 상태였기 때문에 요즘은 서로 밖에서 어떻게 지내는지 잘 모릅니다."

"그럼 가이후라는 이름은 아십니까? 아마 바다 해海 자에 부분이라고 할 때의 부部 자를 쓰는 것 같습니다만."

나오코는 고개를 저었다. 사에키 나오키를 찾아내는 일은 번거로운 작업이 될 것 같았다. 적어도 그의 아내에게서 얻을 수 있을 거라고 기대했던 실마리는 잡히는 것이 없었다.

"그런데 어쩌면." 나오코가 말했다. "마지막으로 남편을 만났을 때 마크II 조수석에 앉아 있던 남자가 그분인 것 같은 생각도 드는군요. 저는 남편과 이야기하느라 정신이 팔려 자세히 보지는 못했지만."

"그게 언제였습니까?"

"남편이 덴엔초후에 오기로 약속한 전날이었으니까 수요일 밤이었죠."

"그때 일을 좀 자세하게 이야기해주시겠습니까?"

"수요일 밤 10시쯤이었을 겁니다. 저는 그날 어떻게든 남편을 만나고 싶어서 나카노로 갔죠. 그다음 날 남편이 위자료 오천만 엔과 교환하는 조건으로 이혼서류에 도장을 찍으러 온다는 이야기를 들었기 때문에 설득할 생각이었습니다."

"오천만 엔에 대해서 말입니까?" 내가 물었다.

"그것도 그렇지만, 이혼서류에 도장을 찍겠다는 것을요."

"호오…… 그렇다면 부인께서는 이혼에 동의하지 않으시는 겁니까?"

이해가 잘 되지 않았다. 윗옷 주머니에서 담배를 꺼내 한 개비 물었다. 종이성냥을 긋고 있자 나오코가 와인색 핸드백에서 기다란 전자라이터를 꺼내 불을 붙여주었다.

"헤어지려는 건 사에키 씨 쪽인가요? 그렇다면 위자료를 오천만 엔이나 지불하는 것은 잘 이해가 되지 않는군요."

나오코는 핸드백에서 독하지 않아 보이는 외제 담배를 꺼내 불을 붙였다.

"남편이 어떻게 생각하는지 확실하게는 모릅니다. 하지만 그 사람이 원해서 저와 헤어지고 싶어하는 것은 아닐 거예요. 저를 싫어한다거나 달리 좋아하는 여자가 있다거나, 그런 건 아닐 겁니다. 그 사람은 어린애 같은 고정관념이 있죠. 자기는 저를 행복하게 해줄 수 없는 게 아닌가, 자기가 곁에 없는 게 오히려 도와주는 것이 아닌가, 그런 말을 몇 번이나 했는지 모르겠습니다. ……하지만 우리는 학창 시절, 졸업한 뒤의 교제 기간, 삼 년간의 결혼생활 동안 몇 번 위기가 있기는 했어도 그걸 극복하고 오늘까지 왔어요. 그렇게 사는 부부도 있는 거고, 우리가 특별히 불행하다고는 생각하지 않습니다."

빗방울이 떨어지기 시작해 나는 와이퍼 스위치를 넣었다. 우산이 없는 중학생 세 명이 소리를 지르며 보도를 달려 지나갔다. 차는 젠푸쿠지가와를 건너 나리타히가시 부근을 달렸다.

나오코는 두세 모금밖에 피우지 않은 담배를 대시보드 재떨이에 비벼 끄고 말을 이었다.

"결혼한 지 반년쯤 되었을 때 남편이 근무하던 신문사를 그만두게 되었죠. 그 사람이 어떤 건축회사의 위법행위를 폭로하는 기사를 썼는데 그 증거가 되는 서류에 좀 미묘한 문제가 있어서, 그 회사가 거꾸로 신문사를 명예훼손으로 고소하는 상황이 되었어요. 처음에는 신문사도 재판에서 이길 거라고 판단해서 남편을 지지했는데 어느 날 갑자기 그 건축회사에 대한 사과문을 게재했습니다. 남편은 그날로 신문사를 그만두었어요."

남편의 사직이 당연하다는 말투였다. 자기 믿음에 따라 깔끔하게 직장을 그만두려는 남편, 그걸 만류하지 않는 이해심 있는 아내. 그저 세상살이에 서툴 뿐인 젊은 세대인가? 요즘 젊은 세대는 결정타를 날리기 전에 잽을 주고받지 않는다. 그래서 마찰이 생기면 느닷없이 파국을 맞는다.

"그 무렵부터 우리 두 사람의 감정 문제에 지나지 않던 것이 표면화되기 시작한 것 같아요. 신문사를 그만둔 남편은 덴엔초후에 잘 들르지 않게 되었죠. 그리고 퇴사 후에 프리랜서 르포라이터가 되겠다고 했는데 실제로는 이렇다 할 기사를 발표한 것 같지도 않더군요. 자기 작업실을 갖고 싶다며 나카노에 아파트를 빌리고 바삐 뛰어다니며 뭔가 계속 조사하는 것 같았는데, 구체적으로 무얼 했는지는 저도 모르겠어요. 당연히 아버지를 비롯해 제 주위에서는 남편이 장래에 관해 어떻게 생각하는지 신경을 쓰기 시작했죠……. 약간 불안정하기는 했어도 결정적인 파탄을 초래할 일은 없었고, 부부로서 생활을 계속해왔습니다. 전 졸업 후 바로 출판사에 들어가 여성잡지 편집 일을 했기 때문에 그이의 수입이 없어도 생활은 어렵지 않았어요. 남편도 정기적으로 구가야마에 있는 집에 들어왔으니 어떤 의미에서는 이게 우리 부부의 이상적인 상태일지도 모른다고, 전 그렇게 생각하기 시작했어요."

오우메 가도로 들어가 앞쪽에 간나나 길의 육교가 보일 무렵, 갑자기 빗발이 굵어졌다.

나오코의 목소리에서 감상적인 빛깔이 사라졌다. "9월쯤부터 남편이 구가야마에 있는 집에 들어오는 간격이 조금씩 길어졌죠. 그 사람은 새 일에 손을 대느라 바빠졌다고 했어요. 그 이야기를 듣고 저는 잘된 일이라며 기뻐했습니다. 이달 들어서는 아직 한 번도 들어오지 않아 조금 걱정은 했는데 느닷없이 아버지가 남편의 일방적인 통보를 받았다는 겁니다."

그때의 충격이 되살아난 듯이 나오코는 무릎 위에 얹은 손을 꼭 쥐었다. "그이가 니라즈카 변호사를 통해 위자료 오천만 엔을 받고 저하고 이혼하고 싶다고 한 것은 사와자키 씨도 이미 아시죠? 그날 저는 하루 종일 남편에게 전화를 걸었지만 도무지 연락이 닿지 않았어요. 그래서 어떻게든 그날 안으로 그 사람을 만나려고 나카노로 찾아갔던 거죠. 대체 무슨 생각인지, 아버지나 니라즈카 씨를 통하지 않고 단둘이 이야기하고 싶었어요."

"그때 조수석에 앉아 있던 남자는 어땠습니까?"

"마치 자기는 거기 없는 사람이라는 듯 말없이 앉아 있었어요."

나는 사무실로 찾아왔던 남자의 특징을 다시 자세하게 설명했다.

"많이 비슷하네요." 나오코가 말했다. "확실하다곤 할 수 없지만 아마 그분인 것 같아요. 하지만 오른손 문제는 잘 모르겠어요."

"그렇습니까? 말씀 잘 들었습니다. 그럼 남편분과 이야기한 건 그때가 마지막입니까?"

"아뇨, 저는 제가 납득할 수 있는 이야기를 듣고 싶어서 '당신 작업실에서 기다릴게'라고 했습니다. 그러자 남편은 하치오지 쪽에 다녀와야 하는데 얼마나 걸릴지 모르겠다고 대답했어요. 그리고 서로 두세 마디 감정적인 말을 주고받았던 것 같습니다. 저는 제 감정을 억누를 수 없어 돌아서서 그냥 가버리려 했죠. 모르는 사람도 있는데 눈물이 쏟아질 것만 같았거든요. 뒤에서 시동을 거는 소리가 나고 마크II가 저를 스쳐 지나갈 때 그 사람이 내일 전화하겠다고 했어요. 차는 그대로 달려 나갔고, 그게 그 사람을 마지막으로 본 거에요."

"하치오지 쪽이라면, 어디로 무얼 하러 간 건지 아십니까?"

"아뇨." 나오코는 시무룩한 표정으로 고개를 저었다.

"이튿날 전화는 없었고요?"

"아…… 이튿날 오후에는 일 때문에 사무실을 비워야 했어요. 자리에 없을 때 전화가 몇 통 왔다는데 그 가운데 한 통이 그 사람이었는지도 모르죠." 나오코는 어깨를 늘어뜨리며 떨리는 입술을 꼭 깨물었다.

"시댁에는 연락해보셨습니까?" 내가 물었다.

나오코는 고개를 끄덕였다. 사에키 나오키에게는 재혼한 아버지와 외국에서 결혼생활을 하는 누나가 있지만 거의 연락을 주고받지 않았고, 두 사람 다 오히려 사에키의 근황을 나오코에게 묻는 형편이었다고 한다. 나오코는 기억나는 모든 사람에게 남편이 어디 있는지 물어보았는데, 사에키의 행방을 아는 사람은 아무도 없었다.

나는 화제를 바꾸어 가이후라는 남자가 사무실로 찾아왔을 때의 상황을 나오코에게 설명했다. 정확하게 말하면 그 남자가 의뢰인은 아니었다는 사실도 설명했다. 그 사람이 다시 사무실에 나타나면 뭔가 실마리를 잡을 수 있을지도 모른다고 했다. 나오코는 빗방울이 흘러내리는 전면 유리창 너머를 바라보며 내 이야기를 들었다.

서로 말없이 한동안 달려 스기야마 공원 사거리를 지났다. 다음 모퉁이에서 좌회전한 뒤로는 나오코가 가르쳐주는 길을 따라 달렸다. 몇 분 뒤, 사에키 나오키의 아파트에 도착했다. 1960년대 후반에 지어진 5층짜리 낡은 아파트로, 콘크리트 벽에는 포도송이 껍질 표면 같은 검은 금이 이리저리 나 있었다. 사에키의 주차 공간에는 그가 타는 마크II가 보이지 않았다. 그 자리에 블루버드를 주차했다. 긴 바늘의 반이 부러진 대시보드의 시계를 보니 2시 반이었다. 밖에는 여전히 비가 세차게 내렸기 때문에 나오코가 빨간 레인코트를 입는 동안 기다렸다. 우리는 블루버드에서 내려 비를 맞으며 아파트 현관까지 달려갔다.

7

엘리베이터는 이 초마다 신경을 건드리는 기분 나쁜 소리를 내며 위로 올라갔다. 3층에서 내리자 엘리베이터 바로 오른쪽에 사에키 나오키가 작업실로 쓰는 303호가 있었다. 사에키 나오코가 복사한 키를 써서 문을 열자 그녀의 발치 바닥에 있는 검붉은 작은 얼룩을 보였다.

"이상하네." 나오코는 열쇠를 뽑고 말했다. "문이 잠겨 있지 않아요. 어제 분명히 잠갔거든요. 남편이 돌아왔다면 좀 전에 초인종을 눌렀을 때 대답했을 텐데." 나오코가 손잡이를 잡고 당기자 철제문은 저항 없이 열렸다.

현관 신발 벗는 곳에는 나오코에게 들은 대로 며칠 치 신문이 쌓여 있었다. 둥글고 검붉은 얼룩이 그 신문 위에도 하나 있었다. 게다가 입구에서 안쪽을 보니 이렇게 이른 시간인데도 불이 환하게 켜 있었다. 아무리 비가 내리는 오후라고는 해도 별로 어둡지 않았다.

나는 안으로 들어가려는 나오코의 팔을 붙들었다.

"잠깐만요. 제가 먼저 살펴보겠습니다. 엘리베이터 앞에 있는 벤치에서 기다리시겠어요?"

"왜요……?" 나오코는 의아하다는 듯이 물었다. 그리고 내 표정을 보더니 나오코의 얼굴에서 핏기가 싹 가셨다.

"설마." 나오코는 깜짝 놀라 소리를 지르며 무작정 아파트 안으로 들어가려 했다.

"제 말대로 하세요." 나는 나오코의 팔을 놓지 않았다. "아마 염려할 만한 일은 없을 겁니다. 어쨌든 금방 알게 되겠죠."

나오코의 팔에서 점점 힘이 빠졌다. 냉정을 되찾은 나오코는 알았다는 듯이 고개를 끄덕였다. 나는 나오코의 몸을 엘리베이터 쪽으로 향하여 밀며 팔을 놔주었다. 나오코는 불안한 표정으로 나를 돌아보며 벤치로 향했다.

사에키의 아파트로 들어가 문을 닫았다. 신발을 벗고, 신문지 더미를 건너뛰어 안으로 들어갔다. 방 두 개에 부엌과 식당이 있었다. 현관에서 시작하는 마루가 깔린 복도를 따라 오른쪽은 화장실, 세면실, 욕실, 부엌 겸 식당이 순서대로 있었고 녹색 커튼이 쳐진 유리창 밖은 베란다인 모양이었다. 식당에 놓인 식탁 위에는 오렌지색 갓이 달린 전등이 켜 있었다. 왼쪽 바로 앞에는 패널 도어가 달린 방으로 안쪽에는 3미터가 조금 안 되는 폭에 세 개의 판자문을 세운 방이 있었다. 첫 번째 문을 열자 한눈에 사에키의 작업실이라는 것을 알 수 있었다. 오른쪽 벽에 커다란 책상이 있고, 길이를 자유롭게 조절할 수 있는 조명기구가 방금 누군가가 있었던 것처럼 책상 위를 비췄다. 나머지 세 벽면은 모두 책꽂이로 가득했다. 거기 꽂지 못한 책과 잡지는 바닥에 쌓여 있었다. 그 방은 그대로 두고 안쪽 방을 살펴보기로 했다.

세 개의 판자문 가운데 하나가 반쯤 열려 있었기 때문에 거기부터 먼저 들어가보았다. 방 안은 어둑했지만 왼쪽 안에 있는 세미 더블베드 머리맡의 램프가 켜 있어 앞은 보였다. 천장 한가운데는 일본식 갓을 씌운 형광등이 마치 야구방망이로 얻어맞은 듯 매달려 있고, 박살이 난 유리조각은 바닥 카펫 위에 흩어져 있었다. 폭력의 흔적을 보자 몸 안에서 아드레날린이 급격하게 분비되는 것 같았다. 베란다 쪽 유리문의 커튼을 열면 더 밝아질 테지만 그러고 싶은 충동을 억눌렀다.

대충 둘러보니 침대 옆 옷장, 소파 두 개 그리고 그 사이에 놓인 낮은 탁자가 보였다. 오른쪽 구석에는 텔레비전과 오디오 장비와 레코드판이 꽂힌 랙, 마지막으로 방구석 쪽에 세워둔 아이스하키용 스틱 몇 개가 눈에 들어왔다. 그것들을 차례로 살펴보다가 소파 팔걸이에 양말 한 짝이 얹혀 있는 것을 보았다. 형광등 파편을 밟지 않도록 주의하면서 소파 쪽으로 다가갔다. 양말 안에는 사람의 발이 들어 있었고, 그것은 갈색 바지에 연결되어 있었다. 염려하던 것을 발견했다.

소파 뒤를 보니 한쪽 발을 소파 팔걸이에 걸친 남자가 꼴사나운 모습으로 천장을 보고 쓰러져 있었다. 베이지색 코트와 갈색 상의 앞섶이 활짝 열렸고, 와이셔츠의 가슴께는 온통 검붉게 물들어 있었다. 와이셔츠 주머니 한가운데 작고 까만 구멍이 O자로 시작하는 이니셜 자수처럼 뚫려 있었다. 거기서 뭔가 그을린 듯한 냄새가 희미하게 풍겼다. 남자의 늘어진 오른손에는 총신이 짧은 권총이 쥐어져 있었다. 손잡이 부분에 S와 W자가 새겨진 둥근 금속이 박혀 있는 것이 보였다. 남자의 턱 아래 손가락을 대보았지만 경동맥을 찾을 것까지도 없이, 살아가는 데 필요한 만큼의 체온은 남아 있지 않았다.

그 시체는 이 방의 주인으로 보기에는 나이가 너무 많아 보였다. 남자는 적어도 쉰 살쯤으로 보였고, 짧게 깎은 머리에는 흰 머리카락이 꽤 섞여 있었다. 재빨리 남자의 주머니를 뒤져보았다. 상의 안 주머니에서 신분을 파악하기에는 더할 나위 없지만 그다지 반갑지 않은 물건이 나왔다. 까만 경찰수첩이었다.

사람을 알려면 입에서 나오는 말보다 그 사람의 주머니에 든 내용물 쪽을 더 신뢰해야 하는 경우도 있다. 죽어 말이 없는 사람에게서 조사할 수 있는 것을 다 살펴본 뒤에 원래 상태로 되돌려놓았다. 권총 총구에 코를 가까이 가져가자 화약 냄새가 코를 찔렀다. 탄창을 조사해보고 싶었지만 권총은 건드리지 않기로 했다. 그 방의 카펫과 복도에서도 각각 한 군데씩 검붉은 얼룩이 발견되었다. 그리고 몇 분을 더 들여, 이 집 안에 적어도 두 번째 시체는 존재하지 않는다는 사실을 확인했다.

엘리베이터 앞에서 불안한 듯 담배를 피우던 사에키 나오코를 일단 남편 작업실 안으로 불렀다. 그리고 바로 사에키 나오키의 사진을 찾아달라고 했다. 나오코는 책상 서랍 하나에서 세 달쯤 전에 구가야마에 있는 집 마당에서 찍었다는 스냅사진을 열 장쯤 찾아냈다. 부드러움과 강인함이 함께 느껴지는, 의지가 강해 보이는 젊은이의 사진이었다. 적당한 키에 적당히 살이 붙은 체구였지만, 팔과 어깨쪽은 옆방에서 보았던 아이스하키 장비를 떠올리게 할 만큼 탄탄해 보였다. 길게 기른 곱슬머리 아래에는 카메라를 든 아내를 부드럽게 바라보는 두 눈이 있었다. 어쨌든 사에키 나오키는 옆방에서 발견된 시체와 전혀 닮지 않은 청년이었다. 나는 스냅사진 가운데 적당한 것 두 장을 골라 촬영한 사람의 양해를 얻어 주머니에 넣었다.

"하치오지 경찰서의 이하라 유키치라는 형사를 아십니까?" 나오코에게 물었다.

"아뇨…… 모릅니다."

옆방에 누워 있는 남자의 특징을 자세하게 이야기해주었지만 나오코의 대답은 마찬가지였다.

"그럼 하치오지 쪽 경찰에 관해 뭔가 짚이는 것은 없습니까?"

"아뇨…… 수요일 밤에 남편이 그 경찰서에 간 걸까요?"

"그건 아직 모르죠. 그런데 어제 여기 오신 건 몇 시쯤이었습니까?"

"아침 8시쯤이었을 거예요. 그 사람은 올빼미 스타일이라 만약 돌아왔다면 이른 아침 시간에 만나기 더 편하거든요."

"여기서 나간 것은 몇 시쯤이죠?"

"9시에 나갔습니다. 늦어도 10시까지는 시부야에 있는 출판사에 도착해야 하니까요."

나오코에게 더 질문해봐야 별다른 수확을 기대할 수 없을 듯했다. 이제 나오코에게 상황을 설명해야 할 시간이었다.

"놀라지 말라는 게 무리겠지만, 마음을 가다듬고 들어주세요. 옆방에 그 이하라라는 형사의 시체가 있습니다."

"뭐라고요? 시체가……? 그게 남편은 아니죠? 그 사람은 괜찮은 걸까요?"

"예, 아마도." 나는 모호하게 대답했다.

옆방에서 발견한 폭력의 흔적과 몇 개의 핏자국을 생각하면 낙관적인 대답은 할 수 없는 상황이었다. 하지만 될 수 있으면 나오코가 차분할 수 있기를 바랐다. 나오코는 예상보다 훨씬 더 차분했다. 일단 남편이 죽은 것은 아니고, 또 남편 작업실에 형사의 시체가 있다는 의미를 아직 이해하지 못했기 때문이다.

나는 책상 위에 있는 전화기를 끌어당겼다. "아버님은 어디 계실까요?"

"덴엔초후에 계실 거예요. 오후에 서양미술관 관장이 만나러 올 거라고 하셨으니까."

"전화번호를." 나는 수화기를 집어 들며 말했다. 나오코가 불러주는 번호대로 다이얼을 돌렸다. 바로 여자 목소리가 들렸다.

"사라시나 씨를 급히 바꿔주십시오."

"누구십니까?" 아마 그 기모노를 입은 여자일 것이다.

"아까 찾아뵀던 탐정 사와자키입니다."

"대단히 죄송하지만 지금 손님을 만나고 계시는 중이니 지장이 없으시다면."

"지장이 있습니다. 손님이 있는 건 압니다. 서양미술관 관장. 손님이고 뭐고 소중한 딸이 살인 사건에 휘말릴 우려가 있다고 전해주세요. 미리 이야기하지만 그 말대가리 같은 변호사가 나오면 바로 끊을 겁니다. 그 남자는 상대하고 싶지 않군요. 반드시 사라시나 씨 본인에게 전화를 받으라고 해주세요. 이상."

사라시나의 소중한 외동딸은 내 통화를 들으며 쓴웃음을 지었다. 그녀는 내가 걱정할 만큼 마음이 여린 여자는 아닌 모양이었다. 수화기를 귀에 댄 채로 사에키의 책상 위를 조사했다. 사라시나가 말한 탁상달력은 전화기 바로 옆에 있어 금방 찾을 수 있었다. 11월 21일, 목요일 페이지가 펼쳐져 있었다. 나를 사라시나 저택으로 끌어들인 사에키의 메모가 거기 있었다.

1시 니시고리 TEL

6시 신주쿠 서쪽 출구 광장 파출소 앞

밤 8시 덴엔초후

사와자키

와타나베 탐정사무소 368-8156

6시의 신주쿠 관련 메모는 또박또박 쓴 글씨였지만 다른 내용은 모두 흘려 써서 읽기 어려웠다. 사에키가 1시에 전화했을 것으로 보이는 '니시고리'라는 인물이 내가 아는 그 '니시고리'라면 여기 내 이름과 사무실 전화번호가 적히게 된 경위도 짐작이 갔다. 적어도 직업별 전화번호부를 펼쳐 우연히 내 사무실을 골랐을 거라고 생각하는 것보다는 설득력이 있었다. 탁상달력 페이지를 넘기는데 수화기에서 사라시나 슈조의 목소리가 들렸다.

"사와자키 씨입니까? 아까 하신 말씀이 정말인가요?"

나는 정말이라고 대답하고, 간단하게 상황 설명을 했다. 사라시나가 바로 이곳으로 오겠다는 것을 내가 말렸다.

"아뇨, 솔직하게 말씀드리겠습니다만 오셔봤자 도움이 안 됩니다. 경찰에 시달릴 사람만 한 명 늘어날 뿐이죠. 그보다는 실력 있는 변호사를 알아보실 수 있습니까? 니라즈카 변호사가 아니라 형사 전문 변호사 말입니다."

"알겠습니다. 생각나는 변호사가 있으니 잠깐 기다려주세요." 전화를 대기 상태로 돌리는 소리가 났다. 삼 분쯤 기다리자 다시 사라시나의 목소리가 들렸다. "오기란 변호사가 늦어도 삼십 분 이내에 그곳에 도착할 겁니다. 신주쿠에 있는 사무실에서 출발하니 조금 더 일찍 도착할지도 모릅니다. 그래도 괜찮겠습니까?"

"예, 번거롭게 해드려 죄송합니다."

"달리 내가 할 수 있는 일이 또 있습니까?"

"아뇨. 하시던 일 계속 보십시오. 따님은 괜찮습니다. 시간이 없으니 이만 끊죠. 앞으로는 그 변호사의 지시에 따르시기 바랍니다."

"딸을 바꿔주세요."

사라시나가 그렇게 말했지만, 나는 무시하고 수화기를 내려놓았다. 내가 청구할 탐정 요금에는 의뢰인의 아버지에게 명령을 받는 요금은 포함되어 있지 않다. 의뢰인의 아버지를 위로하는 요금도 물론 포함되어 있지 않다.

8

변호사가 도착하기까지 삼십 분간 사에키 나오코의 도움을 받아
방 안을 최대한 꼼꼼하게 살펴보았다. 사에키가 최근, 특히 구가야
마에 들르는 일이 뜸해졌다는 9월 이후에 어떤 일에 관계하고 있었
는지를 알고 싶었다. 책상 위, 서랍 안, 파일 캐비닛 등에 원고와 자
료 종류가 상당히 있었다. 하지만 사에키의 행동을 좌우하던 것으로
보기에는 어느 것이나 조금 부족하다는 인상을 받았다. 탁상달력을
9월까지 거슬러 올라가며 훑어보았지만 인명, 지명, 회사명에 전화
번호나 약속 시간이 적혀 있을 뿐이라 이거다 싶은 것이 없었다.

　나오코를 남겨두고 다시 옆방으로 향했다. 침대 옆에 있는 옷장을
열어 사에키의 옷들을 뒤져보았지만 아무런 수확도 없었다. 텔레비
전과 오디오를 넣은 랙을 살펴보아도 역시 마찬가지 결과였다. 턴테

이블 위에 중절모를 쓰고 코트를 입은 남자의 뒷모습 사진이 담긴 음반 한 장이 놓여 있었다. 'ASK ME NOW'란 타이틀이었다.

"대체 이 방에서 무슨 일이 일어난 거지?" 내가 물었다.

레코드판에 있는 남자나 시체로 쓰러져 있는 남자나 아무런 대답도 없었다. 레코드판 밑에 무언가 비어져 나와 있는 것이 보였다. 이와나미 문고에서 펴낸 두꺼운 《악의 꽃》이었다. 아무래도 기울기가 신경 쓰이는 레코드판을 집어 들어보았다. 아래에서 작은 원통 모양의 물건이 굴러 나왔다. 바닥에 떨어지기 전에 얼른 받아들었다. 촬영이 끝난 필름 카트리지였다.

책상이 있는 방으로 돌아와 사에키 나오코에게 필름 현상에 대해 동의를 구하는데 입구에서 초인종이 짧게 한 번 울렸다.

나는 필름을 주머니에 넣고 얼른 문으로 갔다. 살인자가 다시 돌아왔을 가능성도 있고 신문이나 보험, 또는 신흥종교를 권유하는 사람과 마주치고 싶지 않았기 때문에 만약을 위해 도어스코프로 밖을 확인했다. 어안렌즈 덕분에 말상으로 보이지 않는 니라즈카 변호사의 얼굴이 거기 있었다. 나는 문을 열었다.

당황하는 얼굴을 보더니 상대가 먼저 선수를 쳤다. "난 동생이 아닐세. 쌍둥이 형인 오기 변호사지. 잘 부탁하네. 안으로 좀 들어갈까?"

그는 낡은 서류가방을 가슴에 안고, 비에 젖어 축축한 냄새를 풍기며 내 옆을 스쳐 지나 안으로 들어갔다. 정수리가 허전한 반백의 머리카락, 도수 높은 검은 테 안경, 맵시가 별로 나지 않는 회색 양복, 오로지 실용성만 생각한 합성가죽 구두, 내용물 이외에는 애써 의도한 것처럼 동생인 니라즈카와는 전혀 달랐다. 나는 오기 변호사의 뒤를 따라 사에키의 작업실로 돌아왔다.

"아, 나오코." 오기가 큰 소리로 말했다. "이게 몇 년 만이지? 많이 컸고 무척 예뻐졌군. 내가 덴엔초후에 드나들었던 게 2대째인 고야 회장이 말썽을 일으켰을 때니까 넌 아직 학생 때였나? 형사 사건 전문 변호사란 전염병을 옮기는 귀신이나 마찬가지라서 넌 나 같은 인간하고는 평생 인연이 없는 행복한 세상에 살 줄만 알았는데. 안타깝구나."

"죄송해요. 이런 곳에 오시라고 해서."

"뭘, 괜찮아. 나오코를 위해서라면. 게다가 일이니까. 보수는 아버지한테 듬뿍 받을 거야. 그런데 대체 어떻게 된 거지?" 그가 내 쪽으로 돌아보았다. "사와자키 씨라고 했나?"

나는 상황을 설명했다. 상대는 이 방면의 프로라서 이해가 빨랐다. 오기와 나는 옆방으로 옮겼다. 그는 시체를 보았지만 손도 대지 않았다.

"하필이면 형사라니, 골치 아프군." 그는 재판정 벽에 난 얼룩이라도 보는 듯한 눈으로 말했다.

"경찰수첩에 있던 명함을 보면 하치오지 경찰서 수사과 형사인 모양이야."

"그런 변두리 경찰서는 내 얼굴이 통하지 않아. 경찰관만 아니라면 손을 쓸 방법이 있겠지만…… 제길."

"동생에게 최근 사에키의 행동에 관해 뭔가 들은 것 없나? 짚이는 구석 같은 건 없어?"

"아니, 쓸데없는 험담이라면 실컷 들었지만 이럴 때 도움이 될 만한 이야기는 전혀."

"변호사 처지이니 고야, 사라시나 두 집안의 문제는 미연에 막아야 한다고 그렇게 주의를 주었는데. 사에키에겐 신경을 쓰지 않았나?"

오기는 고개를 저었다. 어두컴컴한 방 안에서 우리는 서로 보이지 않는 탐색전을 펼쳤다.

"당신은 동생하고 별로 안 닮았군." 내가 말했다.

"난 태어나서 그 반대되는 감상밖에 들어본 적이 없는데, 무슨 뜻이지? 칭찬인가? 뭐, 그럴 리는 없겠지."

우리는 사에키의 작업실로 돌아왔다. 오기 변호사는 나오코와 나를 번갈아보며 말했다.

"그래, 이제 어쩔 셈인가?"

"경찰에 신고를 해야지." 내가 말했다. "하지만 그전에 한 가지 분명히 해두고 싶은 게 있어. 당신 의뢰인은 누가 되는 거지?"

"그건 뭐 사라시나, 고야 두 집안을 위해 최선을 다하는 것이 내 역할이니까……."

"당신을 이리 보내라고 한 건 그런 얼빠진 소리를 듣기 위해서가 아니야. 사라시나와 고야 두 집안의 이해가 대립할 때는 어떻게 할 건가?"

"그런 일은 있을 수 없지. 하지만 만에 하나 그렇게 되는 경우가 있다면 사라시나 집안의 변호사인 셈이지."

"나오코 씨가 아버지와 대립하게 되면?" 내가 다시 물었다.

"알았어." 오기는 포기했다. "나오코가 내 의뢰인이야. 이제 됐나?"

나는 고개를 저었다. "증거가 필요해."

"참 끈질긴 친구로군." 오기가 말했다. 하지만 화가 난 것 같지는 않았다. "어쩔 수 없지. 나오코, 얼마든 상관없으니 돈을 내. 내가 영수증을 써주면 난 네게 고용되는 거야." 그는 서류가방에서 영수증철을 꺼내 쓰기 시작했다.

"이런 게 필요해요?" 나오코는 핸드백에서 지갑을 꺼내며 내게 물었다.

내가 대답하기도 전에 오기가 말했다. "됐어, 나오코. 자, 천 엔이든 이천 엔이든 괜찮으니 이리 줘. 내가 저 사람 입장이라도 마찬가지였을 거야. 원래는 영수증을 쓰지 않고도 빠져나갈 길이 없는 건 아니지만 그러면 변호사로서의 평판이 땅에 떨어지겠지."

두 사람은 영수증과 돈을 교환했다. 내가 전화기로 손을 뻗는 것을 보고 오기가 말했다. "잠깐. 당신만 점수를 따면 내가 여기까지 달려온 보람이 없지. 이번 경우에 대해 최선의 조치를 미리 생각해 두었는데……. 당신은 여기서 바로 나가주는 게 좋겠군."

"그래……?" 나는 전화기에서 손을 물렸다.

나오코가 오기의 말뜻을 알아듣지 못하고 물었다. "하지만 사와자키 씨는 제 부탁으로 여기 와주신 거예요. 왜 그렇게 말씀하세요?"

"이유가 몇 가지 있어." 오기가 대답했다. "첫 번째는 탐정을 고용해서 사에키를 찾으려 한 이상 저 사람에겐 그 일에만 전념하게 해야 해. 여기 경찰이 밀고 들어오면 이 탐정은 일단 이틀이나 사흘가량 움직일 수 없게 될 거야. 나는 변호사로서 나오코만이라면 늦어도 오늘 8시에는 경찰서에서 풀려나 집으로 돌아갈 수 있게 할 자신이 있어. 하지만 이쪽 탐정은 아무것도 보장할 수 없어. 경찰에 썩 좋지 않은 기억을 심어준 경력이 있거나 하면 오늘 밤은 경찰서 신세를 져야 할 수도 있어. 내 의뢰인은 나오코이고, 탐정은 내 의뢰인이 아니니까. 내가 무리를 할 이유가 없지." 그는 의미심장한 웃음을 흘렸다.

"그리고 현재 사에키를 찾아내기 위한 실마리는 사에키에 대해 물어보러 당신 사무실에 찾아온 남자뿐이지 않나? 그 남자와 접촉할 기회를 놓치지 않기 위해서라도 당신은 경찰서 같은 데서 꾸물거리면 안 되는 거야."

오기의 제안에는 일리가 있었다. 게다가 이 만만찮은 변호사가 붙어 있다면 나오코가 경찰에게 번거로운 일을 당하지도 않을 것이다. 경찰서에서 내가 할 수 있는 일은 조사 담당자의 심증을 나쁘게 만드는 일쯤일 것이다.

"그건 둘째 이유고." 내가 말했다. "사실은 사라시나 가문 주변에 스캔들 조짐이 보이니 고문 변호사로서 탐정 같은 수상한 놈까지 등장시키고 싶지 않다는 눈물겨운 배려가 첫째 이유겠지."

"그건 셋째 이유고." 오기가 말했다. "둘째는 이 매력적인 부인을 에스코트해서 경찰 나부랭이들로부터 지켜낸다는 멋진 역할을 당신 같은 사람하고 나누고 싶지 않아서야. 그리고 만에 하나 문제가 생겼을 경우, 나오코와 나뿐이라면 변호사의 권리를 행사해서 말을 맞출 수도 있어. 당신까지 그러기는 버겁지."

내가 나오코에게 말했다. "제가 여기 없었던 걸로 경찰에게 이야기하기 쉽지 않을 텐데, 괜찮겠습니까?"

"예, 어떻게 해볼게요. 그러니 사와자키 씨는 남편 찾는 일에 신경 써주세요. 부탁드려요."

"알겠습니다. 그런데 한 가지 문제가 있군요." 나는 사에키의 탁상달력을 가리켰다. "이 메모를 그냥 두면 언젠가는 경찰이 나를 귀찮게 굴 텐데."

오기는 잠깐 생각하더니 내 이름과 사무실 전화번호가 적힌 목요일 페이지를 뜯어냈다. "이런 건 처음부터 없었던 걸로 하지."

나는 그 메모를 구기기 전에 오기의 팔을 잡았다. "그건 내가 맡아두지."

그가 씩 웃으며 메모를 내게 건넸다. "그러시지."

나는 오기 변호사와 나오코의 연락처를 물어 수첩에 적었다. 두 사람에게 내 명함을 건넸다. 사무실 전화번호 아래에는 부재중일 때 메시지를 남길 수 있는 서비스 번호가 인쇄되어 있었다.

나오코가 아파트 출구까지 배웅하겠다는 것을 거절했다. "나중에 전화하겠습니다. 내일 아침 수임료 입금하는 것 잊지 마시기를."

나오코는 그러겠다고 했다. 막 방을 나서다가 오기 변호사에게 물었다. "그런데 동생하고 왜 성이 다르지?"

"니라즈카라는 성은 어머니 성이야. 내 친아버지는 양자인데 다섯 번 사법고시를 봤지만 합격하지 못했어. 그래서 내가 아버지의 옛날 성으로 바꾸어 오기 변호사가 탄생하게 된 걸세."

"본인 입으로 들으면 전혀 느낌이 오지 않는 이야기가 많지만 그 가운데 최고는 자기가 효자라는 이야기지."

나는 오기의 웃음소리를 뒤로하고 출구로 향했다. 1층까지 가는 엘리베이터는 폐소공포증이 있는 사람이라면 분명 고문으로 느낄 법한 기분 나쁜 소음을 냈다. 엘리베이터에서 내렸을 때 오토바이를 탄 우편집배원이 아파트 앞을 달려가는 것이 보였다. 나는 걸음을 멈추고 현관 로비를 둘러보았다. 입구 가까운 곳 오른쪽 벽에 우편함이 놓여 있었다. 303호에는 다행히 자물쇠가 걸려 있지 않았다. 열어보니 신장개업 '나르시스'라는 남자 전용 미용실 전단지와 함께 사에키 나오키 앞으로 온 편지가 한 통 있었다. 나는 편지를 주머니에 넣고 아파트를 나왔다.

주차장에서 블루버드에 올라타니 옆에 있을 때는 의식하지 못했던 사에키 나오코의 희미한 향수 냄새가 났다. 향수는 여자의 무기라더니 역시 묘한 작용을 한다. 오우메 가도로 나와 약간 잦아든 빗속을 신주쿠 방향으로 달리는데 멀리서 희미하게 경찰차 사이렌이 들리는 것 같았다. 어쩌면 사이렌은 내 머릿속에서 울리는 건지도 몰랐다.

9

신주쿠로 돌아온 시각은 4시 반이었다. 나는 햐쿠닌초 뒷골목에 있는 사진관에 들러 사에키의 아파트에서 들고 나온 필름을 현상해 달라고 맡겼다. 무엇이 찍혀 있는지 모를 필름을 일반 현상소에 맡기는 것은 어리석은 짓이다. 그 사진관은 요금이 좀 비싸기는 하지만 주인이 앞을 보지 못하기 때문에 법에 저촉될 만한 것이 찍혀 있는 필름이라도 마음 놓고 맡길 수 있는 곳이었다.

당시만 해도 하루에 반나절은 술이 깬 상태였던 와타나베와 함께 내가 이 사진관을 처음 찾은 것은 분명히 오 사다하루가 칠백오십오 개째던가 칠백오십육 개째 홈런을 친 날 밤이었다. 벌써 팔구 년 전 이야기인데, 와타나베는 일이 끝나면 '등번호 1'에 축배를 외치던 시절이었다. 이제는 매일 밤 축배를 들 이유가 궁하지는 않을 것이다. 그 뒤로 이 사진관에 쉰 통이 넘는 필름을 맡겼고, 백 통 이상을 현상할 수 있는 비용을 지불했다.

"요새 너무 뜸해." 사진관 주인은 렌즈가 동그란 까만 안경을 밀어 올리며 말했다. "와타나베 선생한테서는 여전히 연락 없고?" 은팔찌를 차본 적이 있는 인간에겐 알코올의존증 전직 경찰관도 영원한 경찰관이다.

인사를 대신한 사진관 주인의 물음에는 대꾸도 하지 않고 천 엔짜리 지폐 두 장을 손에 쥐어주며 물었다. "사진은 언제 찾을 수 있지?"

그가 고개를 저었다. "나도 와타나베 선생 걱정이 돼. 흠, 사진은 내일이면 언제든지 괜찮아. 뭘 찍은 필름이야?"

"알면 이런 데 던져주러 오지도 않지."

"그도 그렇군." 그는 누런 이를 드러내며 웃었다. "그런데 자네 몇 살이지? 왼쪽 관자놀이 부근에 흰머리가 한 가닥 났군."

"제 마누라를 모델로 한 에로 사진 필름을 들고 오는 녀석들은 진짜로 당신이 앞을 못 본다고 믿는 거야? 진짜로 눈이 보이지 않아도 현상과 인화를 할 수 있다고 믿는 건가."

"글쎄, 어떨까? 그렇게 믿으니 사진을 찾으러 왔을 때 아무렇지 않은 표정을 지을 수 있겠지."

"힘들이지 않고 모은 에로 사진 컬렉션과 그걸 복사한 사진으로 돈을 버는 걸 알면 그놈들도 그런 표정일 수는 없을 텐데."

사진관 주인은 까만 안경을 쓴 눈으로 물끄러미 나를 보았다. 그리고 고개를 젓더니 슬픈 표정을 지으며 말했다. "녀석들은 그런 거 뻔히 알면서도 필름을 가지고 오는 거야. 그런 사진을 찍는 사람들 마음을 자네가 이해하지 못하는 거지."

"아마 그렇겠지. 내일 사진 찾으러 올게."

나는 차를 몰아 5시가 되기 전에 니시신주쿠 외곽에 있는 사무실에 도착했다. 빗발이 가늘어져 곧 날이 갤 것 같았지만 주위는 완전히 어두워져 있었다. 나는 책상 조명 스위치를 켜고 일단 전화 응답 서비스 번호를 눌렀다.

'예, 여기는 전화 서비스 T·A·S입니다……. 와타나베 탐정사무소요? ……현재 고객님께 걸려온 전화는 없습니다. ……. 아뇨, 천만에요. 늘 이용해주셔서 감사합니다.'

눅눅해진 상의를 벗어 의자 등받이에 걸기 전에 사에키 나오키 앞으로 온 편지와 사에키의 사진을 주머니에서 꺼내 책상 위에 내려놓았다. 담배에 불을 붙이고 편지를 집어 들었다. 편지봉투 뒤에 '후추 제일병원'이라고 인쇄되어 있었다. 나는 남의 편지를 훔친 죄에 그것을 뜯어보는 죄까지 저지를 참이었다. 살인 사건의 증거 인멸 가능성도 적지 않았다. 상당히 대담하지 않은가, 죄를 짓는 것은 즐거운 일이다. 책상 위에 있는 가위를 들어 봉투 윗부분을 잘랐다. 병원 이름이 인쇄된 편지지에 상당히 흘려 써서 읽기 힘든 편지였다.

안녕하십니까? 보내주신 편지 잘 읽었습니다. 귀하가 문의하신 건에 관하여 신속하게 조사를 한 바, 분명 저희 병원에 지난 7월

14일부터 7월 15일까지 입원 치료를 받은 환자와 귀하의 친구분과는 공통점이 많아 아무래도 동일 인물임이 틀림없을 것으로 보입니다. 하지만 문의하신 그 환자의 병세, 진단, 치료 경과 등에 관해서는 본인, 또는 본인의 위임장을 지참한 대리인 이외에는 공개할 수 없으니 부디 양해해주시기 바랍니다. 다만 그 환자의 경우 7월 15일에 담당의사의 허락 없이 무단으로 퇴원하였으며, 게다가 입원할 때의 특수한 사정 때문에 환자의 진료기록에는 본인의 이름, 주소, 연령, 성별 등이 전혀 기재되어 있지 않습니다. 다시 말씀드리자면 환자가 누구인지 저희 병원은 전혀 모릅니다. 따라서 위임장이 있더라도 그런 내용에 관한 문의에는 답을 해드릴 수 없습니다.

또 편지에는 귀하의 친구분이 무단 퇴원 때 병실에 치료비로 십만 엔을 남겼다고 적었지만 매우 유감스럽게도 저희 병원에는 수납되지 않았습니다. 이 문제는 저희 병원의 방범 및 관리 문제와도 관계가 있는 일이니 귀하 또는 그 환자로 여겨지는 친구분께서 내원해주시기를 당부드리는 바입니다.

환자의 치료비 및 입원비는 보험으로 처리할 수 있는 금액의 산정이 불가능하기 때문에 합계 사만이천삼백칠십오 엔으로 계산했습니다.

이상과 같은 사정에 따라 저희 병원은 어쩔 수 없이 7월 말일자로 이 건을 후추 경찰서에 신고하였으니 신속하게 처리가 된다면 귀하 및 귀하의 친구분 입회하에 후추 경찰서에 연락하여 쌍

방에게 가장 합리적이고 타당한 해결을 위해 노력하겠습니다.

만약 이달 말까지 출두나 연락이 없을 경우 귀하의 편지를 후추 경찰서에 제출할 수밖에 없으니 부디 선처 바랍니다.

후추 제일병원 서무과 아사쿠라

11월 23일

이런 내용이었다. 나는 편지를 봉투에 넣고 담배를 피우며 잠시 생각에 잠겼다. 사에키 나오키가 무슨 내용을 문의했는지 모르기 때문에 파악이 되지 않는 부분이 많았다. 게다가 병원 직원인 아사쿠라라는 사람은 환자의 비밀을 지켜야 한다는 의무를 방패로 삼아 사에키의 문의에 대답하기를 거부한다. 사에키가 상태와 치료 경과를 알고 싶어했던 '친구'는 누굴까. 얼마든지 멋대로 추측해볼 수 있지만 그런 건 아무런 도움도 되지 않는다.

나는 책상 제일 아래 서랍을 열고 어제 사에키에 관해 물으러 왔던 가이후란 남자가 맡기고 간 봉투를 꺼냈다. '도쿄 도민은행'이라고 인쇄된 봉투는 열려 있어서 내용물을 바로 꺼낼 수 있었다. 가이후가 이야기한 대로 손이 베일 것 같은 만 엔짜리 지폐가 스물두 장 들어 있었다. 도민은행의 고객용 현금카드 지불전표가 함께 들어 있었다. 그 전표에 따르면 이 돈은 지난주 금요일인 11월 22일 10시 25분에 지불된 삼십만 엔 가운데 나머지인 모양이었다. 예금 잔액은 백이십만 엔하고도 구백칠십이 엔이 남아 있다. 얼른 담뱃불을 껐다. 전표 아래 있는 칸에 계좌번호와 함께 예금주의 이름으로 '가

76

이후 마사미'라고 찍혀 있었다. 은행에 따라서, 혹은 그 은행의 자동
지급기 기종에 따라서 계좌번호만 찍혀 나오는 것과 이 전표처럼 이
름까지 나오는 것이 있다.

나는 파일 박스에서 두툼한 50음별 전화번호부 가운데 '상권'을
들고 와 가이후 마사미를 찾았다. 흔한 이름은 아니라고 생각했는
데, 그래도 海部正美가 네 명, 正己가 두 명, 雅美가 한 명까지 모두
일곱 명의 목록을 만들 수 있었다. 내가 찾는 가이후 마사미가 도쿄
도내에 살고, 전화가 있을 거라는 근거는 전혀 없었지만 단 일곱 번
의 통화로 확인할 수 있다면 시도해볼 가치는 있었다. 수화기를 들
려다 잠시 생각한 뒤에 전화는 좀 더 늦은 시간에 거는 게 효과적이
겠다고 판단했다. 전화번호부의 해당 페이지에 일곱 명의 리스트를
끼워 넣었다.

전표와 돈을 봉투에 다시 넣고 사에키 나오키 앞으로 온 편지와
함께 책상 맨 아래 서랍에 넣었다. 사에키의 스냅사진 가운데 한 장
을 상의 주머니에 넣고, 또 한 장은 서랍에 넣은 다음 잠갔다. 여전
히 축축한 상의를 걸치고 한 개비밖에 남지 않은 담배를 주머니에
쑤셔 넣었다. 파일 박스 옆에 있는 사물함을 열어 옷걸이에 걸려 있
는 코트를 꺼냈다. 그리고 저녁식사와 식사하기 전에 마쳐야 할 용
건 하나를 처리하기 위해 사무실을 나섰다. 화가 나면 배가 고프다
는 속설이 있는데, 만약 그게 사실이라면 식사하기 전에 처리하기
딱 알맞은 일이었다.

10

믿을 수 없는 일이지만 임대료가 싼 건물들이 밀집한, 내 사무실이 있는 블록에서 겨우 500미터만 남쪽으로 가면 초고층빌딩이 빽빽하게 늘어선 신주쿠 부도심이 나온다. 기껏해야 1제곱킬로미터 면적 안에 이 거리의 낡고 허름한 풍경과 가장 현대적인 풍경이 길 하나를 사이에 두고 코를 맞대고 있는 것이다. 뒤에 있는 잡거빌딩은 스며드는 어둠 때문에 제대로 보이지도 않고, 앞쪽에 있는 고층빌딩은 비 갠 뒤의 수증기에 싸여 시야에 들어오지 않았다. 하지만 그 안에서 우글거릴 인간들의 어리석음은 지상 몇 미터든 지상 몇백 미터든 전혀 다를 바 없다.

신주쿠 경찰서는 그 두 블록이 만나는 지점에 있다. 코트를 어깨에 걸친 채 그 3층짜리 건물 앞 횡단보도를 건넜다. 고층빌딩을 배경으로 집 지키는 개처럼 웅크리고 앉은 회색 건물은 접근하는 모든 것에 겁을 주려는 듯 보였다. 네바도 델 루이스 화산의 분화로 진흙 속에서 숨을 거둔 열두 살 소녀 이야기를 주고받던 두 명의 제복경관을 현관에서 스쳐 지나 1층 안내창구로 갔다.

모자를 쓰지 않은 젊은 경찰관이 창구 뒤에서 〈포커스〉인지 〈프라이데이〉 같은 사진 주간지를 펼쳐 몰래 보고 있었다.

"수사과 니시고리 형사 아직 있습니까?" 내가 물었다. 아직 이 경찰서에 근무하는지, 아직 이 시간에도 경찰서에 있는지, 어느 쪽으로든 받아들일 수 있도록.

"누구시죠?" 그는 내선전화로 손을 뻗으며 물었다.

"사와자키. 그렇게 이야기하면 알걸."

그가 전화에 대고 말했다. "여보세요……. 내선 27번, 수사과 니시고리 경부를."

내 시선이 사진 주간지로 향하고 있다는 걸 깨닫고 안내창구의 경찰관은 쑥스러운 듯이 말했다. "이런 잡지, 프라이버시를 침해하는 사진이 너무 많이 실린다고 생각하지 않습니까? 가수인 프랭크 나가이1985년에 자살을 기도도 그렇게까지 몰아붙인 건 너무 심했고, 도지사 선거 때는 아무런 근거도 없는 조작을 하다니. 찍는 쪽이 나쁘다, 찍히는 쪽이 잘못이다 말이 많은데, 어떻게 생각합니까?"

누가 전화를 받은 모양이었다. "여기 1층 안내창구인데요, 지금 사와자키란 분이 찾아왔습니다. ……예, 그렇습니다. ……알겠습니다." 그는 전화를 끊고 내게 말했다. "이쪽 계단 2층으로 올라가서 오른쪽으로 꺾으면 수사과가 있습니다. 두 번째 방입니다."

"고마워." 나는 인사를 하고 안내창구를 떠났다. 계단에 발을 딛고서 안내창구의 경찰관에게 말했다. "그런 잡지를 사서 읽는 놈들이 제일 나쁘지."

경찰서 내부는 오 년 전과 변함이 없었다. 파트너인 와타나베 겐고가 일으킨 사건 때문에 공범 혐의로 이 경찰서의 2층으로 연행되었다. 무의미하고 가혹한 취조가 사흘간 이어졌고, 나흘째 되던 날 이른 아침에 풀려났다. 이 계단을 내려올 때 구역질이 심하게 났는데, 그것은 취조 때문이 아니라 와타나베에 대한 무력감과 상실감 때문이었을 것이다. 하지만 일찍이 와타나베에게 수사의 ABC를 배우고, 결혼 중매인을 부탁하기도 하고, 십여 년간 한솥밥을 먹었던 니시고리 형사에게 그 사건은 틀림없이 나보다 훨씬 더 아픈 상처였을 것이다.

2층 수사과는 네 개 섹션으로 나뉘어 있다. 계단에 가까운 쪽에서부터 총무과, 중범죄를 다루는 1과, 경범죄와 기타 범죄를 다루는 2과, 3과, 조직폭력단을 담당하는 4과. 니시고리는 그 두 번째 문 앞에서 마지막 보았을 때와 같은 무뚝뚝한 표정으로 나를 기다렸다. 짙은 갈색 기성 양복에 검은 넥타이 그리고 튼튼해 보이는 검은 단화까지 전형적인 고참 형사의 모습이었다. 나이는 쉰 살 언저리, 키는 175센티미터쯤, 체중은 80킬로그램가량. 외모에 관해서는 구구한 설명이 필요 없다. 강타자로 유명했던 옛날 세이부 라이온스의 '등번호 7', 도요다 야스미쓰와 구분하기 힘들 만큼 닮았다. 몇 년 만에 만난 니시고리는 현역 시절보다는 은퇴 후 야구 해설자로 활동할 때의 도요다에 더 가까워 보였지만, 눈만은 라이온스 전성기의 도요다 못지않을 만큼 날카로웠다. 다만 니시고리의 눈은 도요다 같은 승부사의 눈이 아니라 먹이를 쫓는 사냥꾼의 눈이었다. 말하자면 갈 데없는 형사의 눈빛이다.

니시고리는 말없이 앞장서서 복도 반대편에 있는 취조실 가운데 하나로 들어갔다.

"들어와서 문을 닫아." 그가 말했다.

시키는 대로 했다. 우리는 취조에 쓰는 엉성한 철제 책상을 사이에 두고 의자에 걸터앉았다. 나는 코트를 의자 등받이에 걸쳤다. 오년 전과 같은 방, 같은 책상, 같은 의자인지도 모른다. 니시고리는 조서를 받는 용도로 쓰는 또 다른 책상에 있던 알루미늄 재떨이를 집어와 가운데 놓았다. 용의자와 함께 고문을 당한 듯 찌그러진 재떨이가 달그락거리는 소리를 냈다. 니시고리는 조용해지기를 기다렸다.

"무슨 일이지, 탐정?"

"경부로 승진한 모양이네. 당신 세대가 일찍 죽은 사람들이 많지. 경부가 어지간히 부족한 모양이야."

니시고리는 안색 하나 변하지 않았다. 우리는 동시에 담배를 꺼내 동시에 불을 붙이고 동시에 상대에게 연기를 뿜어냈다.

"무슨 일인가?" 그가 다시 물었다. "와타나베한테서 연락이라도 왔나?"

"이삼 년 전에도 내 사무실에 나타나 같은 질문을 했어. 기억하나?"

"그랬지. 나하고 자네 사이에 달리 무슨 할 이야기가 있겠어?"

"내 대답도 그때와 마찬가지야."

나는 그때 이렇게 대답했다. '와타나베가 누군가에게 연락을 취한다면 일단 당신에게 했을 거야. 당신은 최근 상사에게 일억 엔 및 각성제 강탈범으로 극비 수배중인 와타나베 겐고한테서 개인적인 연락이 왔다고 보고했나? 아니지? 그렇다면 내게도 와타나베한테서 연락 같은 건 온 적이 없다는 이야기지.'

니시고리는 일어서서 환기를 위해 창문을 열고 돌아왔다. 담배 연기가 빠져나가고 대신 눅눅한 밤공기가 방 안을 채웠다.

"그럼 무슨 일이지?" 니시고리가 세 번째 물었다.

"지난주 목요일에 르포라이터 사에키 나오키에게 전화를 했을 텐데, 그때 무슨 이야기를 했는지 가르쳐줘."

"사에키 나오키? 아아, 그 신문기자였던 친구? 내용이고 뭐고 없어. 적당한 탐정을 소개해달라고 해서 자네 생각이 나 가르쳐주었지. 그뿐이야. 별로 고마워할 필요는 없네."

나카노 경찰서의 경찰관이 사에키의 아파트에 도착한 지 이미 두 시간 이상 지났을 것이다. 형사 살해 사건이라면 도쿄 도의 모든 경찰서에 신속하게 통보될 것이다. 니시고리가 보고를 듣고 아파트 주인의 이름을 기억해냈을 때는, 그가 아무리 매달린다 해도 이 경찰서 안에 있고 싶지 않았다.

나는 담배를 재떨이에 끄고 말했다. "그가 적당한 탐정이라고 했나? 그런 일이라면 옆에 있는 전화번호부를 뒤적이면 끝날 일일 텐데. 형사에게 물을 필요까지는 없겠지. 아니면 두 사람은 스스럼없이 전화해서 물어볼 수 있을 만한 관계인가?"

"아니." 니시고리가 퉁명스럽게 말했다. "꽤 오래전 이야기야. 한 상해 사건 범인이 신문사를 통해 자수해온 일이 있어. 그때 전화로 이야기를 나눈 기자가 사에키였어. 우리는 범인이 지정한 장소에서 그 녀석이 자수할 때까지 반나절을 기다렸지. 그 뒤로 만나면 이야기를 나누는 사이였지만 신문사를 그만둔 뒤로는 거의 만나지 못했어. 지난주에 전화가 왔을 때, 이름만 듣고는 누군지 바로 기억해내지 못할 정도였으니까."

"그런 사이라면 무슨 이유로 탐정을 고용하고 싶어하는지 물었겠군. 경찰은 무엇이든 어지간해선 남들에게 잘 가르쳐주지 않잖아?"

니시고리는 차갑게 웃었다. "본인에게 물어봐. 자넬 고용한 사람일 텐데."

나는 대꾸하지 않고 니시고리의 짙은 눈썹 주위를 바라보았다.

"어떻게 된 건가?" 그가 의아하다는 듯이 물었다. "사에키가 자넬 고용하지 않았나? 자네 입에서 사에키의 이름이 나왔으니 뭔가 접촉은 있었을 텐데."

"서로 질문만 하면 결말이 나지 않겠지. 내 의뢰인은 사에키 나오키의 부인이야. 사에키를 찾아달라는 의뢰를 받았어. 그는 지난주 목요일 이후 행방이 묘연한 상태지. 아는 것은 목요일 1시에 당신에게 전화해 나에 대해 물었다는 사실뿐이야."

"그 친구가 행방불명이라고?"

"그래. 그래서 사에키가 전화로 당신에게 무슨 이야기를 했는지 알고 싶어. 사에키는 9월쯤부터 무슨 조사에 몰두했던 모양인데, 그 사람 부인도 구체적인 내용은 몰라. 사에키가 무엇을 조사했는지, 나를 고용해서 무얼 시킬 작정이었는지, 그걸 알면 그 사람을 찾는 데 도움이 되겠어."

니시고리는 담배를 비벼 끄면서 마지막 연기를 찡그린 입술 사이로 뿜어냈다. 그의 얼굴에 나를 사에키에게 소개한 걸 후회하는 표정이 또렷하게 드러났다.

"내가 왜 탐정이 하는 일을 도와줘야 하지?"

나는 대답하지 않았다. 경찰관만큼 자기 질문에 대답이 돌아오지 않는 일에 익숙하지 못한 인종도 없다.

"탐정, 자넨 오 년 전 일로 내게 뭔가 빚이 있을 텐데." 그가 또박또박 말했다. "자네가 이틀이나 구류되어 심문을 받았던 것은 자업자득이야. 자넨 결백을 증명하지 못했으니까."

"사흘간이야. 그리고 공범이라는 증거는 아무것도 없었어."

"그렇지 않아. 내 이야기는 자네가 와타나베와 오류 녀석 함께 일하면서도 그가 그런 짓을 꾸미고 있었다는 걸 깨닫지 못했다는 거야. 내가 보기에는 공범보다 더 나빠."

니시고리의 이야기는 말도 안 되는 억지였지만 어떤 의미에서는 옳았다. 내 마음 한구석이 그의 생트집 같은 비난에 분명히 아픔을 느꼈다.

"그렇지만 말이야." 내가 낮은 목소리로 말했다. "의심하는 일이 전문인 당신들도 감쪽같이 속았잖아? 그게 분명히 야마구치구미 쪽과 적대하던 '세이와카이'라는 조직폭력단이었지? 와타나베를 미끼로 삼아 세이와카이와 각성제 3킬로그램을 일억 엔에 거래하는 식으로 스토리가 정리되었어. 당신들은 전직 경찰관인 와타나베가 경찰에 협조할 거라고 믿어 의심치 않았고, 세이와카이는 경찰에서 밀려난 알코올의존증 늙다리가 경찰을 배신할 거라고 믿었고. 그래서 경찰은 진짜 각성제까지 준비해 와타나베를 거래 장소로 보냈어. 하지만 경찰 각본대로 '게이오 플라자 호텔' 방으로 쳐들어가니 수갑을 찬 채로 넋이 나가 있는 세이와카이의 조장과 간부 한 명만 남아 있었을 뿐, 각성제와 일억 엔은 물론이고 와타나베도 사라져버렸고. 맞지?"

"시끄러. 그 사건 이야기를 더는 입에 올리지 마."

나는 담배를 꺼내려 했지만 한 개비도 남아 있지 않았다. 빈 갑을 쓰레기통에 던져 넣고 니시고리 쪽으로 손을 뻗었다. 그는 마지못해 자기 담배를 한 개비 꺼내주었다. 내 담배와 이름은 같은데 필터가 달려 있었다. 불을 붙여 한 모금 빨았지만 잘 빨리지 않아 필터를 뜯어냈다. 니시고리는 기분 나쁘다는 표정을 지었다.

내가 말했다. "와타나베는 내게 가출한 세이와카이의 보스 딸을 찾아달라는 의뢰를 받았다고 했어. 그래서 세이와카이나 신주쿠 경찰서와 자주 연락해도 별로 이상하게 여기지 않았고 내 일만 했지.

난 형사처럼 남을 의심하는 습성이 없어."

"그쯤 해두지." 니시고리는 노기를 띤 목소리로 말했다. "나는 그 미끼 작전에 반대했어. 하지만 공을 세우고 싶어 안달이 났던 신임 수사과장이 막무가내로 결행해버린 거란 말이야. 경찰학교를 수석으로 졸업했다는 게 자랑이던 그 멍청이는 지금 자기 고향 지방 경찰서에서 찬밥 신세지."

"그 작전에 반대했다고? 그냥 듣고 넘길 수 없는 이야기로군. 와타나베가 그렇게 나올 거라는 걸 예측이라도 했다는 소리인가?"

"멍청한 소리 하지 마. 내가 반대한 건 그런 위험한 일에 미끼로 경찰 외부 인력을 쓴다는 데에 대해서야. 다른 녀석들과는 달리 난 와타나베가 알코올의존증이 꽤 심하다는 걸 알았어. 작전대로 임무를 수행할 수 있을지 어떨지 의문이었지."

"멋지게 해치웠지."

"멋대로 줄거리를 바꿔서 문제였지." 니시고리가 괴로운 표정으로 말했다.

나는 그의 얼굴을 바라보았다. "생각해보니 당신은 그 좌천된 과장과는 달리 여유 있게 경부까지 승진했어. 작전에 반대했다고 해서 그 사건이 당신에게 플러스가 된 거 아니야?"

"할 말이 있고 해선 안 될 말이 있어." 니시고리는 화난 표정으로 말했다. "와타나베가 경찰이었을 때 내게 어떤 사람이었는지 아나?"

"들었어."

"그렇다면 다신 그따위 헛소리 지껄이지 마."

그는 알루미늄 재떨이를 내 앞으로 디밀었다. "난 바빠. 볼일 다 봤으면 꺼져줘."

나는 담배를 끄면서 말했다. "결국 사에키 나오키는 내게 전화하지 않았어. 그날 밤 그는 오천만 엔이라는 거금을 손에 넣을 기회가 있었는데 거기도 나타나지 않았지. 불법적인 돈이 아니야. 그 뒤로 닷새가 지났군. 분명히 그럴 만한 사정이 있을 테지." 나는 의자에서 일어나 코트를 집어 들었다.

니시고리는 창문을 닫으러 갔다가 돌아왔다. 눈썹을 찡그리고 뭔가 생각하는 표정이었다. 그리고 빠른 말투로 이야기하기 시작했다. "사에키는 처음에 '성실하고 열성적이며 믿을 수 있는 탐정 모르냐'고 물었어. 그런 탐정이 있다면 우리 경찰서에서 채용할 거라고 대답했지. 그랬더니 '그럼 어쨌든 솜씨 좋은 탐정 없겠느냐'고 물었어. 솜씨가 좋다는 표현은 요즘 거의 사어나 마찬가지라고 대답했지. 그러자 이번에는 '그럼 돈을 벌기 위해서라면 뭐든 할 탐정은 모르냐'고 물었어. 그런 탐정이라면 주변 흥신소를 찾아보면 얼마든지 있을 거라고 대답했어. 그러자 '될 수 있으면 개인 사무실이 있는 탐정이 좋겠다'고 하더군. 그 말을 듣고 겨우 자네 생각이 났어. 사무실 연락처를 가르쳐주자 그는 '그 탐정은 약간의 위험은 견뎌낼 수 있고, 비밀을 지켜줄 사람이냐'고 물었어. 그래서 나는 대체 왜 그런 탐정이 필요하냐고 물었지. 그가 '지금은 이야기할 단계가 아니지만, 만약 경찰에 신고해야 할 상황이 되면 당신에게 제일 먼저 연락하겠다'고 했어. 둘이 전화로 나눈 이야기는 그뿐이야."

"성실하고, 열성적이며, 믿을 수 있고, 솜씨가 좋고, 위험을 무릅쓰고, 비밀을 지킬 수 있는, 개인 사무실을 운영하는 탐정이라? 게다가 돈이라면 무슨 짓이든 하는 탐정은 없느냐고 물었다? 어처구니없군. 사에키란 친구는 대체 무슨 생각이었던 거지? 그가 뭘 하고 있었고, 무엇 때문에 탐정을 고용하려 했던 걸까? 그런 중요한 내용은 아무것도 묻지 않은 거야?"

"시끄러. 난 바빠. 한가한 너희와 어울릴 시간이 없다고."

나는 고개를 설레설레 젓고 문 쪽으로 향했다. "큰 도움이 되었어, 경부."

"서둘지 마, 탐정." 뒤에서 니시고리가 말했다. "사에키로부터 전화가 온 다음 날이었지. 〈아사히 신문〉을 정년퇴직한 다쓰미란 남자가 내게 전화를 했어. 경찰 출입기자로는 베테랑이었는데 퇴직한 뒤에는 부인과 딸에게 카페를 내주고 자기는 내킬 때마다 르포나 잡문 같은 걸 써. 사에키의 선배야. 사에키가 탐정 문제를 처음 의논한 사람은 그 다쓰미였던 모양이야. 다쓰미는 신주쿠 경찰서 형사 출신으로 탐정사무소를 낸 사람이 있다는 걸 기억해내고 내게 물으면 알지도 모르겠다고 대답해주었대. 사에키는 나하고 면식이 있으니 자기가 직접 물어보겠다고 했다더군. 사에키와 다쓰미는 같은 기자 출신이니까 나보다는 좀 자세한 이야기를 했을지도 몰라."

나는 고개를 끄덕였다. 니시고리는 다쓰미가 냈다는 카페 이름과 위치를 가르쳐주더니 다시 볼일이 끝났으면 얼른 꺼지라고 했다. 나도 바라던 바였다.

11

그 카페는 지하철 신주쿠교엔마에 역에서 걸어서 오륙 분 걸리는 하나조노미나미 공원 길에 있는 4층짜리 벽돌색 건물에 있었다. 1층의 반을 차지한 사무자동화기기나 사무기기를 판매하는 무역회사는 셔터가 내려져 있었고, 나머지 반은 흰 고양이가 카운터 위에서 가게를 지키는 세탁소와 '사우스 이스트'라는 이름의 카페가 갈라 쓰고 있었다. 흰 모르타르를 바른 벽과 니스 칠을 한 나왕목을 써서 치장한 외관에 올리브색 블라인드가 쳐진 커다란 창이 있는 평범한 카페였다.

나는 'PM 6:00 – 11:00 퍼브 타임'이라고 적힌 팻말이 걸린 문을 열고 가게 안으로 들어갔다. 그다지 넓지 않은 공간에 서너 명의 손님이 식사를 하거나 술을 마시는 중이었다. 카운터 안쪽에 모녀로 보이는 두 여자가 있었지만 다쓰미로 짐작되는 남자의 모습은 보이지 않았다. 하얀 벽에 걸린 검은 바탕에 흰 글씨의 시계가 7시 15분을 가리켰다. 나는 배가 고파 여기서 식사할 생각으로 구석 칸막이 자리에 앉았다. 가게 안은 적당한 조명에 적당히 따뜻했고, 적당한 음량의 클래식 음악이 흘렀다. 딸로 보이는 여자가 물을 들고 주문을 받으러 왔다. 나는 코트를 벗으며 바로 옆 벽에 붙어 있는 일러스트 광고 속 '특제 비프스튜'와 커피를 주문했다. 그녀는 긴 머리카락을 등까지 늘어뜨리고 요즘 유행하는, 일부러 쭈글쭈글하게 만든 듯한 천의 엷은 색 상의 차림이었다. 서른 살쯤 되어 보이는 나이치고는 기혼인지 미혼인지 구분하기 힘들 만큼 밝은 얼굴이었다.

"실례합니다." 나는 그녀를 불러 세웠다. "다쓰미 씨를 만나고 싶은데 나오실까요?"

그녀는 카운터 안에 있는 나이 든 여자에게 물었다. "아버지는 오늘 밤 '슈사쿠'에 가 계시죠?"

그렇다는 대답이었다. 다쓰미의 딸은 나를 돌아보며 말했다. "아버지는 가부키초에 있는 기원에 가셨는데요."

"저는 사와자키라고 합니다. 아직 뵌 적은 없지만 신주쿠 경찰서의 니시고리 경부 소개로 찾아왔습니다."

"그러세요? 잠깐만 기다려보세요. 전화를 걸어 바로 불러드릴게요."

"아뇨, 그럴 순 없죠. 그 기원이라면 제가 아니 조금 있다가 그리 가보죠."

"예. 하지만 어머니가 감기 기운이 있어서 일찍 돌아오시라고 할 생각이었어요. 그리고 도중에 길이 엇갈리면 곤란하잖아요." 딸은 카운터 안으로 들어가 내가 주문한 내용을 어머니에게 알리더니 계산대 옆에 있는 수화기를 집어 들었다. 전화번호를 외우는 것을 보니 이럴 때가 자주 있는 듯도 했다.

신주쿠 역 매점에서 산 담배의 셀로판 포장지를 벗겨내고 한 개비를 뽑아 불을 붙였다. 그녀는 통화를 마치더니 내게 재떨이를 가져다주며 말했다. "아버지는 이십 분쯤 뒤에 오실 거예요. 조금 기다려주세요."

나는 고맙다고 했다. 한 손님이 나가려 하자 그녀는 계산대 쪽으로 돌아갔다.

하이든 스타일의 현악 사중주 알레그로를 들으며 담배 한 대를 다 피우자 주문한 식사가 나왔다. 긴 아다지오와 경쾌한 템포의 미뉴에트를 들으며 허기를 달래고 커피를 마시면서 피날레를 듣고 있을 때 다쓰미가 들어왔다.

그는 딸과 잠시 이야기를 나누었다. 그리고 감기 기운이 있다는 어머니가 가게를 나가는 모습이 보였다. 다쓰미는 신문사에서 정년 퇴직을 한 나이로는 보이지 않을 만큼 힘찬 걸음걸이로 나에게 다가왔다. 청바지에 갈색 스웨이드 점퍼, '고스트 버스터스' 마크가 붙은, 두툼한 감으로 만든 빨간색 캡이 잘 어울렸다. 오십대 중반이라고 해도 믿을 것 같지만 인사를 위해 모자를 벗자 귀 주위와 뒷머리에만 흰머리가 약간 남은 대머리가 드러났다. 주름이 많은 검은 얼굴은 저널리스트라기보다 나이 든 가구 기술자처럼 보였다.

"오래 기다리셨습니다. 다쓰미입니다." 그는 또렷한 목소리로 자기소개를 했다. 나도 자리에서 살짝 일어나 명함을 건네며 자기소개를 했다. 다쓰미는 맞은편 의자에 앉더니 내 명함을 보며 말했다. "니시고리 경부가 소개하셨다고요? 혹시 내 기억이 틀리지 않는다면 경찰을 그만두고 탐정사무소를 시작한 분이 와타나베 부장형사였죠? 그 무렵 나는 경시청 담당이어서 직접 만난 적은 없지만 신주쿠 경찰서의 나베초 형사라고 하면 수사 분야에서는 소문난 수사관이었죠. 와타나베 씨는 잘 지냅니까?"

"본인은 여전히 잘 지낸다고 합니다." 나는 와타나베가 최근에 남긴 편지에서 인용해 대답했다.

"피차 적지 않은 나이니 건강 조심하라고 전해줘요. 아마도 와타나베 씨가 경찰을 그만둔 게…… 그게 1970년 안보투쟁이 있기 한 해 전이었던가? '사토 수상 미국 방문 저지' 소동으로 아들이 체포되었다고 들었는데."

"그렇게 들었습니다."

"그건 남의 일이 아니었죠. 우리 큰애도 역시 각목을 들고 이리저리 뛰어다니던 때였으니까요. 우리 애는 다행히 체포되지 않았고, 나는 신문사에 다녔기 때문에 별로 문제될 게 없었습니다. 하지만 경찰관은 처지가 그렇지 못했겠죠. 그때는 참 불효막심한 녀석이라고 생각했지만 요즘 젊은이들에 비하면 패기가 있었다는 생각도 듭니다. 하기야 우리 큰애가 지금은 그런 적 없었다는 표정으로 고등학생인 손자의 대학입시에 신경을 곤두세우거나 분수에 맞지 않게 오토바이를 사주기도 하고……. 뭐, 어느 시대나 부모란 별로 현명하지 못한 것 같군요."

어느새 손님은 나만 남았다. 다쓰미는 딸에게 맥주를 가져오게 했다.

"탐정인 사와자키 씨가 니시고리 경부 소개로 왔다면, 용건은 사에키 관련이군요?"

나는 고개를 끄덕이고 단도직입적으로 이야기를 시작했다. "사에키 씨는 지난주 목요일부터 행방불명입니다. 그건 알고 계십니까?"

"아뇨, 전혀. 그게 정말인가요?" 그가 깜짝 놀라며 물었다.

"저는 사에키 씨 부인의 의뢰로 남편을 찾고 있습니다."

사에키 본인이 고용할 생각이었던 탐정이 그 부인에게 고용된 사정을 나는 꼭 필요한 만큼만 설명했다.

다쓰미의 딸이 맥주를 내와 두 사람 앞에 컵을 내려놓았다. 다쓰미가 맥주병을 받아들었다. "레이코, 넌 저쪽에 가 있거라."

내가 사양하자 그는 자기 컵에 맥주를 반쯤 따라 단숨에 들이켰다.

"설마 했는데, 그때 내 예감이 맞았군." 다쓰미는 컵에게 이야기하듯 말했다.

"그건 무슨 말씀이십니까?" 내가 물었다.

"사에키는 아마 뭔가 큰 특종 기사를 준비하고 있었던 모양입니다. 이건 같은 기자로서의 감인데, 초가을부터 점점 얼굴을 내미는 일이 많아져, 최근에는 일주일에 한 번 혹은 그 이상 찾아왔죠. 표정과 눈빛이 예전과는 좀 다른 느낌이 들었어요. 뭐랄까, 내게 하고 싶은 말이 있기는 한데 목에 걸려 나오지 않는다는 표정이었어요. 나도 현역 때는 그런 경험을 여러 번 했기 때문에 잘 알죠. 도움을 부탁해야 할지 어떨지를 고민하면서 나를 바라보는 그의 시선이 빤히 느껴졌어요. 안타깝게도 나는 실격이었던 모양입니다. 적어도 내게 특종을 빼앗길 염려는 없었을 테니 나이나 체력 같은 면에서 불합격이었겠죠. 결국 사에키는 나 대신 프로 탐정을 쓰기로 마음을 굳힌 걸 겁니다."

딸인 레이코는 카운터 안에서 설거지하고 있었는데 우리 이야기에 귀를 기울이는 것 같기도 하고 흘러나오는 쇼팽 피아노곡을 듣는 것 같기도 했다. 쇼팽을 싫어하는 여자와 청바지를 입은 야쿠자는 본 적이 없다.

"그렇다면." 나는 한숨을 섞어 말했다. "사에키 씨가 무슨 특종을 노리고 있었는지, 탐정을 고용해 무얼 할 생각이었는지는 듣지 못하신 모양이군요."

"그렇죠, 안타깝게도."

"하지만 방금 예감이 맞았다고 하신 말씀의 의미는 잘 이해가 안 되는데요."

"그건 사에키가 내게 아는 탐정이 없느냐고 물어왔을 때의 일이죠." 다쓰미는 사에키가 니시고리에게 전화로 이야기한 것과 마찬가지로 쓰고 싶은 탐정의 조건, 성실하고, 열성적이며, 믿을 수 있고, 솜씨 좋고 등등을 반복했다. "솔직히 놀랐습니다. 위험을 무릅쓰는 탐정이라니. 사에키가 추적하는 특종이 대체 뭘까 싶어 갑자기 걱정이 되었죠."

다쓰미는 말을 끊고 카운터에 있는 딸 쪽을 재빨리 살폈다. 그리고 목소리를 낮췄다. "사에키는 호감이 가는 후배이지만, 솔직하게 말하자면 딸인 레이코에게는 그러니까, 그게…… 애정의 대상이었죠. 그 친구에겐 그렇게 매력적인 아내가 있는데, 어리석은 딸년입니다……. 그래서 그 친구가 결코 위험한 짓은 하지 않기를 바랐어요. 나로서는 견제구를 던질 셈으로 니시고리 경부를 끌고 들어온 거죠. 나도 이판에 사십 년 가까이 있다 보니 굳이 니시고리 경부의 도움을 받지 않더라도 사에키가 원하는 탐정 두셋쯤은 압니다. 하지만 그가 경찰이라는 이야기를 듣고 어떤 반응을 보일까, 반응을 보이면 캐물어 선배로서 충고를 할 셈이었죠. 하지만 사에키는 경찰 이야기가 나와도 눈썹 하나 까딱하지 않았고, 니시고리 경부라면 자기도 아니 직접 물어보겠다고 대답했습니다……. 이렇게 될 줄 알았다면 그때 느꼈던 나쁜 예감을 믿고 좀 엄하게 다그치는 건데."

다쓰미는 어깨를 늘어뜨리고 깊은 한숨을 흘렸다. 기계적으로 맥주를 컵에 따랐지만 입에 대지는 않았다.

내가 물었다. "사에키 씨를 마지막으로 만나신 것은 언제입니까? 탐정 문제로 의논하던 그날입니까?"

"그렇죠. 그게 지난주……." 그는 카운터에 있는 딸을 바라보았다.

"수요일이에요." 레이코가 바로 대답했다. "제가 칠보공예 학원에서 돌아왔을 때 계셨으니까요."

"사에키 씨가 여기 있었던 시간은요?"

"7시경에 왔죠." 다쓰미가 대답했다. 레이코가 덧붙였다. "9시가 되기 전에 돌아갔어요. 제가 가게에 나온 지 삼십 분쯤 지났을 때니까요."

사에키는 10시 전후에 그 남자와 함께 자기 아파트 앞에서 아내인 나오코를 만났다.

"사에키 씨에게 동행이 있었습니까? 그날만이 아니고 다른 날이라도."

아버지와 딸은 얼굴을 마주 보았다. 아버지가 대답했다. "아뇨, 사에키는 여기 늘 혼자 왔죠."

"사에키 씨가 건 전화라거나 밖에서 걸려온 전화를 받은 기억이 없습니까?"

아버지와 딸은 잠시 생각에 잠겼지만 이내 두 사람 다 고개를 저었다.

"그 친구는 여기 일 때문이 아니라 늘 나하고 한잔하면서 이야기하러 왔으니까요. 적어도 마지막으로 탐정 이야기를 했을 때 이외에는 사에키가 우리 전화를 쓴 적이 있는지 없는지 기억이 나지 않는군요."

"한잔하면서 사에키 씨가 어떤 이야기를 했는지 기억하십니까?"

"그야, 여러 가지죠." 다쓰미가 말했다. "스포츠나 딱딱하지 않은 화제가 많았지만 그래도 피차 저널리스트 출신이니 신문 톱기사나 사회면 중요 기사들을 대개 화제로 삼았던 것 같습니다."

"요즘 화제로 삼은 것 가운데 기억나시는 것은 없습니까?"

"글쎄요⋯⋯. 생각나는 대로 이야기하자면 일단 한신 타이거스가 이십일 년 만에 우승한 이야기, 콜롬비아 화산 폭발 참사 이야기, 무쓰 시에서 일어난 오억 엔 강탈 사건 이야기. 그러고 보니 프로야구 드래프트 회의가 마침 그날이었으니까 PL 학원의 기요하라와 구와타 선수 이야기는 꽤 열심히 했죠. 규슈 스모 시합에서 지치요노후지가 오 연승을 할 수 있느냐 없느냐. 요즘은 덩치 큰 스모 선수들뿐인데 모래판 크기는 변하지 않아서 오히려 작은 선수들이 유리하다는 이야기도 했군요⋯⋯. 여러 가지 이야기를 했습니다. 대낮에 시민들이 보는 가운데 일어난 간토 연합의 야마무라구미 보스 사살 사건. 내가 바둑을 좋아하니까 조치훈 대 고바야시 고이치의 명인전 이야기. 그 친구는 학창 시절에 아이스하키를 했기 때문에 일본 리그에서 5연패를 노리는 우승 후보 오지제지가 고전중이라는 이야기. 조금 오래된 걸로는 여름 도지사 선거 때 일어난 저격 사건, 사이클의 나카노 고이치가 세계선수권 9연패를 한 이야기, 오리엔트 라이프 사의 분식회계 이야기 그리고 파출소 순경이 권총을 훔쳐 그 총으로 샐러리맨 금융업자를 쏘고 순경은 목을 맨 사건 이야기도 했군요. 일본에서도 요즘은 권총을 이용한 범죄가 급증했다는 이야기도 했죠⋯⋯. 그런 이야기들입니다."

"역시 화제가 풍부하시군요." 나는 한숨을 내쉬며 말했다. "사에키 씨가 좇던 특종은 화제로 삼았던 이야기와 관계가 있을까요?"

"글쎄요, 그건 뭐라고 말할 수 없군요."

나는 좀 다른 질문을 던져보았다. "후추 제일병원이란 데를 아십니까? 사에키 씨 이야기 가운데 그 병원 이야기가 나오지는 않았나요?"

다쓰미와 딸은 잠시 생각에 잠겼지만 고개를 갸웃거릴 뿐이었다.

"하치오지 경찰서의 이하라 유키치란 형사에 대해 들어본 적은 있습니까?"

이 질문에도 두 사람의 반응은 신통치 않았다. 다쓰미가 혹시나 하는 투로 말했다. "간토 연합의 야마무라구미 본거지는 가나가와지만 살인 사건이 일어난 곳은 분명히 하치오지 시 아니었나?"

"그럴지도 모르죠. 알아보겠습니다. 만약 사에키 씨와 관련해서 뭔가 생각이 나시면 명함에 있는 전화번호로 연락 주십시오."

"그럽시다." 다쓰미가 말했다. "그리고 사에키에 관해서 뭔가 알게 되면 이쪽에도 알려주시겠습니까?"

나는 그렇게 하겠다고 했다. 그리고 두 사람에게 고맙다는 인사를 하며 코트를 손에 들고 계산대로 향했다. 그때 전화벨이 울려 레이코가 수화기를 집어 들었다. 그녀는 바로 송화구를 막고 말했다. "아버지, 신주쿠 경찰서의 니시고리 경부님이에요."

내가 재빨리 다쓰미에게 말했다. "저는 이미 나갔다고 해주십시오. 사에키 씨를 찾는 데 방해받고 싶지 않아서요."

다쓰미는 바로 결단을 내렸는지 내게 고개를 끄덕인 뒤 수화기를 받아들었다. 나는 식사와 커피 요금을 지불하고 잔돈을 받았다. 두 사람에게 몸짓만으로 인사를 남기고 가게를 나왔다.

다쓰미 레이코가 건네준 잔돈에는 작은 쪽지가 섞여 있었다. 나는 옆에 있는 세탁소 불빛에 의지해 흘려 쓴 메모를 읽었다.

"큰길 서쪽에 있는 공원에서 십 분 뒤에."

12

사에키 나오키와 나 사이의 거리는 조금도 줄어들지 않았다. 내일은 사에키라는 사람에 관해 알아나가는 것이 아니라 그를 찾아내는 일이었다. 사에키 나오코의 의뢰를 받은 지 여덟 시간, 가이후 마사미라는 이름의 남자를 만난 지 하루 반이 지났고, 사에키 나오키가 내 탐정사무소 이름을 메모한 지 닷새 반이 지났다. 시간이 흐를수록 사에키는 오히려 내게서 멀어지는 것 같다는 느낌이 솔직한 감상이었다.

나는 당장이라도 꺼질 듯이 깜빡거리는 가로등 불빛을 받으며 하나조노미나미 공원의 눅눅한 콘크리트 벤치에 앉아 있었다. 희미하게 들려오는 도시의 소음 속에 인적은 없었다. 날이 꽤 추워졌기 때문에 코트 깃을 세우고 담배를 피웠다. 공원 안에 있는 나무 대부분은 이미 잎이 져, 지면에는 밤바람에 마른 잎이 굴러 다녔다. 춥지만 않다면 은근히 밀회를 즐기는 기분도 들었을 것이다. 발소리가 다가 와 내 앞에 멈췄다. 한 사람의 발소리가 아니었다.

고개를 드니 젊은 남자 세 명이 나를 에워싸고 있었다. 젊은 남자 라기보다 고등학생이나 그 또래 소년들이었다. 셋 다 침묵을 지키며 어른도 기가 죽을 만큼 사나운 눈초리로 나를 노려보았다. 정면에 있는 청바지에 청재킷을 걸친 소년이 우두머리인 모양이었다. 키가 나하고 비슷했지만 야위어 신경질적으로 보이는 생김새였다. 왼쪽 에 있는 소년은 키가 작고 체력도 없어 보였다. 요즘 유행하는 두툼 한 천으로 지은 양복 때문에 오히려 얼굴이 더 어려 보였다. 오른쪽 에 있는 가죽점퍼를 입은 소년이 문제였다. 나보다 키가 크고 체중 도 10킬로그램은 더 나갈 것 같았다. 세 명 가운데 가장 폭력을 즐 길 타입이었다. 다만 혈색이 좋지 않은 것으로 보아 반사신경은 둔 해 보였다. 세 명 모두 앞머리를 위로 치켜세우고, 옆머리는 포마드 를 발라 넘겨 이마 양옆에 면도질을 한 똑같은 머리 모양이었다.

"이봐." 청바지를 입은 소년이 말을 걸어왔다. "담배 좀 줘."

나는 태연을 가장하고 말없이 담배를 계속 피웠다.

"이 새끼 귀가 먹은 거 아니야?" 청바지가 양복을 입은 꼬마에게 물었다.

"겁먹어서 입이 떨어지지 않는 거 아닐까?" 그가 대답했다. 가죽 점퍼를 입은 소년이 즐거워 죽겠다는 듯이 웃었다.

"겁먹을 거 없어." 청바지가 말했다. "담배 한 대 좀 달라는 것뿐이야."

"일단은 말이지." 꼬마가 덧붙였다. 가죽점퍼는 또 킥킥 웃었다.

나는 반쯤 줄어든 담배를 다시 빨고 그걸 청바지를 입은 녀석 배꼽 부근을 향해 손가락으로 튕겨냈다. 녀석은 깜짝 놀라 휙 피하며 날카로운 목소리로 외쳤다. "뭐야!" 다른 두 명도 순간적으로 움찔했다. 녀석들은 남을 공격하는 데는 익숙해도 반격하는 데는 익숙지 않은 것이다.

"그 담배 주워 피워." 내가 말했다.

세 녀석은 재빨리 얼굴을 마주 보더니 바로 계속해야 할지 물러서야 할지를 선택했다. 그리고 이런 녀석들이 늘 그렇듯 잘못된 선택을 했다. 놈들은 나를 향해 소리를 질렀지만 세 녀석이 한꺼번에 소리치는 바람에 소음으로밖에 들리지 않았다. 청바지의 가느다란 콧등이 파르르 떨렸다.

나는 그 순간을 노렸다. 벤치에서 일어나 다시 소리쳤다. "주워!" 화가 치민 청바지가 무턱대고 내게 달려들려고 했다. 꼬마도 조금 늦게 덤벼들었다. 가죽점퍼만 그대로 서 있었다. 나는 얼른 왼쪽으로 달려가 가죽점퍼의 무방비한 목 언저리에 주먹을 한 방 날렸다. 덤벼드는 청바지의 손목을 피하며 낚아채 뒤로 꺾었다. 어느새 칼을 꺼내들고 달라붙으려는 꼬마의 무릎을 향해 힘껏 발길질을 날렸다.

그걸로 끝이었다. 한 놈은 내게 팔을 붙들렸고, 나머지 두 놈은 땅바닥에 구르며 신음을 했다. 꼬마가 떨어뜨린 칼을 벤치 아래로 차넣었다. 가죽점퍼가 숨을 제대로 쉬지 못하고 완전히 전의를 상실한 것을 확인했다.

"거기 꼬마, 내 담배 주워." 내가 말했다. 그는 무릎을 문지르며 꾸물거렸다.

"이놈 팔을 분질러도 괜찮겠어?" 나는 청바지의 팔을 더 비틀었다.

"아악! 야스오, 담배 집어." 청바지가 애처로운 목소리로 소리쳤다. 꼬마가 후다닥 담배를 주웠다. 불은 아직 꺼지지 않은 상태였다.

"담배 달라고 했지? 이 녀석 입에 물려줘."

꼬마는 무릎을 가리면서 일어섰다. 비 때문에 생긴 물웅덩이에 쓰러져 애써 차려입은 양복이 진흙투성이였다. 꼬마는 떨리는 손으로 청바지의 입에 담배를 찔러 넣었다. 청바지는 요란하게 기침하며 눈에 스며든 담배 연기에 눈물을 흘렸다. 어쩌면 아파서 그런 건지도 모르고, 굴욕감 때문인지도 모른다. 청바지가 담배를 뱉어냈다.

"네가 얘들 우두머리냐?" 내가 청바지에게 물었다.

팔을 살짝 비틀자 녀석이 고개를 끄덕였다.

"그럼 널 경찰서로 끌고 가겠어. 네가 혼자 책임져. 다른 두 녀석은 용서해주지. 불만 없지?"

청바지가 고개를 끄덕였다. 내가 꼬마에게 말했다. "너희는 얼른 집에 들어가." 꼬마가 뭐라고 항변하려 하자, 내가 호통을 쳤다. "이놈 팔이 부러져도 좋아? 너도 경찰서에 가고 싶어?"

"야스오, 얼른 가!" 청바지가 소리쳤다.

꼬마는 발을 절룩거리며 가죽점퍼에게 다가가 일으켜 세웠다. 가죽점퍼는 아직 숨을 쉬기 힘든 얼굴로 천천히 일어섰다. 두 사람은 돌아서서 걷기 시작했다.

"잠깐." 내가 소리쳐 불러 세웠다. 두 사람은 흠칫 멈춰 섰다.

"함께 말고. 각자 반대쪽으로 나가. 그리고 곧바로 집으로 가. 경찰에 너희는 여기 없었던 걸로 할 테니. 알겠나?"

두 녀석은 고개를 끄덕이고 좌우로 쪼르르 달려갔다. 나는 일 분을 기다렸다가 청바지의 팔을 풀어주었다. 녀석은 얼굴을 찡그리며 감각을 잃은 팔을 문질렀다. 나는 다시 벤치에 앉았다. 피곤하고 기분이 나빴다. 애들에게 폭력을 휘두르고 즐거워할 인간은 없다.

"왜 그래? 빨리 경찰서에 가지." 소년이 나이에 어울리는 목소리로 말했다.

"가고 싶으면 너나 가." 내가 말했다. 이제 지긋지긋하다. 아마 이 녀석들은 다음에는 더 만만한 상대를 골라 오늘 밤의 굴욕을 곱절로 풀 것이다.

"그만 돌아가라고. 내 맘 바뀌기 전에."

소년은 아직도 꾸물거렸다. "당신 경찰 아니야? 아니면 조직 사람?"

"얼빠진 소리 하지 마. 너희는 그냥 평범한 중년 남자에게 당한 거야."

소년은 납득이 가지 않는다는 표정을 지었다. "그렇지만 무슨 격투기나 운동 같은 거 하지 않아?"

나는 쓴웃음을 지었다. "아니야. 너희는 세 명이기 때문에 진 거야. 만약 그 가죽점퍼 혼자였다면 난 지금쯤 박살이 났겠지."

소년은 잠시 생각에 잠겼지만 이윽고 다른 두 명과는 다른 방향으로 걷기 시작했다.

"무슨 일 있었어요?"

다쓰미 레이코가 벤치 옆에 서서 공원을 나가는 소년과 나를 번갈아 바라보았다. 짙은 남색 저지 외투를 걸치고 있었다.

"아, 별일 아니에요. 담배를 달라고 해서."

"어머, 아직 고등학생 같은데. 줬어요?"

"예…… 그런데 입맛에 맞지 않는 모양이더군요."

"그래요?"

"그렇게 됐어요." 나는 자리를 옮겨 레이코가 앉을 만한 공간을 만들었다.

"늦어서 죄송해요." 레이코가 그렇게 말하며 내 옆에 앉았다.

"니시고리 경부님은 당신과 급히 연락을 취하고 싶은 모양이더군요. 아버지가 그렇게 전하라고 했어요."

나는 고개를 끄덕였다. "경부가 달리 무슨 말이 있었습니까?"

"사에키 씨에 관해 아버지에게 여러 가지를 묻는 것 같던데……. 사와자키 씨, 한 가지 여쭤도 될까요?"

"그러시죠." 레이코가 무엇을 묻고 싶은지 나는 알고 있었다.

그녀가 바로 그것을 물었다. "사에키 씨는 경찰에 쫓기는 건가요?"

깜빡거리는 가로등 때문에 내 대답을 기다리는 레이코의 얼굴이 초를 재듯 어두워졌다 밝아졌다 했다. 사에키의 아파트에 쓰러져 있던 시체를 떠올리면 답은 예스지만, 사에키가 그 죽음에 책임이 있는지 어떤지에 관해서는 아무 말도 할 수 없었다.

"그건 모릅니다. 적어도 현재 그렇다고 할 만한 일은 아무것도 없어요."

"그런가요?" 레이코는 작은 목소리로 물었다. "나오코 씨도 걱정하겠네요." 그 말에는 연하의 라이벌에 대한 동정심이 담겨 있는 듯했다.

나는 이 밀회의 목적을 레이코에게 상기시켰다.

"그래, 제게 무슨?"

레이코는 이야기의 실마리라도 찾는 듯이 자기 두 손을 들여다보았다.

"지난주 목요일에 사에키 씨와 만났을 때의 이야기를 해드리려고요. 제가 나카노에 산다는 건 아시나요?"

"아뇨."

"사에키 씨의 아파트에서 걸어서 십 분도 걸리지 않는 곳인데, 국철 나카노 근처에 있는 작은 연립주택이에요. 전에는 부모님과 함께 가게 위에 있는 아파트에 살았는데 저만의 공간이 갖고 싶어 작년부터 나와 살기 시작했습니다. 사에키 씨 아파트 바로 옆에 '루나 파크'라는 카페가 있는 건 아세요?"

"그게, 노란색 차양에 큰 유리창이 있는."

"예, 맞아요. 저는 제 아파트를 나와 마루노우치 선 신나카노 역으로 갈 때 길을 약간 돌아 늘 그 앞을 지나가요. 그러면 거기서 차를 마시고 있는 사에키 씨를 한 달에 서너 차례 만날 수 있었거든요. 아버지가 말씀드렸는지 모르겠지만 저는 사에키 씨에게 좋은 감정을 품고 있어요. 루나 파크와 부모님이 하시는 가게에서 사에키 씨를 만날 때가 제게는 가장 행복한 시간이죠. 우스운가요?" 레이코는 맨 마지막 말을 도전하는 듯한 말투로 마무리했다.

"우스울 때는 웃습니다." 내가 조용히 대답했다.

"그렇군요." 레이코의 표정이 누그러졌다. "저는 나오코 씨를 직접 만난 적은 없어요. 하지만 사에키 씨의 이야기로 미루어 무척 멋진 여성일 거라고 생각합니다. 그래서 때론 자기혐오에 빠질 때도 있지만 사에키 씨와 저 사이에는 결코 그 이상의 관계는 없습니다……. 이런 서론은 지루하시죠?"

"아뇨. 하지만 그다음 이야기를 하시죠."

레이코가 말을 이었다.

"지난주 목요일에 늦은 점심을 먹고 집을 출발했으니 루나 파크에서 사에키 씨를 만난 것은 2시가 가까울 때였을 거예요."

내가 아는 사에키의 동선은 그날 1시에 신주쿠 경찰서 니시고리에게 전화를 했다는 게 마지막이었다.

"그날은 평소와 좀 달랐다는 것만 또렷하게 기억해요." 레이코가 말했다. "일단 사에키 씨가 먼저 저를 발견하고 가게 안에서 손짓하더군요. 평소에는 대개 책이나 신문을 읽고 있어서 제가 먼저 말을 걸곤 했었죠. 그래서 삼십 분쯤 평소처럼 이야기를 나누었는데, 나중에 사에키 씨가 우리에게 뭔가 선물하고 싶다고 했어요. 이런저런 신세를 져서 답례로 저희 가족에게요. 어디에서 곧 돈이 들어올 거라고 하더군요. 물론 저는 사양했지만 사에키 씨는 고집을 부리며 제 말을 듣지 않았어요. 결국 다음에 만날 때까지 부모님이 뭘 갖고 싶은지, 두 분이 필요한 것을 알아오기로 약속을 했습니다. 제 선물은 정했지만 아직은 비밀이라고 했어요. 그런 일은 처음이라서 저는 얼마나 기뻤는지⋯⋯. 여자가 좋아하는 사람에게 선물을 받는 기분을 남자들은 상상도 못 할 거예요. 하지만 그 돈이라는 게 어쩌면 이번 사에키 씨 실종과 관계가 있을지도 모른다는 생각에 어쩔 줄을 모르겠어서 사와자키 씨에게 말씀을 드리기로 한 거예요."

"그렇군요. 그 돈이 어디서 무슨 이유로 들어오는지 이야기하지 않았나요?" 이야기했을 리 없다. 물어볼 필요도 없는 일이었다.

"아뇨⋯⋯. 하지만 금액은 이야기했는데, 농담인지 진담인지 제대로 알 수 없어서."

"호오, 얼마라고 했습니까?"

"그게, 오천만 엔이라더군요⋯⋯. 아직은 들어올 예정일 뿐이라면서 웃기는 했지만요."

그날 밤 사에키가 손에 넣을 예정이었던 이혼 위자료와 같은 액수였다. 공원 안이 더욱 조용해진 느낌이라 가로등이 깜빡거리는 소리마저 들릴 것 같았다. 레이코는 차분하게 코트 옷깃 언저리를 여몄다.

"평소와 다른 점이 또 한 가지 있었어요." 레이코는 아무 말도 하지 않는 게 두렵다는 듯 빠르게 이야기했다. "사에키 씨는 여러 가지로 바쁘다면서 먼저 카페를 나갔어요. 저는 학창 시절 친구를 만나기로 했는데 약속한 시간까지 여유가 있어서 거기 좀 더 남아 있기로 했어요. 그래서 루나 파크를 나가 아파트 쪽으로 돌아가는 사에키 씨를 바라보는데, 그때 막 오우메 가도 쪽에서 달려온 차가 경적을 울리며 사에키 씨를 불러 세웠죠. 사에키 씨는 차 쪽으로 돌아오더니 차 뒷좌석에 앉은 사람과 잠깐 이야기를 나누었습니다. 그리고 사에키 씨가 그 사람 옆에 올라타자, 차가 출발했어요."

"어떤 차였는지 기억하세요?" 내가 물었다.

"예. 짙은 남색 외제차인데, 그게 아마."

"메르세데스 벤츠입니까?"

"……그런 것 같습니다."

"뒷좌석에 탄 사람의 얼굴을 보았나요?"

"예, 출발할 때 제가 있는 쪽 창으로 얼굴을 가까이 대고 밖을 내다보더군요."

"그럼 누군지 알아봤겠군요."

"예, 신문이나 잡지에서 자주 봤으니까요. 아마 나오코 씨의 어머님이었던 것 같습니다."

'도신 그룹'의 고문, 사라시나 요리코. 바로 사라시나 슈조의 아내이다.

"그 뒤로 사에키 씨를 만난 일은 없습니까?"

"예." 레이코가 힘없는 목소리로 대답했다. 그녀의 불안한 심정이 공원 밤공기를 통해 내게 전해지는 것 같았다.

레이코의 이야기가 끝나고, 나는 걱정이 되어 레이코를 카페까지 바래다주기로 했다. 그녀가 눈치채지 못하도록 벤치 아래에서 아까 꼬마가 남기고 간 칼을 집어 들어 접은 다음 코트 주머니에 넣었다.

우리는 공원을 나와 '사우스 웨스트'를 향해 인적이 끊긴 거리를 걸었다. 레이코가 헤어질 때 말했다. "사에키 씨를 찾기 위해서 아버지와 제가 당신을 고용할 수는 없을까요?"

나는 고개를 저었다. "같은 업무로 다른 의뢰인을 받을 수는 없습니다. 다만 당신이 제 의뢰인 못지않게 사에키 씨를 걱정한다는 점만은 알겠습니다. 어쨌든 레이코 씨의 이야기는 크게 도움이 되었습니다."

"사에키 씨를 꼭 찾아주세요. 부탁입니다."

다쓰미 레이코는 잘 가라는 인사를 남기고 사우스 웨스트 쪽으로 달려갔다.

나는 담배에 불을 붙이고 신주쿠 역을 향해 걷기 시작했다. 사무실에 도착하면 9시쯤 될 것이다. 성실하고, 열성적이며, 믿을 수 있고, 솜씨가 좋은 탐정이라면 지금쯤 자기 침대에서 푹 잠들어 있을 텐데.

13

계단을 다 올라가 복도에 서자 내 사무실에 불이 켜 있는 게 보였다. 자물쇠를 걸었던 문도 반쯤 열려 있었다. 찾아올 가능성이 있는 인물의 얼굴이 줄지어 떠올랐지만 모두 어긋났다. '저 꺼질 듯 타오르는 와인레드……' 어쩌고 하는 형편없는 노랫소리가 사무실 안에서 들려왔다. 남의 사무실에서 반주를 틀어놓고 노래 연습을 할 만한 남자는 한 명뿐이다.

나는 문 앞으로 가서 사무실 안을 살폈다. '세이와카이'의 하시즈메란 남자가 내 책상에 두 발을 얹고 의자를 뒤로 젖히고 앉아 기분 좋다는 듯 노래를 흥얼거렸다. 반주는 책상 위에 놓인 라디오카세트에서 흘러나왔다. 짙은 남색 줄무늬 더블 정장, 새하얀 실크 넥타이, 얼굴이 비칠 것 같은 이탈리아제 에나멜 구두, 그리고 양복 옷깃에

단 금배지가 그의 스타일을 완벽하게 만들었다. 나이는 나보다 약간 어릴 것이다. 포마드를 발라 올백으로 넘긴 반짝거리는 머리, 그 아래 얼굴은 〈주정뱅이 천사〉구로자와 아키라 감독의 1948년 영화에 나온 미후네 도시로처럼 눈매가 날카로운 미남형이었지만 결코 보고 싶은 낯짝은 아니었다.

오 년 전, 와타나베 사건 때 경찰서에서 막 풀려난 나를 기다리던 사람이 하시즈메와 세이와카이의 똘마니들이었다. 그들의 일억 엔을 들고 튄 와타나베가 나하고 공범이거나 적어도 내게 연락을 취할 거라고 생각해 꼬박 닷새 동안 이 사무실에 눌러앉아 있었다. 하시즈메는 와타나베가 어디로 도망갔는지 알아내기 위해 나를 고문하고, 걸려오는 전화는 모두 옆에서 듣고, 찾아오는 손님은 모두 내쫓았다. 똘마니 세 명이 달라붙어 내게 고통을 가하는 동안 하시즈메는 지금처럼 라디오카세트로 반주를 틀어놓고 '나보다 먼저 죽으면 안 돼……' 어쩌고 하는 그 시절 유행가를 불러댔다.

하시즈메의 부하 한 명이 손님용 의자에 앉아 있었다. 처음 보는 얼굴이었는데 체중이 100킬로그램 이상 나갈, 야쿠자 파마를 한 거구였다. 요란한 녹색 사이드벤츠 상의에 노란 스포츠 셔츠를 입고 경마신문을 새빨갛게 색칠하고 있었다. 100미터 전방에서도 신호등 못지않게 눈에 띌 것 같았다.

하시즈메가 나를 보더니 노래를 그쳤다. "이거 탐정님이 돌아오셨군. 오래간만이야, 사와자키."

나는 사무실 안으로 들어가 문을 닫았다. 문 자물쇠를 보았지만 꼬챙이 같은 것으로 억지로 쑤신 자국은 없었다.

"미리 말해두지만 그걸 연 건 우리가 아니야." 하시즈메가 말했다. "여긴 너무 허술해. 우리가 오지 않았다면 지금쯤 도둑이 몽땅 털어갔을 거라고."

야쿠자 파마를 한 뚱보가 의자에서 일어서 벽 쪽으로 이동했다.

"어떻게 된 거지? 무슨 일 있었나?" 내가 물었다.

하시즈메가 책상 위에 있는 라디오카세트를 손가락으로 가리켰다. 뚱보는 라디오카세트의 스위치를 눌렀다.

"누가 끄라고 했나? 볼륨을 줄이기만 하면 돼."

뚱보는 말없이 지시에 따랐다. 다시 김빠진 탄산음료 같은 음악이 흘러나왔다.

하시즈메가 말했다. "그렇게 말뚝처럼 서 있지 말고 거기 앉아. 여긴 네 사무실이야. 어려워할 필요 없어."

나는 손님용 의자에 앉았다. 오 년 전에도 이 의자에 앉아 닷새를 보냈다. 속에서 분노와 공포가 서로 엇갈렸다. 나는 간신히 태연한 척했다.

하시즈메가 뚱보에게 물었다. "우리가 여기 몇 시에 왔지?"

"8시쯤입니다." 덩치답게 힘 있고 낮은 목소리로 대답했다.

"우리는 8시에 여기 왔어. 사무실은 캄캄해서 사람이 없는 줄 알았어. 그래서 이 창문이 보이는 주차장 건너편 길에 우리가 타고 온 링컨을 세우고 네가 오기를 기다리기로 했지. 주차장에 고물 블루버드가 있으니 조만간 돌아올 거라고 생각했거든." 하시즈메는 말을 끊더니 뚱보에게 물었다. "이 창문에 불이 켜진 건 몇 시였지?"

"8시 반경입니다." 뚱보가 대답했다.

"네가 돌아온 줄 알았어. 여기 올라와서 이 문을 노크했지. 그런데 대답은 없고 안에서 부스럭부스럭 수상한 소리가 들리는 거야. 이상하다 싶어 문을 열었더니 누가 창문으로 뛰어내렸어. 안타깝게도 링컨에 남아 있던 녀석이 운전밖에 할 줄 모르는 얼간이라서 눈 뻔히 뜨고 놓쳐버렸지. 할 수 없어서 이렇게 노래를 연습하면서 방을 지키던 참이야."

"그놈이 이 방에 있었던 시간은 얼마나 되지?"

"얼마나 있었을까?" 하시즈메는 뚱보에게 물었다.

"일 분도 채 안 될 겁니다."

"어떤 녀석이었나?" 내가 물었다. "내가 아니라는 걸 알았다면 자세히 봤을 텐데."

하시즈메가 갑자기 퉁명스러워졌다. "잠깐만, 탐정. 이야기에는 순서라는 게 있어. 난 여기 도둑을 잡으러 온 게 아니야. 우선 '오늘의 용건은 뭡니까, 하시즈메 씨' 하고 묻는 게 예의 아닌가?"

나는 쓴웃음을 지었다. "오늘 용건은 뭔가, 하시즈메."

하시즈메는 책상에서 발을 내렸다. 라디오카세트로 손을 뻗어 스위치를 눌러 껐다. "와타나베 녀석에게서 무슨 연락이 있었을 텐데. 오 년 전 같은 꼴을 당하고 싶지 않다면 순순히 털어놓는 게 좋아. 와타나베도 참 재수가 좋아. 일억 엔이야 어쨌건 3킬로그램의 뽕을 우리한테 넘기면 거래에 오 년이 걸렸다고 생각하고 심하게 다루지는 않을 생각이야. 와타나베에게 그렇게 전해."

하시즈메의 눈이 가늘어졌다. 뚱보가 경마신문을 주머니에 넣었다. 내 대답 여하에 따라 손을 비워둘 필요가 있는 모양이었다.

"아직도 그런 소릴 하나?" 내가 무뚝뚝하게 대꾸했다. "와타나베가 이 세상에서 제일 만나고 싶어하지 않는 인간이 바로 나라는 이야기는 전에도 했을 텐데. 만약 와타나베가 이 근처에 있다면 내게 좀 가르쳐줘."

"할 말은 그뿐인가?" 하시즈메의 눈이 더욱 가늘어졌다.

나는 미소를 지었다. "이 건물 맞은편에 있는 약국 주인에게 여기 출입하는 사람을 지켜보라고 한 모양이던데, 매수를 했다면 돈 낭비야. 그 주인은 시력이 나빠 10미터만 떨어져도 너하고 저 뚱보도 구별하지 못할 거야."

뚱보는 아무런 반응도 보이지 않았다. 뚱보라고 불러도 화를 내지 않는 뚱보는 조심해야 한다.

"거칠게 다루고 싶지는 않아." 하시즈메는 화를 참으며 말했다. "이쪽은 그만한 근거가 있어서 여기 들른 거야. 난 그래도 널 존중해. 날 잘 봐. 오 년 전 똘마니 때와는 달라. 지금은 세이와카이 간부란 말이야. 서로 얼굴 붉히기보다 그 알코올의존자 영감을 처리하는 게 낫지 않겠어?"

"존중한다고? 웃기는군." 내가 뚱보를 가리켰다. "이런 폭력 전문 괴물이나 데리고 와서 무슨 존중이고 나발이고 있나."

뚱보가 한 걸음 앞으로 나섰다. 하시즈메가 재빨리 손을 들어 뚱보를 제지했다. "설치지 마! 너 때문에 작업이 삼십 분은 늦어지겠다. 잘 들어, 세상엔 폭력을 쓰면 시간이 더 걸리게 되는 멍청이도 있단 말이다. 조심해!"

"우회적인지 뭔지는 몰라도 제게 맡겨주시면 반드시 목적지에 도착할 겁니다." 제법 그럴듯한 소리를 할 줄 아는 괴물이다.

하시즈메가 씁쓸하게 웃었다. "이런 놈이야. 이해해. 뭐, 부드럽게 이야기하는 게 낫지 않겠나?"

그때 책상 위에 있는 전화가 울렸다. 내가 일어서자마자 뚱보가 덩치에 어울리지 않는 동작으로 앞을 가로막았다. 하시즈메가 수화기를 들었다.

"여보세요. 와타나베 탐정사무소입니다." 하시즈메는 잠시 수화기에 귀를 기울였지만 어깨를 움츠리며 수화기를 내게 내밀었다. 나는 뚱보가 원래 위치로 돌아가기를 기다려 수화기를 받아들었다.

"여보세요? ……사와자키인가?" 니시고리 경부의 초조한 목소리가 들려왔다.

"아, 그래."

"지금 전화 받은 건 누군가?"

"세이와카이에 있는 하시즈메."

"그 멍청이가 왜 거기 있는 거지?"

"당신을 만난 지 아직 세 시간도 지나지 않았는데 이 친구들이 여기 쳐들어와서 와타나베한테서 무슨 연락이 없었냐고 딱딱거리는군. 신주쿠 경찰서에는 이 친구들하고 잘 통하는 녀석이 있는 모

116

양이지?"

하시즈메는 모른 척하며 라디오카세트의 스위치를 켜고 다시 노래하기 시작했다.

"멍청한 소리 하지 마." 니시고리가 고함을 쳤다. "경찰을 뭐로 아는 거야. 놈들이 네 동정을 감시하는 거겠지."

"그럴지도 모르지."

나는 니시고리에게 들리도록 수화기를 손으로 가리지 않고 하시즈메에게 말했다. "니시고리 경부는 경찰 안에 너희 스파이가 있다는 내 의견에 찬성할 수 없는 모양이야. 이제 안심이 되겠군."

하시즈메는 못 들은 척하며 소녀들의 교환일기에서 베낀 듯한 가사를 흥얼거렸다.

"그런 건 어쨌든 상관없고." 니시고리가 싸움을 걸듯이 말했다. "아까 왜 사에키 나오키가 심각한 문제에 휘말렸다는 이야기를 하지 않았지?"

"무슨 소리야?"

"시치미 떼지 마. 나카노에 있는 아파트 안에서 나온 시체 이야기야."

"아아, 그건." 나는 그 오기 변호사의 실력이라면 사에키 나오코는 이미 나카노 경찰서에서 풀려났을 거라고 예상했다. "방금 의뢰인에게 전화를 받았어. 나도 깜짝 놀랐지."

"거짓말 마. 아까 네 얼굴은 다 알고 있으면서도 날 바보 취급하는 표정이었어."

"이젠 관상까지 보나? 피해망상이야."

"시끄럽고, 잘 들어. 이 건은 경찰이 다뤄야 할 사건이 되었어. 사에키는 살인 사건의 중요 참고인으로 수배될 거야. 탐정 나부랭이가 얼씬거릴 일이 아니라고. 알아들었나?"

"몰라. 애당초 당신이 나를 사에키에게 소개했어. 이제 와서 그런 소리할 처지가 아닐 텐데."

"쓸데없는 소리는 집어치워. 경찰 수사를 방해하면 내가 가만 안 둘 거야."

"방해할 생각 없어. 경찰이 내 일을 방해하지 않는 한. 손을 뗄 생각 없어. 의뢰인이 일을 취소하지 않는 한."

"제기랄! 작작 해. 이건 최후통첩이야. 의뢰인에게는 적당히 움직이는 척하고 넌 얌전히 있어."

"그런데 사에키 아파트에서 나왔다는 시체는 대체 누구야?"

"까불지 마. 그런 걸 이야기할 것 같아? 너하곤 이제 더는 할 이야기 없어. 하시즈메 바꿔."

"경부가 받으래." 나는 수화기를 하시즈메에게 내밀었다.

하시즈메는 노래를 그치고 수화기를 받아들었다. 나는 손님용 의자로 돌아갔다. 하시즈메와 니시고리는 한동안 통화를 했다. 하시즈메는 거의 듣고만 있었다. 이윽고 수화기를 내려놓더니 뚱보에게 말했다.

"넌 차로 돌아가 있어."

"하지만 형님." 뚱보가 항의하려 했다.

"됐으니까 돌아가 있어!" 하시즈메가 버럭 소리를 질렀다. 뚱보는 마지못해 문 쪽으로 향했다.

"잠깐." 내가 뚱보를 불러 세웠다. "책상 위에 있는 장난감 가지고 가. 시끄러워서 견딜 수가 있어야지."

하시즈메가 가지고 가라고 손짓하자 뚱보는 라디오카세트를 가지러 돌아왔다.

"음악을 이해 못 하는 놈하곤 어울리기가 힘들군." 하시즈메가 말했다.

"야쿠자면 야쿠자답게 엔카나 불러." 내가 말했다.

하시즈메가 웃었다. "그런 걸 편견이라고 하는 거야, 탐정. 야쿠자가 새로운 노래를 부르는 게 뭐가 어때서? 노래방이나 클럽에 갔을 때 젊은 아가씨들에게 얼마나 인기가 좋은데."

뚱보가 요강이라도 옮기듯 라디오카세트를 들고 사무실을 나갔다.

"너 같은 인간이 하면 모든 게 형편없어져." 내가 말했다.

"잘난 척하지 마. 뭐, 그건 그렇고, 니시고리 이야기로는 네가 살인 사건에 관계되었다고 하던데. 내가 짭새가 하는 소리를 넙죽넙죽 받아들일 거라고 생각하면 큰 오산이야. 내가 흥미가 있는 건 뽕 3킬로그램뿐이야. 알겠나?" 하시즈메는 의자에서 일어나 책상 앞으로 나왔다.

"여기 들어온 놈이 어떤 녀석이었는지 가르쳐줘." 내가 말했다.

"흥. 내 부탁은 아랑곳하지 않고 자기만 이득을 취하겠다니, 그런 거래는 할 수 없지." 하시즈메는 내 옆을 지나 문으로 향했다. 하지만 바로 멈춰 섰다. 공원에서 만난 세 꼬마한테 빼앗은 잭나이프 칼 끝이 하시즈메의 더블 정장 옆구리에 닿아 있었다.

"무슨 짓이야. 이거 누가 조폭인지 알 수가 없군." 하시즈메가 어이없다는 듯이 말했다.

"똘마니를 달고 왔으면서 몸수색 하나 시키지 않은 건 실수라고밖에 할 수 없겠지."

"기억해두겠어."

"실수하는 인간은 늘 그런 식으로 이야기하더군."

하시즈메가 내 얼굴을 내려다보았다. "어쩌란 거야? 창문으로 도망친 녀석 이야기를 하면 되는 건가?"

"아니, 내겐 남을 위협하면서 질문하는 취미는 없어. '칼 내놔'라고 해."

하시즈메는 잠시 망설였지만 어쩔 수 없이 이렇게 말했다. "내가 '칼 내놔'라고 하면 웃으면서 '싫어'라고 하지 않을까?"

내가 웃으며 칼을 접어 하시즈메에게 건넸다. "길거리 똘마니들한테 받은 거야. 눈에 거슬리니 처리해줘."

하시즈메는 바로 칼날을 뽑아 내 턱 아래 들이댔다. 살짝 통증이 왔다.

"다시는 그따위 짓 하지 마." 하시즈메가 목소리를 떨며 말했다. "내가 왜 널 죽이지 않는지 알아? 야쿠자가 누군가를 죽일 때는 자기보다 상대가 잃을 게 많다는 손익계산이 있기 때문이야. 세상 사람들이 야쿠자를 두려워하는 것도 그 손익계산이 되기 때문이지. 야쿠자와 서로 죽인다 해도 상대편이 훨씬 손해거든. 상대는 슬퍼할 부모가 있고, 보복을 두려워할 마누라가 있고, 길거리를 헤맬 자식이 있고, 멍청한 짓을 했다고 꾸짖을 친구가 있어. 그래서 야쿠자를 건드리지 않으려는 거야. 그런데 넌 뭐야? 지금 널 죽여봤자 내가 너보다 잃을 게 많은 것 같다는 생각이 드는 건 어째서일까?"

나는 아무 말도 할 수 없었다. 하시즈메의 눈에 내가 그렇게 보였다는 사실에 놀랐다. 하시즈메는 칼날을 접어 상의 주머니에 넣었다. 실크 넥타이를 고쳐 매고 올백으로 넘긴 머리를 쓰다듬더니 완전히 다른 사람처럼 냉정해졌다.

"창문으로 도망친 건 자그마한 여자였어. 털실로 짠 모자에 둥글게 파마를 한 머리가 보였지. 얼굴은 뭔가를 검게 칠한 것 같아서 잘 알아볼 수 없었어. 검은 점퍼에 검은 바지, 검은 운동화. 그런데 장갑만 흰색이더군. 그 여자는 처음부터 여기 숨어들 작정을 한 게 틀림없어."

"젊다는 거로군?"

"확실하게 이야기할 순 없어. 스무 살에서 마흔 살 사이. 하지만 이 창문에서 뛰어내려 바로 도망칠 정도니 나이가 많지는 않을 테지."

"그 밖에는?"

"그 여자는 벙어리가 아니고, 일본어도 할 줄 알아. 창문에서 뛰어내릴 때 내 얼굴을 보더니 예쁜 목소리로 '제길'이라고 지껄였지."

"묻고 싶은 게 한 가지 더 있어." 내가 말했다.

하시즈메는 입구까지 가더니 돌아보았다. "뭐지? 내가 고분고분 대답해준다고 우쭐거리지 마."

"하치오지에서 일어난 간토 연합 야마무라구미 간부 총격 사건을 아나?"

"그래, 그게 왜?"

"그 사건에 신문기자가 큰 특종을 건질 만한 흑막 같은 거라도 있나? 그럴 가능성이 있느냐는 거야."

하시즈메는 문손잡이를 잡고 잠시 생각하더니 이윽고 고개를 저었다. "하치오지에는 옛날부터 신세이카이 가자마구미라는 세력이 있었는데, 이게 다치가와 쪽에서 세력을 뻗어온 가부라기 흥업에 밀리는 형세였어. 어쩔 수 없이 요코하마에 있는 야마무라구미에 도움을 부탁했지. 도쿄에 세력을 넓힐 기회라고 생각해 바로 뛰어든 야마무라구미 보스를 가부라기 소속 젊은 애 둘이 잠복했다가 한낮에 상점가에서 벌집을 만들었어. 그 두 녀석은 이튿날 경찰서에 출두했고. 하지만 보스가 하치오지에 간다는 소식을 가부라기 흥업에 알려준 건 야마무라구미 간부였다는 게 밝혀졌지. 당시 야마무라구미는 후계자 문제도 얽혀 반쪽이 나서 도저히 하치오지 영역 다툼에 신경 쓸 만한 상황이 아니었네. 이런 사정들이 세상에 알려졌고 신문에 나온 그대로이니 특별한 기삿감이 나올 사건이 아니지."

"그런가?" 내가 말했다.

"이 문 자물쇠는 어떻게 좀 해봐. 이거야 제발 도둑이 들어달라고 사정하는 것 같잖아. 하기야 여기에는 훔쳐가봐야 짐만 될 물건밖에 없어 보이지만. 그럼 이만. 다음에 또 올게."

하시즈메는 문을 열어둔 채 계단 쪽으로 사라졌다. 나는 문으로 가서 자물쇠의 상태를 다시 살펴보았지만 아무런 흔적도 남아 있지 않았다. 문을 닫고 책상으로 가서 제일 아래 서랍을 열었다. 사에키 나오키 앞으로 온 편지도, 도쿄 도민은행 봉투도, 사에키의 사진도 모두 제자리에 있었다. 나는 그것들을 상의 주머니에 집어넣었다. 코트를 벗어 캐비닛에 넣은 다음 책상 끄트머리에 걸터앉아 담배를 꺼내 불을 붙였다.

조금 있으면 10시가 될 참이었다. 전화를 걸기에는 알맞은 시간이라 생각해 책상 위에 있는 전화번호부를 끌어당겨 페이지를 넘겼다. 끼워놓았던 일곱 명의 가이후 마사미 목록이 보이지 않았다.

14

목록을 다시 만들어 일곱 명의 가이후 마사미에게 전화를 걸었다. 이런 상황이라면 어제 사무실에 찾아왔던 남자에게 빨리 연락을 할 수록 좋을 것 같았다. '늦은 시간에 죄송합니다만 가이후 마사미라는 분이 신주쿠에 있는 제 사무실에 물건을 두고 가서 잠깐 여쭤보겠습니다…….'

처음 통화를 한 가이후 마사미海部正美는 부인이 바꿔주자 졸린 목소리로 전화를 받았다. 지난주에는 일 때문에 우에노와 우쓰노미야 사이를 오가느라 신주쿠 쪽에는 들를 틈이 없었다고 했다. 도호쿠 지방 사투리가 섞인 목소리는 사무실을 찾아왔던 남자와는 전혀 달랐다. 두 번째 가이후 마사미는 벨이 스무 번 이상 울리도록 전화를 받지 않았다. 세 번째 가이후 마사미에게 전화했을 때는 이번에도 부인이 받았나 싶어 남편을 바꿔달라고 부탁했다. 하지만 그 여자는 독신이며 가이후 마사미는 바로 자기라고 대답했다. 그러고 보니 마사미란 이름은 여자 이름이기도 하다. 사무실로 찾아왔던 남자는 어떻게 봐도 남장한 여자로 볼 수는 없다. 나는 적당히 대꾸하고 전화를 끊었다. 네 번째 가이후 마사미는 본인이 직접 전화를 받아 이렇게 늦은 시간에 무슨 일이냐고 퍼부어댔다. 아주 심하게 말을 더듬는 목소리를 듣고는 곧바로 이 사람은 아니라는 걸 깨달았지만, 두세 가지 질문을 던져 확인했다. 미련이 묻어나는 말투로 무슨 물건을 두고 간 거냐고 묻기에 큰돈이 든 봉투라고 대답해주고 전화를 끊었다.

다음은 가이후 마사미海部正巳에게 전화를 걸었다. 첫 번째는 젊은 남자가 받아 형은 11시에 들어올 거라고 대답하기에 나중에 다시 걸기로 했다. 또 한 명의 가이후 마사미는 잔뜩 취해 전화를 받았다. 나를 아는 사람으로 착각했는지 잔뜩 불평을 늘어놓았다. 말하자면 자기는 키가 작고 머리가 벗어졌는데도 여장 남자 같다며 다들 자기를 놀린다는 이야기였다. 아무리 술이 사람을 변하게 만든다 해도 사무실로 찾아왔던 남자가 이렇게까지는 되지 않을 거라는 생각이 들었다.

마지막으로 남은 가이후 마사미海部雅美도 한자로 짐작되듯 여성이었기 때문에 잘못 건 척하고 끊었다.

통화하지 못한 가이후 마사미海部正美와 11시에 다시 통화하기로 한 가이후 마사미海部正巳를 확인하기 전에는 결론을 내릴 수 없었다.

하지만 그 남자가 도쿄 도 안에 사는 전화 가입자 가운데 나올 가능성은 매우 낮았다.

비가 갠 뒤라 기온이 떨어져 수화기를 들고 이야기하는 입에서 새하얀 입김이 나올 지경이었다. 나는 복도 안쪽에 있는 공중화장실에 가는 김에 옆에 있는 공동 다용도실에서 석유난로를 꺼내왔다. 쓰다 남은 석유가 탱크 바닥에 남아 있었기 때문에 바로 불이 붙었다. 처음에는 석유 타는 냄새와 그을음이 났지만 바로 밝은 불꽃을 내며 방을 데워주었다. 나는 노동의욕을 회복하고 전화 응답 서비스 다이얼을 돌렸다.

"여보세요. 전화 서비스 T·A·S입니다." 네댓 명일 오퍼레이터 아가씨 가운데 유일하게 구별되는 허스키한 목소리의 주인공이었다.

"와타나베 탐정사무소의 사와자키인데…… 오랜만에 듣는 목소리로군."

"어머, 안녕하세요? 야근은 이 주 만이에요. 남편이 간 때문에 입원해서 요즘은 낮에만 근무했죠.

"술이 과했나 보군."

"예. 너무 많이 마시고, 너무 많이 먹고, 과로하고, 너무 많이 놀고. 부족한 거라고는 돈뿐이죠."

"오늘은 야근하는 걸 보니 남편은 이제 무사히 퇴원했나?"

"그렇죠." 그녀는 기쁜 목소리로 말하며 전화가 온 것이 있다고 덧붙였다. "저녁 7시 15분에 변호사 오기 씨가 '의뢰인은 오늘 저녁 7시에 구가야마 자택으로 돌아갔다. 나는 다른 일로 외출할 테니 내일 아침에 사무실 쪽으로 전화 부탁한다.' 이상입니다. 그리고 7시 50분에 이름을 밝히지 않은 분이 문의를 해왔는데."

"잠깐만." 내가 끼어들었다. "그 전화를 직접 받았나?"

"예, 그런데요."

7시 50분이라면 하시즈메가 이 사무실을 지켜보기 조금 전이다.

"무슨 내용이었지?"

"제가 전화 응답 서비스라고 하자, 자기도 이용하고 싶다면서 우리 시스템이나 요금, 사무실 주소 같은 것을 물어봤어요. 남기실 말씀은 없느냐고 물었더니 나중에 다시 걸겠다고만 하고, 성함도 남기지 않고 끊었습니다."

사무실에 몰래 숨어들려는 놈이 전화를 걸어 부재중인지를 확인하는 것은 상투적인 수법이다. 전화 응답 서비스 번호는 사무실 전화번호와 함께 내 명함이나 사무실 문, 주차장 쪽 창문에도 적혀 있다. 조심성 있는 침입자라면 양쪽 번호로 다 전화를 걸어볼 것이다.

"그 전화를 건 사람은 여잔가?" 내가 물었다.

"아뇨, 남자분이셨습니다."

"그런가…… 어떤 사람이었는지 기억하나?"

"목소리는 그리 젊지 않았어요. 어느 정도 나이가 든 분 같았습니다만."

"말투에 특징은 없었나?"

"별로…… 다만 자신감 넘치고 남에게 지시를 내리는 데 익숙한 사람 같았습니다."

"으음. 다른 전화는?"

그 두 건뿐이었다고 한다. 남편을 잘 보살피라고 인사하고 전화를 끊었다. 바로 사에키 나오코의 구가야마 집 전화번호를 돌렸다. 기다렸다는 듯 본인이 받았다. 나오코는 내 사무실로 두 차례 전화를 했는데 받지 않았다고 했다.

"경찰서에서는 어땠습니까?" 내가 물었다.

"예, 오기 변호사가 함께 있었기 때문에 크게 불편한 점은 없었어요. 요즘 남편이 어떻게 지냈는지를 자세하게 묻더군요. 덴엔초후에서 나카노로 가면서 사와자키 씨에게 말씀드렸던 내용이라 어렵지 않게 대답할 수 있었습니다."

"아파트에 있던 시체는?"

"결국 사진으로 얼굴을 확인시키더군요. 그 사람이 이하라라는 형사란 사실을 우리는 모르는 걸로 되어 있으니까요. 얼굴도 보지 않고 모르는 사람이라고 할 수는 없어서……."

"오기 변호사가 이의를 제기하지 않았습니까?"

"하셨죠. 반대하셨어요. 경찰이 시체의 신원을 안다면 그 이름만 대면 제가 아는 사람인지 어떤지 대답할 수 있을 거라면서요……. 하지만 경찰이 잠깐 이야기 좀 하자며 오기 변호사를 다른 방으로 데리고 갔어요. 잠시 후 오기 변호사가 돌아와서 경찰이 시키는 대로 할 수밖에 없을 것 같다, 시체의 얼굴이 그리 참혹한 상태는 아니니 걱정 말라고 하더군요. 저도 각오는 했기 때문에 괜찮다고 했죠. 남편 아파트에서 시체가 나왔으니 어쩔 수 없는 일이죠."

오기 변호사를 고분고분 물러서게 한 경찰의 이야기는 무슨 내용이었을까…… 나는 화제를 바꾸기로 했다. "아버님은 어떠십니까?"

"조금 전까지 여기 계시다가 덴엔초후로 다시 가셨습니다. 니라즈카 변호사와 함께 나카노 경찰서로 달려오셨죠. 그리고 구가야마 집까지 데려다주셨어요. 아버지는 걱정이 된다며 덴엔초후로 데리고 가려고 했지만 남편이 언제 이리 돌아올지 몰라서 저는 여기 남기로 했습니다."

구가야마에 있는 나오코의 집은 경찰이 감시할 테니 만약 나오코에게 위험한 일이 닥치더라도 덴엔초후보다 오히려 더 안전할 것이다.

"사와자키 씨, 한 가지 묻고 싶은 게 있는데요……." 나오코는 그 다음 말을 좀처럼 잇지 못했다.

내가 대신 말했다. "그 형사의 죽음에 남편이 관계가 있느냐 하는 문제 말입니까?"

"예." 나오코는 기어 들어가는 목소리로 대답했다.

"그 아파트에서 살인이 난 것은 적어도 어젯밤 9시 이후인데, 남편분께서는 이미 지난주 목요일부터 행방불명이었어요. 그리고 살인 현장으로 자기 아파트를 고른다는 것은 말이 되지 않죠. 어쩔 수 없이 그렇게 했다고 해도 시체를 옮길 여유는 있었을 겁니다. 아마이런 이야기는 이미 오기 변호사나 누가 말씀드렸을 겁니다. 지금으로선 확실한 내용을 알 수 없습니다. 당신은 대답이 궁할 질문을 하기 위해 저를 고용한 건 아닐 텐데요."

굳이 이런 소리를 할 필요는 없었다. 나오코가 동정을 구하는 게 아니라, 그저 냉정한 의견을 듣고 싶어한다는 것은 알고 있었다. 그렇다고 해서 내가 냉정한 의견을 이야기할 필요는 없었다.

"그렇죠. 죄송합니다." 나오코는 알토 음성으로 돌아와 말했다.

"아뇨. 사과하실 것까진 없습니다. 내일 오전 중에 시간을 낼 수 있습니까?"

"예. 괜찮습니다. 출판사에는 아까 전화해서 일주일 동안 휴가를 냈으니까요."

"그럼 내일 10시에 제 사무실로 나오시죠. 그때 지금까지 알아낸 내용을 말씀드리겠습니다. 그리고 어떤 사람을 만나러 저와 함께 동행을 해주셨으면 하는데요."

"예, 괜찮습니다. 그런데 어떤 인물이라니…… 혹시 내일까지 비밀입니까?" 나오코는 약간 밝아진 목소리로 물었다.

그렇다고 대답하고, 나오코가 사무실을 찾아오기 제일 쉬운 길을 가르쳐주었다. "오늘 오전까지 사에키 씨를 걱정하던 사람은 당신과 사무실에 나타난 남자 두 사람뿐이었습니다. 하지만 지금은 경찰이나 저를 포함해 많은 사람이 찾고 있죠. 그리 아시고 오늘은 푹 주무십시오."

"그럴게요. 그럼 내일." 사에키 나오코가 수화기를 먼저 내려놓기를 기다렸다가 전화를 끊었다.

나는 난로에 물을 데워 아주 쓴 커피를 끓였다. 오다케 히데오가 지은 《포석의 이해》를 집어 들어 읽었다. 시간을 죽이는 일은 이 직업에서 불가피한 부분이다 보니 나는 그 방법을 충분히 안다. 하지만 어느 방법도 시곗바늘을 더 빨리 가게 할 수는 없었다. '기초편'을 다 읽고 난 뒤에 시계를 보니 겨우 11시가 조금 지난 시각이었다.

전화를 끌어당겨 11시에 돌아올 거라고 했던 가이후 마사미의 전화번호를 돌렸다. 목소리가 똑같아 동생이 받은 줄 알았더니 본인이었다. 나는 가이후 마사미란 사람이 두고 간 물건이 있어서 전화를 했다고 이야기했다.

"어제 신주쿠에서요?" 그가 말했다. "분명히 신주쿠에 가기는 했지만 물건을 두고 나온 기억은 없군요. 거기는 어딥니까?"

"와타나베 탐정사무소입니다."

"아뇨, 그런 곳에는 가지 않았습니다. 뭔가 잘못 아셨군요."

나는 정중하게 사과하고 전화를 끊었다. 다음에는 응답이 없었던 가이후 마사미의 집으로 전화를 걸었다. 벨이 울리는 동안 다시 전화번호부 페이지를 뒤져 지금 걸고 있는 가이후 마사미의 주소를 확인했다. 세타가야 구 가미키타자와의 번지수를 목록 모서리에 베꼈다. 전화는 역시 아무도 받지 않았다. 나는 목록을 상의 주머니에 쑤셔 넣고 석유난로를 끄러 갔다.

15

사쿠라조스이와 가미키타자와의 경계를 남북으로 거의 곧게 뻗은, 속칭 수도도로라고 불리는 좁은 도로 옆에 블루버드를 불법 주차하고, 새로 지은 2층짜리 연립주택을 지켜보았다. 다섯 달 전에 여기서 50미터쯤 떨어진 '기쿠에장'이란 연립주택에 사는 니혼 대학 학생의 신변조사를 한 적이 있어 이 부근 지리는 잘 안다. 가이후 마사미의 가미키타자와 주소지에는 '고포 후지카와'라는 연립주택 두 동이 서 있었다. 도로에 접한 A동 2층 한가운데 난 문에서 가이후 마사미의 명패를 발견했다. 연립주택 안에 불이 꺼져 있어 사람이 있는 것 같지는 않았지만 일단 노크하고 아무도 없다는 사실을 확인한 뒤에 블루버드로 돌아왔다.

세타가야 구라고 하지만 이 부근에는 아직 농지가 여기저기 남아 있었다. 고포 후지카와 뒤쪽 밭에는 양배추로 보이는 채소가 갈색으로 변색된 채 방치되어 있고, 살짝 썩는 냄새도 풍겼다. 채소를 심은 목적은 농작물 수확이 아니라 세금을 줄이기 위해서일 것이다.

삼십 분 가까이 기다려 자정이 지났을 무렵, 가이후 마사미의 오른쪽 이웃집도 불을 껐다. 1층 왼쪽 끄트머리에 있는 집 창문에만 아직 불이 켜져 있고, 이따금 커튼에 사람 그림자가 비쳤다. 그 집 주민이 자기 전에 찾아가 2층에 사는 가이후 마사미가 어떤 남자, 혹은 어떤 여자인지 묻는 방법도 있었다. 이 가이후 마사미도 다른 사람이라는 걸 알게 된다면 이런 곳에서 추위에 떨며 시간을 허비할 일은 없다. 하지만 이런 시간에 이웃 사람에 관해 이런저런 질문을 하려면 적당한 구실이 필요했다. 망설이는 중에 또 십오 분이 흘렀다. 나는 구실을 찾아내지 못한 채 블루버드에서 나오려 했다. 바로 그때 뒤편에서 자동차 한 대가 다가와 열었던 문을 다시 닫아야 했다. 녹색 택시가 속도를 줄이며 블루버드 옆을 지나 고포 후지카와 A동 앞에 멈췄다.

카키색 코트를 입은 남자와 옅은 청색 하프코트를 입은 긴 머리의 여자가 택시에서 내렸다. 요금을 지불하는 남자의 얼굴이 여자에 가려 보이지 않았다. 나도 블루버드에서 내려 연립주택으로 향하는 두 사람을 뒤따랐다. A동 2층으로 가는 철제 계단 바로 앞에서 여자가 잠깐 걸음을 멈췄지만 남자가 여자의 어깨를 감싸듯이 하고 함께 계단을 오르기 시작했다. 두 사람이 계단 중간쯤 이르렀을 때 나는 계단 아래서 말을 걸었다. "저, 실례합니다."

두 사람은 발에 족쇄라도 채운 듯이 갑자기 멈춰 서서 계단 아래 있는 나를 내려다보았다. 어둠 속에서 보았을 때의 코트 뒷모습은 사무실을 찾아왔던 그 남자와 무척 비슷했다. 하지만 계단 위에 있는, 비상등에 비친 그 남자의 놀란 얼굴은 완전히 다른 사람이었다. 아직 입가에 우유 자국이 남아 있을 것 같은 스무 살쯤 되는 대학생이었고, 옆에서 창백한 표정으로 멈춰 선 여자는 열일곱이나 열여덟 살로 보이는 소녀였다.

두 사람에게는 안됐지만 나로서도 일을 대충 처리할 수는 없었다. "실례지만, 가이후 마사미 씨입니까?"

두 사람은 더욱 낭패한 표정으로 얼굴을 마주 보았다. 이런 순간에 낯선 남자가 갑자기 이름을 부르면 기분이 좋을 리 없다. 두 사람이 집 안으로 들어간 뒤에 문을 두드리면 실례가 될 거라고 생각했는데, 아무래도 지금이 더 난처한 모양이다.

"접니다. 제가 가이후인데요." 남자가 냉랭하게 대답했다.

"아…… 그렇군요. 고맙습니다. 그것만 알면 됐습니다. 불쑥 미안했습니다." 나는 고개를 숙였다.

"뭡니까, 이게?" 남자가 히스테릭한 목소리로 물었다. "이런 시간에 대체 무슨 일이죠? 당신은 누굽니까?" 조금 전 흠칫했던 반동으로 남자가 갑자기 거칠게 나왔다. 체격으로 보나 나이로 보나 완력은 나보다 나을 것이다.

"아니, 실은 가이후 마사미란 사람에게 급한 볼일이 있어 전화번호부를 뒤져 찾는 상황이라서. 물론 그쪽은 내가 찾는 사람이 아니야. 너무 어리고."

얼빠진 중년 탐정 녀석. 젊은이에게 '너무 어리다'라는 표현은 금기라는 걸 모르나?

"저어, 나 오늘은 그냥 갈래." 여자애가 마치 온 세상에 선언하듯 딱 잘라 말했다.

"뭐? 그게 무슨 소리야? 여기까지 와서." 남자는 마치 온 세상을 잃은 듯이 당황하며 말했다.

나는 그들의 즐거움을 방해할 생각이 없었다. "이거 미안하게 됐군. 이만 실례." 두 사람에게 등을 돌렸다. 나만 사라지면 문제는 없을 거라고 생각했다. 점점 멀어지는데 두 사람이 말다툼하는 소리가 들리더니 불쑥 누군가가 상대의 뺨을 때리는 소리가 났다. 돌아보니 여자애가 계단을 뛰어 내려와 이쪽으로 달려왔다.

"잠깐만." 나는 여자애를 붙들었다. "방금 이야기했듯이 난 너희에겐 볼일 없어. 돌아선 순간 너희 일은 머리에서 지웠어……."

"쓸데없는 참견 마!" 가이후가 아픈 듯이 자기 뺨에 손을 대고 소리쳤다. "유미, 너 같은 어린애는 사실 내 취향이 아니야. 얼른 꺼져!"

그는 나머지 계단을 뛰어올라가 자기 집 문 앞에 섰다. 자물쇠가 잘 열리지 않아 애를 먹는 모양이더니 안으로 들어가 쾅 소리가 나게 문을 닫았다. 나는 유미라고 불린 여자애와 멍하니 얼굴을 마주보며 서로 쓴웃음을 지었다. 우리는 연립주택을 등지고 걷기 시작했다.

"미안하게 됐군." 내가 사과했다.

"아니에요." 유미는 홀가분하다는 말투로 말했다. "사실은 도움이 되었죠. 저는 저 사람 속셈을 알면서도 거절하지 못한 채 여기까지 이러지도 저러지도 못하고 끌려왔어요. 저 계단을 올라가면서는 이제 될 대로 되라는 기분이었죠."

"그렇다면 다행이지만…… 두 사람은 연인 사이 아닌가?"

"전 애인의 뺨을 때리는 여자가 아니에요. 저 사람과 연인 사이라 해도 오늘 하루 만에 완전히 환멸을 느꼈는걸요."

우리는 블루버드 문 앞에서 멈췄다.

"그래, 이제 어떡할 거지? 여기서는 조금 있어야 택시가 올 텐데."

"저어, 갖고 있던 돈을 전부 아까 그 사람에게 줘서 한 푼도 없어요. 요요기우에하라에 있는 단기대학 기숙사로 돌아가야 하는데 그 근처까지라도 괜찮으니 차를 태워주실 수 없을까요? 뻔뻔스럽기는 하지만."

"물론 상관없어. 난 신주쿠로 돌아가는 길이니 요요기우에하라는 가는 길인 것 같군. 하지만 택시로 가고 싶다면 돈을 빌려줄 수도 있지. 아, 이렇게 된 것도 반은 내 책임이니까 돈을 갚을 필요는 없고."

"괜찮다면 차에 태워주세요. 이제 택시는 지긋지긋하고, 여기 더 있고 싶지도 않아요."

유미는 미간을 찡그리며 가이후 마사미의 연립주택을 돌아보았다.

"좋아, 타." 내가 말했다.

유미는 고개를 꾸벅 숙이더니 조수석 쪽으로 돌아갔다.

옆자리에 딸만큼 나이 차이가 나는 어린 아가씨가 있어서인지, 두세 차례 시동을 걸고 나서야 블루버드는 겨우 움직이기 시작했다. 게이오 선의 사쿠라조스이 역 건널목을 지나 고슈 가도를 오른쪽으로 꺾은 뒤 도심을 향해 달렸다.

유미는 일종의 흥분 상태에서 쉴 새 없이 떠들었다. 가이후 마사미와는 지난달 학교 축제 때 알게 되었는데 지금까지는 다른 사람들과 그룹으로만 만나다가 오늘 처음 단둘이 데이트를 한 거라고 했다. 신주쿠 다카노에서 차를 마시고, 밀라노 극장에서 '이제부터'인지 '그때부터'인지라는 영화를 본 뒤에 오기쿠보의 '엘리노어 릭비'라는 술집에서 식사와 술을 했다고 한다. 가이후는 은행에서 돈을 찾을 생각이었는데 카드를 집에 두고 나오는 바람에 주머니에 오륙천 엔밖에 없었단다. 영화표까지는 가이후가 기분 좋게 샀다. 하지만 식사를 할 때가 되자 가이후는 내일 갚을 테니 돈을 빌려달라고 했단다. 유미는 가지고 있던 만 엔을 가이후에게 건넸다. 그는 그쯤 있으면 엘리노어 릭비에는 후배가 아르바이트를 하기 때문에 실컷 먹고 마실 수 있을 거라고 했다. 분명히 실컷 먹고 마셨다. 하지만 계산을 치르고 나니 남는 돈이 거의 없었다. 유미가 막차가 있을 거라며 괜찮다는데도 가이후는 택시로 데려다줄 테니 걱정 말라고 했단다. 하지만 택시를 타더니 당연하다는 듯이 가미키타자와로 가자고 했다는 것이다.

"가미키타자와에 도착한 뒤로는 보신 그대로예요." 유미가 말했다. "그 사람은 데이트하러 나올 때부터 그럴 속셈으로 이런저런 꿍

꿍이수작을 부리다가 결국은 마지막에 자기 집으로 가자고 한 거죠. 너무 기분 나빴어요."

블루버드는 메이지 대학 앞에서 이노카시라 길로 들어선 다음, 와다보리 정수장을 우회해 달리고 있었다.

"아니, 제길. 이런 실수가!" 유미의 말을 듣고 있던 나는 큰 소리를 내며 운전대를 때렸다. 조수석에 앉은 유미가 영문을 몰라 깜짝 놀랐다.

"아, 놀라게 해서 미안. 일 때문이야. 너는 갖고 있던 돈을 가이후에게 줬다고 했지?"

"예. 계산을 여자가 하면 남자 체면도 문제일 수 있지만 여자도 비참해지죠."

"그런가……? 어떤 남자가 돈을 갖고 있다면 그 돈은 그 남자 것이 아니라 애인이나 아내, 누나나 여동생, 어머니 돈일 수 있다는 거로군."

"그야 그렇지만, 꼭 여자 돈이라고만은 할 수 없죠."

"지금은 여자라는 게 중요해." 내가 말했다.

블루버드는 오다큐 선을 지나 우에하라 상점가로 들어섰다. 유미의 설명에 따라 한동안 달리자 거리 오른쪽에 단기대학 여자 기숙사가 나타났다. 게다가 마침 길 건너 왼쪽 보도에 공중전화가 있어서, 나는 그 옆에 블루버드를 댔다.

"도착했어." 내가 말했다.

하지만 유미는 고개를 숙인 채 대꾸가 없었다.

"왜 그래?" 내가 물었다.

유미는 고개를 들더니 착실한 학생 같은 말투로 이렇게 말했다. "저는 오늘 데이트에 나올 때 처녀를 버릴 결심이었어요. 그 사람이 그렇게 멍청하게 굴지만 않았다면 그렇게 했을 거예요. 부탁이에요. 저를 당신 집에 데려가주세요. 전 친구들에게도 어린애 같다고 비웃음을 사지만 앞으로 두 달만 있으면 스무 살이에요. 이제 처녀성 따윈 버리고 싶어요."

나는 심호흡을 하고 나서야 겨우 입을 열 수 있었다.

"난 쓰레기통이 아니야. 네가 소중하게 여기는 거라면 경우에 따라서는 받아들이지 못할 것도 없지. 하지만 본인이 쓰레기처럼 생각하는 걸 멋대로 내게 버리려 한다면 난 참을 수 없어."

"아뇨." 유미는 뺨을 잔뜩 부풀리며 말했다. "저도 쓰레기로 여기는 건 아니에요, 하지만."

"그건 말뿐이야. 그렇지 않다면 기껏해야 삼십 분 전에 만난 이름도 모르는 사내에게 그런 소릴 할 리 없지." 나는 상의 안주머니에서 명함 한 장을 꺼내 유미의 손에 쥐여주었다. "사흘 뒤에도 그런 생각이라면 전화해."

"싫어요. 전 오늘 밤이 아니면."

"시끄러. 그 명함 잘 봐. 세상 사람들은 탐정이란 직업을 쓰레기 같은 인간이나 하는 걸로 여기지. 난 널 집으로 데리고 가서 발가벗긴 뒤에 밧줄로 묶어 추잡한 사진을 잔뜩 찍은 다음에 네 부모를 협박할지도 몰라. 만약 장차 네 남편 될 사람이 부자라면 이건 아주 좋은 돈벌이가 되겠지. 그런 꼴을 당하고 싶어?"

"거짓말. 당신은 그런 짓을 할 사람이 아니에요."

"흥. 똑똑한 척하지 마. 열아홉짜리 여자애가 어떻게 내가 생각을 이해하나? 아, 이런 실례. 열아홉이든 스물아홉이든 서른아홉이든 남이 무슨 생각인지는 쉽게 짐작할 수 없는 법이야. 마흔아홉이나 쉰아홉은 모르겠어. 내가 아직 그 나이가 되어보지 않아서. 가이후라는 녀석 속셈을 읽어냈다고 모든 걸 다 안다는 투로 나오면 안 돼. 어엿한 어른이라면 잘 모르는 상대는 조심하고, 나름대로 경의를 표해야 하는 법이지. 불쑥 자기를 품어달라고 해도 실례가 되지 않을 사람은 그걸 직업으로 삼은 거리의 여자들뿐이야."

유미는 입술을 깨물며 입을 꼭 다물었다. 나는 대시보드의 시계를 보았다. 새벽 1시 오 분 전이었다. 상식적으로 생각하면 전화를 걸기에는 너무 늦은 시간이다.

"난 일 때문에 전화를 걸어야 해. 내가 전화하는 동안 넌 기숙사로 돌아가. 사흘 뒤에 올 전화를 기대하지."

나는 블루버드에서 내려 보도로 올라가 공중전화 박스로 들어갔다. 가이후 마사미 목록을 꺼내며 사무실에서 전화했던 두 명의 여자를 떠올렸다. 왠지 나중에 건 가이후 마사미海部雅美가 그 남자와 연결되어 있을 것 같은 기분이 들었다. 다이얼을 돌리는데 등 뒤에서 블루버드의 문이 열리는 소리가 났다. 뒤를 돌아보지 않고 전화번호를 눌렀다. 의외로 두 번째 신호가 갔을 때 전화가 연결되었다.

"여보세요, 가이후 마사미 씨입니까?"

"그렇습니다만, 누구시죠?" 누군가의 전화를 기다리다가 실망한 듯한 목소리였다. 나는 상의 안주머니에서 도쿄 도민은행 봉투를 꺼내 그 지급전표를 보았다. 등 뒤에서 거리를 달려가는 발소리가 들렸다.

"저는 사와자키라는 사람입니다. 늦은 시간에 죄송하지만 어쩔 수 없는 사정이 있어 전화했습니다. 제가 찾는 남자가 당신이 아는 분일 가능성이 커서요."

"누구 말이죠?" 가이후 마사미가 긴장한 목소리로 물었다. 나는 복권에 당첨된 것 같은 기분이 들었다.

"실례지만 도쿄 도민은행에 예금계좌를 가지고 계십니까?" 나는 전표에 적힌 계좌번호를 읽었다.

"예, 그건 제 예금계좌입니다."

"역시 그렇습니까?" 내가 말했다. "제가 찾는 남자는 이 계좌에서 지난주 금요일에 현금카드로 인출한 삼십만 엔을 갖고 있었던 것으로 보입니다. 당신은 그 사람이 누군지 아십니까?"

"경찰이신가요, 당신은?" 그녀가 불안한 목소리로 물었다.

"아뇨, 아닙니다. 저는 사립탐정입니다. 실은 어제 그 사람을 제 사무실에서 만났습니다. 그 사람은 며칠 안으로 다시 사무실을 찾아오겠다고 했지만, 사정이 있어서 될 수 있으면 빨리 그를 만나야 합니다. 그 사람에게나 당신에게나 결코 폐가 되지 않을 겁니다."

"탐정이라면 와타나베 탐정사무소 분이신가요?"

"그렇습니다. 그럼 그 사람을 아시는군요."

"물론 알죠. 그 사람은 올여름부터 저와 여기서 함께 지내고 있으니까요."

"그렇다면 그 사람은 당신 남편입니까?"

"혼인신고를 했느냐는 의미로 물으신다면, 아닙니다."

"하지만 그는 자기가 가이후라고 하던데요."

"그 사람은 밖에서 제 성을 씁니다."

"그런가요? 괜찮다면 그 사람 이름을 가르쳐주시겠습니까?"

그녀가 대답하기 힘든 듯 말했다. "이름을 모릅니다."

"뭐라고요?" 나도 모르게 수화기를 들여다보았다.

"저는 그 사람 이름을 모릅니다." 여자가 반복했다.

도무지 영문을 알 수 없었다. "그건 그렇고…… 가이후 씨는 거기에 계십니까?"

"아뇨, 어젯밤부터 돌아오지 않는군요. 어제 오후에 '사에키의 탁상 메모에 적혀 있던 와타나베 탐정사무소란 곳을 찾아갔는데 그의 행방은 아직 모른다, 다시 사에키의 아파트에 가볼 생각이다'라고 전화가 온 뒤로 아무 연락이 없습니다. 저도 걱정이 되는군요."

전화기에 십 엔짜리 동전을 더 넣고 나서, 나는 사에키 아내 의뢰로 일하고 있다고 간단하게 설명했다. "제 입장에서는 실마리라고는 사에키에 관해 물어본 그 사람뿐이라 어떻게든 당신을 만나 아는 내용을 듣고 싶군요. 지금 바로 찾아가도 괜찮겠습니까?"

"예, 그러시죠. 저는 밤에 일하기 때문에 아직 잘 시간은 아니에요. 텔레비전으로 〈도망자〉를 보는 중이니까요. 그리고 어차피 그 사람이 걱정되어 밤새 귀가를 기다리게 될 겁니다. 제 주소는 아시나요?"

그녀가 가르쳐준 주소는 세타가야 구의 지토세카라스야마에 있는 주택공단 단지였다. 다시 고슈 가도를 타고 반대로 가야 한다.

"한 가지 주의 사항이 있습니다." 내가 말했다. "오늘 밤 제 사무실에 침입해서 당신 전화번호를 적은 메모를 훔친 사람이 있습니다. 그 침입자는 아마 사에키 씨나 가이후 씨와는 이해가 대립하는 사람이라고 생각됩니다. 만약 수상한 사람이 전화를 걸거나 직접 찾아오더라도 제가 거기 도착할 때까지는 그들의 요구에 따르지 않도록 해주세요."

"예, 그렇게 하겠습니다." 그녀는 미심쩍다는 투로 대꾸했다.

"킴블 박사가 궁지에서 탈출할 무렵이면 거기 도착할 겁니다." 그렇게 말하고 전화를 끊었다.

블루버드로 돌아와 시동을 걸었다. 창문 밖으로 여자 기숙사 건물을 올려다보니 아까는 캄캄했던 3층 창문 하나에 불이 켜져 있었다. 머리가 긴 여자 실루엣이 비쳤다. 나는 클랙슨을 짧게 한 번 울리고 블루버드를 출발시켰다. 이미 세 시간이나 허비했다.

16

그 여자의 첫인상은 굳이 이야기하자면 '슬프면서도 밝다'라고 할 수밖에 없었다. 초인종을 누르자 연립주택 문을 살짝 연 가이후 마사미는 마흔 살 전후의 안색이 좋지 않은 여자였다. 화장을 했다면 오 년 전에는 남자들이 좋아할 얼굴이었을 여자였다. 오 년 전에는 또 '삼 년 전에는······'이라는 생각이 들게 만드는 얼굴이었을지도 모른다. 여자로서의 매력은 보는 사람의 취향에 따라 다를 테지만, 오늘 만난 세 명의 젊은 여성과 비교하면 여자로서의 존재감이 훨씬 짙었다. 발자크는 '서른 살이 지나지 않은 여자에게 자기 얼굴은 없다'라고 썼다는데, 그런 표현도 실제 사례를 보기 전에는 쉽게 이해가 되지 않기 마련이다. 또 서른 살 먹은 여자나 마흔 먹은 여자가 반드시 여자로서의 얼굴을 지닌다고만은 할 수 없다.

"누구죠?" 여자가 물었다.

"전화를 한 사와자키입니다." 이름을 댔다.

여자가 도어체인을 풀고 말했다. "들어오시죠." 현관으로 들어가 신발을 벗고 코트를 벗으며 여자를 따라 안으로 들어갔다. 거실 겸 응접실과 부엌의 경계에 멈춰 서서 여자가 말했다. "부엌 쪽이 따뜻 하고 좀 편한데, 괜찮겠습니까?"

나는 고개를 끄덕였다. 깔끔하게 정돈된 부엌으로 들어가 권하는 의자에 걸터앉았다. 여자는 내 코트를 받아들어 벽 쪽 진열장 위 텔 레비전 옆에 놓았다. 뒤로 모아 묶은 머리카락이 여자가 움직일 때 마다 위아래로 흔들렸다.

"그 사람한테서 연락이 있었나요?" 내가 물었다.

"아직 없습니다." 여자가 대답했다. "이런 일은 처음이라 그 사람 에게 무슨 일이 생긴 게 아닌지 걱정이 됩니다."

여자는 춥지도 않은데 검은 브이넥 스웨터를 입은 어깨를 껴안 는 시늉을 했다. 자그마하지만 마른 체형으로 날씬한 몸매의 소유 자였다.

"말씀하신 것 같은 전화도 오지 않았습니다." 여자는 김이 모락모 락 나는 법랑 포트에서 커피 두 잔을 따라 탁자로 가지고 왔다. "설 탕과 밀크는 직접." 여자는 맞은편 의자에 걸터앉았다.

"고마워요." 나는 아무것도 넣지 않은 커피를 마셨다. 졸음이 달 아날 만큼 맛있는 커피였다.

나는 상의 안주머니에서 도민은행 봉투를 꺼내 내용물이 보이도록 반쯤 끄집어내 여자 앞쪽 탁자 위에 내려놓았다. "이게 어제 오전 10시쯤 가이후 씨가 제 사무실에 맡기고 간 것입니다. 그 지불전표를 보고 당신에게 연락하게 된 거죠."

나는 그가 사무실 앞에서 나를 기다렸다는 이야기부터 사무실을 나갈 때까지를 자세하게 이야기했다. 이어서 사에키 나오코에게서 남편을 찾아달라는 의뢰를 받은 경위를 전화 통화 때보다 상세하게 설명했다.

"오늘 오후, 의뢰인과 저는 사에키 씨의 아파트에 갔습니다. 가이후 씨도 역시 어제 점심때가 지나서 사에키 씨의 아파트를 찾아갈 거라고 했다는 거죠?"

"예. 마지막에 한 전화로는 그랬습니다."

나는 목소리를 죽였다. "잘 들으세요. 지금부터 하는 이야기는 부디 마음을 가라앉히고 들어야 합니다. 제가 아파트에 가보니 문이 열린 상태였습니다. 조명도 어젯밤부터 내내 켜둔 모양이더군요. 그뿐만이 아니라 아마 두 사람 이상의 사람이 심하게 싸운 걸로 보이는 흔적이 남아 있었습니다."

나는 시체 이야기는 애써 언급하지 않았다. 내 이야기를 듣던 가이후 마사미는 얼굴이 점점 창백해져, 커피 잔을 소리 내어 받침에 내려놓았다.

"심하게 싸운 흔적이라니, 어떤 건가요?"

나는 살짝 헛기침을 했다. "죄송하지만 그 이상은 이야기할 수 없습니다. 이미 그 문제에 관해서는 경찰이 수사를 시작했고, 저도 약간 미묘한 처지에 놓여 있습니다. 다만 한 가지 분명하게 말씀드릴 수 있는 것은 그 싸움이 있었을 때 가이후 씨가 그 자리에 있었다는 증거는 전혀 없다는 사실입니다."

여자의 눈빛에 약간이나마 안도감이 떠올랐다. 나는 말을 이었다.

"어쨌든 사에키 씨는 지난주 목요일부터 행방을 알 수 없고, 가이후 씨도 어제 오후부터 소식이 끊어졌습니다. 이건 두 사람이 뭔가 공통된 문제에 말려들었다고 보는 것이 앞뒤가 맞을 겁니다. 제가 하는 일은 사에키 씨를 찾아내는 일인데, 그게 가이후 씨나 당신에게 손해가 되지는 않을 거라고 생각합니다. 그렇지 않겠습니까? 저도 가이후 씨가 무사히 여기 돌아오시기를 바라고, 그분과 함께 사에키 씨를 찾기를 바랍니다." 나는 내 이야기가 여자에게 잘 전달이 되도록 잠깐 뜸을 들였다. "제 이야기가 납득이 가신다면 가이후 씨에 관해, 그리고 가이후 씨와 사에키 씨의 관계에 관해 아시는 내용을 말씀해주시지 않겠습니까?"

여자는 텔레비전이 놓인 진열장에서 '커티삭' 병을 꺼내 술을 준비하기 시작했다. 거의 무의식적으로 그러는 모습으로 보였다.

내가 말했다. "사무실에서 본 가이후 씨는 분명히 뭔가 심각한 문제가 있는 것 같았습니다. 하지만 이렇게 생각해볼 수는 없을까요? 사에키 씨가 실종되지 않았다면 가이후 씨와 사에키 씨는 함께 제 사무실을 찾아와 무슨 일을 의뢰했을 거라는 생각이 듭니다. 그랬다면 아마 가이후 씨는 스스로 그 문제를 제게 털어놓았을 겁니다. 그런데 사에키 씨의 실종으로 그 계획에 차질이 생긴 겁니다. 더군다

나 그가 안고 있던 문제가 당신이 걱정하는 일이라면 전화가 걸려오지 않는 상태로 그냥 내버려둬서는 안 된다는 생각이 듭니다."

여자는 식기가 든 찬장에서 잔을 꺼내며 나를 돌아보았다. 내 마지막 한마디가 제법 효과가 있었던 모양인데, 결심이 서지는 않는 모양이었다.

"저는 조금 마시겠습니다. 아무래도 마음이 진정되지 않아서요. 무얼 드시겠습니까? 물을 타드릴까요, 온더락으로 드릴까요?"

"아뇨, 됐습니다." 나는 남은 커피를 마셨다.

"운전 때문인가요?" 여자가 물으며 포트에 든 커피를 따라주었다.

"그도 그렇지만." 별 지장이 없는 이야기만 해서는 여자에게서 뭔가를 끄집어낼 수 없을 것이다. "저는, 술은 혼자 마십니다."

"어머, 정말요? 외로운 술이로군요." 여자는 물을 탄 술잔을 들고 내 맞은편 자리로 돌아왔다.

"습관이 된 지 칠 년이나 되니 이젠 아무렇지도 않습니다."

"함께 술잔을 기울일 상대가 없는 건 아니겠죠?"

"칠 년 전까지는 있었죠. 제게 탐정 일을 가르쳐준 남자인데 쉰 살이 넘도록 술이라곤 입에 한 방울도 대지 않던 사람이었죠."

와타나베 겐고의 아내가 암으로 세상을 뜬 날, 오래 인연을 끊고 살았던 아들이 아내와 자식 즉 그의 손자를 데리고 나타났다. 운동권 학생이었던 외아들이 체포되어 경찰을 그만둔 이후 첫 만남이었다. 두 사람은 아내와 어머니의 영전에서 십 몇 년 만에 화해했다. 하지만 아들은 이튿날 열린 장례식에 참석하지 못했다. 옷을 갈아입기 위해 집으로 돌아가다가 교통사고를 당해 세 식구 모두 그 자리에서 숨을 거두었기 때문이다. 와타나베는 단 이틀 사이에 핏줄을 모두 잃었다. 아들 가족의 장례식이 끝난 날 밤, 그는 처음으로 술을 입에 댔고, 거의 삼 년간 나는 그와 함께 술잔을 기울였다. 삼 년 뒤, 와타나베 겐고는 알코올의존자가 되었다.

"신뢰해야 할 사람이 전형적인 알코올의존자가 되어가는 과정을 지켜보게 되었죠. 그렇게 되기까지 술이 많이 필요하지도 않았고……. 칠 년 전 어느 날 밤, 그 사람과 나는 무슨 계기 때문이었는지는 기억이 나지 않지만 술을 끊기로 함께 맹세했어요. 그야말로 시시한 맹세였습니다. 누가 먼저 말을 꺼냈는지는 기억이 나지 않는군요. 그날 밤 이후 그는 적어도 내 앞에서는 술을 한 방울도 마시지 않았고, 나도 사람들 앞에서는 술을 마시지 않게 되었습니다. 그뿐이에요."

"저는 손님에게 술을 마시게 하는 장사를 이십 년이나 하며 살아왔죠. 비참한 이야기라면 달리 얼마든지 알아요."

나는 미소를 지었다. "누가 더 불행한지 우열을 가리자는 게 아니에요. 곁에서 보면 의미 없는 습관에도 뭔가 이유가 있다는 이야기일 뿐입니다."

"아, 그래요? 하지만 저는 알코올의존자가 아니니 걱정할 필요는 없어요. 함께 술잔을 기울인다고 해서 당신에게 이상한 죄책감이 들게 하거나 하진 않을 겁니다." 여자는 잔에 든 술을 반쯤 들이켜더니 표정을 찡그렸다.

"내가 뭔가를 걱정한다면 오히려 스스로 남들 앞에서 알코올의존증이 되는 일이겠죠. 그러니 혼자 마시겠습니다."

"그런 건 내가 알 바 아니죠." 여자가 대꾸했다.

"함께 술잔을 기울인다, 멋진 표현이지만 어차피 그런 겁니다. 누가 알코올의존증이 되는 건 막을 수 없죠. 누군가 알코올의존증이 되도록 거들어주는 건 아주 간단하지만."

"모처럼 마시는데 술맛 떨어지네." 여자는 술잔을 탁자에 내려놓았다.

"사람을 안주로 마시는 술은 원래 그런 법이죠." 내가 말했다.

여자가 씁쓸한 웃음을 지었다. "당신도 이상한 사람이군요. 고분고분 함께 마셔주면 그 사람에 관해 이야기할지도 모르는데."

"술을 과대평가하시는군요. 물론 과소평가하는 것도 잘못이겠지만. 술을 마시면 이야기하겠다는 사람은 기다리면 언젠가 입을 열기 마련입니다."

여자는 나를 쏘아보더니 잔을 들어 남은 술을 들이켰다. 그러고는 한 잔 더 만들기 위해 자리에서 일어섰다. 나는 텔레비전 아래 있는 진열장에서 빨간 합성수지로 된 재떨이를 발견하고 담배를 꺼내 불을 붙였다.

그 방은 분명히 여자가 사는 공간이었다. 어디에도 남자가 동거하는 흔적이 없었다. 여자는 가이후라는 남자가 여름부터 여기 살고 있다고 했다. 과연 삼 개월이나 생활한 공간에 아무런 흔적도 남기지 않는 사람이 있을까? 여기에 남자가 산다는 것은 가이후 마사미란 여자의 망상에 불과한 것이 아닐까, 나는 얼른 좌우를 둘러보았다. 잠깐 졸음이 와서 망상에 휩싸여 있던 쪽은 나였다.

아까보다 더 진한 잔을 들고 돌아온 여자가 담배 연기를 맡으며 말했다.

"당신도 그 담배를 피우나요?"

나는 탁자 위에 놓인 짙은 남색 담뱃갑을 집어 들었다. "그러고 보니 그 사람도 필터 없는 담배를 피웠죠."

"그 사람이 마치 큰 발견이라도 한 듯이 그 담배를 사서 이리 뛰어 들어왔을 때가 생각나는군요."

여자는 갑자기 술기운이 도는지 손으로 이마를 짚었다. "그 무렵에는 만사 잘 풀리는 것 같았는데……."

"이 담배가 왜요?" 내가 물었다.

여자는 내 질문을 무시했다. "제가 이야기하면 그 사람이 돌아오게 하겠다고 약속할 수 있어요?"

나는 고개를 저었다. "약속은 못 하죠. 하지만 내가 그 사람의 안전을 좌우할 기회가 있고, 게다가 사에키 씨를 찾는 일에 지장이 없는 한 당신 요청에 따르도록 최선을 다하겠습니다."

여자는 내 말의 참뜻을 캐내려는 듯이 나를 뚫어지게 바라보았다.

"알았어요." 여자는 잔에 남은 술을 싱크대에 버렸다. "그 사람을 처음 만난 건 7월 말쯤이었을 거예요. 조후 역 근처에서 내가 하고 있는 바에 훌쩍 들어왔어요. 싸우기라도 한 사람처럼 반창고와 붕대를 감은 몸에 꾀죄죄한 여름옷을 걸치고 검은 서류가방을 금고처럼 애지중지 품에 안고 있었죠. 그리고 매일 밤 9시쯤에 나타나 문을 닫을 때까지 한마디 말도 없이 술만 마시다 돌아갔어요. 속이 안 좋아 화장실에서 쓰러진 것 한 번을 제외하면 매일 똑같은 나날이었죠. 그 사람은 일주일이 지나도 아무 말도 하지 않았고, 제가 무얼 물으면 열심히 생각한 뒤 한두 마디 대답하는 식이었어요. 그래서 크게 신경 쓰지 않아도 되는 손님인 데다가 미남이고, 술도 꽤 세고, 아무 말 하지 않아도 이튿날 반드시 찾아오는, 이상적인 손님이었죠. 그 일이 있었던 건 가게에 오기 시작한 지 열흘쯤 지났을 무렵인데, 분명히 정기휴일 전날 밤이었을 거예요. 가게를 닫고 밖으로 나갔는데 그 사람이 가게 앞에서 또 정신을 잃고 쓰러져 있었습니다. 잠시 보살펴주니 금방 정신을 차리기는 했지만 도저히 그냥 두고 갈 수는 없어서 결국 이리 데리고 와 재웠어요. 그게 그 사람과 그 검은 서류가방이 내 인생에 끼어들게 된 계기였던 거죠."

"정기휴일 전날 밤이라고 했죠?" 내가 끼어들었다.

"그래요. 그러니까…… 넷째 주 일요일 전날 밤이었죠."

나는 담배를 끄고 주머니에서 수첩을 꺼내 달력 페이지를 펼쳤다. "7월 넷째 주 일요일은 28일. 그 전날 밤에 그런 일이 있었고, 그 사람이 가게에 드나들기 시작한 지 이미 열흘 지난 시점이라는 건가요?"

"예, 그래요."

"그렇다면 그 사람이 당신 가게에 처음 얼굴을 내민 것은 7월 18일쯤이라는 이야기로군요."

"그렇군요. 아마 틀림없을 겁니다."

사에키 나오키에게 보낸 '후추 제일병원'의 아사쿠라라는 사람의 편지에 적혀 있던 환자는 7월 14일에 입원해 15일에 허락도 없이 퇴원했다.

"그 사람이 여기 살면서 어땠는지 이야기를 해주세요."

"처음 한 달가량 저는 그 사람에 관해 아무것도 몰랐다고 해도 좋을 거예요. 그 사람은 아무 말도 하지 않았고, 저도 아무것도 묻지 않았으니까……. 보면 아시겠지만 저는 그 사람보다 최소 다섯 살은 더 많을 겁니다. 마흔둘이니까요. 젊은 아가씨들처럼 그 사람에게 캐묻고 싶은 생각은 없었고, 어차피 곧 떠날 남자라면 아무것도 모르는 편이 낫겠다고 생각했죠. 내가 그 사람에 관해 아는 내용이라고 해봐야 매일 늦은 아침을 먹고 서류가방을 들고 어디론가 외출한다는 사실. 밤 9시부터 문 닫는 시간 사이에 조후에 있는 가게로 돌아온다는 사실. 직장에 나가는 건지 어떤지는 알 수 없지만 돈이 궁하지는 않다는 사실. 일주일에 한 번쯤은 심한 두통에 시달리고, 무리해서 돌아다니면 의식을 잃고 쓰러진다는 사실……."

여자는 말을 끊고 탁자 위에 있는 내 담배를 가리켰다. "부탁이니 담배를 피워주세요. 저는 그 냄새에 이끌려 이야기하고 있으니까요."

나는 쓴웃음을 짓고 두 개비째에 불을 붙였다. 요즘 담배를 피우지 못하게 하는 경우는 무척 많지만 피우라는 소리를 듣는 일은 거의 없었다.

"8월 말 어느 날 밤이었습니다." 여자가 말을 이었다 "그 사람은 가게 문 닫을 시간까지도 나타나지 않았어요. 저는 새벽 2시까지 기다리다가 걱정하던 때가 드디어 왔나 보다 하는 생각을 했어요. 그리고 그가 얼마만큼 내 마음속에 들어와 있었는지 깨닫게 되었습니다. 이제 모든 게 끝났다, 이제 됐다, 너는 어린애가 아니니까. 그렇게 스스로를 달래려 했지만 소용없었어요. 넋이 나가 집에 돌아오니 그 사람이 출입구 문 앞에서 기다리고 있었어요. 사실 너무 기뻤어요. 그런데 반대로 심하게 신경질을 부리며 그 사람에게 쏘아붙였죠. '당신은 어떻게 된 사람이냐. 한 달 이상 함께 지내면서도 자기 이름도 가르쳐주지 않고.' 그때까지 참았던 말이 한꺼번에 터져 나온 것처럼 퍼부었어요. 그 사람은 멍하니 이렇게 대답했습니다. '가르쳐줄 수 있다면 그렇게 하고 싶지만 나는 내 이름을 모릅니다.' ……그 사람이 기억을 잃고 스스로에 대해 아무것도 모른다는 이야기를 저는 그날 밤 처음 들었어요."

여자는 나를 뚫어지게 바라보았다. 내가 고개를 끄덕였다. 여자는 내 커피 잔을 싱크대로 가지고 가며 말했다. "커피를 새로 끓이죠."

"그 사람이 기억하는 건 언제부터인가요?" 내가 물었다.

"그 사람은 제가 하는 가게에 처음 나타난 날 밤 며칠 전에 어느 병원에서 정신이 들었다더군요. 그 이전 기억은 전혀 없고요. 온몸이 상처투성이였는데 그 통증 때문에 눈을 뜬 모양입니다. 이튿날 아침, 병원을 빠져나온 일은 기억하지만, 그 뒤로 제가 하는 가게에 오기까지의 기억이 희미하다고 했죠."

여자는 법랑 포트에 물을 담아 가스레인지에 얹었다. 후추 제일병원을 허락도 없이 나간 환자가 여자와 동거하는 기억상실자와 같은 인물임이 틀림없는 모양이었다.

"한 가지 의문이 있습니다." 내가 말했다.

드립용 필터에 커피를 넣으려던 여자의 손이 멈췄다.

내가 말을 이었다. "전문적인 내용은 모르지만 보통 기억을 잃은 사람은 그렇게 행동하지 않죠. 특히 병원에서 자기가 그런 상태라는 사실을 알게 되었다면 당장은 의사에게 완전히 의지하며 아무 행동도 못 하는 사람이 됩니다. 그 사람이 병원을 빠져나간 데는 그만한 이유가 있어야만 하겠죠."

여자는 나를 돌아보았다. "역시 그걸 묻는군요. 결국은 이야기를 해야만 하겠네요……. 그 사람이 병원에서 정신을 차리고 얼마 지나지 않아 간호사가 와서 '이제야 정신이 드셨군요. 이름이 뭐죠?'라고 물었답니다. 그 사람이 모른다고 대답하자 간호사는 그 말을 믿지 않고 '내일은 반드시 대답해야 하니까 잘 기억해내세요'라고 했다더군요. 간호사가 나간 뒤에 그 사람은 점점 불안해져서 소리를 질러 도움을 청하고 싶을 지경이었죠. 그때 자기 것으로 보이는 옷이 병실 벽에 걸려 있는 걸 깨달았대요. 아픈 몸을 일으켜 얼른 살펴보았지만 신분을 증명할 물건은 물론, 돈이나 다른 것들도 나오지 않았답니다. 그런데 피가 묻은 와이셔츠 주머니에서 작은 열쇠가 나왔어요. 다음에 간호사가 왔을 때 '내 소지품은 어디 있느냐?'고 물었더니 '걱정하지 마세요. 당신 서류가방은 간호사 대기실에 보관하고 있어요. 사실 사무국에서 보관해야 하지만 오늘은 일요일이라 사무국 문이 닫혀 있어서요'라고 대답하더랍니다. 그 사람이 거기 중요한 것이 들었으니 얼른 가져다달라고 부탁하자 꺼리는 기색 없이 가져와 "무척 무거운데, 돈이라도 가득 들었나요?'라고 농담을 건넸다더군요. 간호사가 나간 뒤에 그 열쇠로 서류가방을 열어보니 그야말로 손이 베일 것 같은 만 엔짜리 지폐가 백 장 묶음으로 일곱 개, 그러니까 칠백만 엔이 들어 있었다는 거예요."

여자는 물이 끓자 의자에서 일어나 가스레인지 불을 껐다. 나는 여자가 다음 말을 하기를 기다렸다. 긴 침묵이 이어졌다.

"그뿐인가요?" 내가 물었다.

여자는 내 옆얼굴을 바라보며 살짝 고개를 끄덕였다. 포트를 들어 커피에 끓는 물을 따르기 시작했다. 방 안에 커피 향이 가득 찼다. 여자의 목언저리가 팽팽해진 느낌이 들었다. 애써 나를 보지 않으려는 듯했다.

"그뿐인가요?" 내가 다시 물었다.

여자는 거칠게 고개를 저으며 말했다. "권총이 하나 들어 있었대요."

17

기억을 잃은 사람에게 자기 과거를 알아내기 위한 실마리로서 이토록 골치 아픈 소지품은 없을 것이다. 지폐 칠백만 엔과 권총, 이 두 가지를 가지고 그 사람의 '잃어버린 과거'를 추측하게 되면 낙관적으로 보느냐 비관적으로 보느냐에 따라 그야말로 하늘과 땅만큼의 차이가 난다.

그는 단순히 돈 많은 경찰관이었을지도 모른다. 골치 아픈 물건이 덤으로 붙은 큰돈을 훔친 가방 도둑일지도 모른다. 큰돈을 지니고 있다 보니 지나치게 조심스러운 총기 불법소지자일지도 모른다. 도박 매상을 수금해온 폭력단 단원일지도 모른다. 팔고 남은 물건이 한 자루뿐인 수완 좋은 권총 밀매꾼일지도 모른다. 도주중인 은행 강도일지도 모른다. 어쩌면 그 권총을 이미 최대한 활용한 살인

자일지도 모른다……. 병상에 누워 서류가방 내용물을 들여다본 남자의 뇌리에도 이러한 다소 상상하기 힘든 이미지가 계속 떠올랐을 것이다.

가이후 마사미는 커피를 탁자로 가지고 오면서 말했다. "그 사람은 밤새 고민을 했답니다. 도움을 청해 자기 운명을 다른 사람에게 맡겨버릴까, 일단 권총을 숨기고 상황을 살필까, 병원을 빠져나가 잃어버린 기억을 스스로 되찾을까……. 그가 어떤 길을 선택했는지는 이미 알고 계시죠?"

나는 여자가 내민 커피 잔을 받아들었다. 사무실 복도에서 처음 그를 만났을 때의 초췌한 모습이 머릿속에 떠올랐다.

"가장 곤란한 길을 선택한 그 사람의 용기에는 감탄하지만 문제는 그 사람 생각대로 일이 풀리지 않은 것 같군요."

"예, 그 사람이 제게 털어놓았던 시점에는 스스로 알아볼 수 있는 내용들은 대략 다 조사한 모양이에요. 신문기사는 최근부터 일 년 이상 거슬러 올라가 쭉 훑어보았고, 행방불명된 경찰관이나 해결이 안 된 강도 사건 등을 조사했죠. 폭력단과 관계가 있을 우려도 있으니 번화가에서 그런 쪽 사람들에게 술을 사주며 소문을 듣기도 하고, 짚이는 구석이 있는 행방불명 조직원이 없는지 묻기도 하고요……. 그리고 보니 도지사 선거 때 일어난 저격 사건은 시기적으로 가까워서인지 어쩌면 관계가 있을지도 모른다고 생각한 모양이에요. 하지만 범인이 이미 체포되어 사건은 해결되었기 때문에 예상은 완전히 어긋났죠."

한여름 밤에 도쿄를 떠들썩하게 만들며 신문 지상을 요란하게 장식한 그 저격 사건은 누구나 아는 일이지만 내 기억에는 여자의 말처럼 범인이 체포된 것은 아니었다. 투표 이틀 전, 다테카와 역 앞에서 연설중이던 보수파 사키사카 후보가 저격을 당한 사건이었다. 범인은 현장에서 차로 도주를 시도했다. 그러나 바로 추적을 시작한 경찰은 십 분 만에 인접한 히노 시를 흐르는 아사카와 강변으로 범인을 몰아붙였다. 경찰이 친 바리케이드를 돌파하려다 가드레일을 들이받은 범인은 차와 함께 강물에 떨어져, 체포되었을 때는 머리부분에 큰 부상을 입고 이미 죽은 상태였다. 저격당한 사키사카 후보는 심장에 가까운 왼쪽 폐에 총탄을 맞아 한때 위독하다고 알려졌지만 투표 전날 밤 수술을 받고 기적적으로 목숨을 건졌다. 그리고 삼선을 노리던 혁신파 야나이 하라 후보와 격전 끝에 멋지게 도쿄 도지사 자리를 거머쥐기까지 했다. 저격 사건은 분명히 7월 12일에 일어났다. 투표일이던 14일은 일요일인데 '후추 제일병원'에 그 환자가 입원한 날이다. 이튿날인 15일에 무단 퇴원했다. 하지만 범인의 사망으로 사건은 사실상 해결되었다고 보도되었다.

여자는 한숨을 쉬었다. "그 사람은 뭔가 실마리가 잡혀도 적극적인 행동을 취할 수 없을 때가 많았죠. '혹시 그 남자가 날 닮지 않았습니까?'라고 물어볼 수 없는 단서들뿐이었으니까요. 시간과 노력을 들여야 하는 우회적인 조사 이외에는 길이 없어서 그 무렵에는 자기 혼자 힘만으로는 안 되겠다고 생각했던 것 같아요."

나는 커피를 마시고 재촉당하기 전에 세 번째 담배에 불을 붙였다. "그가 사에키 씨를 처음 만난 건 언제죠?"

"그 사람이 기억을 잃어버렸다는 사실을 제게 털어놓은 그날 밤이었어요. 사소한 착각 때문에 두 사람이 연결된 거죠."

"착각?"

"예. 그날 밤 그 사람은 게임기 도박 매상을 들고 도망친 폭력단원 소문을 듣고 나카노로 갔지만 그쪽은 전혀 소득이 없었어요. 나카노 역 근처에 있는 작은 음식점에 들어가 맥주를 마시면서 식사하고 있었다더군요. 그런데 나중에 가게에 들어온 서른 살쯤 된 남자가 그 사람에게 고개를 살짝 숙이며 인사하더니, '아, 사람을 잘못 보았나' 하는 표정을 지으며 다른 자리에 앉았던 모양입니다. 다른 사람들 같으면 흔히 있는 일로 가볍게 넘어갔을 테지만 그 사람에겐 대단한 충격이었죠. 이해가 되시죠?"

"식욕이 당길 상황은 아니었겠군요."

"그 사람은 얼른 가게를 나가 인사한 사람이 나오기를 기다린 뒤에 뒤를 밟았죠. 남자가 어느 아파트로 들어간 걸 확인했지만 내내 출입구를 지키다가 결국 불빛이 모두 꺼지기를 기다려 돌아온 모양이에요. 그래서 그날 밤은 그렇게 늦게 돌아왔던 거예요."

"3층 303호였죠." 내가 말했다.

"맞아요. 전직 신문기자로 르포라이터인 사에키 나오키라는 사람이라는 사실을 알기까지 꼬박 이틀이 걸렸답니다. 그 사람은 나카노에 있는 음식점에서 있었던 일을 어떻게 확인하면 좋을지 이리저리 궁리했지만 직접 본인에게 물어보는 방법밖에는 없어서 사에키 씨의 아파트를 찾아가기로 했어요. 하지만 사에키 씨가 그 사람에게 인사를 건넨 건 닮은 옛 지인인 줄 착각했기 때문이라는 사실을 알게 된 거죠. 하지만 이번에는 사에키 씨 쪽이 뭔가 사연이 있는 사람이 아닐까 싶어 그 사람에게 흥미를 느낀 모양이에요. 사에키 씨의 직업이 그러니 당연한 일일지도 모르죠. 그날부터 며칠 동안 술을 마시거나 서로를 탐색하는 만남이 이어진 것 같은데 결국 그 사람은 자기가 기억을 잃었다는 사실을 사에키 씨에게 털어놓기로 했죠. 혼자서는 더는 방법이 없었고, 이 사람이라면 믿을 수 있겠다고 생각했겠죠. 지폐, 특히 권총 이야기를 한 건 그 훨씬 뒤의 일이지만요……."

여자는 커피를 한 모금 마시고 덧붙였다. "그 사람은 저를 골치 아픈 일에 말려들게 하고 싶지 않다면서 아직도 저나 이곳에 관해서는 사에키 씨에게 이야기하지 않았어요."

"그 사람과 사에키 씨 사이에는 뭔가 약속 같은 게 있었던 거 아닐까요?"

여자는 고개를 끄덕였다. "사에키 씨의 조건은, 모든 게 밝혀지면 '어느 기억상실자의 기록'으로 정리한 르포 원고를 발표하게 해줄 것……. 그 사람이 내놓은 조건은 만약 자기가 범죄에 관련되었을 경우에는 자수하거나 도망치거나 선택의 여지를 줄 것. 그래서 두 사람은 '협력자' 계약을 맺은 거죠."

"그렇게 된 것이로군요. 협력자가 생겨서 무언가 성과가 있었나요?"

"그 사람이 스스로 흑백을 가릴 수 없었던 실마리에 대해 확실히 결론을 냈죠. 결과는 모두 그 사람의 과거와 관계가 없다는 것이었지만요……. 하지만 그보다 그 사람에게는 자기 고민을 아는 사람이 나타나 의논할 상대가 생겼다는 사실이 무척 중요했을 거라고 생각해요. 여자인 저는 도움이 되지 않았을 테니까……. 혼자 뛰어다닐 때와 비교하면 많이 차분해지고 여유가 느껴졌어요. 덕분에 얼마 전부터 그 사람은 단편적인 내용을 조금씩 기억해내기 시작했죠."

"어떤 일들을 기억해냈나요?"

"처음에는 담배였어요. 그 이야기는 했죠? 자기는 담배를 피우지 않는 줄 알았는데, 그날은 왠지 갑자기 피우고 싶었다더군요. 그 담배를 사서 줄담배를 피웠대요. 사에키 씨는, 그 필터 없는 담배는 어떤 상표든 가리지 않는 사람이 피우는 담배는 아니기 때문에 아마 기억을 잃기 전에 그 담배를 피웠을 거라고 했다더군요."

"그 밖에는?" 내가 물었다.

"그 사람은 병원에서 나온 뒤에 경마장이나 마구간 옆을 걸었던 기억이 난다고 했어요. 사에키 씨는 후추 경마장인 것 같다고 했대요. 병원은 조후에 있는 제 가게 주위를 몇 군데 알아보았을 뿐 포기한 상태였죠. 후추라면 가능성이 높기 때문에 경마장 주위의 병원에 사에키 씨가 자기 이름으로 문의 편지를 보냈다고 하더군요. 전화로 알아보려 했더니 그런 문의는 병원에 직접 찾아오지 않으면 답변할 수 없다고 해서 어쩔 수 없이 편지로 반응을 살피기로 했다는 이야기를 들었어요."

그 답장 가운데 하나가 내 주머니에 들어 있었지만 지금은 아무 말 않기로 했다.

"그 밖에는?" 내가 다시 물었다.

"당신은 그 사람의 오른손 손가락에 관해서는 아세요?"

"주머니에 숨기고 보여주려 들지 않는다는 거라면."

"오른손 검지의 두 번째 관절부터 끝까지 없기 때문이에요. 그 원인은 총의 폭발 때문인 것 같다더군요. 그런 꿈에 시달리느라 적어도 세 번은 한밤중에 벌떡 일어난 적이 있답니다. 그냥 꿈에 불과할지도 모르지만 그래도 폭발 순간에 손가락이 없어지는 느낌이 꿈이라고는 생각할 수 없을 만치 실감이 났답니다." 여자는 마치 자기 손가락이 없어진 듯이 고통스러운 표정을 지었다.

"그 밖에는?" 내가 세 번째로 물었다. 여자는 그가 되찾은 조각난 기억은 그뿐이라고 대답했다.

나는 만약을 위해 물었다. "사에키 씨가 그 사람의 기억상실 문제 이외에 뭔가 조사하고 있다는 이야기는 듣지 못했습니까?"

"그건 모르지만, 그 사람한테 그런 이야기를 들은 적은 없습니다. 제 느낌으로는 사에키 씨가 그 사람 문제에 완전히 매달리는 것 같았는데요."

"그 사람이 사에키 씨를 마지막으로 만난 건 언제죠?"

"20일 수요일 밤……일 겁니다. 그 이튿날부터 사에키 씨와 연락이 닿지 않아 그 사람이 많이 걱정했기 때문에 기억해요."

"어디서 무엇 때문에 만났는지 아세요?"

"그 사람이 경마장에 관한 기억을 떠올려 조후에서 후추에 걸쳐 그 부근을 차로 한번 함께 돌아보자는 계획이 있었어요. 수요일 밤에 실행할 예정이라면서 늦게 돌아올 거라고 그 사람이 가게로 전화했죠. 9시쯤이었던가? 지금 나카노로 가서 사에키 씨와 만날 거라고 했어요."

사에키 나오코가 하치오지 방면으로 가려는 사에키 나오키를 아파트 앞에서 만난 건 그날 밤 10시경이었다. 사에키의 마크Ⅱ 조수석에 앉아 있던 사람은 역시 가이후라고 자기 성을 밝힌 남자였다는 이야기가 된다.

"그가 돌아온 건 몇 시쯤이었나요?"

"새벽 4시가 가까워 동이 틀 무렵이었어요."

"무슨 성과가 있었답니까?"

여자는 고개를 저었다. "눈에 익은 곳은 몇 군데 있었던 모양이지만……."

"돌아다닌 곳은 조후와 후추 주변뿐인가요?"

"아뇨, 고슈 가도 서쪽으로 더 가서 히노에서부터 하치오지 부근까지 갔던 모양이에요." 여자의 말투에 비난하는 느낌이 묻어났다. "어쨌든 그 사람은 돌아왔을 때 지독한 두통 때문에 괴로워했고, 이튿날인 목요일과 금요일엔 전혀 일어나지 못했어요. 사에키 씨에게는 아프다는 이야기를 하지 않아서 어쩔 수 없었지만……."

"그 문제 말입니다만, 의사에게 진찰을 받지는 않았나요?"

"예…… 제가 아무리 권해도 듣지를 않았어요. 그 사람은 두통은 기억상실과 관계가 있어 병원에 가면 모든 게 드러나버릴 거라고 생각하는 듯했습니다. 기억이 돌아오면 두통도 나을 거라면서 '이제 와서 병원에 갈 거면 애당초 병원에서 나오지 않았을 거다'라고 말했죠. 그 이야기만 나오면 꼭 저하고 말다툼하게 되어서……."

여자의 눈에서 예고도 없이 눈물이 흘러내렸다.

"제가 지금 가장 두려워하는 건 그 사람이 지금쯤 어디서 정신을 잃고 쓰러져 눈을 떴을 때 저나 이 집에 대한 기억을 모두 잃어버리고……."

그 뒤로는 알아들을 수 없었다. 탁자 위에 엎드려 자기 두 팔 사이에 얼굴을 묻어버렸기 때문이다.

네 개비째 담배에 불을 붙이고 몇 분간 기다렸다. 이윽고 여자는 고개를 들며 부끄럽다는 듯이 미소를 지었다. 눈이 빨개진 것 말고는 울기 전의 얼굴과 달라진 것이 없었다.

"질문 계속해도 돼요." 여자가 말했다.

나는 그렇게 했다. 달리 할 수 있는 일이 없었다. "그 사람은 내 사무실을 사에키 씨의 탁상 메모에서 발견한 모양인데, 사에키 씨의 아파트에는 어떻게 들어갔을까요?"

"사에키 씨가 여벌 열쇠를 줬어요. 그 사람은 뭔가 실마리가 잡히거나 하면 바로 사에키 씨를 만나고 싶어서 그 아파트 로비에서 몇 시간씩 기다리곤 했어요. 그런 일이 몇 차례 있은 뒤에 사에키 씨가 보기 딱하다며 열쇠를 준 거죠."

"그래도 메모에 적혀 있는 탐정사무소를 느닷없이 찾아오는 건 약간 무모하다는 생각도 드는군요."

"그건 탐정을 쓴다는 이야기가 전부터 나왔기 때문일 거예요. 사에키 씨는 자기 조사만으로는 그 사람의 신분을 쉽사리 알아내지 못하기 때문에 책임감을 느꼈나 봐요. 전문가에게 부탁하면 더 효과적인 방법으로 알아볼 수 있을 거라는 의견이었죠. 하지만 그 사람은 자기 문제를 아는 사람이 한 명이라도 더 늘어나는 건 거부감이 들었던 것 같아요. 결국 둘이서 좀 더 해보자, 다만 사에키 씨는 적당한 탐정이 있는지 두세 군데 알아보겠다. 그렇게 이야기가 되어 있었죠. 메모를 보고 당신 사무실 이름을 발견했을 때 그 사람이 바로 찾아가보기로 생각한 것도 이상할 건 없다고 생각해요."

나는 고개를 끄덕였다. "그러면 서류가방에 들어 있었다는 지폐를 쓴 적은 있나요?"

"예, 그 사람은 될 수 있으면 손을 대지 않으려 했지만……. 제가 쇼핑을 할 때 잔돈으로 바꾸어 조심스럽게 조금씩 쓰도록 했어요. 하지만 어제는 그만 바꾼 돈이 떨어져서 제가 이삼 일 전에 현금카드로 인출했던 돈을 그 사람에게 억지로 떠맡겼어요. 그게 이거죠."

"그 사람이 처음 제 돈을 받아주었는데 전표를 넣은 채 주다니, 멍청한 짓이었죠……. 그게 우리에게 행운의 실수라면 좋겠는데."
여자는 내 얼굴을 살폈다.

"행운의 신은 아니지만 적어도 불행의 신이 되지는 않도록 하죠."
나는 자리에서 일어서 주방 벽에 걸린 시계를 보았다. 곧 2시가 되려는 참이었다.

"당신 덕분에 상황 파악이 제법 되었습니다. 이렇게 늦게까지 시간을 빼앗아 미안하군요. 약속은 잊지 않을 테니 마음 놓으세요. 뭔가 알아내게 되면 연락하겠습니다." 나는 주머니에서 명함을 한 장 꺼내 탁자 위에 놓았다. "당신도 무슨 일이 있으면 이리 전화해줘요."

여자는 고개를 끄덕이고 의자에서 일어나 텔레비전 선반에서 내 코트를 가지고 왔다.

"한 가지만 더 묻겠습니다." 내가 말했다. "그 사람은 그 권총을 갖고 다닌 적이 있습니까?"

"아뇨, 절대로. 서류가방에 넣어둔 상태 그대로입니다."

여자가 머뭇거렸다.

"아아, 깜빡했군요." 내가 말했다. "서류가방 안에는 권총과 함께 큰돈이 들어 있었죠? 그럼 이렇게 하죠. 나는 이제 밖으로 나갈 테니 도어체인을 걸고, 문 틈새로 권총을 보여줄 수 있겠습니까?"

"그럴 필요 없어요. 권총은 바로 보여드리죠. 다만 그 사람은 내내 그 권총 때문에 괴로워하면서도 마음속 한구석에서 그 권총을 자기 분신처럼 느껴서……."

"이해는 갑니다." 내가 말했다.

원래 무기에는 그런 성질이 있는 법이다. 혐오하는 사람도 있고 좋아하는 사람도 있다.

"권총을 가지고 올게요." 여자가 방을 나갔다. 그런데 여자가 입을 멍하니 벌린 채로 서류가방을 들고 바로 돌아왔다. 얼굴이 창백했다.

"그 사람이 권총을 가지고 나갔어요!" 여자는 서류가방을 탁자 위에 내려놓았다. 대여섯 개의 지폐 뭉치가 불환지폐不換紙幣의 정체를 폭로하듯 살짝 소리를 내며 튀어 올랐다. 그때 전화벨이 울렸다.

"분명히 그 사람일 거예요." 여자가 말했다. 그리고 방을 뛰쳐나가더니 복도 끝에 있는 전화로 달려가 수화기를 집어 들려고 했다. 하지만 내 손이 여자의 손을 꽉 눌렀다.

18

가이후 마사미는 수화기를 집어 들려고 기를 쓰면서 말없이 분노
와 불신이 가득한 눈으로 나를 뚫어지게 바라보았다.

"만약에." 내가 빠른 말투로 말했다. "잘 들으세요. 만약에 그 사
람 전화가 아니라 내가 아까 걸려올지도 모른다고 주의를 준 그런
전화라면." 나는 일 초 생각하고 일 초 만에 결단을 내렸다. "내가 그
사람인 척하며 전화를 받겠습니다. 아시겠어요?"

여자가 항의하려 하기에 나는 누르고 있던 손을 뗐다. 여자는 반
사적으로 수화기를 집어 들고 말했다. "여보세요."

"예, 제가 가이후 마사미입니다……" 상대방 목소리에 귀를 기울
이던 여자의 얼굴에 점점 실망하는 빛이 퍼졌다. 여자는 송화구를
막고 내게 말했다. "여기에 사에키 나오키 씨의 '협력자'라고 할 수

있는 사람이 있다면 전화를 바꾸라고 하네요."

내가 손을 내밀자 여자는 내 의도대로 따라야 할지 어떨지 망설이면서도 수화기를 건넸다.

"전화 바꿨다." 내가 상대방에게 말했다. 원래 전화를 받아야 할 남자의 목소리를 흉내 낼 만한 재주는 없었기 때문에 아주 작은 목소리로 말했다. "당신 누군가? 누구에게 전화를 한 거지?"

"당신이 진짜 사에키 나오키의 협력자인가?" 차분한 남자 목소리가 물었다.

가이후 마사미는 거실로 들어가 불을 켜고 가까운 소파에 앉아 불안한 시선으로 바라보고 있었다.

"그렇다고 할 수 있지." 내가 대답했다. "하지만 누구에게 볼일이 있는 건지 정확하게 밝히면 사람을 착각할 염려도 없겠지."

"당신 성이 가이후 아닌가? 사에키 씨는 섭섭하게도 자기 협력자라는 이야기 말고는 해주지 않아서."

"사에키 나오키의 협력자에게 무슨 용건이지?"

"미안하지만 간단한 질문에 답을 해주면 좋겠어. 사에키 씨의 직업은? 전에 근무하던 직장은? 사는 곳은? 나이는?"

"르포라이터, 〈아사히 신문〉, 나카노, 삼십 세. 다섯 번째 항목을 빼놓았군. 현재 있는 곳은? 목요일 이후 행방불명 상태."

남자가 웃었다. "이거 미안하군."

"이번에는 내 차례야." 내가 말했다. "당신 이름은? 직업은? 사는 곳은? 나이는? 그리고 용건은?"

"사에키 씨 의견에 따르면 그런 질문은 쓸데없을 것 같은데? 그 사람 말로는 우리가 아는 사이에다 올여름에는 함께 '어떤 사건'에 관계한 사이인 것 같으니까. 비록 서로 이름은 모른다고 해도."

"어느 사건이라니, 무슨 이야기지?"

"그건 내게 물어봐야 대답하기 곤란하지. 그 사건에 내가 관계되었다는 건 사에키 씨가 멋대로 추측한 것이고, 그게 오해라는 사실은 당신이 증명해줄 테니까. 물론 당신이 그 사건과 관련이 있다고 전제했을 때의 이야기지만."

나는 전화 응답 서비스 오퍼레이터가 '젊지 않고, 나이가 좀 들었으며, 자신감이 넘치고, 사람에게 지시를 내리는 데 익숙한 사람이라는 느낌'이라고 표현한 목소리를 떠올렸다. 그러고 보니 그 목소리처럼 들리기도 했다.

"용건을 물어볼까?" 내가 말했다.

"우선 나하고 당신은 오늘 밤 처음 접촉했다는 사실을 설명해서 사에키 씨의 오해를 풀 것. 그리고 여름 사건의 전모를 배경 관계에 이르기까지 제대로 증거를 대서 이야기해줄 것. 그렇게 하면 사에키 씨가 현재 놓여 있는 상황에서 풀려날 수 있도록 최선을 다할 수 있을지도 모르고, 그 이야기의 내용에 따라서는 그에 상응하는 보수를 준비하지. 어지간히 무리한 요구를 하더라도 응할지 몰라."

"당신이 사에키 씨를 데리고 있나?"

내 말을 듣더니 가이후 마사미는 표정이 굳어졌다.

"내가 그런 말을 하지는 않았을 텐데." 상대방이 말했다. 남을 속

171

인 기분이 들게 만드는 천진난만한 말투였다.

"사에키 씨가 풀려날 방법을 안다는 이야기인가?"

"그런 표현이라면 '예스'라고 대답해도 괜찮을 것 같군."

"보수는 얼마라고 했지?"

"아직 말하지 않았어. 당신 이야기에 따라 달라지겠지만, 만약 이쪽이 기대하는 조건을 충족시키는 정보가 있다면 지불 가능한 금액은 최고 일억. 하지만 당신 이야기가 가치가 없다고 판단되면 얼마든지 깎이겠지. 최저액은 이야기하지 않아도 되겠지?"

"괜찮은 이야기로군……. 하지만 더는 전화로 정리할 수 있는 문제가 아니라고 생각하는데."

"찬성이야. 일단 당신과 나, 단둘이 만나지. 어디 적당히 사람들이 붐비는 곳이 좋겠군. 어쨌든 당신에겐 골치 아픈 물건이 있을 테니까 사람이 없는 어두컴컴한 골목에서 만나는 것은 거절하겠어. 그런데 그 물건은 가지고 있겠지? 그건 무엇보다 중요한 증거물이니 당연히 보수 일억 안에 포함될 거야."

"걱정할 필요 없어. 그럼 언제 어디로 가면 되나?"

"내일, 아니, 이제 오늘이로군. 오늘 오후 1시, 신주쿠 역 남쪽 방향 개찰구 밖에서."

"당신을 어떻게 찾지?"

"그렇군……. 비가 오지 않는다면 박쥐우산, 비가 온다면 체크무늬 티롤 모자를 찾아. 어쨌든 티롤 모자와 박쥐우산을 둘 다 준비할 테니까. 콧수염을 기른 통통한 오십대 남자라면 알아볼 수 있겠지?"

"너무 튀지 않나? 대머리가 아니라면 티롤 모자는 피하지그래."

남자가 처량한 목소리로 말했다. "모자가 취미인데. 더 평범한 걸 쓰면 이해해주겠나?"

"멋대로 해." 나는 쓸쓸하게 웃으며 말했다.

"고맙군. 그럼, 당신은 어떻게 찾지?"

"필요 없어. 내가 당신을 찾을 테니까."

"약간 불공평하기는 하지만 뭐 상관없겠지. 그리고 그 물건은 절대로 가지고 나오지 말 것. 난 그런 물건을 가까이 하는 건 싫어서. 다만 그 골치 아픈 물건에서 발사된 총탄을 한 발 보여준다면 대단히 감사하겠는데."

"전혀 문제없어."

"그런데 가이후 씨가 아니라면 당신 이름은 뭔가?"

"사에키 나오키 씨의 '협력자.'"

"그럴 줄 알았지. 그럼 오늘 오후에." 남자가 전화를 끊고 나도 수화기를 내려놓았다.

나는 거실로 들어가 가이후 마사미에게 통화 내용을 이야기했다. 상대방의 이야기를 그대로 받아들인다면 가이후라는 성을 쓰는 남자와는 만난 적이 없고, 그가 기억을 잃었다는 사실을 모르며, 내가 다른 사람이라는 걸 눈치채지 못했다는 이야기가 된다. 그걸 어디까지 믿어야 좋을지는 알 수 없었다. 전화를 건 남자는 '여름에 있었던 그 사건'이 어떤 것인지 아는 듯했지만 누가 그 일에 관련되어 있는지는 모른다는 태도를 취했다. 어쨌든 사에키 나오키는 기억을 잃은 남자와 전화를 건 남자를 연결하는 선상에 '여름 그 사건'을 놓고 조사를 진행하다가 중간에 누군가에게 붙들려 있는 것이 아닐까……?

가이후 마사미는 내 이야기가 제대로 귀에 들어오지 않는 모양이었다. 그가 권총을 가지고 나갔다는 충격에서 아직도 벗어나지 못하고 있었다.

나는 시간을 들여 이 집이 얼마나 위험한지를 설명해야만 했다. 전화를 건 남자는 '여름 그 사건'의 열쇠를 쥔 것으로 보이는 사에키 나오키의 '협력자'와 권총을 오늘 오후 1시까지 기다리지 않더라도 여기서 찾을 수 있다고 생각할 가능성이 있었다. 이 집이 어디 있는지 알아내는 건 그리 어려운 일이 아닐 것이다. 나는 여자에게 오늘 밤만은 이 집에서 피해 있어야 한다고 했다. 여자는 말을 잘 들으려 하지 않았다. 남자로부터 전화가 언제 걸려올지 모르기 때문에 비울 수 없다는 이야기다. 하지만 만에 하나 당신이 인질로 잡힌다면 그 남자는 궁지에 몰릴 거라고 설명하여 겨우 설득할 수 있었다.

여자는 같은 일을 하는 친구에게 전화를 걸어 하루 신세를 지기로 했다. 서류가방과 지폐는 그가 돌아왔을 때 필요할지도 모르기 때문에 원래 있던 곳에 갖다놓았다. 도민은행 봉투에 들었던 돈은 그가 맡긴 것이니 돌려받을 수는 없다고 고집을 피워 나는 주머니에 다시 집어넣었다. 더는 시간을 끌 수 없었다. 여자는 그에게 메모를 남기고 외출 준비를 한 뒤 나와 함께 연립주택을 나섰다.

간바치 길을 달리는 블루버드 안에서 나는 여자에게 한 가지 질문만 했다. "그 사람은 권총 종류나 이름을 말하지 않았나요?"

"분명히 '루거'라고 했어요. 무슨 번호가 붙은 것 같았는데……."

"루거 P08입니까?"

"예, 아마 그럴 거예요. 그런 이름인데 총신이 긴 모양이라고 했었던 것 같아요. 권총에서 뭔가 단서를 얻을 수 있을지 모르기 때문에 한때는 자세하게 알아보려 했었죠."

약 이십 분 뒤에 나는 가이후 마사미를 다카이도히가시에 있는 친구의 연립주택 앞에 내려주었다. 이노카시라 길에서 호난초를 거쳐 3시 반이 지나서야 니시신주쿠에 있는 사무실로 돌아왔다. 집에 차고 같은 건 없기 때문에 블루버드를 사무실 주차장에 넣어야만 했다.

이 시간이면 이 동네마저 고요히 잠이 든다. 움직이는 것이라고는 내 두 발뿐이고, 들리는 소리도 내 발소리뿐이었다. 나는 사무실 건물 계단을 뛰어 올라가려다 우편함 안에서 희고 작은 것이 튀어나와 있는 것을 발견했다. 문을 여니 용수철이 접히는 쪽에 특징적인 그 종이비행기가 들어 있었다. 그걸 코트 주머니에 쑤셔 넣고 다시 무거운 걸음으로 계단을 올라갔다.

사무실 안은 아무 이상이 없었다. 창문으로 뛰어내리려는 여자도, 반주를 따라 노래하는 야쿠자도, 오른손을 숨긴 기억상실자도 없었다. 나는 책상에 걸터앉아 전화 응답 서비스 번호를 돌렸다. 심야부터 이른 아침까지 근무하는 아르바이트 남학생이 졸린 목소리로 전화가 한 통 걸려왔다고 대답했다.

"자정 정각에 사에키 나오키 씨의 대리인이라는 분이 내일 아침 9시에 사무실로 전화하겠다고 했습니다."

나는 피곤하기도 했고 이 남학생에게는 알아낼 수 있는 게 아무 것도 없었기 때문에 고맙다는 말을 남기고 전화를 끊었다. 코트 주머니에서 종이비행기를 꺼내 펼쳤다. '맨해튼 트랜스퍼'라는 그룹의 콘서트 전단지 여백에 예전 파트너의 메시지가 있었다.

세이와카이 녀석들이 드나드는 걸 보았네. 여전히 민폐를 끼치고 있다는 생각이 들어 정말 미안하군. 하지만 힘찬 모습으로 사무실에서 나가는 걸 보았을 때는 안심했네.

이런 걸 쓰는 것도 위험하다는 사실은 알지만 알려주고 싶은 게 있어서.

8시 조금 지나서 사무실 창문으로 뛰어내린 검은 점퍼를 입은 여자가 십 분쯤 지나서 돌아오더니 큰길 반대편에 주차된 흰색 차를 타고 갔네. 차 번호는 네리마 59 누 9375.

오늘 밤은 별로 마시지 않았고 눈은 아직 멀쩡하니 틀림없을 걸세. 쓸데없는 내용일지도 모르지만 일단 알려두네. 그럼 다음에.

W

나는 수화기를 들고 신주쿠 경찰서 번호를 돌렸다.

"예. 신주쿠 경찰서입니다." 화가 날 만큼 힘찬 목소리가 지칠 대로 지친 오감에 울려 퍼졌다. 나는 수사과의 니시고리 경부를 바꿔 달라고 했다.

"잠깐 기다리세요. 아, 니시고리 경부는 퇴근해서 지금은 서에 없습니다만." 내일 결혼이라도 하는 사람처럼 밝고 발랄한 말투였다. 내일 이혼을 하는 것인지도 모른다.

"그럼 수사과 당직자를 부탁합니다."

"예, 끊지 말고 잠깐 기다리세요. 바로 바꿔드리겠습니다."

나는 기다리는 동안에 담배에 불을 붙였다. 혀가 마비되어 말똥에 불을 붙였다고 하더라도 알아차리지 못했을 것이다.

"수사과입니다." 이번에는 베테랑 형사 같은 무뚝뚝한 목소리였다.

"니시고리 경부에게 전해주십시오."

"니시고리 경부에게? 성함이?"

"사와자키."

"사와자키 씨요. 말씀하시죠."

"네리마 59 누 9375."

"……9375. 맞죠?"

전화를 끊고, 차 번호를 수첩에 옮겨 적은 뒤 종이성냥에 불을 붙여 콘서트 전단지가 재가 되기를 기다렸다. 그리고 사무실 불을 끄고 문 자물쇠를 잠근 다음 복도 안쪽의 공용 다용도실로 갔다. 반년 치를 모아둔 신문 묶음에서 7월 중순의 며칠 치를 뽑아 건물을 나섰다.

오타키바시 거리까지 걸어 택시를 잡아타고 4시 정각에 내가 사는 연립주택으로 돌아왔다. 도지사 선거 저격 사건 기사를 쭉 훑어보고 나서 침대에 누웠다. 끝없이 긴 꿈을 꾸었지만 이번 사건과 관계가 있는 사람은 아무도 나오지 않았다.

19

다음 날 아침, 사무실 책상 앞에 앉아 면도하면서 조간신문을 읽는데 전화벨이 울렸다. 손목시계의 바늘이 8시 반을 가리키고 있었다. 전화 응답 서비스에 메시지를 남긴 사에키 나오키의 대리인이란 남자의 전화라고 생각하기에는 좀 이른 시각이었다. 나는 전기면도기의 전원을 끄고 수화기를 집어 들었다.

"사와자키?" 니시고리의 무뚝뚝한 목소리가 들렸다.

"엄청나게 일찍 걸었군." 나는 턱 아래 남은 수염을 쓰다듬으며 말했다.

"전화로 남긴 메시지는 뭐지?" 니시고리가 화난 말투로 물었다.

"교통계로 물러나 앉는 게 어떻겠어?" 내가 말했다. "그건 차 넘버야."

니시고리는 언성을 높여 다시 물었다. "그게 뭐냐니까?"

"어젯밤 내 사무실에 숨어들었던 사람이 있어. 바로 그 사람 차 번호야."

"도둑인가? 뭘 훔쳐갔지?"

"아니, 도둑맞은 건 없어. 하시즈메와 마주치자 창문으로 도망쳤지. 차 번호는 이미 조회가 끝났을 텐데. 얼른 차 주인 이름을 알려 줘."

"넌 대체 머릿속이 어떻게 되어먹은 건가? 아무리 친한 친구가 부탁해도 난 직권 남용을 할 생각은 없어. 하물며 너 같은 인간을 위해 그런 짓을 하겠나?"

"당신에게 친구라니. 상상도 하기 힘든 일이로군. 육운사무소차량 등록 및 관리 등을 하는 기관에 가서 서류를 쓰고 수수료를 내면 당신 도움을 받을 일도 없다고."

"그렇다면 그렇게 해."

"시간이 아까워서 그래. 좀 도와주면 좋겠는데."

"거절하겠어. 네 사무실에 들어갈 만큼 얼빠진 놈이라면 내버려 둬도 언젠간 잡힐 거야. 네 사무실에 훔쳐가서 돈이 될 건 아무것도 없을 텐데."

"하시즈메와 발상이 똑같군. 경찰과 폭력단이 같은 부류로 여겨지는 이유가 다 있었군. 방금 놈이라고 말했는데, 그 주인이 남자인가?"

"시끄러. 도둑놈이라면 근처 파출소에 신고해."

"그럼 사에키 나오키의 행방에 관한 단서도 파출소 순경에게 양보할 건가?"

"뭐라고?" 니시고리의 목소리가 거칠어졌다. "아직도 그 일을 계속한다는 건가? 넌 내가 한 말 잊었나?"

"어젯밤 잠자리에 들기 전까지는 기억하고 있었는데. 해는 지고, 또다시 떠오르지."

"흥, 나카노 경찰서 녀석들에게 공무집행방해로 체포하라고 해도 되겠군."

"아, 그런데 그 사건 관련 기사는 왜 신문에 나오지 않지? 그 시체의 신원에 뭔가 문제라도 있는 건가?"

"탐정, 넌 무얼 아는 거야?" 니시고리의 목소리가 갑자기 날카로워졌다. "이 차 주인과 사에키 나오키의 실종이 무슨 관계가 있는 거지?"

"그건 말할 수 없어. 오후에 내 볼일이 끝나면 경찰서로 찾아갈게. 그 차 주인을 둘이서 사이좋게 찾아가보는 건 어떻겠나?"

니시고리는 잠깐 생각한 뒤에 대답했다. "재미 하나도 없는 제안이지만 시간 때울 겸 어울려주지. 난 3시까지는 가부키초에서 일어난 상해 사건 검증 때문에 시간이 나지 않아."

"3시 지나서 연락할게." 내가 말했다.

니시고리는 자기가 바로 받을 수 있는 직통번호를 가르쳐주고 나서 말했다. "사와자키, 분명히 말해두겠네. 내게도 친구가 두세 명은 있어."

"친구는 두세 명이라고 세는 게 아니야."

"닥쳐! 너란 놈은 정말 맘에 안 들어."

전화가 느닷없이 끊어졌다.

나는 다시 전기면도기의 전원을 켜고 면도를 마쳤다. 그리고 다시 수화기를 들어 오기 변호사의 번호를 돌렸다.

"예, 오기 법률사무소입니다." 여직원이 받았다.

"오기 변호사를, 와타나베 탐정사무소의 사와자키입니다."

"잠깐 기다리세요." 전화를 연결하는 소리가 들렸다.

"아, 탐정?" 수화기 너머 오기의 시원스러운 목소리가 들려왔다.

"전화 기다렸지. 어떤가, 그 뒤에 조사는? 사에키에 관해 물었던 그 남자는 찾아냈나?"

"아니. 하지만 그 남자 이름은 알아낸 것 같아."

"호오, 뭔데?"

"가이후 마사미. 아마 틀림없을 거야. 그 이름을 듣고 짚이는 구석 없나?"

"아니, 없네. 안타깝게도 사에키의 교우관계는 거의 모른다고 해도 될 수준이야."

"변호사가 두 명이나 붙어 있으면서 고용주의 소중한 외동딸 남편 교우관계도 모르다니, 직무태만이 지나치군."

"뭐라 할 말이 없군. 사에키가 신문사를 그만두었을 때 그런 조사를 할 필요가 있다고 사라시나 씨에게 말씀은 드렸지만 거절당했네."

"그래도 조사하는 게 유능한 변호사잖아?"

"맞아. 하지만 난 그 부부에게 호감을 품었고, 사에키는 믿을 수 있는 사람이라고 생각했지."

"변호사가 누군가를 믿는단 소리는 처음 듣는군."

"당신은 날 과대평가하는군." 오기 변호사가 웃으며 말했다.

나는 화제를 바꿨다. "당신이라면 알 테지? 사에키 씨의 아파트에서 있었던 일은 왜 신문에 나지 않는 건가?"

"실은 그게 문제야. 난 어젯밤 그 뒤로 사라시나, 고야 양가의 이름이 드러나는 걸 어떻게든 막으려고 바빴어. 하지만 그럴 필요가 전혀 없었지. 경찰 쪽이 더 큰 문제로 골머리를 앓는 모양이야."

"그건 왜지?"

"그 시체에서 나온 경찰수첩은 어엿한 진짜이고, 이하라 유키치라는 형사도 분명히 하치오지 경찰서에 있었어. 다만 반년 전부터 간이 나빠서 휴직한 상태이고, 실은 입원한 병원에서 지금도 죽어가고 있지. 아마 죽어가는 그 사람이 진짜이고 죽은 건 가짜일 텐데, 경찰로서도 경솔하게 판정할 수 없을 거야. 어쨌든 이하라 유키치란 이름으로 된 경찰수첩이 두 개나 존재하는 것은 분명하고, 감정에 따르면 둘 다 위조라고 할 수 없다더군. 그 점이 경찰로서는 골머리를 앓는 부분인데, 신분증명서 및 경찰수첩 관리 부주의라는 문제가 터지면 크게 시끄러워지고 자칫하면 모든 경찰관의 신용 문제와도 연결될지 모르지. 그런 면에서 조사가 확실하게 이루어질 때까지 이사건은 공개되지 않을 거야."

"그렇게 된 건가······? 그럼, 사에키 씨는 어떻게 되나?"

"사건은 비공개지만, 사에키와 그의 차에 대해서는 어젯밤 수배령이 내려졌어. 결국 형식적으로는 우리 쪽이 요청한 것으로 되어 있고······. 나오코 씨에겐 이렇게 이야기하기 힘들지만 사에키에게 위험이 닥칠 가능성을 부정할 수 없네. 그래서 내가 독단으로 처리했는데, 잘못된 조치는 아닐 거야."

"그렇군. 부인은 겉보기와 달리 보통이 아니던데. 공연히 숨겨봐야 소용이 없을 거야."

"그럴지도 모르지. 어렸을 때부터 알고 지내다 보니 그만 어린애 취급을 해버린 것 같군." 오기는 이야기를 원점으로 되돌렸다. "그런데 당신은 가이후란 남자를 찾아낼 생각인가?"

"어젯밤 도쿄 도에 사는 다섯 명의 가이후 마사미란 남자를 알아보았지만 이렇다 할 성과는 얻지 못했어."

내가 오기 변호사에게 전하는 조사 상황은 거짓말은 아니었지만 고의로 늦춘 것이었다. 최종 조사 결과는 우선 의뢰인에게 전달해야만 한다. 그리고 어젯밤 내 사무실에 누군가가 침입한 시점에서 내가 이 건에 관련되어 있다는 사실을 알던 몇 안 되는 사람 가운데 이 변호사도 포함되어 있었다.

나는 슬쩍 유인구를 던졌다. "그보다 사에키 씨에게 나를 소개한 사람을 찾아낼 생각이야. 그쪽에서 사에키 씨의 행적이 파악될지도 모르니까."

"사에키는 전화번호부나 아니면 다른 방법으로 당신 탐정사무소를 찾아냈던 거 아닌가? 그에게 그런 소개를 한 사람이 있나?"

그의 말투에서 짙은 관심이 느껴졌다. 그의 질문이 전화선 중간에 매달려 흔들거렸다.

"밝혀낼 수 있을 것 같은가, 그 인물을?" 오기는 거듭 물었다.

"거의 짐작은 가지만 아직 확증이 없어. 확실해지면 연락하지."

"그래……? 난 '도신' 일 때문에 고야 회장이 호출해서 저녁까진 들어오지 못해. 뭔가 진전이 있으면 밤중에라도 연락해줘." 변호사는 전화를 끊었다.

나는 사무실에 나올 때 산 단팥빵과 우유로 대충 아침을 때웠다. 서양식과 일본식을 절충한 것 중에 변변한 것은 없지만, 그래도 단팥빵만은 예외라는 것이 예전 파트너 와타나베의 지론이었다. 그가 그런 빵을 목구멍에 넘기던 시절의 이야기다.

9시가 지나도 사에키 나오키의 대리인이라는 남자로부터는 전화가 오지 않았다. 나는 《포석의 이해》를 손에 들고 어젯밤에 본 뒷부분을 읽기 시작했다. 제2장은 돌의 모양에 관한 여섯 가지 항목으로 되어 있다. '바둑의 이치'에는 아무튼 인생이나 일에도 도움될 시사점이 많기 때문에 생각은 걸핏하면 소식이 끊어진 두 남자에게 쏠렸다. 오다케 9단의 논지에 마음을 집중해서 간신히 제2장을 읽었을 때는 시계가 9시 40분을 지나고 있었다.

나는 전화가 오지 않는 이유를 이리저리 궁리해보았다. 어쩌면 애당초 전화를 걸 생각이 없이 이 시간에 내가 사무실에 있게 만들려는 게 목적이었는지도 모른다. 나는 일어서서 창문의 블라인드 틈새로 아래 주차장과 거리를 살폈다. 변함없이 우중충한 거리 풍경은 여기서 겨우 몇 백 미터만 가면 일본에서 가장 땅값이 비싼 곳이 있다는 사실을 믿을 수 없다는, 여느 때와 다름없는 느낌을 불러일으켰다. 이 사무실 창을 지켜보는 사람이나 차도 보이지 않았다.

그때 드디어 전화벨이 울렸다. 나는 책상으로 다가가 수화기를 들었다.

"여보세요…… 사와자키 씨입니까?" 사에키 나오코의 목소리였다. 약간 평정을 잃은 듯했다. 사에키 나오코와 약속한 10시가 되려면 아직 시간이 조금 남은 상태였다.

"무슨 일입니까?" 내가 물었다.

"게이오 선 신주쿠 역에 도착해서 공중전화로 거는 건데요……. 구가야마를 출발했을 때부터 남자가 내내 뒤를 미행하는 것 같아요. 이대로 사와자키 씨 사무실로 가도 괜찮을지 어떨지 모르겠어서."

"남자 두 명입니까?"

"예, 그런 것 같아요."

"아마 나카노 경찰서 형사들일 겁니다. 상관없으니 그대로 경호원을 달고." 나는 잠깐 생각했다. 내 신분을 그들에게 드러내는 일은 약간 뒤로 미루는 것이 나을 것 같았다.

"실례, 예정을 변경하죠. 서쪽 출구 지하에서 고층 건물 쪽으로 가는 중간에 '해리 라임'영화 〈제3의 사나이〉에 나오는 등장인물이란 카페가 있는데, 아십니까?"

"예, 알아요. 출판사 일 때문에 몇 번 간 적이 있으니까."

"그럼 거기서 기다려주세요. 늦어도 삼십 분 이내에 가겠습니다. 형사들은 신경 쓸 필요 없습니다."

"알겠습니다." 사에키 나오코는 전화를 끊었다.

나는 코트를 어깨에 걸치고 사무실을 나섰다. 건물 출입구에 서서 주위를 둘러보았지만 신경 쓰이는 사람이나 차는 없었다. 하늘이 약간 흐려 햇볕은 들지 않았지만 기온은 어제보다 조금 올랐다. 일기 예보로는 오늘 비가 오지 않는다고 했다. 나는 차 두세 대가 지나간 다음에 길을 건넜다. 맞은편 약국에서 늘 피우는 담배를 두 갑 샀다. 털이 쥐어뜯긴 새를 떠올리게 만드는 일흔 살이 넘은 주인이 잔돈을 건네며 말했다.

"어쩔 수 없었네. 그놈들이 협박을 해서 어쩔 수 없이 승낙한 거지. 하지만 가령 와타나베 씨를 본다고 해도 놈들에게 알릴 생각은 없었어."

"영감님 시력 문제로 놈들이 폭력을 휘두르지 않았나요?"

"아니, 그러지는 않았지만…… 그 야쿠자, 만 엔짜리 지폐 한 장으로 자네 건물 입구가 잘 보일 안경을 사라고 하더군. 제길, 이 나이가 되도록 안경 신세 따윈 지지 않았는데."

"하시즈메답군요. 그런데 요즘 만 엔으로 안경을 살 수 있나?"

"웃기지도 않지. 렌즈 한 쪽도 사지 못할 거야."

나는 상의 주머니를 뒤져 그의 손에 후쿠자와 유키치^{일본 만 엔권에 그} ^{려진 인물} 한 장을 쥐어주었다. "한쪽 눈은 나를 위해 쓰세요."

"그러지." 그는 의기양양한 표정을 지었다.

나는 담뱃갑을 뜯어 한 개비를 피워 물었다. 오타키바시 거리로 나가 신주쿠 역까지 걷는 데 십이삼 분 걸렸다. 아오우메 가도의 커다란 가드레일 앞에 있는 신호등을 건널 때 짙은 남색 스웨이드 점퍼에 검은 슬랙스를 입은 남자가 나를 뒤따라오는 걸 깨달았다. 삼십대 중반에 날렵한 체격의 남자로, 짧게 깎은 머리에 레이밴 선글라스가 잘 어울렸다. 미행을 위한 필수품이라는 듯이 스포츠 신문을 옆구리에 끼고 있었다. 미행 기술의 전제는 상대가 미행당한다는 사실을 모르게 해야 한다는 것이다. 상대가 눈치채고 주위에 신경을 쓰면 어떤 테크닉을 쓰더라도 통하지 않는다. 나는 남자가 따라오는데도 오다큐하루쿠의 지하 입구로 내려가 신주쿠 역 서쪽 출구 광장을 가로질러 해리 라임으로 향했다. 의뢰인에게는 두 명의 형사가 함께 붙어 있는데 나는 한 명이니 약간 쓸쓸한 기분이 들었다.

20

해리 라임에 있는 나카노 경찰서 소속 두 형사는 체스판 안에 끼어든 두 개의 장기 졸후처럼 튀어 보였다. 인테리어 잡지 화보를 위해 디자인된 것 같은 이 가게는 패션잡지에서 걸어 나온 것 같은 손님들뿐인데, 생크림, 시나몬, 너츠 같은 것은 쳐다보지도 않고 커피만 달랑 시킬 위인이 불쑥 들어와서는 한 잔에 오백 엔씩이나 징수하는 비엔나커피를 마시는 꼴이었기 때문이다. 당황한 표정으로 메뉴를 다시 보아도 그보다 낮은 가격의 음료는 없다. 싸구려 양복에 천 엔 균일가 넥타이, 봄, 가을, 겨울 세 계절 내내 입는 낡은 코트에 닳아빠진 인조가죽 구두, 아주 짧게 깎은 머리에 딱딱한 표정의 두 남자는 틀림없이 해리 라임 개점 이래 유래 없는 손님일 것이다. 게다가 그들은 미행 규칙에 따라 출입구에서 제일 가까운 박스석에 자리를 잡고 있었다.

튄다는 점에서는 나도 그들 못지않았지만, 그래도 우아한 동행 덕분에 형사들처럼 고개를 숙이고 들어오지 말아야 할 곳에 있는 듯한 기분을 견딜 필요는 없었다. 사에키 나오코는 가게 안쪽, 젊은 시절의 오손 웰스가 우쭐거리는 미소를 짓는, 벽을 가득 채운 확대사진 앞에 앉아 있었다. 오전 10시가 지났는데도 가게 안에는 손님이 70퍼센트가량이나 있었고 무척 소란스러웠다.

"늦었습니다. 어젯밤에는 좀 잤습니까?" 나는 맞은편에 앉았다.

"예, 조금 잤어요." 사에키 나오코는 그렇게 대답하고 미소를 지었다. 어제 옷차림과는 전혀 달랐다. 라임그린 브이넥 스웨터와 검은 슬랙스에 녹색과 검은색이 어우러진 헤링본 상의를 걸쳤다. 짙은 녹색 구슬이 달린 목걸이가 보였는데 그보다 브이넥 위로 드러난 흰 피부가 더 반짝이는 듯했다. 핸드백도 검은색으로 바뀌었다.

"입구 옆에 있는 코트 입은 두 사람인 모양이군요." 내가 물었다.

사에키 나오코는 그들 쪽을 보지 않고 고개를 끄덕였다. 나비넥타이를 한 웨이터가 주문을 받으러 와서 오백 엔짜리 커피를 주문했다. 레이밴 선글라스를 쓴 남자가 들어와 우리와 형사들 사이 중간 빈자리에 앉았다. 앉자마자 '기요하라, 세이부 입단 가능성 높아'라고 붉은 글씨의 제목이 큼직하게 찍힌 스포츠 신문을 펼쳐 얼굴을 가렸다. 가게 안에는 기타 독주 음악이 흘렀는데, 의외로 영화 〈제 3의 사나이〉 테마는 아니었다.

"먼저." 내가 입을 열었다. 선글라스를 쓴 남자에게 들리지 않도록 목소리를 낮췄다. "사에키 씨 아파트에서 헤어지고 난 뒤의 조사 경과를 보고하겠습니다."

사에키의 우편함에서 가지고 나온 후추 제일병원 편지 이야기, 가이후라는 남자가 맡긴 봉투에 있던 전표 이야기, 사에키의 선배 기자 다쓰미와 딸 이야기, 사무실에 숨어든 침입자 이야기, 가이후 마사미라는 여자가 말한 기억을 잃은 남자 이야기 그리고 그 남자와 사에키의 관계, 마지막으로 사에키의 행방을 아는 것 같은 인물에게 온 전화까지 이야기했다. 사에키 나오코는 이야기를 잘 이해하려는 듯 잠시 오손 웰스의 입가를 뚫어지게 바라보며 생각에 잠겼다. 나는 대화 도중에 나온 커피를 마셨다.

이윽고 사에키 나오코가 시선을 내 쪽으로 향했다. 여기 오기 전에 은행에 들러 일주일 치 의뢰 비용을 송금했다고 한다. 그리고 불안한 표정으로 말을 이었다. "남편 행방을 아는 것 같은 사람을 만나는 문제 말인데요……. 저어, 위험하지는 않을까요? 경찰에 알리지 않아도 괜찮을까요?"

사에키 나오키의 아내로서는 너무나도 당연한 반응이었다.

"방법은 두 가지입니다." 내가 말했다. "하나는 지금 나카노 경찰서로 가서 아는 내용을 전부 이야기하고 경찰에게 모든 걸 맡기는 방법, 그러면 제가 할 일은 사실상 그걸로 끝입니다. 경찰은 기억을 잃은 남자가 다시 저를 찾아올 가능성을 고려해서 아마 잠복 형사와 함께 저를 사무실에 처박아두겠죠. 제가 수사 지휘를 맡는다면 그렇게 할 겁니다. 문제는 남편의 안전이라는 점에서 어떻게 하는 것이

최선이냐죠. 경찰에 맡기면 제 책임은 가벼워져 마음이 아주 편합니다만, 과연 그게 최선책인지 어떤지는 아무도 모릅니다. 또 한 가지 방법은 모든 걸 제게 맡기는 겁니다…….부인은 이 두 가지 방법 모두 원치 않을 겁니다."

사에키 나오코는 바로 마음을 굳혔다. "알겠습니다. 당신에게 모든 걸 맡기죠."

나는 고개를 끄덕였다.

"그래, 지금까지의 조사를 통해 뭔가 느낌이 오는 게 있습니까?"

"남편이 조사하고 있었다는, 기억을 잃은 사람이 관련된 '여름의 그 사건'이란 건 뭘까요?"

"정확한 내용은 모르지만 유력한 것은 7월 도지사 선거 때 일어난 저격 사건이 아닌가 생각됩니다."

"역시 그런가요? 한 가지 생각난 것이 있어요. 그 선거 때 〈도쿄 신문〉의 특별취재반 기자로 있던 대학 동창이 남편에게 함께 일하지 않겠느냐고 제안했었죠."

"아, 그래요?……자세히 말해주세요."

"아마 투표일 열흘쯤 전에 사키사카 후보를 함정에 빠뜨리려고 스캔들을 폭로하는 괴문서가 나와 큰 소동이 있었어요. 그래서 자기 회사 기자들만으로는 손이 부족하니 도와달라는 용건이었어요. 그 전화를 제가 받았죠."

나는 사에키의 동창이라는 기자 이름을 묻고 수첩에 적었다.

"남편은 다시 기자로 돌아갈 기회일지도 모른다고 하면서 나갔죠. 하지만 이삼 일 뒤 완전히 기분이 상해서 돌아와 그 일은 거절했다고 하더군요. 남편으로서는 도지사 선거 취재를 할 수 있을 거라고 생각했는데 실제로는 스캔들 대상이 된 여성, 그것도 그 여자의 옛날 애인으로 보이는 남자의 주소지를 밤새도록 지킨 모양이더군요……. 그 이야기는 그걸로 끝났다고 생각했는데……."

사키사카 후보를 함정에 빠뜨리려 한 스캔들에 관해서는 어젯밤에 다시 읽은 당시 신문에서도 건드렸다. 다만 소문의 출처가 누구인지 알 수 없는 이른바 괴문서였기 때문에 기사는 간략하고 신중했다. 요란을 떤 것은 오로지 사진 주간지, 삼류 연예 잡지 종류였을 것이다. 괴문서의 내용인 즉슨 미조구치 게이코라는 미혼모에게 생후 구 개월 된 아들이 있는데 아이의 아버지는 도지사 후보인 사키사카 신야 씨이고, 아이의 엄마가 당신 아들로 인정만 해달라 요청했음에도 사키사카 신야는 완강하게 거부한다는 내용이었다. 그 미혼모는 사키사카 후보와 그의 친동생이자 영화배우 겸 프로듀서인 사키사카 고지가 자주 가는 긴자의 고급 클럽 마담이었다. 사키사카 후보는 괴문서의 내용은 전혀 알지도 못하는 일이라는 성명을 발표했다. 삼대 신문이나 텔레비전은 이 스캔들을 제대로 다루지 않았고, 팔백칠십만 명의 선거구민도 대부분 사실로 받아들이지 않았지만 그런 점이 괴문서의 괴문서다운 면이었다. 그 시점까지는 사키사카 후보와 삼선을 노리는 혁신파의 라이벌 후보 야나이 하라 씨의 지지율이 비등한 것으로 여겨졌는데, 이 괴문서의 등장으로 야나이 하라가 약간이나마 우위에 섰다고 판단한 사람도 적지 않았다. 괴문서를 만든 사람은 소기의 목적을 달성한 셈이고, 축배를 준비하며 선거전의 대단원을 지켜보았을 게 틀림없었다. 하지만 뜻하지 않은 복병이 등장해 예상치 못한 역전극이 일어났다. 문제의 긴자 클럽 마담에게는 미조구치 히로시라는 스물네댓 살 된 남동생이 있었다. 그는 자위대, 우익단체, 폭력단 등을 전전한 끝에 당시에는 많은 빚 때문에 해결사들에게 쫓겨 행방을 감춘 인물이었다. 그런데 그런 그 가 자위대 시절에 다루는 법을 익힌 권총을 구해 다치가와 역 앞에 서 연설하던 사키사카 후보를 저격한 것이다. '누나를 모욕한 사키 사카란 녀석은 내가 처치하겠다'고 떠들던 이야기를 그의 친구들이 들었지만, 미조구치가 도망치다가 죽어버려 그의 범행 배후 관계 유 무는 밝혀지지 않은 상태였다. 누나인 미조구치 게이코는 괴문서의 내용에 관해서나 동생이 일으킨 저격 사건에 관해서나 침묵으로 일 관했기 때문에 경찰은 아무런 확증도 잡지 못했다. 미조구치 게이코 는 동생이 사고로 죽은 충격 때문에 입원한 다음, 매스컴의 공세를 피해 어디론가 몸을 숨겼다고 신문은 보도했다.

사에키 나오코는 우아한 꽃무늬가 있는 외국산 백자 포트를 들어 홍차를 컵에 따랐다. 지금까지 조사를 통해 알게 된 사실들에 관해 좀 더 이야기했지만 이렇다 할 내용은 없었다.

나는 담배에 불을 붙이고 말했다. "한 가지 부탁이 있습니다. 여기 서 이야기한 내용은 당분간 비밀로 해주세요."

사에키 나오코의 얼굴에 살짝 당황한 기색이 떠올랐지만, 남편의 안전을 위해 무엇을 우선해야 할지는 가릴 줄 알았다.

"알겠습니다." 사에키 나오코가 대답했다.

"어제 전화로 어떤 인물을 만나는데 동행하면 좋겠다고 한 건 기억하시죠?"

"예, 물론이죠."

"이제 부도심에 있는 '도신 빌딩'으로 가서 새어머니를 만날 겁니다. 고문인 사라시나 요리코 여사 말입니다."

나오코는 뜻밖이었던 모양이다. 사에키 나오키가 사라시나 요리코의 벤츠에 탔다는 다쓰미 레이코의 이야기는 하지 않았기 때문에 놀라는 건 당연한 일이었다.

"어머니 사무실에 전화를 걸어 양해를 구해주세요. 사에키 씨의 실종에 관한 중요한 용무가 있다고 하십시오. 11시에 찾아뵙기로 하죠. 도신 빌딩은 십 분이면 도착할 겁니다. 다만 제가 동행한다는 이야기는 하지 마시고요."

"어머니 사무실에 전화하는 일은 거의 없어요." 사에키 나오코는 핸드백 안을 뒤져 작은 전화번호 수첩을 꺼냈다. "이제 문제는 남편과 저만의 일이 아니게 된 거로군요."

"늘 그렇죠. 둘이서만 살아가는 게 아니니까요. 순조로울 때는 그런 건 눈에 들어오지도 않습니다."

"그렇군요……. 특별히 마음이 괴로워질 일은 하지 않겠어요." 사에키 나오코는 미소를 지었다. "어머니에게 전화하고 오겠습니다. 아마도 이 대결은 피할 수 없을 것 같군요."

그녀는 자리에서 일어섰다. 이 탄력성 있는 마음을 지닌 여자가 사랑하는 남편과의 사이에 뭔가 갈등을 일으킨 이유가 나는 도통 이 해되지 않았다. 이런 여자에게 사랑받으면서도 행복하게 여기지 않는 남자, 그게 내가 찾아야 할 남자다.

　두 형사와 레이밴 선글라스를 낀 남자가 나오코를 바라보았지만 향한 곳이 계산대 뒤에 있는 전화박스라는 걸 확인하더니 얼른 고개를 숙였다. 나는 상의 주머니에서 명함 한 장과 펜을 꺼내 얼른 명함 뒷면에 메모를 몇 줄 적었다.

　　내 신분은 여기 있는 그대로. 사에키 나오코와 나는 이제 도신
　　빌딩으로 가, 그녀의 어머니를 만날 예정이다. 도망치지도 숨지도
　　않을 것이다. 사에키 나오키를 몰래 만날 일도 없다. 그보다 가게
　　한가운데서 스포츠 신문을 읽는 짙은 남색 점퍼, 선글라스를 낀
　　남자의 신분을 알아보면 좋겠다. 그는 나를 미행중이고, 사에키
　　나오키의 행방에 관한 실마리를 쥐고 있을 가능성이 있다. 못 믿
　　겠다면 신주쿠 경찰서 니시고리 경부에게 문의해볼 것.

　이 메모를 어떤 방법으로 나카노 경찰서 형사들―그들이 실제로 그렇다고 하면―에게 전달할까? 형사 가운데 한 사람이 그 문제에 답을 내주었다. 사에키 나오코의 전화가 길어지자 마음이 놓였는지 젊은 형사가 가게 안쪽에 있는 화장실로 향했던 것이다. 나는 적당한 간격을 두고 담배를 끈 뒤에 화장실로 갔다.

　'화장실'이라고 적힌 문 안은 세면장으로, 안쪽에 문이 또 있었다.

형사는 그 안에서 볼일을 보는 중이었다. 바로 문이 열리고 그가 나오다가 나를 보더니 멈칫했다. 삼십대 초반이지만 동안이고 키는 나보다 작지만 유도 경량급 3단 같은 체격이었다. 그는 "실례합니다"라고 하며 내 옆을 스쳐 지나가려 했다.

"잠깐만." 나는 그를 불러 세웠다. "자네 나카노 경찰서 형사지?"

"아뇨, 아닙니다. 잘못 보셨습니다." 그는 허둥지둥하며 시선을 피했다.

"호오, 그래? 그럼 수상한 두 남자가 묘령의 부인을 집에서부터 쫓아왔다니, 경찰에 신고하는 게 나으려나?"

그는 어려 보이는 얼굴로 이 상황을 어떻게 빠져나가야 좋을지 궁리하는 눈치였다. 결국 미행이 실패한 이상 소동을 크게 만들지 않는 편이 낫다고 판단한 모양이다. "알았어. 맞아, 나카노 경찰서에서 나왔어. 그게 어쨌다는 건가?"

"경찰수첩을 보여줘." 내가 말했다. "하기야 요즘엔 경찰수첩을 갖고 있다고 해서 반드시 경찰관인 건 아니지만."

그의 안색이 변했다. "당신 누구요?"

"먼저 경찰수첩을 꺼내." 내가 재촉했다.

그는 체념하고 상의 안주머니에서 경찰수첩을 살짝 보여주더니 빼앗길까 봐 걱정이라는 듯 얼른 집어넣었다. 나는 준비해둔 명함을 내밀어 먼저 앞쪽을 보여주었다. 그다음에 뒤집어서 그에게 건넸다. "거기 적혀 있는 내용을 동료와 얘기해보라고. OK라면…… 그렇지, 당신이 코트를 벗어서 표시해. 그게 신호야."

그가 메모를 읽으려 하기에 나는 출구를 가리켰다. "서둘러. 우리가 여기 있는 시간이 너무 길어. 그리고 미행중에 소변을 보다니, 무슨 생각이야?"

그는 나를 노려보더니 명함을 주머니에 넣고 나갔다. 나는 삼십초를 기다렸다가 화장실에서 나왔다.

나오코는 통화를 마치고 자리에 돌아와 있었다. "간신히 어머니 허락을 얻었는데, 반드시 인사해야 할 손님이 있으니 11시 15분에나 시간이 난다고 하셨어요. 괜찮겠습니까?"

"물론이죠. 한 시간은 기다릴 각오였으니까."

"어머니는 회장 자리에서 물러난 뒤 그리 바쁘지는 않아요. 지금은 회장인 소이치로 오빠가 모든 걸 알아서 하기 때문에 엄마는 그냥 장식품 같은 존재죠."

우리는 누가 먼저랄 것도 없이 담배를 꺼내 입에 물었다. 나이 든 형사가 자리에서 일어나 전화박스로 들어갔다. 레이밴 선글라스를 쓴 남자는 주위에서 무슨 일이 일어나는지도 모르고 여전히 스포츠 신문에 얼굴을 처박고 있었다. 저렇게 읽다 보면 오늘 지면에 발표되었을 '다이아몬드글로브상'을 받은 열여덟 명의 선수와 그 득표수를 완전히 외울 수 있을 것이다. 의뢰인 쪽으로 고개를 돌리자 어제와 마찬가지로 가느다란 라이터로 내 담배에 불을 붙여주었다.

"다쓰미 씨의 따님은 어떤 분이죠?" 사에키 나오코가 물었다.

나는 천천히 연기를 내뿜었다. "독신, 삼십 세 전후, 키는 두 분이 비슷하니 중키에 적당한 체격. 머리카락은 꽤 길고 밝은 얼굴, 복장은 하는 일 때문에 약간 화려한 편. 하지만 차분하고 똑똑한 여성인 것 같더군요."

사에키 나오코는 쓴웃음을 지었다. "정말이지 탐정다운 보고로군요. 아시겠지만 그런 게 알고 싶어서 물어본 건 아니에요."

"그 여자는 사에키 씨의 실종을 무척 염려하고 있습니다."

"남편에게 호의를 품고 있는 건가요?"

"그 사람 마음을 들여다본 건 아니니 저는 모르겠습니다. 하지만 그 여자와 아버지가 한 이야기를 전해드릴 수는 있죠. 듣고 싶습니까?"

"예." 사에키 나오코가 부끄러운 듯이 대답했다.

"이건 요금을 받지 않는 서비스로 해두죠. 다쓰미 레이코는 사에키 씨를 좋아한다고 했습니다. 그 여자 아버지도 딸이 사에키 씨에게 호의를 품고 있는 것 같다는 말을 했고요."

사에키 나오코는 복잡한 표정을 지었다. 자기 남편을 좋아하는 여자가 있다는 이야기를 들으면 반은 기분 나쁘고 반은 기분 좋은 걸까? 표정이 자연히 복잡해질 수밖에 없다.

전화박스로 들어갔던 나이 든 형사가 통화를 마치더니 다시 번호를 누르기 시작했다. 아마 처음에는 나카노 경찰서, 그리고 다음은 신주쿠 경찰서일 것이다.

"사와자키 씨는 결혼하셨죠?" 사에키 나오코가 담배를 끄면서 물었다.

"아뇨, 독신입니다." 내가 대답했다.

"어머, 어째서요? 독신주의자세요?"

"그렇지는 않습니다."

"왜 결혼하지 않으세요?"

"프러포즈하는 방법을 모릅니다." 내가 웃었다. "게다가 저는 여자를 까다롭게 따지는 편은 아니지만, 탐정과 결혼하고 싶어하는 여자는 그다지 제 취향이 아닌 것 같군요."

사에키 나오코도 웃었다.

나이 든 형사가 두 번째 통화를 마치더니 자기 자리로 돌아가면서 동료에게 귓속말을 했다. 젊은 형사가 불만스러운 표정을 지었지만 바로 코트를 벗었다.

나는 담배를 끄고 계산서를 집어 든 뒤 나오코에게 물었다. "누가 당신에게 제 신상조사를 의뢰한 겁니까?"

21

'도신 빌딩'은 블랙 빌딩이라는 별명에 걸맞게 부도심의 고층 빌딩 구역 한 모퉁이에서 36층 높이로 검은빛을 내뿜으며 위용을 자랑했다. 매끄럽게 간 흑요석 모양의 외벽과, 크롬 도금으로 마감한 철강재를 많이 사용한 외관은 완공 당시에는 기분 나쁘다느니 비석 같다느니 하는 험담을 들었지만 눈에 익자 주위의 흰 고층 빌딩보다 훨씬 부드럽고 중량감이 느껴졌다. 맑은 날씨에는 반짝거리며 빛나지만 비가 오거나 해가 져서 공기가 가라앉으면 차분하게 보였다.

지하층에 신주쿠와 요코하마를 잇는 '도신 급행' 터미널 역과 대형 주차장이 있고, 지상층은 '도신 그룹' 본사, 도신 백화점, 파크사이드 호텔, 그리고 임대 사무실 구역으로 나뉘어 있었다. 도신 본사는 빌딩 북동쪽에 있었다. 사에키 나오코와 나는 정면 현관으로 들어갔다.

　드넓은 로비를 가로질러 한복판에 있는 안내 데스크로 향하자 카운터 안에 있던 세 명의 담당 여직원과 담소를 나누던 삼십대 후반의 여성이 기다렸다는 듯이 나오코를 맞이했다. "어서 오십시오, 사모님. 비서과에 있는 나루세라고 합니다." 고급스러운 복장과 기품 있는 화장 위에 낯선 동반자에 대한 호기심을 품위 있게 숨기며 "안내하겠습니다"라고 말했다.

　"부탁할게요." 나오코가 대답했다.

　나루세는 안내 데스크 옆에 있는 세 대의 엘리베이터 앞을 그냥 지나쳐, 내가 이 빌딩에 들어설 때부터 나를 신경 쓰던 경비 담당자가 서 있는 모퉁이를 돌아 그 안쪽의 중역용 엘리베이터로 안내했다.

　엘리베이터는 8층에서부터 10층까지만 서게 되어 있어 나루세가 10층 버튼을 누르자 마치 2층에 도착하듯 빠르고 조용하게 10층에 도착했다.

　엘리베이터에서 내리니 그곳에도 안내 데스크가 있고, 일본인이라고는 생각할 수 없을 만큼 이목구비가 또렷한 안내 여직원이 일어서서 일본어로 인사를 했다. 나루세는 짙은 회색의 푹신한 카펫이 깔린 복도로 안내했다. 나는 문득 생각이 나서 안내 담당자에게 다가갔다.

　"오기 변호사는 와 있습니까?" 내가 물었다.

　안내 여직원은 자기 앞에 있는 방문객 명부 파일을 살피더니 "예, 10시에 오셨습니다"라고 대답했다.

"고야 회장님을 만나러?"

"그렇습니다."

"그럼 니라즈카 변호사는?"

안내 담당자는 다시 파일을 들여다보았다. "아뇨, 오시지 않았습니다."

"감사합니다."

"천만에요." 안내 여직원이 대답했다.

나는 복도 모퉁이에서 기다리던 나루세와 나오코의 뒤를 따랐다. 모퉁이를 돌자 폭 5미터, 길이 50미터쯤 되는, 복도라기보다 로비 같은 공간이 나왔다. 이백 명쯤 모여서 파티를 열기에도 충분한 넓이와 분위기였다. 끝에는 통유리로 된 파노라마 같은 창이 있어, 북쪽에 있는 '호텔 센추리 하얏트'가 보였다. 더 가까이 가면 오른쪽으로 '스미토모 빌딩' '미쓰이 빌딩' 왼쪽에 중앙공원이 내려다보이는 경관이 한눈에 들어올 것이다. 하지만 어디까지나 복도였다. 그 중거로 월넛 목재를 바른 양쪽 50미터 길이의 벽에는 이 회사의 중추인 사람들을 수용하고 있을 중후한 문이 쭉 늘어서 있었다. 나루세는 우리를 오른쪽 거의 중앙에 있는 훨씬 더 화려한 문 앞으로 안내했다. 문 한가운데 사방 10센티미터짜리 은으로 만든 판이 박혀 있고, 거기에 '사라시나 요리코'라는 이름이 새겨져 있었다. 나루세는 그 문을 열고 이제까지 내가 본 어느 사장실보다 더 넓고 호화로운 방으로 우리를 안내했다. 하지만 거기는 나루세가 일하는 비서실이었다. 그녀는 나오코와 내 코트를 받아들어 구석 쪽에 있는 가구 스타일의 사물함 안에 걸었다. 그리고 안쪽에 있는 문을 노크하고 문을 열었다. 우리를 안으로 들여보내고 자기는 비서실에 남아 내 등 뒤에서 문을 닫았다.

사라시나 요리코가 남편 전처의 딸을 맞이하기 위해 커다란 업무 책상을 돌아 우리 쪽으로 다가왔다. 어제 사라시나 저택에서 보았을 때와 같아 보이는 짙은 남색 테일러드 정장 차림이었다. 하기야 내 게는 똑같아 보여도 같은 옷이 아닐 것이다. 나이는 남편인 사라시나 슈조보다 아홉 살 아래인 마흔일곱일 테지만 직업이 있고 재산도 있는데다 자식도 낳지 않고 관리를 잘해서 그런지 마흔이 안 되었다고 해도 믿을 만한 외모였다. 얼굴은 아버지 고야 소노스케를 닮아 아무리 좋게 이야기해도 미인이라고는 할 수 없지만 지위와 재산이 있는 여성에게 보이는 일종의 품격 같은 것이 있었다. 적어도 텔레비전이나 잡지 화보 같은 데서 보던 사라시나 요리코 여사보다 더 매력적으로 보였는데, 어쩌면 카메라 렌즈 쪽이 더 정직한 건지도 모르겠다.

"어서와, 나오코. 여기 들른 건 결혼한 뒤로 처음 아닌가?" 그렇게 말하며 남편 전처의 딸 손을 잡았다.

"갑자기 부탁드려 죄송해요, 어머니." 나오코는 나를 돌아보며 말했다. "이분이 어머니세요."

사라시나 요리코는 비로소 내 존재를 깨달았다는 듯이 딸의 손을 놓고 나를 바라보았다.

"이쪽은 와타나베 탐정사무소의 사와자키 씨예요." 나오코는 자기 새어머니에게 나를 소개했다.

"아, 당신이…… 남편에게 이야기 들었습니다. 딸 부부가 크게 신세를 지고 있다고." 사라시나 요리코는 내 쪽으로 손을 뻗으며 다가왔다.

"저하고 악수하시려는 겁니까?" 내가 물었다.

요리코 여사는 당황해 멈춰 섰다. "어머, 안 되나요?" 보육원 소년에게 기부는 필요 없다고 거절당하기라도 한 표정이었다.

"악수하려는 사람에겐 경계심이 발동합니다. 제가 마지막으로 악수한 남자는 제 사무실을 빌딩에서 내쫓으려고 한 악질 부동산중개업자였고, 마지막으로 악수한 여성은 호신술 교관인데 저를 그 자리에 내동댕이칠 작정이었으니까요."

딸이 킥킥 웃자 새어머니도 어쩔 수 없다는 듯이 쓴웃음을 지었다. 나는 한 걸음 앞으로 다가가 요리코 여사의 손을 잡고 가볍게 악수했다. 그녀가 의도한 악수와는 전혀 다른 성질의 것이 되었다.

요리코 여사는 외국어로 이야기하는 게 아닌가 불안해질 만큼 화려한 몸짓을 섞어가며 말했다. "나오코는 당신을 무척 높이 평가하더군요. 남편도 마찬가지고요. 제가 이 세상에서 가장 신뢰하는 두 사람이 보증하니까 저도 무조건 당신을 신뢰하죠."

"절 과대평가하시는군요." 이건 전화 통화할 때 오기 변호사가 한 말이었다. "그 덕분에 이렇게 높은 곳에 오게 되어 다리가 후들거립니다."

"어머, 계속 서 있게 해서 죄송합니다. 자, 이쪽으로 앉으시죠." 요리코 여사는 우리를 방 한가운데 있는 호화로운 가죽 응접세트로 안내했다. 나오코는 새어머니 옆에 앉았고 나는 그 맞은편에 앉았다. 마치 기다렸다는 듯 문을 노크하는 소리가 나더니 나루세가 나와 요리코 여사에게는 커피를, 나오코에게는 홍차를 내왔다.

이 방은 바로 앞의 비서실과 크기는 별로 차이가 나지 않지만 북쪽이 통유리로 되어 있어 '미쓰이 빌딩' '게이오 플라자 호텔' 'KDD 빌딩'이 가로로 쭉 늘어선 모습이 보였다. 왼쪽 벽에는 색채가 선명한 그림이 한 점 걸려 있었다. 나루세가 물러가자 방 주인이 목소리를 가다듬고 말했다.

"세상 돌아가는 이야기나 하자고 이렇게 오신 건 아닐 테죠. 용건을 말씀하십시오."

나는 고개를 끄덕였다. "두세 가지 여쭤보고 싶은 게 있습니다. 남편분과의 사이에 자녀는 없습니까?"

"나오코는 우리 부부의 자식입니다. 하지만 당신 질문은 그런 의미가 아니겠군요. 예, 저는 아이를 낳은 적이 없습니다. 매우 안타깝게도 저는 애가 생기지 않는 몸이라……. 그래서 남편에게 나오코라는 딸이 있다는 건 저로선 너무 다행이었죠." 요리코 여사는 자기가 왜 이런 이야기를 하는지 이해가 되지 않는다는 표정을 지었다.

"사와자키 씨." 나오코가 옆에서 끼어들었다. "그런 이야기가 제 남편 실종과 무슨 관계가 있다는 거죠?"

"아뇨…… 나오코 씨, 당신 부부는 왜 아이가 없나요? 이것도 그의 실종과 관계가 없습니까?"

나오코는 불쾌한 표정으로 고개를 가로저었다. 그런 얼굴은 처음이었다.

"어제 저는 이 사건 조사 때문에 세 명의 여성을 만났죠. 그 가운데 한 사람은 아직 열아홉이니 이상하지는 않다고 해도 모두 자녀가 없어요. 요즘 여성들은 아이를 낳지 않는 건가요?"

새어머니와 딸은 얼굴을 마주 보았다. 내가 무슨 이야기를 하려는 건지 이해하지 못한 것이다. 나 스스로도 알 수 없었다. 요리코 여사가 국영 텔레비전 제2방송 아나운서 같은 표정으로 말했다. "올봄 도신 백화점 기획부가 여성 소비자를 대상으로 조사한 통계에 따르면 분명히……."

현대 여성에 관한 그럴듯한 논의에 있어서 그럴듯한 의견이 나올 때까지 시청자는 삼 분간 기다려야만 했다.

"실례." 내가 끼어들었다. "당신은 사에키 씨의 실종 원인에 대해 나오코 씨나 사라시나 씨가 모르는 사실을 뭔가 알지 않습니까?"

"아뇨, 그럴 리가요. 전 아무것도……." 요리코 여사는 허를 찔렸는지 말을 더듬었다. "만약 그렇다면 남편이나 나오코에게 이야기를 했겠죠. 게다가 아내인 나오코조차 모르는 걸 제가 알 리 없고요."

"그렇지만 이런 일도 있습니다. 남편의 행방을 아내는 모른다, 그 사람의 자식들도 모른다, 그 사람 부모도 모른다, 친구들도 모른다, 회사 동료나 상사도 모른다, 그 사람 장인도 모른다, 그런데 거의 접촉이 없는 장모는 알았다. 이건 통계 같은 게 아닙니다. 제 얕은 경험 속에서도 두 번이나 있었던 일입니다. 남자에게 장모란 좀 특별한 존재라는 생각이 들어서 여쭤본 겁니다."

"저도 사위에게 그런 존재였다면 좋았을 텐데 말이죠. 마법처럼 사위를 나오코 앞에 꺼내놓을 수 있다면 정말 좋을 텐데……." 요리코 여사의 몸짓은 예전 할리우드 영화에 나오는 어머니 같았다.

내가 물었다. "마지막으로 사위를 본 건 언제입니까?"

"글쎄요. 그게 언제더라." 요리코 여사는 딸에게 도움을 청했다. "나오코, 기억하니? 여름휴가 때 가루이자와에서 봤던가, 아니면 아버지 십삼 주기 제사가 있던 9월이던가……? 아니, 그땐 사위가 오지 않았고."

나는 사에키 나오코에게 말했다. "잠시 어머니와 단둘이 이야기할 수 있게 해주시겠습니까?"

요리코 여사가 움직이던 손을 허공에서 딱 멈췄다. 주주총회에 출석한, 질 나쁜 총회꾼을 보는 눈으로 나를 뚫어지게 바라보았다.

나오코는 잠깐 당황했지만 내 요구가 수상하다는 생각보다 남편의 행방을 찾는 일에 협조하는 길을 선택했다. "오래간만에 왔으니 이 위에 있는 도신 미술관을 잠깐 보고 올게요. 아버지와 어머니가 함께 모은 '인상파' 컬렉션이야말로 두 분이 애지중지하는 자식이라고 할 수 있을지도 모르죠. 세상 사람들은 도신 그룹의 자산 가운데서도 가장 장래성이 있는 것이라고들 하지만……. 그럼 다녀올게요." 나오코는 잰걸음으로 방을 나갔다.

담배를 꺼내 불을 붙이고 요리코 여사가 마음을 가다듬을 시간을 주었다. 그녀는 마시지도 않으면서 식어버린 커피 잔을 들었다가 다시 내려놓았다.

"같은 질문을 다시 반복할까요?"

요리코 여사는 고개를 저었다. "그럴 필요는 없습니다. 나오코 앞에서는 하고 싶지 않은 이야기가 있어서 거짓말을 했어요. 제가 사위를 마지막으로 만난 건 아마 지난주 수요일이나 목요일이었을 겁니다."

"목요일 오후 2시 지나서 사에키 씨 아파트 앞에서 만났죠. 그때를 이야기하는 겁니까?"

"역시, 아시는군요. 운전기사인 하세가와인가요, 당신에게 그런 소리를 한 사람이?"

하지만 나는 요리코 여사의 질문을 무시했다. "그 뒤로 만난 적 없습니까?"

"예, 그때가 마지막이었어요. 이젠 거짓말하지 않습니다."

"그전에는?"

"아뇨. 그전에는 그게 여름휴가 때 가루이자와였던가, 9월 제사 때 만났던가……. 어쨌든 나오코가 없는 곳에서 사에키를 만난 건 그 전이나 그 뒤로나 지난주 목요일뿐입니다."

"알겠습니다. 그러면 그때 이야기를 해주시죠."

요리코 여사는 굳은 표정으로 이야기를 시작했다. "니라즈카 변호사를 통해 사에키가 나오코와 이혼하겠다고 알려왔을 때 저는 어머니로서 어떻게든 해야 한다고 생각했습니다. 나오코가 너무 측은

해서……. 그토록 사랑해서 맺어졌고, 그 사람이 신문사를 그만둔 뒤에 실의에 빠져 있을 때도 버팀목이 되어주었는데…….”

“요즘엔 거의 별거 상태였지 않은가요?”

“하지만 사에키에 대한 그 애의 마음은 조금도 변함이 없었죠. 그런데 자기 입으로 직접 이야기한 것도 아니고 변호사를 통해서 위자료까지 청구하다니……. 헤어지겠다면 어쩔 수 없지만 그 애 마음에 상처를 내는 것만은 용서 못 해요.” 요리코 여사는 목이 메어 잠시 말을 잇지 못했다.

“그 문제로 사에키 씨를 만난 건가요?”

“예. 그날은 근처에 들렀다가 하세가와에게 말해서 사에키의 아파트로 가자고 했습니다. 하지만 정말로 그 사람을 만날 수 있을지 어떨지는 몰랐어요. 엄마로서 어떻게 해봐야 한다는 마음은 있었지만……. 지금 생각하면 역시 나오코와 피가 섞이지 않았다는 점 때문에 오히려 필요 이상으로 엄마 노릇을 하려 한 건지도 모르지만……. 하지만 그 사람 아파트 앞에 이르자 본인이 제 차 앞을 가로질러 지나가더군요. 이건 하늘이 내게 어미 역할을 하라고 명령하는 거라는 생각이 들어 하세가와에게 사에키를 부르라고 했던 겁니다.”

다쓰미 레이코가 ‘루나 파크’라는 카페에서 목격한 장면과 모순되는 부분은 없었다. 나는 요리코 여사의 다음 이야기에 귀를 기울였다.

“하세가와에게 아파트 주위를 돌고 오라고 이삼십 분쯤 이야기했습니다. 사에키는 ‘나오코가 싫어서 이러는 건 아니다’라고 했습니다. '하지만 나오코가 다시는 내 얼굴을 보고 싶지 않게 만들어야만 지금 같은 어중간한 상태에서 벗어날 수 있다, 이번에는 나도 단단히 각오를 했다'라면서요. 저는 '그건 남자가 멋대로 하는 생각이고 여자 마음을 전혀 모르는 소리다, 그렇게 하면 나오코가 단념할지는 모르지만 그래서는 여자로서의 행복이나 장래까지도 포기하고 싶을 만큼 깊은 마음의 상처를 받을지도 모른다'고 했죠. '적어도 위자료를 청구하는 그런 심한 짓은 하지 말아 달라, 만약 돈이 필요하다면 내가 오천만 엔이든 일억 엔이든 주겠다. 그 대신 나오코 앞에서는 돈 문제가 아닌 원만한 이혼으로 보이도록 해달라.' 저는 그렇게 부탁했습니다."

"사에키 씨의 대답은?"

"그 사람은 자기 생각을 바꾸려 들지 않았습니다. '나오코를 생각하기 때문에 이런 러프한 치료가 필요하고, 나도 앞으로 인생을 새롭게 살아가기 위해서는 그 돈이 필요하다'고 했습니다. '사라시나 가문의 딸과 헤어진 전남편이 너무 누추하게 살아서는 폐가 될 테니까……'라는 것이 그 사람의 마지막 말이었습니다." 요리코 여사는 빈손을 저으며 한숨을 내쉬었다.

"그런데 사에키 씨는 덴엔초후의 저택에 나타나지 않았다?"

"그렇습니다."

"사에키 씨가 당신이 탄 벤츠에서 내린 건 어디였습니까?"

"그 사람 아파트 앞으로 돌아와 탔던 장소에 내려주었습니다."

"사에키 씨는 그다음 스케줄 이야기를 하지 않았습니까?"

"아마…… '나도 차를 몰고 외출해야 하니 아파트 앞에 내려주면 됩니다'라고 했죠."

"어디로 간다고 이야기하지는 않은 거로군요."

"듣지 못했습니다. '8시에 덴엔초후에서 뵙겠습니다'라면서 내렸습니다."

"그럼 그날 밤 사에키 씨가 나타나지 않았을 때 상당히 이상하다고 생각하지 않았습니까?"

"하지만 남편은 내내 아무 말이 없고, 변호사인 니라즈카 씨는 사에키를 비난하기만 할 뿐이고, 당사자인 나오코는 원치 않는 이혼이 연기되자 안심한 모양이고……. 저도 나오코의 괴로움이 늦춰져서 마음이 놓이기는 마찬가지였습니다. 그런데 창피한 이야기지만, 저는 혹시 사에키가 더 욕심을 부리는 건 아닐까 하는 걱정을 했습니다. 조만간 더 많은 액수를 요구할지도 모른다고요. 무슨 사건에 휘말려 덴엔초후에 오지 못한 거라는 생각은 해보지 못했죠."

결국 사에키 나오키의 목요일 종적에 관해서는 삼십 분만 더 확인되었을 뿐 수확이라고 할 만한 것이 전혀 없었다. 나는 담배를 껐다.

"사와자키 씨, 당신은 이 이야기를 나오코에게 하실 생각입니까?"

요리코 여사는 화려한 몸짓도 잊고 심각한 표정으로 물었다.

"나오코 씨가 물어보면 이야기할 수밖에 없겠죠. 자리를 피해달라고 했으니 무슨 이야기를 했는지 분명히 물어볼 겁니다. 하지만 당신이 스스로 이야기해야겠다고 생각한다면 제가 나설 일은 없을 겁니다."

"하지만 나오코가 받을 충격이란 것도 생각해야 하고."

"나오코 씨는 당신이 생각하는 것만큼 약한 여성이 아닙니다. 자기에게 알리지 않고 사에키 씨와 담판을 지으려고 했다는 사실은 유쾌하게 생각하지 않을 테지만요."

"어쩔 수 없었어요, 그 애를 위해서. 사에키도 당신이 생각하는 것만큼 나쁜 사람은 아닙니다. 자기 나름대로 나오코 생각을 하는 셈이죠."

"사에키 씨가 나쁜 사람이라고 누가 그랬죠? 저는 아직 한 번도 만난 적 없는 사에키 씨의 선악에는 관심이 없습니다." 상의 주머니에 들어 있는 사진 속 사에키 나오키의 부드러움과 강인함이 함께 느껴지는 얼굴을 머릿속에 떠올렸다. "하지만 이런 말씀은 드릴 수 있겠습니다. 아내의 애정을 받아들이고 얌전히 있으면 언젠가 도신의 재산 절반을 자유롭게 쓸 수 있을지도 모르는 데 위자료 오천만 엔에 몸을 빼려 하는 서른 살 청년에게 선악을 운운하기 이전에 일종의 흥미를 느낍니다."

"그래요……?" 요리코 여사가 말했다. "전에는 저도 사에키에게서 그런 인상을 받았습니다. 하지만 니라즈카 변호사에게 전화로 그런 이야기를 했으니 무슨 변화가 생긴 걸 테지요."

나는 손목시계를 들여다보았다. 11시 15분이었다.

요리코 여사가 일어섰다. "나오코에게 이야기할 수밖에 없다는 말씀이죠?" 매우 커다란 책상으로 돌아가 내선전화의 버튼을 눌렀다. 바로 나루세의 목소리가 들려왔다.

"아, 잠깐만." 요리코 여사가 전화를 끊었다. "사와자키 씨, 남편 말에 따르면 당신은 절대로 매수에 응하지 않는 분이라고 하던 데……." 요리코 여사는 미련이 남았다는 듯이 말했다.

나는 쓴웃음을 지었다. "만약을 위해 금액만은 알아두어도 괜찮 겠죠. 사무실에 돌아가 후회하며 울음을 터뜨리기 위해서."

요리코 여사는 포기하고 나루세에게 미술관에 있을 딸을 불러오 라고 시켰다.

"비서에게 한 가지 더 부탁해주십시오." 내가 말했다. "운전기사 인 하세가와 씨와 단둘이 이야기할 수 있게 자리를 마련해줄 수 없 겠습니까?"

요리코 여사는 고개를 갸웃거렸다. "하세가와는 이미 만나서 이 야기를 들은 거 아닌가요? 저와 사에키가 만났다는 이야기를 운전 기사에게 들었잖아요?"

"아뇨, 그렇지 않습니다."

"그럼 누구에게 들었죠?"

"당신이 모르는 사람입니다."

요리코 여사의 표정이 굳어졌다. "당신은 내 이야기가 사실인지 어떤지 하세가와에게 확인할 생각인가요? 내 말을 의심하는 거로군 요."

"오늘 당신을 처음 만났습니다. 의심하느냐 믿느냐 하는 표현 자 체를 쓸 수가 없죠. 저는 다만 사에키 씨를 찾아내는 일을 엉성하게 처리하지는 않을 겁니다."

"나오코는 최고의 사냥개를 고용한 것 같군요." 요리코 여사는 입을 일그러뜨리며 말했다. 빈정거리는 말은 칭찬으로 듣고, 칭찬은 빈정거리는 소리로 들어두는 것이 무난하다.

"사에키 씨 신상에 위험이 미칠 가능성도 있다는 건 아시죠? 당신은 방금 한 이야기를 이십사 시간 전에 제게 할 수 있었습니다."

요리코 여사의 얼굴이 붉어졌다. 남에게 비난을 받는 일에 익숙지 않은 것이다. 그녀는 무뚝뚝한 목소리로 운전기사 하세가와를 부르라고 비서에게 지시했다.

나는 소파에서 일어나 왼쪽 벽에 걸린 그림 쪽으로 갔다. 가로 세로 모두 1미터가 약간 안 되는, 풍경을 그린 유화였다. 화면은 노란색과 황록색으로 칠한 밭이고, 빨간색과 흰색 꽃이 군데군데 피어 있다. 그림 왼쪽 윗부분에 있는 담 너머에 두 채의 집과 숲, 산 들이 보인다. 산 위에는 노란색 태양이 떠 있고 하늘도 노랗게 물들어 있었다. 달력에서 본 적이 있는 고흐의 작품인데, 진품인지 어떤지 나로서는 알 수 없었다. 하지만 이 방에 있다면 '모나리자'가 아닌 한 진품일 거라는 생각이 들었다.

나는 이 방의 주인을 돌아보았다. "이런 대기업도 도지사 자리에 누가 앉느냐, 보수파냐 혁신파냐에 따라 영향을 받습니까? 아니면 대기업이기 때문에 영향이 더 크냐고 물어야 하려나요?"

사라시나 요리코는 표정 없는 얼굴로 나를 뚫어지게 바라보았다. 서로 방 양끝 부분에 떨어져 있는데도 상대의 심장 소리가 들릴 만큼 침묵이 지배했다.

문을 노크하는 소리가 침묵을 깼다. 사에키 나오코가 방으로 돌아왔다. 그녀는 테니스 시합을 구경하듯 새어머니와 나를 번갈아 바라보았다. 내선전화의 벨이 울리고 "하세가와 씨가 왔습니다"라는 나루세의 목소리가 들렸다. 나는 고흐의 정신병원 뒷마당을 떠나 비서실로 통하는 문으로 향했다.

22

나는 운전기사인 하세가와를 비서실에서 데리고 나와 로비 같은 복도 끝에 있는 유리창 파노라마 앞에 섰다. 지상 10층에서 보는 풍경은 뭔가를 내려다보는 일이 자신의 사회적 지위를 상징하지 않는 내게는 단순한 풍경에 지나지 않았다. 나는 파노라마를 등지고 하세가와에게 물었다. "지난주 목요일에 사에키 씨를 벤츠에 태웠을 때의 일에 관해 묻고 싶군."

"사모님께 직접 들었을 텐데? 내가 덧붙일 말은 아무것도 없어." 그는 운전기사 모자를 벗고, 벗어져 올라간 이마의 땀을 손수건으로 닦았다.

"꼭 그렇지만도 않을 것 같은데." 내가 말했다. "요리코 여사는 남편의 전처의 딸과 사에키 씨 문제로 머릿속이 복잡했던 것 같고, 사에키 씨와의 이야기도 그런 부분들밖에 기억하지 못하더군. 사에키 씨가 실종되었다는 이야기는 들었겠지? 당신이라면 다른 것들을 기억할지도 몰라."

"그 이야기는 들었어. 하지만 벤츠를 블루버드와 똑같이 생각하면 곤란해. 벤츠에는 운전석과 뒷좌석 사이에 강화유리 칸막이가 설치되어 있어. 거의 완벽한 방음에 가까워서 가령 사모님과 사에키 씨가 듀엣으로 '둘이서 술 한 잔'을 불러준다고 해도 난 박수도 칠 수 없다니까."

"그럼 두 사람 대화를 전혀 듣지 못했나?"

"한마디도."

"이야기를 나누던 두 사람 모습은 보았겠지?"

"뒷좌석을 훔쳐보는 짓은 하지 않네. 우연히 룸미러에 비친 모습을 보기는 했는데 뭔가 심각한 이야기 같았어."

하세가와의 증언에 희망을 걸었지만 기대했던 실마리는 얻지 못했다. 하지만 물어야 할 내용은 다 물어봐야만 한다.

"사에키 씨를 내려준 곳은?"

"처음 태웠던 곳이지. 아파트 앞이야."

"사에키 씨가 벤츠에 타고 있던 시간은?"

"삼십 분이 조금 안 되겠군. 재보지는 않았으니 정확하진 않지만."

"뭔가 신경 쓰이는 건 없었나?" 나는 주머니에서 담배를 꺼냈다.

"내 일은 운전이야." 그는 무뚝뚝하게 말했다. 그리고 이렇게 덧붙였다. "벤츠에서 내린 사에키 씨가 운전석 창문을 노크했지. 아주 잠깐 이야기를 나누었을 뿐이야."

"호오." 나는 하세가와에게 담배를 권했다. 그는 한 개비 뽑아 주머니에서 니코틴 제거용 파이프를 꺼내 담배를 끼우더니 입에 물었다. 준비성이 있는 남자다.

"무슨 이야기를 했나?" 나는 종이성냥으로 하세가와와 내 담배에 불을 붙였다.

"사에키 씨는 동생 이야기를 물었지." 하세가와는 담배 연기를 내뿜으며 말했다.

"동생이라니, 누구 동생?"

"내 동생. 나하고는 달리 제대로 사는 동생이지. 대학까지 가서 제대로 시험을 치러 도신 그룹에 입사했어. 뉴욕 지사에 오 년 나가 있다가 2대 회장님이 취임할 때 복귀했지. 지금은 비서실에 있는데, 회장님 직속 비서 세 명 가운데 하나야."

하세가와의 말투만으로는 동생을 자랑하는지 조롱하는지 제대로 알 수 없었다.

"사에키 씨가 당신 동생에 대해 무얼 물었나?"

"그냥 안부야. 오래 만나지 못했는데 잘 지내는지, 애는 생겼는지, 달리기는 매일 아침 여전히 하는지, 그런 것들을 물었어. 동생인 야스히코는 학창 시절에 장거리 선수였거든."

"대답은?"

"잘 지낸다. 애는 딸이 하나 있고, 달리기는 외제차를 산 뒤로는 전혀 하지 않고, 요즘은 짙은 청색 BMW 같은 걸 타고 돌아다닌다, 그렇게 대답했지.”

“그런 걸 묻는 사이인가, 두 사람은?”

“그렇지도 않아. 동생은 나보다 일곱 살 아래이니 마흔한 살이지. 사에키 씨보단 꽤 선배인 셈이야. 둘 다 ‘와세다’ 출신이어서 만나면 잠깐씩 이야기를 나누는 정도였어. 특히 내 동생이 뉴욕에 가기 전, 그러니까 사에키 씨가 〈아사히 신문〉에 갓 입사했을 무렵이지……. 하지만 동생이 뉴욕에서 돌아오고 나서는 사에키 씨가 그런 상태였기 때문에 요즘엔 다른 사람에게 묻지 않으면 서로 어떻게 지내는지 알 수 없지 않겠나?”

사라시나 요리코의 집무실과 같은 쪽의, 빌딩 북동쪽 모서리에 있는 방의 문이 열리더니 남자 두 명이 나왔다. 하세가와가 그쪽을 보며 “호랑이도 제 말하면 나타난다더니”라고 했다. 스리피스 다크 정장에 멋진 금테 안경을 쓰고 하세가와보다 한참 어리고 스마트해 보이는 남자가 오기 변호사와 함께 있었다. 변호사는 어제와 마찬가지로 후줄근한 옷차림에 낡은 가방을 들었다. 그들이 우리를 발견하고 다가왔다.

“열심히 뛰어다니는군.” 오기가 내게 말했다. “소개하지. 이쪽은 고야 회장님의 비서 하세가와. 운전기사인 하세가와 씨의 동생인데 꽤 수재야.” 도쿄 대학 졸업생이 와세다 대학 졸업생을 꽤 수재라고 칭찬할 때의 말투에서는 다른 사람이 도저히 흉내 낼 수 없는 뉘앙스가 풍겼다.

"이쪽은 탐정인 사와자키 씨. 나오코 씨의 의뢰로 사에키의 행방을 찾고 있지."

"하세가와입니다. 잘 부탁합니다." 그가 말했다. 나야말로 잘 부탁한다고 대꾸했다.

비서는 운전기사를 바라보았다. "형은 여기서 뭐 하는 거야?"

"탐정 선생에게 불려와 혹독한 심문을 받는 중이다." 형 하세가와는 담배를 버리기 위해 복도 맞은편 구석에 있는 도자기 재떨이 쪽으로 걸어갔다.

동생이 시선을 내 쪽으로 돌렸다. "그럼 내게도 묻고 싶은 것이 있겠군요? 방금 오기 변호사의 질문에는 답변을 했습니다."

"사에키 씨의 실종에 관해 뭔가 짚이는 구석이 있습니까?" 내가 물었다.

"아뇨, 전혀. 그저 놀랐을 뿐입니다."

"사에키 씨를 마지막으로 본 건 언제죠?"

"그게, 오기 변호사도 물어보셨습니다만…… 이 년 전에 뉴욕에서 돌아온 뒤로는 사에키를 만났는지 어떤지 확실치가 않습니다. 그이전에는 대학 후배이기도 해서 두세 번 함께 술을 마신 적이 있습니다만."

"그렇습니까? 시간 내주셔서 감사합니다…… 잠깐 실례."

나도 담배를 버리러 가다가 돌아오는 운전기사와 스쳐 지났다.

"사와자키 씨." 오기가 나를 따라오며 낮은 목소리로 물었다. "사에키에게 당신을 소개한 사람은 확인했나?"

나는 잠깐 생각한 뒤에 고개를 끄덕였다. "신주쿠 경찰서 형사였어. 정확하게 이야기하자면 니시고리라는 경부인데."

"경부라고? 그거 의외로군. 사에키가 아는 사람인가, 그 니시고리 경부는?"

"사에키 씨가 신문기자 시절에 알게 되었다더군."

"그 경부는 사에키가 당신을 고용하려고 한 이유를 들었겠군."

"아니, 그런 이야기는 듣지 못했대."

"그럼 사에키의 실종 이유도 모르는 건가?"

"그렇게 말하더군."

"그거 아쉽군." 오기 변호사가 한숨을 크게 내쉬었다.

"경찰관이 하는 말을 그대로 믿을 수 있는 경우는 딱 한 가지야. 이쪽도 경찰관일 경우." 내가 말했다.

"무슨 소리인가?" 오기가 물었다. "그 니시고리라는 경부가 뭔가 아는데 숨긴다는 이야기인가?"

"그럴 가능성도 있지."

오기 변호사는 잠시 생각하더니 입을 열었다. "그 경부에게 약간 압력을 넣어볼까? 연줄을 동원해서."

나는 고개를 저었다. "마음대로. 하지만 나중에 투덜거리면 곤란하니 충고해두지. 니시고리에게 압력을 가했다가는 당신 평생 후회하게 될 거야."

"그런 스타일의 형사인가?" 오기가 눈썹을 찌푸렸다.

"그 이상의 형사지." 내가 말했다.

사라시나 요리코의 집무실 문이 열리더니 방 주인과 사에키 나오코가 나왔다. 두 사람은 우리를 보더니 다가왔다. 두 사람의 모습으로 미루어보아 딸은 새어머니의 이야기를 생각보다 차분하게 들었던 모양이다. 하세가와 형제도 두 여자의 뒤를 따랐다.

"다들 여기 모이셨군요." 요리코가 말했다. "사와자키 씨, 하세가와와 이야기는 나누었나요?"

"예. 내친 김에 하세가와 씨 동생분과도."

"그래요? 나오코와 의논하고 제 동생도 당신에게 소개하기로 했습니다. 동생에게는 내선전화로 연락했는데, 가시겠어요?"

"고야 회장에게 말입니까?"

"그렇습니다. 동생도 당신을 꼭 만나고 싶다고 하더군요. 시간이 괜찮은가요?"

"아, 하지만 고야 회장은 저 혼자 만나고 싶군요."

다들 요리코 여사의 안색을 살폈다. 사라시나 요리코는 등을 쭉 펴고 치밀어 오르는 분노를 억누르며 말했다. "그렇군요. 그게 당신이 즐기는 심문 방법이었군요. 그럼 마음대로 하시죠. 저리 들어가 비서에게 그렇게 이야기하면 회장실에 들여보내줄 테니까. 그럼 저는 이만 실례합니다." 요리코 여사는 딸에게 뭐라 말하더니 등을 돌려 자기 방으로 돌아갔다.

"잠깐 기다려요." 나는 나오코에게 말하고 회장실 문 쪽으로 향했다. 비서인 하세가와가 앞질러 은으로 된 플레이트에 고야 소이치로라는 이름이 새겨진 문을 열어주었다.

회장실로 통하는 비서실의 넓이는 고문 비서실과 크게 다를 바 없었지만 이쪽은 남녀 여러 명의 비서가 책상에 앉아 바쁜 듯이 일을 하고 있었다. 하세가와 비서는 자기 책상에 있는 내선전화를 들더니 버튼을 눌렀다.

"사와자키 씨가 오셨습니다……. 그렇습니다. 고문님께서 연락을…… 예, 알겠습니다." 그는 전화를 끊고 내게 말했다. "저 문으로 들어가시죠."

나는 '도신 그룹'이란 피라미드의 꼭짓점에 위치하는 회장실로 들어갔다. 고야 소이치로는 고문의 방 배치와는 반대로 되어 있는 책상 쪽에서 일어서서 나를 맞이했다.

"자, 이쪽으로 오시죠."

회장실은 요리코의 방과 넓이 차이는 없었지만 모퉁이 방이라 두 면이 통유리로 되어 있어 훨씬 밝고 기능적이며 실무적으로 보였다.

나는 그의 책상까지 걸어갔다. "사와자키입니다. 바쁘실 텐데 죄송합니다."

"고야입니다. 자, 앉으시죠."

나는 책상 바로 앞에 있는 두 개의 의자 가운데 하나에 걸터앉았다. 조금 전까지 오기 변호사와 하세가와 비서가 앉아 있던 의자로 보였다. 회장 등 뒤의 벽에 초대 회장 고야 소노스케의 초상화가 걸려 있었다. 대담한 필치는 우메하라 류자부로일본의 서양화가의 그림 같은 화풍이었다. 그 화가가 이런 종류의 초상화 작품을 그렸는지 어떤지는 모르지만 미술계에 영향력을 미치는 사라시나 슈조라는 존재를 생각하면 있을 수 없는 일도 아닐 듯싶었다.

고야 소이치로는 나이가 서른둘이라지만 책상 너머에 앉아 있는 이 빌딩의 주인은 꽤 나이가 들어 보였다. 전에 텔레비전이나 신문에서 보았을 때는 나하고 또래가 아닐까 생각했는데, 직접 실물을 봐도 서른두 살로 보이지는 않았다. 흰머리가 좀 섞여 있고 누나와 달리 자기 아버지를 닮지 않은 콧날이 오뚝한 얼굴에도 잔주름이 보였다. 나이 든 사람들을 부하 직원으로 쓰다 보면 일찍 늙는지도 모른다. 중키에 적당한 체격. 단단해 보이는 몸집에 눈이 작은 대륙계 얼굴이 짧은 목 위에 붙어 있는 느낌이어서 이런 넓은 사무실보다 공사 현장에서 헬멧을 쓰는 게 더 어울릴 것 같았다. 입고 있는 갈색 계열의 정장만 해도 틀림없이 고급스럽기는 하지만 그가 마음대로 움직일 수 있는 돈을 생각하면 왠지 초라해 보이니 참 이상했다. 그가 손목시계를 보며 말했다. "정각 12시인데, 사와자키 씨 식사는?"

"아뇨, 실은 1시까지 마쳐야 할 용무가 또 하나 있어서 시간이 별로 없습니다. 가능하다면 십오 분만 시간을 얻어 질문하고 싶은 것이 있습니다만."

"그러시죠. 조카 나오코와 사에키 군을 위해 일해주시는 분이니 전폭적으로 도와드리고 싶습니다."

나는 그에게도 사에키의 실종에 관한 빤한 질문을 두세 가지 던졌다. 예상대로 대답은 지금까지 들은 것과 대동소이했다. 그래서 약간 다른 각도에서 질문을 해보았다. 내 기억 속에 고야 소이치로와 '어떤 인물'이 호화로운 요트를 배경으로 나란히 서 있는 이미지가 퍼뜩 떠올랐기 때문이었다.

"도쿄 도지사가 된 사키사카 신야 씨와 절친한 사이입니까?" 내가 물었다.

그는 갑자기 화제가 바뀌자 당황한 듯했다. "글쎄요, 친하다고는 할 수 없지만 몇 번 만나 이야기를 한 적은 있습니다. 사키사카 지사는 몰라도 그 양반 동생인 고지 씨와는 상당히 친하게 지냈다고 해도 되겠죠. 내가 도신 회장에 취임하기 전의 일인데, 그때 그 사람이 국제 레이스에 가지고 나간 요트는 모두 우리가 제작한 것이었으니까요."

내 기억력이 형편없는 것만은 아니었다. "회장 취임 이후에는 어떻습니까?" 내가 물었다.

"서로 발길이 조금 뜸해진 것 같군요……. 가장 자주 만난 건 내가 도신 전철 사장을 할 때인데, 누나가 회장을 맡고 매형이 도신 전체를 경영하던 무렵이었습니다. 고지 씨의 국제적인 요트 레이스 출전을 이용한 홍보는 분명히 비용이 꽤 들었지만, 긴 안목으로 보면 도신의 이미지를 높이는 데 상당히 플러스가 되었다고 생각합니다. 하지만 회장에 취임한 뒤에는 아무래도 그런 취미 같은 데에는 신경쓰기 힘들어졌죠. 사실은 나와 나이가 비슷한 부장이나 과장급 직원들에게 더 대담한 발상과 기획을 세우게 하고 중역이 그걸 체크하면서 아이디어를 살려가는 것이 이상적일 텐데, 저보다 딱딱한 생각을 지닌 사람들뿐이라……." 그는 고개를 저으며 쓴웃음을 지었다.

"발길이 뜸해진 이유는 회장 취임뿐입니까?"

"고지 씨 쪽에도 사정이 있었죠." 그가 대답했다. "레이스 출전은 1983년의 '태평양 그랑프리'에서 3위 입상을 하고 난 뒤 일단락되었고, 영화 프로덕션은 텔레비전에 진출하느냐 마느냐로 무척 어려운 시기를 맞이했었습니다. 형이 도지사 선거에 출마하겠다는 이야기가 나온 것도 그 무렵이었던 것 같군요. 요트 레이스 같은 데 나갈 상황이 아니었죠. 고지 씨 스스로 요트를 즐기기에는 이제 나이도 많이 들었다는 말도 했습니다만."

사키사카 지사가 사십오 세, 동생인 고지는 삼십구 세일 것이다. 이 년 전이면 나이가 많은 편이라고 볼 수는 없다. 고야 회장은 내 의문을 눈치채고 선수를 쳤다.

"요트 레이스에 앞으로는 참가하지 않겠다고 발표했을 때 항간에는 이런저런 소문이 많았지만 모두 사실과 다릅니다. 고지 씨와 내가 사이가 틀어졌다느니, 두 사람 부인 사이에 문제가 있었다느니, 필리핀의 '아키노 암살' 보도 때 대담한 사키사카 지사와 내 누나의 말다툼이 동생들의 관계에 영향을 미쳤다느니. 뭐 시끄럽기는 했지만 모두 다 사실이 아니죠……. 그러고 보니 8월에 고지 씨 형의 지사 취임과 총상 완쾌 축하를 겸한 파티에서 고지 씨를 오래간만에 만나 한참 즐겁게 이야기를 나누었습니다. 고지 씨가 말하기를 '당신도 도신의 정상에 올랐으니 이삼십억쯤 팍팍 출자해서 영화 제작 일에 나서주면 좋겠다, 나는 해외 영화에 못지않은 규모의 큰 영화를 기획하며 기다리겠다'라며, 여전히 기염을 토했습니다. 하지만." 그는 나를 만나고 있는 이유를 떠올리며 물었다. "그런 이야기가 사에키의 실종과 무슨 관계가 있는 건가요?"

"확실한 건 모르겠지만 사에키 씨는 최근 석 달간 도지사 선거 저격 사건이나 괴문서 사건에 대해 조사한 흔적이 있습니다. 그래서 당신과 사키사카 지사 동생분의 관계를 떠올리고 여쭤본 겁니다."

"사에키가 도지사 선거에 관해 조사하고 있었던 겁니까? 그리고 그게 실종의 원인이라는 말씀입니까?"

"그렇게까지 단정할 수는 없습니다. 8월 이후 사에키 씨와는 한두 번밖에 만나지 않았을 거라고 하셨는데, 그때 사에키 씨가 사키사카 지사나 그의 동생 이야기를 꺼낸 적은 없었나요?"

"그런 이야기는 없었습니다. 만났다고는 해도 사라시나, 고야 두 집안이 만나는 장소였기 때문에 그런 화제는 전혀 나오지 않았습니다."

나는 고개를 끄덕였다. 그리고 잠시 생각한 뒤에 입을 열었다. "번거로운 부탁을 드리고 싶습니다만."

"말씀하세요. 도와드리겠다고 말씀드린 건 그냥 한 말이 아닙니다. 나는 사에키 부부를 위해서라면 최대한 도울 생각입니다."

그는 내 얼굴을 뚫어지게 바라보았다. 그리고 뭔가를 결심한 듯이 마주 잡았던 두 손을 펼쳤다.

"당신에게 이야기해두고 싶은 게 있습니다. 나오코는 피가 섞이지 않은 조카입니다만 여동생이나 마찬가지입니다. 아니 내겐 그 이상의 의미입니다. 나오코는 내가 열여섯 살 때 매형과 함께 덴엔초후에 있는 집으로 들어왔습니다. 겨우 열두 살 소녀였죠. 멋대로 자란 내게 태어나서 처음으로 내 마음대로 되지 않는 것이 세상에 존재한다는 사실을 깨닫게 해주었습니다. 그뿐 아니라 오히려 내가 나오코의 뜻에 따르려 하는……. 나는 게이오 대학에 입학했을 때 매형에게 부탁한 적이 있습니다. 나중에 나오코를 제 아내로 맞이하게 해달라고요. 하지만 매형은 슬픈 표정으로 '고야 가문에 들어가 고생하는 것은 나 혼자로 족하다, 부디 나오코를 가만둬달라'고 오히려 간절하게 부탁하더군요. 반드시 그런 이유 때문만은 아니지만 나는 학창 시절에도 그렇고 졸업하고 나서도 그렇고 한동안 생활이 엉망이었습니다. 그런 생활을 청산하고 재기한 건 바로 사에키 덕분이죠. 나보다 두 살 아래인 청년이 나오코의 마음을 사로잡고, 〈아사히 신문〉 기자로서 사회적으로도 활약하는구나. 나오코를 향한 나의 마음은 여동생을 대하는 감정에 플러스알파를 한 것이어서 그 커플을 보고 있자니 나도 이렇게 바보처럼 살아서는 안 되겠다는 생각이 든 겁니다. 내가 이렇게 아버지의 뒤를 잇게 된 것은 그 두 사람 덕분입니다. 그 두 사람이 행복하게 살지 못하면 나는 견딜 수 없습니다. 사에키 부부를 위해서 할 수 있는 일은 무엇이든 하겠다는 건 그런 의미입니다."

종업원 만오천 명이 넘는 대기업의 영수로서는 약간 풋내 나는 고백이라 당혹스러웠지만, 나는 개의치 않고 대화를 진행했다. "두 가지를 부탁드리고 싶습니다. 우선 사에키 씨가 실종 전에 도지사 선거에 관해 조사한 사실은 아직 의뢰인 이외에는 아무에게도 이야기하지 않았습니다. 이 사실을 다른 누구에게도 발설하지 말아주시기 바랍니다."

"알겠습니다. 그렇게 하죠."

"또 한 가지, 이건 좀 번거로운 부탁입니다만." 나는 상의 주머니에서 명함을 한 장 꺼내 책상 위에 내려놓았다. 고야 회장은 그걸 집어 들었다.

"사키사카 고지 씨를 통해 이런 사람이 도지사 선거 때의 저격 사건 주모자 관련 이야기로 지사와 면담을 원한다고 전해줄 수 있겠습니까? 가능한 한 빨리. 제가 직접 교섭하면 만날 수 있을지 어떨지 알 수 없지만, 당신 소개라면 저쪽의 대응이 달라질 테니까요."

"해보죠. 하지만 이건 상대방의 허락을 얻어야 하는 일이니 확약은 할 수 없어요……. 하지만 저격 사건 주모자라고 하면 너무 자극적인 것 같은데."

나는 고개를 끄덕였다. "적어도 주모자와 연관될 가능성이 있는 실마리는 잡은 셈입니다. 사에키 씨는 그 주모자에게 붙잡혀 있을 가능성도 있습니다. 그 주모자가 사키사카 씨의 적일 것이라는 사실은 충분히 생각할 수 있는 일이니 적을 알기 위해서는 도지사에게 이야기를 듣는 것이 지름길 아니겠습니까? 사키사카 지사가 자신의 적도 모를 거라는 생각은 할 수 없죠. 그런 인물의 이름이 밝혀지기만 하면 제게는 사에키 씨를 찾는 데 중요한 단서가 될 겁니다. 그 사건의 주모자를 조사하던 사에키 씨가 위기에 빠졌다는 이야기를 들으면 사키사카 지사도 아낌없이 도와주실 거라고 생각합니다만."

"그렇군요. 잘 알겠습니다. 서둘러 고지 씨에게 연락을 취해보죠."

"저는 언제든 괜찮습니다. 명함에 적힌 전화번호로 연락을 주십시오."

우리는 자리에서 일어나 인사를 나누었다. 나는 비서실에서 일하고 있는 하세가와에게 슬쩍 손을 들어 보이고 로비 같은 복도로 나왔다.

사에키 나오코가 혼자 유리창 바깥 풍경을 바라보다가 문 닫는 소리에 뒤를 돌아보았다. 우리는 엘리베이터 쪽으로 향했다. 나오코가 내 코트를 건네주면서 말했다.

"어머니 이야기에는 뭔가 억지가 있는 것 같아서 자꾸 신경이 쓰이는군요."

우리는 멈춰 서서 사라시나 요리코와 사에키가 벤츠 안에서 나눈 대화 내용을 확인했다. 나오코의 새어머니는 딸에게도 내게 한 말과 똑같은 이야기를 했다.

"거짓말이라는 건 아니에요. 어디가 이상하냐고 물으면 제대로 대답하기 곤란하지만, 두 사람의 대화가 그런 식으로 진행되었을 거라는 생각은 들지 않는군요."

"사에키 씨가 아파트 앞에서 벤츠에 탔다는 건 분명합니다." 나는 다쓰미 레이코가 목격한 상황을 설명했다. 레이코의 일방통행적인 밀회 스토리를 들으면서 이번엔 나오코도 별 미묘한 반응을 보이지 않았다. 어떤 고통이건 두 번째는 처음보다 견뎌내기 쉽다.

우리는 복도를 지나 엘리베이터 앞에 이르렀다. 이국적인 외모의 안내 담당 여직원이 일어서서 인사를 했다. 우리는 엘리베이터에 올랐다.

"1층 정면 현관 이외에도 출구가 있습니까?" 내가 물었다. 나카노 경찰서 형사들과는 얼굴을 마주치고 싶지 않았다.

"지하 1층으로 내려가면 주차장을 통해 수위실 앞을 지나 밖으로 나갈 수 있어요." 나오코가 대답했다. 지하 1층 버튼을 누르자 엘리베이터는 눈 깜짝할 사이에 내려갔다. 엘리베이터에서 내리니 10미터쯤 되는 통로가 있고 그 끝에 드넓은 주차장이 펼쳐졌다. 통로 양쪽에는 각각 '수송과'라거나 '차량과'라는 팻말이 붙은 사무실이 있었다. '차량과'의 유리창 너머로 작업복 차림의 사원들과 어울려 이야기를 나누는 운전기사 하세가와의 모습이 눈에 들어왔다. 그는 우리를 전혀 보지 못한 것 같았다. '수송과'의 문 옆에 병원 접수창구 같은 작은 창이 있고 '택시를 부르실 분은 말씀해주세요'라는 안내문이 붙어 있었다.

"여기서 택시를 부르죠. 나하고 좀 더 같이 움직일 수 있겠습니까?"

"물론이죠. 다음은 어디로?"

"미술 감상을 했으니 다음에는 사진이 어떻겠습니까?"

우리는 각자 코트를 걸치고 주차장 한 모퉁이에서 기다렸다. 택시는 일 분도 지나지 않아 도착했다. 나는 택시 기사에게 행선지를 말했다.

23

신주쿠의 햐쿠닌초 뒷골목에 있는 사진관의 입구 문손잡이에는 '점심식사중'이란 팻말이 걸려 있었다. 나는 무시하고 안으로 들어가 큰 소리로 내 이름을 댔다. 검은 안경을 쓴 사진관 주인이 입을 우물거리며 안에서 나타나더니 인화한 사진이 든 봉투를 건넸다.

"그다지 잘 찍은 필름은 아니었어. 제대로 찍힌 건 열두 장 가운데 네 장뿐이야. 미리 이야기하지만 요금은 똑같아."

나는 네거필름은 그대로 두고 사진만 봉투에서 꺼냈다. 일반 사이즈의 컬러사진이 네 장 그리고 흑백 사륙판으로 확대한 것이 세 장 들어 있었다. 처음 두 장의 컬러사진에는 그저께 아침, 사무실을 찾아와 가이후라고 자기 성을 댄 남자가 찍혀 있었다. 첫 번째 사진은 멀어서 희미하지만 두 번째 사진은 그의 특징이 또렷하게 찍혀 있었다. 그때와 같은 코트 차림으로 두 손을 주머니에 넣고 렌즈 쪽을 향해 걸어오는 모습이었다. 배경을 보니 남자가 사에키의 아파트를 찾아가는 모습을 찍은 듯했다. 두 사진에는 11월 14일과 15일 날짜가 찍혀 있었다.

피사체는 사진을 찍힌다는 사실을 눈치채지 못한 것 같았다. 그 남자가 자기 정체에 대해 느끼는 불안과 신중한 태도를 생각하면 알면서도 가볍게 사진에 찍힐 리 없다. 하지만 사에키 입장에서 봤을 때 그 남자의 신분을 제대로 밝혀낼 작정이라면 사진은 필수품일 것이다. 사진 없이 누군가를 찾아내거나, 누군가의 신원을 확인하는 일이 얼마나 힘든지 나는 잘 안다. 사에키가 그 남자를 몰래 찍었다, 있을 수 있는 일이었다.

세 번째 컬러사진에는 혼잡한 거리에 건물과 간판이 아무렇게나 찍혀 있었다. 얼핏 보면 무얼 찍으려 한 것인지 분명하지가 않았다. 네 번째도 마찬가지로 같은 거리를 촬영한 모양인데, 이쪽에는 또렷한 피사체가 있었다. 화면 왼쪽 끝부분에 파란색 승용차가 거의 정면으로 찍혀 있었다. 그 차 옆에 서 있는 남자가 운전석에 있는 누군가와 이야기를 나누는 것처럼 보였다. 거리가 약간 먼 것은 그 사람들이 눈치채지 못할 위치에서 촬영했기 때문일 것이다. 이 두 장에는 11월 19일이란 날짜가 적혀 있었다. 정확히 팔 일 전이다.

나는 세 장의 흑백사진을 카운터 위에 늘어놓았다.

"원판 상태가 좋지 않아 더는 확대할 수 없었어." 사진관 주인이 검은 렌즈의 둥근 안경을 밀어 올리며 말했다.

첫 번째 사진은 자기 성이 가이후라고 한 남자의 상반신만 확대한 사진이었다. 기억을 잃었는지 어떤지는 사진에 찍히지 않는다. 모자 같은 것을 잃어버린 한가한 남자로는 보이지 않았다. 두 번째 사진은 차 옆에 서 있는 남자. 이것도 상반신을 확대한 것이었다. 흐릿하기는 해도 컬러사진을 보았을 때 이미 깨달았지만 검은 코트 어깨에 박쥐우산을 걸치고, 머리에는 짙은 회색 티롤 모자를 썼다. 물론 콧수염이 난 오동통한 남자다. 한 번도 만난 적이 없는 사내인데 낯설지가 않았다. 세 번째 사진은 파란색 승용차의 앞부분을 확대했지만, 너무 흐렸다. 차량 등록 지명은 시나가와, 네리마, 다마 가운데 고르라면 네리마인 것 같지만 도쿄 이외의 지명이라면 얼마든지 달리 읽을 수 있을 만큼 선명하지 않았다. 하지만 실제 번호판 옆에 이 사진을 놓고 대조해보면 같은 것인지 어떤지는 확인할 수 있을 것이다. 프런트 그릴은 '日'이라는 글자를 옆으로 눕혀놓은, 개의 코처럼 생긴 낯익은 디자인이었다. BMW가 틀림없을 것이다. 컬러사진에서 보면 서 있는 남자와 이야기하는 운전자의 얼굴은 검게 그림자가 져서 보이지 않지만, 분명히 왼쪽 좌석에 앉아 핸들을 잡고 있었다. 나는 일곱 장의 사진을 다시 봉투에 넣었다.

"확대인화는 서비스야." 사진관 주인이 내 안색을 살피며 말했다. "마음에 드나?"

"당연한 걸 자랑하면 프로페셔널이라고 할 수 없지." 나는 주인이 투덜거리는 소리를 흘려들으며 사진관을 나왔다.

오쿠보 거리 샛길에서 사에키 나오코를 태운 채로 기다리던 택시로 돌아가 기사에게 말했다. "신주쿠 역 남쪽 출구로 갑시다."

택시가 출발하기를 기다렸다가 봉투에서 사진을 꺼냈다. 가이후라는 남자가 그래도 제대로 찍힌 컬러사진과 확대한 흑백사진을 골라 나오코에게 건넸다.

"수요일 밤, 사에키 씨의 마크II 조수석에 있던 남자인가요?"

"예, 그래요. 아마 틀림없을 겁니다."

나는 그 사진을 넣고 대신 빌딩이 늘어선 거리 사진을 나오코에게 건넸다. "이건 어디를 찍은 사진인지 아시겠습니까? 아는 건물 같은 게 찍혀 있지 않습니까?"

나오코는 잠시 사진을 뚫어지게 들여다보더니 고개를 저었다. "아뇨, 모르는 곳 같은데요."

나는 고개를 끄덕이고 이번에는 티롤 모자를 쓴 남자가 찍혀 있는 컬러사진과 흑백사진을 보여주었다. 나오코는 처음에는 모르는 사람을 보는 듯한 표정이었지만 두 장의 사진을 번갈아보더니 이윽고 확대한 흑백사진에 주의를 기울였다.

"어쩌면." 나오코가 말했다.

"짐작이 가는 사람입니까?"

"이삼 년 전에 도신 전철에서 밀려난 중역과 많이 닮은 것 같군요. 이름은 기억이 나지 않습니다."

"호오, 그런데 왜 밀려났는지 기억하세요?"

"홍보 담당 책임자로 있었는데 배임, 횡령을 했다고 들은 것 같아요. 소이치로 오빠는 사장으로서 자기가 감독을 제대로 하지 못했기 때문이기도 하니 한직이라도 주어 부드럽게 처리하자고 했습니다. 고문인 아버지는 찬성했는데 어머니가 선대 회장의 방침을 구실로 내세워 강경하게 반대했죠. 이 회사에서는 무슨 짓을 해도 잘리지 않는다는 식의 나쁜 풍조가 생기면 돌이킬 수가 없다는 어머니의 주장대로 결국 그 중역은 회사를 나가게 되었습니다. 마침 그 무렵 도신 그룹 창립 오십 주년 기념식이 있었는데 그 사람이 술이 취해 식장에 나타났죠. 제가 보는 앞에서 어머니에게 울며 사정하기도 하고 대들기도 해서 경비원에게 끌려 나간 일이 있었어요. 그래서 얼굴도 기억이 납니다." 나오코는 사진 속 남자를 다시 들여다보았다. "그 무렵에는 아마 수염을 기르지 않았을 겁니다만, 많이 닮았어요."

택시는 아오우메 가도를 가로질러 신주쿠 역 서쪽 출구를 지나는 중이었다. 오가는 사람들은 다들 저마다 고민을 안은 채 뭔가에 쫓기듯 걷고 있었다. 어린애들마저 그랬다.

"회장 비서인 하세가와 씨의 차를 아십니까? BMW라는 외제차인데."

"예, 알죠." 나오코는 사진 속의 파란색 승용차를 들여다보았다.

"어떻습니까? 그 사람 차로 보입니까? 컬러사진의 색깔은 믿을 수 없지만 그 사람 BMW도 짙은 파란색이라던데."

"그런 것 같기는 한데, 저는 차에 대해 잘 몰라요."

나는 나오코에게서 사진을 받아 도로 봉투에 넣었다. 대신에 네거 필름을 꺼내 나오코에게 건네며 말했다.

"이걸 보관해주세요. 쫓겨난 중역이나 하세가와 비서의 BMW에 관해서는 제가 알아보겠습니다. 그러니 절대로 다른 사람에게 묻거나 하지 마세요."

나오코는 굳은 표정으로 고개를 끄덕이며 필름을 핸드백 속에 넣었다. 나는 사진이 든 봉투를 코트 주머니에 집어넣었다. 손목시계를 보니 1시까지는 십오 분쯤 남았다.

"1시에 만나기로 약속한 사람이 이 사진 속 남자일 가능성이 높습니다. 그 사람이 쫓겨난 중역인지 아닌지 확인할 수 있겠습니까?"

"물론이죠." 나오코는 망설이지 않고 대답했다.

나는 택시가 남쪽 입구 쪽으로 좌회전하기 전에 '게이오 선' 역사 '루미네' 모퉁이에 세웠다. 루미네 2층에 있는 카페에서 샌드위치와 커피를 먹으며 우리는 잠깐 의논했다. 그리고 카페 전화로 가이후 마사미에게 연락했다. 연립주택 쪽은 받지 않아 어젯밤 묵었던 친구 집으로 걸어 통화를 했다. 가이후 씨로부터는 아직 연락이 없다는 이야기를 듣고, 이쪽도 아직은 이렇다 할 진전이 없다는 이야기를 했다. 곧 어젯밤 통화한 사람을 만날 거라고 알려주었다. 그 결과에 따라서 오늘도 집에 돌아가는 건 위험할지 모르니 조후에 있는 바에서 내 연락을 기다리라고 다짐하고 전화를 끊었다. 1시가 지나서 우리는 신주쿠 역 남쪽 출구로 향했다.

그 사내는 한눈에 알아볼 수 있었다. 전화로 이야기한 대로 비 올 때 쓰는 회색 모자와 레인코트에 박쥐우산을 들었다. 콧수염이 있는 약간 뚱뚱한 남자로 내 주머니에 있는 사진 속 남자와 동일 인물이었다. 그는 개찰구 가장자리의 칸막이에 등을 기대고 신문을 읽고 있었다. 그 사람 이외에 모자를 쓴 남자도, 콧수염을 기른 남자도 보이지 않았다. 모르는 사람을 기다리는 중이니 당연히 주위를 둘러볼 수도 있는데 얌전히 신문을 읽고 있어서 이쪽 입장에서는 안성맞춤이었다. 우리는 국철 표를 사서 개찰구 쪽으로 갔다. 나오코는 스카프로 얼굴을 반쯤 가리고, 내 팔을 잡고 따라와 커플로 가장했다. 우리는 그 남자의 바로 앞을 지나 개찰구를 통해 역 구내로 들어갔다. 그 남자가 있는 위치에서는 보이지 않는 곳까지 간 뒤에야 멈춰 섰다.

"그 중역이 틀림없어 보여요." 나오코가 말했다. "그렇지 않다면 똑같이 생긴 다른 사람이겠죠."

나는 고개를 끄덕였다. "구가야마에 있는 댁으로 돌아가 연락을 기다려주세요."

"몸조심하시고요." 나오코는 그렇게 말하고 인파 속으로 사라졌다. 아까 팔을 잡았을 때부터 코끝에 맴돌던 나오코의 향수 냄새도 멀어졌다.

나는 담배에 불을 붙이고 모자 쓴 남자를 감시하기 시작했다. 약속 시간은 이미 십오 분이 지났지만, 나는 약속을 지킬 생각이 전혀 없었다. 저 남자가 만나고 싶어하는 인물이 되기는 도저히 무리이고, 저 남자가 필요 이상의 불안이나 의혹을 느끼게 만들면 사에키의 신상에 위험이 닥칠 우려가 있었다. 아주 드물기는 하지만 나는 경찰로 오해를 받는 일이 있기 때문이다. 그런 위험을 무릅쓰기보다는 저 남자의 정확한 신원과 주소 혹은 아지트 같은 곳을 캐내고 싶었다.

그 남자는 오십대 중반으로, 모자 아래 드러난 머리카락과 콧수염이 제법 허옇게 셌다. 레인코트 앞섶 사이로 드러나는 트위드 정장이나 실크 넥타이는 비싸 보였다. 모자만이 아니라 옷에도 신경을 쓰는 사람이다. 저쯤 나이가 되면 인생의 부침이 어쩔 수 없이 얼굴에 드러나기 마련인데, 저 남자는 뭐라 표현하기 힘든 굴절된 표정이었다. 도신 전철에서 횡령 및 배임 때문에 쫓겨난 옛 중역이라는 사에키 나오코의 말이 맞는다면 그다지 평온하지 못한 인생에 지쳐 있는 듯하기도 하고, 스스로를 패배자로는 인식하지 않으려는 오기를 갖춘 것처럼 보이기도 했다.

남자의 인내력은 삼십 분이 한계였다. 자꾸만 시계를 들여다보더니 결국 신문 읽기를 그만두었다. 신문을 접어 코트 주머니에 넣고 잠시 개찰구 안팎과 역 출입구를 두리번거렸다. 마지막으로 시계를 다시 보더니 1시 반이 지났음을 확인하고 약속 장소를 떠날 눈치를 보였다. 나는 바로 뒤를 따르려 하지 않고 그의 동태를 곁눈질로 살폈다. 남자는 개찰구 옆에 있는 매점 앞을 돌아 노란색 공중전화로 다가갔다. 거리는 상당히 가까웠기 때문에 눈치채지 않도록 조심해야만 했다. 남자는 상의 주머니에서 수첩을 꺼내 뒤적이더니 내 쪽을 등지고 전화를 걸기 시작했다.

다행히 전화번호를 누르는 손가락이 시야에 들어와, 나는 얼른 그 번호를 외우려 했다. 하지만 그럴 필요가 없었다. 아까 걸었던 가이후 마사미의 집 전화번호였다. 그는 참을성 있게 일 분 가까이 기다리다가 아무도 받지 않자 수화기를 내려놓았다. 그리고 통로를 사이에 두고 맞은편에 있는 매표소로 가서 자동판매기에서 표를 샀다. 개찰구를 지날 때 다시 주위를 두리번거렸다. 하지만 고개를 두세 번 젓더니 내 앞을 지나쳐 국철 11, 12번 플랫폼으로 가는 계단 쪽으로 향했다. 나는 그의 모습이 계단에 가려 거의 보이지 않을 때까지 기다렸다가 담배를 끄고 남자의 뒤를 따랐다. 그는 그 플랫폼에 첫 번째로 들어온 '야마노테 선' 순환선을 탔다. 안은 너무 붐비지도 않고, 지나치게 비어 있지도 않아 미행하기에는 이상적이었다. 나는 같은 칸에 타, 떨어진 위치에 서서 빈자리에 얼른 앉은 그를 거리를 두고 곁눈질로 살폈다. 남자는 또 신문을 읽기 시작했다.

나는 머릿속으로 약간 거칠기는 하지만 단순하고 효과적인 방법을 검토하고 있었다. 불쑥 그의 팔을 움켜쥐고 이 사람은 소매치기라고 소리를 지르는 방법이었다. 그를 철도공안실이나 근처 파출소에 끌고 갈 수만 있다면 신주쿠 경찰서의 니시고리 경부를 불러 저 남자를 요리할 수도 있을 것이다. 하지만 문제는 그런 방법을 썼을 때 사에키에게 어떤 영향이 미치느냐였다. 낙관할 수 있는 보증은 아무것도 없다. 탐정에겐 경찰처럼 편하게 휘두를 만한 사회정의가 없다. 아무리 중요한 범죄를 적발했다 해도 찾아내야 할 의뢰인의 남편이 피해자가 되면 일은 실패다. 하물며 나 스스로 방아쇠를 당긴다는 건 용납할 수 없다. "당신을 고용하지 않았다면 그 사람은 무사했을 텐데……." 나는 그 방법을 머릿속에서 몰아냈다.

전철이 신오쿠보 역에 멈췄지만 남자는 내리지 않았다. 이번 미행에는 자신이 없었다. 만약 전화를 한다며 나를 사무실에 잡아두고, 레이밴 선글라스를 낀 남자에게 미행하도록 한 장본인이 저 남자라면 지금은 자기가 같은 입장에 놓여 있다는 사실을 이미 알 것이다. 미행을 경계하는 사람에게 들키지 않고 미행한다는 것은 거의 불가능하다.

전철이 다카다노바바 역 구내에 들어서자 그는 신문을 접고 플랫폼으로 나갔다. 나는 잠깐 안에서 머뭇거리며 그의 모습을 살폈다. 문이 닫힐 순간에 다시 올라탈 것 같은 눈치는 보이지 않았다. 그는 플랫폼 한가운데 있는 계단 쪽으로 걸어갔다. 나도 전철에서 내려 그의 뒤를 따랐다. 역 구내는 평소처럼 학생들로 붐볐기 때문에 미행하기에는 딱 좋았다. 그는 계단을 내려가 개찰구를 지나 동쪽 출구로 나가더니 오른쪽으로 꺾어져 '빅 박스' 쪽으로 갔다. 빅 박스는 이름 그대로 콘크리트를 바른 상자 모양의 빌딩으로, 정면 벽에 옷을 벗은 남자가 달리기하는 모습의 거대한 일러스트가 그려져 있었다. 남자는 건물 바로 앞 보도를 따라 쭉 늘어선 공중전화박스 가운데 하나로 들어갔다. 나는 그대로 전화박스 앞을 지나쳐 빅 박스 1층의 이벤트 광장까지 가서 그를 돌아보았다. 남자는 이쪽에서 볼 때 세 번째 전화박스 안에서 다이얼을 돌리고 있었다. 나는 이벤트 광장에서 열리는 헌책 판매 행사 인파에 섞여 들어갔다. 하지만 그 남자에게서 눈을 떼지는 않았다.

그는 무려 십 분간 전화 통화를 계속했다. 전화박스를 나오더니 역 앞에 있는 로터리를 우회하듯 내 앞을 지나 횡단보도를 건너 바로 앞에 보이는 7층 건물로 들어갔다. 그러더니 에스컬레이터를 타고 올라가 3층에 내린 뒤 그 층 전체를 차지한 서점으로 들어갔다. 그는 거기서도 꽤 오래 책과 잡지를 뒤적거렸다. 비 오는 날 쓰는 모자에 박쥐우산, 콧수염이 있는 얼굴로 책을 들고 있는 그의 모습은 대학 강사나 조교수 같았다. 서점 안을 이리저리 돌아다니는 남자의 눈에 띄지 않기 위해 나도 마찬가지로 움직여야만 했다. 그는 문고본을 한 권 산 뒤 내려가는 에스컬레이터를 탔다. 손목시계를 보니 이미 2시가 지난 시각이었다. 그는 2층으로 내려가더니 '잔난'이란 이름의 카페로 들어갔다. 그 카페에는 다른 출입구가 없다는 사실을 알기에 밖에서 기다리기로 했다. 남자가 거기서 누군가와 만날 가능성도 있어 일단 안으로 들어가 사람을 찾는 척하며 가게 내부를 둘러보았다. 그는 혼자 조금 전에 산 문고본을 읽고 있었다. 그가 눈치채기 전에 가게를 나와 다시 남자가 나올 때까지 약 십오 분을 기다렸다.

건물을 나온 남자는 와세다 거리를 오른쪽으로 꺾어 대학이 있는 방향으로 걸었다. 300미터쯤 미행하자 '와세다쇼치쿠'란 영화관이 나왔다. 그는 표를 사서 안으로 들어갔다. 간판을 보니 '쇼치쿠'_{일본의} _{영화, 연극 제작 및 배급사. 특히 가부키는 거의 독점 관리함}란 이름뿐이고 서양 영화를 동시상영하고 있었다. 무슨 꿍꿍이인지 전혀 짐작이 가지 않는 것은 아니었다. 하지만 그에게 접근해보기로 했다. 달리 마땅한 방법이 없었다.

나도 표를 사서 영화관 안으로 들어가 좁은 로비를 가로질러 미행 대상이 들어간 것과 가장 가까운 문으로 들어갔다. 어둠에 눈이 익기도 전에 남자와 여자가 양쪽에서 바싹 다가왔다. 오른쪽에 있는 여자가 내 팔을 잡았다. 왼쪽의 남자는 나보다 약간 큰 키에 단단한 체격으로 코트 주머니에 손을 넣고 그 안에 든 작고 뾰족한 물건을 내 옆구리에 들이밀었다. 눈이 어둠에 익자 내 바로 앞에 모자를 쓴 남자가 서 있는 것이 보였다. 그는 모자챙에 검지를 대고 인사하며 빙긋 웃었다.

　"한 시간도 더 넘게 지각한 셈이야."

　"오래 기다리게 해서 미안하군." 내가 대답했다.

24

    라이플을 손에 든 턱시도 차림의 네 남자가 지하 주차장에 세워 둔 대형차에 올라타더니, 외과의사가 쓰는 마스크 같은 것으로 얼굴을 가렸다. 우두머리로 보이는 운전석의 남자가 시동을 걸고 차를 후진시켰다. 후진으로 주차장을 나가는가 싶더니 기어를 전진으로 바꾸고 맹렬한 기세로 주차장 벽을 향해 돌진했다. 차 앞부분으로 콘크리트 벽을 들이받아 반쯤 무너뜨렸다. 운전대를 잡은 남자가 다시 차를 후진시키더니 두 번, 세 번 벽을 들이받았다. 이윽고 벽에는 차가 나가기에 충분한 구멍이 뚫렸고, 대형차는 유유히 옆 건물로 들어갔다······.

    의표를 찌르는 장면인데 십 년 전에 본 영화였다.

    "이제 시간은 그만 낭비하지." 모자를 쓴 남자가 내 오른쪽 옆자리에서 말했다. 이십대 후반의 단단한 체격을 한 남자는 왼쪽에 앉아 여전히 내 옆구리에 기분 나쁜 물건을 들이대고 있었다. 여자는 내 앞자리에서 얼굴만 뒤로 돌렸다. 삼십대 전후의 자그마한 체격으로 세이와카이의 하시즈메가 목격했다는 여자와는 달리 머리는 파마를 하지 않았다. 입은 옷도 검정색이 아니었다. 요즘 여성들에게 전날과 동일한 헤어스타일이나 옷차림을 기대한다는 것 자체가 잘못이다. 여자는 적갈색 가죽 하프코트에 청바지, 젊은 남자는 짙은 남색 피코트를 입었다.

우리는 영화관 맨 뒷줄 오른쪽 구석에 있었다. 대학가 영화관은 평일 이 시간이면 관객이 거의 없어 우리에게 다가오는 사람은 없었다.

"당신이 어젯밤 가이후 마사미의 집에서 전화를 받았나?" 모자를 쓴 남자가 물었다. "사에키 나오키 씨의 '협력자'인가? 그러니까 서로의 이익을 위해 의논할 수 있는 조건을 갖춘 상대냐고 묻는 거야."

나는 솔직하게 대답하기로 했다. "대답은 예스, 노, 물음표야. 당신이 질문한 순서대로."

모자를 쓴 남자는 앞에 앉은 여자와 얼굴을 마주 보았다. 어두운 극장 안에서도 여자가 살짝 사시 기운이 있는 커다란 눈에 희고 갸름한 얼굴의 미인이라는 걸 알 수 있었다.

"그러면 당신은 어제 전화로 거짓말을 한 셈이 되는군." 모자 쓴 남자는 화내는 기색도 없이 말했다.

"공교롭게도." 내가 대답했다.

"가이후 마사미가 전화를 받았던 여자 이름이라면 사에키 씨가 협력자라고 부르는 그 인물의 이름은?"

"그건 말할 수 없지."

"모르는 건 아닐 테지?"

나는 대답하지 않았다. 거짓말보다는 입을 다무는 편이 상대방으로서는 알아차리기 더 힘들기 마련이다.

"당신은 대체 누구지?" 그가 물었다.

피코트를 입은 남자가 상체를 쓱 디밀자 옆구리에 바늘 끝이 닿는 듯한 불쾌한 통증이 느껴졌다. 그의 주머니 안에 있는 것은 나이프가 아니라 아마도 아이스픽 같은 것이 틀림없다.

"사와자키, 와타나베 탐정사무소의 사와자키다." 내가 말했다. "이미 이야기를 들었을 텐데."

모자 쓴 남자는 여자를 흘긋 보았다. 그리고 흰색이 섞인 콧수염을 손가락으로 쓰다듬으며 말했다. "이거 황송해서 어쩌나? 당신이 그렇게 유명한 사람인지는 몰랐군. 우리는 탐정과 알고 지내는 사람이 없는데."

"이거 왜 이러시나?" 내가 말했다. "내 사무실에서 가이후 마사미의 전화번호를 슬쩍해간 사람은 분명히 이쪽 미인일 텐데. 그리고 오늘 아침 나를 사무실에서부터 미행한 레이밴 선글라스를 낀 남자가 어떻게 되었는지 알고 싶지 않은가?"

세 사람은 전혀 반응을 보이지 않았다, 오히려 부자연스러울만치. 모자를 쓴 남자가 차분하게 말했다. "무슨 소린지 모르겠군. 아무래

246

도 내가 남들에게 오해를 사기 쉬운 편이라서. 무슨 불편한 일이 생기면 사람들은 꼭 나를 들먹인단 말이야…… 골치 아프게."

그는 레이밴 선글라스를 쓴 남자가 꼬리를 잡힐 염려는 없다고 확신했다. 내 짐작이 맞을 것이다.

그가 몸을 내 쪽으로 디밀었다. "그런 문제보다 물음표라고 대답한 부분에 관해 이야기하고 싶군."

"좋지." 내가 대답했다. "내 신경은 지금 왼쪽 옆구리에 집중되어 있어서 이야기를 제대로 할 수 있을 것 같지는 않지만."

그가 신호를 보내자 피코트를 입은 남자는 내게서 약간 떨어졌다.

"그래, 당신은 사에키 씨가 협력자라고 부르는 인물에 관해 무얼 아나? 우선 그 이야기부터 해주면 좋겠군."

나는 고개를 끄덕였다. 대답은 신중하게 해야만 했다. 이렇게 된 마당에야 사에키가 파악한 사실을 나도 아는 것으로 해두는 편이 그의 안전에 도움이 될 것 같다는 생각이 들었다.

내가 말했다. "사에키 씨가 협력자라고 부르는 남자는 올해 7월 12일에 어떤 인물의 저격 사건에 가담한 혐의가 있지. 표적이 되었던 인물은 자칫하면 목숨을 잃을 뻔했어. 경찰은 그 사건의 범인은 이미 사망했다고 판단하지만 사망한 남자는 단순한 공범자에 불과했을지도 몰라. 사에키 씨가 협력자라고 부르는 남자에게 사건의 진상을 들으면 그 저격 사건의 상세한 내용과 주모자의 이름을 알아낼 수 있을지도 모르지. 거꾸로 그의 입이 완전히 틀어막히면 저격 사건은 경찰의 견해대로 마무리될 거야……. 어쨌든 저격 사건의 주모자에겐 크게 신경 쓰이는 일이겠지. 만약 그런 사람이 존재한다면 말이야."

세 사람은 잠시 입을 다물고 서로의 얼굴을 바라보았다. 모자를 쓴 남자는 내 얼굴을 잠시 바라보았지만 이내 시선을 거두고 생각에 잠겼다.

스크린에서는 애수 어린 음악이 흘렀다. 턱시도를 입은 남자들 가운데 한 명이 먼지를 뒤집어써서 완전히 회색이 된 소방차를 조작하자 사다리가 휘파람 소리에 맞춰 수평으로 뻗어나갔다. 고층 빌딩 십몇 층에 있는 주차장에서 뻗어나간 사다리는 활짝 열어젖힌 창문을 지나 지상 70-80미터 허공을 슬슬 가로질러 맞은편 빌딩 창문 가운데 하나에 도착했다. 남자들은 라이플을 손에 들고 사다리를 건너 목적 장소, 몬트리올 경찰이 지키는 병실을 습격한다……

모자를 쓴 남자가 이윽고 입을 열었다. "사에키 씨와는 면식이 있나?"

"나는 사에키 씨를 만난 적도 없고, 이야기를 나눈 적도 없어. 하지만 서로 아는 사람이 있지."

"그래? 그게 누구지?"

나는 고개를 저었다. "원하는 대로 사에키 씨의 '협력자'에 관해서는 이미 대답했어. 다음 이야기로 넘어가줄 수 없겠나?"

모자를 쓴 남자가 앞에 앉은 여자에게 말했다. "어쩔 수 없겠어. 우리가 알고 싶은 걸 순순히 털어놓을 사람은 아닌 것 같아. 이제는 서로 협력하는 게 나을지도 모르겠군." 여자의 큰 눈에 불안한 기색이 얼핏 떠올랐지만 말은 하지 않았다.

그는 다시 나를 바라보았다. "사에키 씨도 당신 말과 거의 같은 설명을 하더군. 그야말로 추측에 불과하지만 무척 신빙성 있는 이야기라고 생각해. 하지만 사에키 씨는 한 가지 중대한 잘못을 범했어. 어제 통화할 때도 이야기했지만 사에키 씨는 무슨 까닭인지 나를 저격 사건의 주모자, 혹은 주모자와 통하는 사람이라고 생각하는 거야. 그래서 그의 '협력자'와도 당연히 전부터 알고 지내던 사이라고 여겨."

"아닌가?" 내가 물었다.

"물론이지. 어젯밤 통화 내용만으로도 알 수 있을 텐데. 전부터 알고 지내는 사람에게 왜 그런 말투를 쓰겠나? 알고 지내는 사람의 목소리와 만난 적 없는 탐정의 목소리도 구별 못 하고 신주쿠까지 어슬렁어슬렁 만나러 나오는 바보가 어디 있겠나?"

"전부터 알고 지내는 사람인 척하는 건 대체 누구인가 싶어서 확인하러 왔을지도 모르지."

그는 천천히 고개를 저었다. "어쨌든 사에키 씨의 협력자라는 인물을 만나면 모든 게 확실해질 거야. 이런 곳에서 시간을 낭비하는 것도 그 때문이지. 우리가 알고 싶은 건 바로 그 인물을 만나기 위한 준비를 당신이 해줄 수 있는가 어떤가 하는 문제야."

"그만한 시간을 주면 당신들 요청에 부응할 수 있겠지. 하지만 그 인물을 당신들 앞에 데려온 순간, 예를 들어 이 피코트를 입은 친구의 주머니 안에 든 물건을 그 사람 심장에 꽂아 입을 막아버리는 사태가 일어나는 일은 없을 거라는 보증이 필요해. 그렇게 되면 어젯밤 전화 때 들은 보수를 감안하더라도 중개자로서는 마음이 별로 개운치 않으니까. 사에키 씨가 당신들을 저격 사건의 주모자나 관계자로 오해 혹은 정확하게 본 걸 수도 있겠지만 거기엔 그만한 근거가 있을 거야. 그 이유를 듣지 않고서는 내가 섣불리 중개하겠다고 나설 수 없지."

"골치로군. 그건 믿는 수밖에 없어."

"그렇게는 할 수 없지. 나 나름대로 당신들 처지는 짐작하고 있어. 하지만 당신 입으로 분명하게 듣고 싶은 거야."

"호오, 우리가 어떤 처지라는 건가?"

"예를 들면 저격 사건에는 당신의 박쥐우산과 비처럼 아무런 관계가 없을지도 모르지. 하지만 다른 문제인 '괴문서 사건'에는 목이 푹 잠기도록 관련이 있을 테고."

세 사람이 긴장했다. 모자를 쓴 남자는 잠시 생각한 뒤 입을 열었다. "우리는 어떤 범죄와도 관계가 없어. 하지만 여기 어떤 남자가 있다고 해보자고. 예를 들어 X라고 부르지. X와 그의 동료는 재력 있는 어떤 인물의 의뢰를 받아 일을 했어. 어떤 선거의 어느 후보 스캔들을 폭로한 괴문서를 인쇄하고 배포하는 일, 그게 그 일이야. 맹세코 그것뿐이야. 그 일 이외에는 선거 결과를 기다리기만 했지. 하지만 예상도 못 한 일이 일어났어. 첫 번째는 괴문서 안에 적혀 있는 여성의 동생이 등장해서 저격 사건을 저지른 일……. X와 그 동료들이 얼마나 놀랐는지는 예상할 수 있겠지?"

"저격 사건과 관계가 없다면." 내가 말했다.

"만약 그 동생이 X의 동료라면 괴문서 내용이 사실무근이라는 걸 알 테니까 누나를 위해 그런 행동을 할 리 없겠지. 그렇지 않겠나?"

나는 다음 이야기를 듣기 위해 고개를 끄덕였다.

"만약에 그 동생 배후에 머리를 잘 쓰는 주모자가 있다면 그가 저격 사건을 X와 그 동료들에게 떠넘기기 위해 어떤 수법을 쓸지는 상상할 수가 없지. X쪽에서는 그걸 무척 두려워했어. 하지만 무사히 여름이 지나고 가을도 저물어갈 무렵이었지. 예상치도 못한 두 번째 문제는 그때 생겼어."

"사에키 씨의 등장인가?" 내가 물었다.

"그렇지. 그는 괴문서에 등장하는 여자의 애인 쪽에서 시작해 X에게 접근한 모양이야. 그리고 X와 접촉하자 그 여자의 동생은 저격 사건의 공범자에 지나지 않고 진짜 저격한 사람은 따로 있으며 자기가 그 남자를 확보했다고 이야기했어. 그러니까 사에키 씨의 '협력자'를 말하는 거지. 게다가 그 저격자의 배후에 있는 사람은 바로 X와 괴문서를 의뢰한 사람이라고 주장하는 거야. 물론 X는 부정했지."

"'저격한 사람에게 물어보면 누가 진짜 주모자인지 알 수 있을 텐데'라고 말해주지 않았나?"

"했지. 하지만 사에키 씨는 '저격자는 아직 내가 그의 정체를 눈치챘는 사실을 모른다, 그걸 알게 되면 그는 행방을 감춰버릴 게 틀림없으니까'라고 했어. X는 계획을 바꿨지. 저격자의 신병을 인수하기 위한 조건을 물었네. 사에키 씨는 저격 사건의 주모자 이름과 교

환 조건으로 그를 넘기겠다고 했어. X는 주모자 이름을 알 수 없는
데도 말이야. 그럴 수는 없다고 대답하자, 그는 이번엔 일억 엔이나
되는 돈을 요구해왔어."

"이상하다고 생각하지 않았나? 적어도 저널리스트인 사에키 씨가
돈을 요구하다니."

"그래…… 그렇지만 일억 엔이란 돈은 어떤 인간이 어떤 인간으
로 돌변해도 이상할 게 없는 금액이야. X와 괴문서 의뢰인은 의논한
끝에 사에키 씨에게 일억 엔을 지불하기로 결정했네. 저격자를 손에
넣으면 자기들이 저격 사건에 관해서는 결백하다는 사실을 입증할
수 있고, 저격 사건의 전모를 밝힐 수 있다면 일억이란 비용은 그다
지 비싸지 않을 거야. 물론 괴문서 건에 관해 입을 다무는 값도 포함
되겠지. 거추장스러운 사에키 씨를 일단 조용하게 만들 수 있을 테
고. 그대로 거래가 성립되었다면 아무 문제도 없었을 거야."

"사에키 씨의 목적은 다른 데 있었군."

"그래. 일억 엔을 요구하면 X가 저격 사건의 주모자와 접촉할 거
라고 생각하고 감시했던 거지. 멍청하게도 X와 동료들은 괴문서 의
뢰인의 정체를 사에키 씨에게 드러내고 만 거야."

"그게 언제쯤이지?"

"지난주 목요일 오전이었어. 사에키 씨의 계획은 저격자를 경찰
에 넘기고 일억 엔을 증거로 삼아 괴문서 의뢰인과 X를 저격 사건의
주모자로 고발할 작정이었던 거야. X와 그 동료들은 일억 엔 지불을
중지하고 사에키 씨를 잡아둘 수밖에 없게 된 거지."

"사에키 씨가 당신들에게 품은 오해는 풀렸나?"

"X와 그 동료들에 대한 오해라고 해야겠지? 잡혀 있게 된 뒤로는 오해가 점점 깊어갈 뿐이야. 그러니 X쪽에서는 저격자를 손에 넣어 사에키 씨가 입회한 상태에서 저격 사건의 진상을 밝히는 방법 이외에는 없게 된 거지."

모자 쓴 남자는 지친 표정으로 어깨가 들썩이도록 숨을 내쉬었다. 꽤 복잡한 이야기지만 한두 가지 의문점을 제외하고는 앞뒤가 맞는 것 같았다.

스크린에서는 턱시도 차림의 남자들이 갱들과 거래하려는 참이었다. 경찰 병동에서 빼내온 증인과 거액의 몸값을 교환하는 것이다. 실은 여성 동료가 변장한 거였지만. 계획대로 총격전이 벌어져, 갱들을 쓰러뜨리고 거액을 손에 넣는다. 하지만 죽은 줄로만 알았던 갱 가운데 한 명이 쏜 총탄이 우두머리의 옆구리에 명중해서⋯⋯.

25

　나는 스크린에서 어지럽게 뒤섞이는 빛과 색의 환영을 바라보며 모자 쓴 남자의 제의에 귀를 기울였다. 간단하게 말하자면 그와 그의 배후에서 괴문서를 의뢰한 사람은 그 문제로 고발당하는 일만 피하면 되기 때문에 그걸 위해서는 돈을 내놓을 각오가 되어 있다는 이야기다. 실제로 사에키에게도 일억 엔이란 금액을 지불할 작정이었다. 내가 저격자—라고 여겨지는 남자—를 데리고 와 합세하면 모든 일이 잘 풀리는 셈이다. 사에키 씨가 계속해서 저널리스트로서의 성공에 얽매인다면, 저격자와 저격 사건의 주모자가 고발되게 하고 괴문서 의뢰인에게 받아낼 일억 엔 플러스알파를 분배하면 된다. 사에키가 그런 문제에 얽매이지 않는다면, 우리는 저격 사건 주모자와 괴문서 의뢰인이라는 두 줄기의 돈줄을 잡을 수 있다. 그렇게 하면 저격자를 한패로 쓸 수 있고, 그러는 편이 주모자에게 주는 압박도 커질 것이다. 돈이란 낮은 곳에서 높은 곳으로 흐르는 게 철칙인 모양이지만 잠깐 그 흐름을 바꿔주는 것도 나쁘지는 않다, 운운.

"어떤가?" 모자 쓴 남자는 제안을 마무리했다.

"그럴듯한 이야기이긴 하군." 내가 말했다. "하지만 두세 가지 의문이 있어."

"물어봐. 답변할 수 있는 건 대답해주지."

"사에키 씨는 왜 그 협력자란 남자로부터 직접 주모자의 이름을 캐내려 하지 않은 거지? 약간 강경한 수단을 동원하면 불가능하지는 않았을 텐데." 나는 그 까닭을 안다. 기억을 잃어서 아무것도 들을 수 없기 때문이다.

"사에키 씨는 그걸 마지막 수단으로 여겼던 모양이야. 협력자는 매우 조심스럽고, 저격에 사용한 총을 지녔기 때문에 쉽게 다룰 수는 없을 거야. 상대방의 자유를 박탈하는 방법도 생각은 해보았겠지만 사건에 관해 그리 쉽게 털어놓지는 않겠지. 그 사람을 장기간 가둬둘 수도 없어. 만약 주모자의 이름이고 뭐고 캐내기 전에 놓치면 본전도 못 건지게 돼. 그래서 무리하지 않았다더군." 그는 내가 고개를 끄덕이는 것을 보고 말을 이었다. "게다가 그 사람을 경찰에 넘겨 사건 주모자를 밝혀내는 일을 경찰에 맡기면 저널리스트로서의 보람은 반으로 줄게 되는 거지. 사에키 씨는 어디까지나 자기 혼자 힘으로 사건의 전모를 파헤칠 셈이었던 모양이야. 그리고 실제로 누구의 도움도 받지 않고 이렇게 사건 주모자를 밝혀낸 게 아니냐는 이야기까지 하더군. 그는 아직도 괴문서 의뢰인이 저격 사건의 주모자라고 믿으니까. 분명히 모든 것이 사에키 씨가 생각한 그대로였다면 상당히 센세이셔널한 보도가 되었을 거야. 지금쯤은 분명히 매스컴의 총아가 되었겠지……. 하지만 아쉽게도 그렇게 되지는 못했어."

"한 가지 더 묻지." 내가 말했다. "그 협력자라는 남자를 확보하는 게 그렇게 중요하다면 당신들은 사에키 씨의 신병을 구속한 목요일 이후 당연히 그의 아파트를 감시했겠지?"

"X와 그 동료들이겠지? 물론이야. 그날부터 사흘간이지. 그 아파트의 구조는 그 건물 그 층에 누군가를 배치해두지 않으면 사에키 씨 아파트 문을 지켜볼 수 없는 구조라서 애를 먹었지. 얼굴도 모르는 사람을 체크하기 위해서는 그 아파트 문에 접근하는 사람을 직접 지켜보는 방법밖에 없으니까. 사에키 씨 주변 사람들의 반응에 따라서는 언제 경찰이 찾아와도 이상할 게 없는 상황이었으니까 집 안에서 대기하는 건 생각할 수 없었어. 결국 이튿날은 이웃 주민들이 수상하게 여기기 시작했고, 그다음 날은 밤중에 경찰에 신고까지 당해 잠복하던 사람은 비상계단을 통해 간신히 도망쳤어."

그들이 노리던 남자가 사에키의 아파트와 내 사무실에 들른 것은 월요일이었다. 하루 남짓 더 버틸 수 있었다면 그들은 그를 잡을 수 있었다는 이야기다.

"그래서." 모자 쓴 남자는 말을 이었다. "X와 동료들은 다시 사에키 씨한테서 '협력자'가 어디 있는지 캐내기로 했지. 하지만 그는 결코 가르쳐주려 하지 않았어. 연락은 늘 일방적이었다고 사에키는 주장하더군. 그게 사실인지 아닌지 억지로라도 확인할 필요가 있었어. 그래서…… X로서는 진짜 원치 않았지만 사에키 씨에게 약간 아픔을 맛보게 해주어야만 했지."

"어떻게 했지?" 나는 목소리가 거칠어지지 않게 애쓰며 물었다.

"아니야, 아니야. 별일 아니야. 살짝 손가락 끝에. 자국도 남지 않을 거야. 하지만 '협력자'가 어디 있는지 모른다는 건 사실인 모양이라서 서로 유쾌하지 못한 기억만 남기고 말았어. 몇 달이나 만났는데 연락처도 가르쳐주지 않는다는 건 부자연스럽지만 그건 오히려 그만큼 조심성이 많은 협력자의 정체를 증명하는 이야기라고 할 수 있을 테지."

"확인해두고 싶은 건 그거야." 내가 말했다. "협력자가 바로 저격자라는 사에키 씨의 주장을 너무 안이하게 받아들인 게 아닐까? 본인의 자백이 없는 이상, 확실한 증거가 있어야만 해. 내게 그 사람을 넘겨주는 역할을 하라는 이야기인데 마지막 순간에 저격자라는 것은 오해였다는 코미디는 사양하고 싶군."

그는 고개를 끄덕였다. "의심하자면 얼마든지 의심할 수 있지. 특히 그가 일억 엔이나 되는 돈을 요구했을 때는 수상한 냄새가 났어. 하지만 그렇다고 해서 사에키 씨를 무시할 수는 없었지. 내버려두었다가 느닷없이 괴문서를 만든 사람이라거나 저격 사건의 주모자로 고발당한 뒤에는 허둥거려봐야 소용없으니까. 결국 X와 그 동료들 입장에서는 반신반의하면서도 사에키 씨의 페이스에 맞춰 절충을 계속할 수밖에 방법이 없었지. 다만 그것도 오늘 아침까지만."

"오늘 아침까지라니, 무슨 소리지?"

"설명하지. 오늘 오후 1시에 신주쿠 역에서 협력자를 만나기로 되어 있었어. 그렇지? 만나기 전에 그 사람이 저격자라는 좀 제대로 된 확증을 얻고 싶었지. X와 동료들은 오전 중에 사에키 씨를 상대로 한바탕 연극을 했네. '사에키 씨, 당신 이야기는 믿을 수 없어. 저격 사건의 범인은 괴문서에 등장하는 여자의 동생이야. 달리 주범이나 주모자가 있을 거라는 생각은 할 수 없어. 당신이 일억 엔에 눈이 어두워 어설픈 거짓말을 꾸며낸 것이 틀림없어. 우리야 당신만 조용히 있어주면 괴문서 문제가 드러날 일도 없고 저격 사건도 경찰 발표대로 마무리될 테니까 이번 소동은 이쯤에서 막을 내리기로 하지.' 이렇게 이야기하고 실제로 그를 어디로 옮기려고 준비하는 척했네. 그제야 사에키 씨는 '협력자'에 관해 조사한 내용을 대략 이야기해주었지. 무슨 내용인지 알고 싶나?"

"고맙게 듣겠어." 내가 대답했다.

"사에키 씨가 협력자라는 남자를 처음 만난 건 무려 팔 년 전인데, 그가 〈아사히 신문〉에 들어간 해였다는 거야. 놀랍지? 좀 사연이 있는 이야기야."

가이후 마사미는 8월 말에 나카노에 있는 작은 요릿집에서 두 사람이 만났을 때 사에키는 아는 사람을 만난 듯 인사했다고 말했다. 많이 닮은 다른 사람과 착각했다는 말은 거짓말이었던 것이다.

"사에키 씨가 기자로서 처음 한 일은 몬트리올 올림픽을 앞두고 준비한 '이색 올림픽 후보'라는 취재였다는군. 협력자는 사격 종목의 공기소총, 스포츠 권총 두 부문의 유력한 우승 후보로, 그해 일본 선수권 대회에서 각각 우승과 준우승을 따냈다는 거야. 이색적인 후보로 꼽힌 이유는 그의 직업이 경찰도 자위대도 아니고, 사격 클럽이나 체육대학과도 아무 관계가 없는 무명의 재즈 피아니스트였기 때문이었다더군. 그 취재를 위한 사전 준비를 할 때 사에키 씨는 수습기자 신분으로 선배를 따라 잠깐 그 남자를 만났네. 그러니 사에키 씨를 기억하지 못하는 것도 무리는 아니겠지. 하지만 다음 주로 예정되었던 취재는 불발되고 말았어. 협력자는 권총 폭발 사고를 당해 검지를 잃어 올림픽은커녕 제대로 방아쇠도 당길 수 없는 처지가 되었으니까. 폭발 사고는 어느 영화 프로덕션이 사격 지도와 팔만 나오는 대역 장면을 위해 그를 썼는데, 그 촬영 현장에서 일어났다는 소문이 있었지. 하지만 아마추어의 규정에 저촉되었기 때문인지 본인이 자기 과실이라고 주장했고, 사격협회는 자기들 소속이 아니라고 무시해 결국 큰 화제가 되지도 못했어. 지금처럼 주간지들이 기삿거리를 찾아 눈을 번득이는 시대도 아니었으니까 말이야. 그 영화 프로덕션의 책임자이자 폭발한 권총―촬영에 사용된 건 진짜 권총이었다는 소문도 있지―의 소유자가 누군지는 상상이 갈 테지?"

"저격 사건 피해자의 동생." 내가 대답했다.

"맞아. 사에키 씨는 그가 자신의 첫 번째 취재 대상이었기 때문에 아무래도 신경이 쓰였겠지. 그 사람이 다른 손가락을 써서든 아니면 왼손으로 하든 사격을 계속한다거나, 미국에 건너가 아홉 손가락의 피아니스트로 화제가 되었다는 소문을 들은 기억이 난다더군. 그런 그 사람을 다시 본 건 올여름이었어. 그는 저격 사건의 피해자가 될 인물의 선거 연설을 듣는 청중 안에 섞여 있었다더군. 게다가 다른 연설 장소에서도 두 번이나 보았다는 이야길세. 사에키 씨가 어느 신문사의 특별취재반으로 일할 때인 모양인데, 일을 그만두어 그 저격 사건이 일어난 날에는 현장에 없었대. 그 무렵은 아직 협력자와 저격 사건을 직접 연결시켜 생각하지는 못했던 모양이더군. 그리고 8월 말에 나카노에 있는 음식점에서 그를 다시 만났지. 사에키 씨 말에 따르면 '이 우연이 두 사람에겐 운명이었다'는 이야기야."

그다음 이야기는 가이후 마사미에게 들은 내용과 거의 같았다. 차이점은 사에키 씨가 협력자의 기억상실을 숨기기 위해 사실 관계에 약간 손질을 해서 이야기했다고 여겨지는 부분들뿐이었다.

"그 뒤로 두 사람의 이상한 관계가 시작된 셈이지." 그가 말하며 모자를 벗었다. 흰머리가 섞인 머리카락이 드러났다. 의외로 숱이 많았다.

"마지막으로 확증이라고 할 수 있는 걸 이야기하지." 그는 자신 있는 표정으로 말했다. "사에키 씨가 이야기해준 협력자에 관한 조사 결과는 모두 그가 저격자라는 사실을 증명한다고 해도 좋을 내용들이지. 그 가운데서도 그 남자의 처자에 관한 이야기가 결정적이니까 그 이야기를 해주지. 그는 육 년 전에 미국으로 건너가 재즈 피아니스트로 살아가던 중에 그쪽에서 미국 여자와 결혼해 아이를 둘 낳았네. 그는 건강이 좋지 않아 지난 연말에 가족과 함께 귀국했어. 의사는 그의 병은 수술이 불가능한 뇌종양으로 길어야 이 년, 짧으면 일 년밖에 못 산다는 선고를 내렸지. 저격사건 직후에 그는 아내로부터 억지로 이혼 동의를 받아냈네. 그리고 며칠 뒤에는 아내와 자식들을 반강제로 미국으로 돌려보냈어. 7월 10일 자로 그는 이혼한 아내에게 일본 돈 약 일억 사천만 엔의 위자료를 보냈지. 이상은 사에키 씨가 미국에 있는 이혼한 아내와 입이 싼 장모에게 직접 들은 이야기야. 그 여자는 현재 전남편의 행방을 알 수 없어 무척 걱정하는 모양이더군. 몇 명 되지 않는 그 남자의 일본 지인들은 그런 사정을 전혀 모르는 듯, 가족과 함께 올봄에 미국으로 돌아간 줄로 알아…….. 어떤가, 이 이야기를 들으니?"

"그게 사실이라면 그 남자가 저격 사건에 관련되어 있을 가능성은 매우 높겠군. 그런데 사에키 씨의 조사에 관해서는 검증을 해보았나?"

그는 쓴웃음을 지었다. "당신은 나보다 더 의심이 많은 사람이로군. 아쉽지만 아직 하지 않았네. 조사하면 바로 들통날 거짓말을 사에키 씨가 하겠나? 마지막 저항이랄까, 사에키 씨는 협력자의 본명을 도통 대려 하지 않았네. 그럭저럭 하다 보니 약속 시간이 된 거지. 우리로서야 협력자 본인을 만날 수 있을 거라고 생각했기 때문에 나머지는 직접 확인하는 게 낫겠다고 생각했지. 터무니없는 착각이긴 했지만. 그래도 실마리는 널려 있으니 검증이나 본명을 밝혀내는 일도 별로 시간이 걸리지는 않겠지."

오른손을 보여주지 않는 남자, 가이후 씨, 사에키 씨의 협력자, 저격자로 보이는 남자, 올림픽 사격 후보, 재즈 피아니스트, 불치병을 앓는 사내, 그리고 기억을 잃은 사람⋯⋯. 다들 실명이 드러나지 않아 진절머리가 났다.

"가령 그 사람 본명을 알게 된다 해도 그가 행방을 감췄다는 사실에는 변함이 없어." 내가 말했다.

"바로 그거야. 그래서 당신이 얼마나 도움이 되어줄 수 있는지가 문제인 거지. 이제 질문이 없다면 본론으로 들어가지."

"나도 솔직하게 이야기하지." 내가 말했다. "그 사람을 만난 건 그저께인 월요일 한 번뿐인데, 내 사무실에서 겨우 이십 분쯤 이야기를 나눴지. 그는 사에키 씨와 연락이 닿지 않아 무척 동요한 듯 보였어. 그는 이십여만 엔의 현금을 내게 주며 사에키 씨에 관한 정보를 요구했고, 내가 모른다고 대답하자 그는 돈을 맡겨둔 채로 이삼 일 안에 연락하겠다면서 사무실을 나갔지⋯⋯. 다음에 나는 이런저런 방법으로 가이후 마사미란 여자가 그 사람과 관계가 있다는 걸 캐낼수 있었어. 그 여자는 그 남자로부터 연락이 오지 않아 무척 불안해했기 때문에 나는 그 심리를 이용해서 그 남자에 관한 정보를 약간 캐냈지. 두 사람이 알고 지낸 것은 7월 말부터라는 사실, 그 남자는 자기 이름을 가르쳐주려 하지 않았다는 사실, 현찰로 칠백만 엔 가까운 현금을 지니고 있다는 사실 그리고 권총을 소지하고 있다는 사실 등이지. 만약 그 사람이 가이후 마사미와 연락을 취해 내가 그 여자와 접촉했다는 걸 알면 나를 무시할 수는 없을 거야. 그가 가까운 시일 안에 내게 연락을 취할지 어떨지에 관해서 플러스로 작용할 요소는 그쯤이야."

"마이너스가 될 요소는?"

"어제 사에키 씨의 아파트에서 이하라 유키치란 남자의 시체가 발견된 건 알겠지?"

"알 리 없지. 하지만 X라면 알지도 모르겠군. 이야기를 계속하게."

"이하라 유키치의 죽음에 그 남자가 관련되었을 가능성이 있어. 그는 이하라가 총에 맞은 시간을 전후해서 사에키 씨의 아파트로 갔고, 그 아파트 열쇠를 갖고 있었고, 권총을 지니고 있었으니까. 게다가 현장에는 시체와는 별도로 부상당한 걸로 보이는 사람의 혈흔이 남아 있었지. 그게 그 사람 것인지 아니면 제3의 인물 것인지는 몰라. 만약 제3의 인물이 있었다면 그건 이하라 유키치와 같은 편 사람으로 봐야겠지. 가정이 너무 많은 이야기라 미안하지만, 그 제3의 인물이 그 사람을 잡아두었을 가능성도 없지는 않다는 이야기야. 그렇게 되면 현재 그 사람으로부터 연락이 올 가능성은 희박하지."

"이하라 유키치나 제3의 인물이란 건 대체 누군가? X와 그 동료들이 그들을 모른다는 이야기는 믿어도 좋아……. 그놈들은 저격 사건의 주모자와 관련이 있는 사람들이라고 봐도 괜찮지 않겠나?"

나는 고개를 끄덕였다. "저격 사건의 진상이 사에키 씨가 조사한 내용 그대로라면 사건이 난 지 넉 달 이상 지난 현재, 주모자와 저격자의 우호 관계가 어떻게 되어 있을지 아주 흥미롭군."

"그런 종류의 우호 관계는 오래가지 않기 마련이지." 그는 빈정거리듯 말했다. "주모자는 진상을 아는 사람이 적으면 적을수록 좋다고 생각하기 시작할 거야. 저격자는 일억 사천만 엔 플러스 칠백만 엔을 받고도 싸다고 생각하기 시작할 테고."

그는 다시 모자를 쓰더니 말투를 고쳤다. "그래, 당신이 문제의 인물을 잡을 가능성은?"

"플러스, 마이너스 계산하면 반반이라고 할까?"

"어떻겠나, 이렇게 하면? 타당한 제안이라고 생각하는데, 가이후 마사미란 여자를 감시하는 일은 우리에게 맡겨주지 않겠나? 당신 혼자 자기 사무실과 여자 양쪽을 커버하기는 무리라고 생각하는데. 우린 인력이 얼마든지 있어." 그는 자기편 두 사람을 소개하는 손짓을 해보였다.

"이 두 사람을 깜빡 잊었군. 하지만 사양하지. 그 사람으로부터 연락이 가이후 마사미 쪽에 먼저 왔을 경우 나만 따돌림 당하기는 싫으니까. 쓸데없는 걱정할 필요 없어. 그 여자는 당신들 손이 닿지 않을 곳으로 옮겨두었고, 그 사람으로부터 올 연락도 놓치지 않을 방법을 강구해두었으니까. 기대하라고."

그는 쓴웃음을 지었다. "할 수 없군. 하지만 의사의 진단대로라면 짧게는 일 년이야. 이제 코앞이지. 한시바삐 문제의 인물을 손에 넣고 싶군. 모두의 이익을 위해서." 그는 앞좌석에 걸쳐두었던 박쥐우산을 집어 들었다.

"그때를 위해 당신 연락처가 필요한데." 내가 말했다.

"그럴 필요는 없지. 이쪽에서 자주 연락하겠어. 필요한 건 당신 연락처야."

"이미 알 텐데." 내가 대꾸했다.

그는 고개를 젓고 반복했다. "연락처."

"명함 낭비이기는 하지만." 내가 상의 안주머니에 손을 넣자 피코트를 입은 남자가 상체를 접근시켰다. 명함 한 장을 꺼내 모자 쓴 남자에게 건네려 하는데 그는 앞좌석에 앉은 여자한테 받아든 수갑을 재빨리 내 손목에 채웠다. 내가 저항하려고 하자 피코트를 입은 남자가 나를 밀쳤다. 모자 쓴 남자는 수갑의 또 한쪽 고리를 좌석 팔걸이에 걸었다. 제법 팀워크가 좋은 녀석들이었다. 모자 쓴 사내가 내 손에서 명함을 낚아챘다.

"호오, 전화 서비스를 사용하잖아? 진전이 있으면 여기에 'X씨 앞으로 메시지'를 남겨줘. 우리는 두세 시간마다 전화를 할 테니까. 그러면 의사소통에 큰 문제는 없겠지. 알겠나?"

세 사람은 일제히 자리에서 일어났다.

"사에키 씨의 조사 내용 가운데 한 가지 빼먹고 이야기하지 않은 게 있네." 모자 쓴 남자가 말했다. "이혼한 미국인 아내의 말에 따르면 그 사람의 유일한 취미는 사격이었다더군. 그곳에서는 물론 진짜 총으로 실탄을 쏘았겠지. 그 솜씨는 검지가 없는 오른손이나 잘 쓰지 않는 왼손으로도 전문가급이었던 모양인데 두 손으로 총을 쥔 자세라면 저격 사건이 일어난 거리쯤이면 표적에서 1센티미터도 벗어나지 않을 거라더군."

나는 수갑이 채워진 오른손을 들어 보였다. "이건 어떻게 할 생각이지?"

"휴식시간에 영화관 여직원이 풀어줄 수 있게 하지." 세 사람은 출구 쪽으로 향했다.

"한 가지 묻고 싶은 게 있는데." 내가 말했다.

세 사람은 멈춰 서서 뒤를 돌아보았다. 나는 스크린에 크게 비친 우두머리의 얼굴을 가리켰다.

"저 배우가 로버트 라이언이던가?"

그들은 아무 대답도 하지 않고 뒤에 있는 출구로 나갔다. 영화관에 들어와 영화를 보지 않는 인종들과는 사귈 수 없다.

스크린으로 눈을 돌리자 창가의 로버트 라이언과 프랑스 남자가 간판 위에 못박아둔 '휴업중' 팻말을 라이플로 쏘고 있었다. 유리구슬을 걸고 내기하는 중이었다. 두 사람 다 이미 중상을 입은 상태. 포위한 경찰관은 자기들에게 사격을 가하는 줄 알고 응사하기 시작했다. 두 사람은 그런 건 아랑곳하지 않고 팻말을 명중시키기에 정신이 팔려 있다. 이윽고 총탄이 '휴업중' 팻말을 맞혀 부수자 아래서 크고 빨간 '체셔 고양이'의 히죽 웃는 얼굴이 나타났다. 그리고 두 명의 소년이 '안녕'이라고 말하는 라스트 신이 스크린에 비쳤다…….

26

니시고리 경부는 후줄근한 짙은 남색 양복에 어제와 같은 검은 넥타이 차림으로 신주쿠 경찰서 주차장에 세운 세드릭닛산의 승용차 운전석에 앉아 있었다. 나는 코트를 벗으며 조수석 쪽으로 돌아갔다. 수갑이 풀려 영화관에서 나온 뒤 세 시간이 지나 약속대로 전화하자 "날 이용해먹을 생각이라면 후회할 거야"라고 못을 박으며 이곳으로 오라고 했다. 나는 조수석 문을 열고 코트를 뒷좌석에 던져 넣은 뒤 니시고리 경부 옆자리에 올라탔다.

니시고리는 넥타이를 휙 잡아당겨 느슨하게 했다. 매듭 부분이 닳아 쓸 수 없게 될 때까지 다른 넥타이를 사지 않을 남자다. 현명한 판단이다. 어차피 넥타이를 맨 모습이 오히려 상대에게 더 무례한 인상을 주니까.

"출발하기 전에 무슨 일이 일어나고 있는 건지 설명해." 니시고리가 말했다. 여전히 무뚝뚝하다. 게다가 지금은 직업적인 집념까지 더했다.

"우리 행선지는 어디지?" 내가 물었다.

"안 돼. 먼저 대답해. 이야기에 따라서 행선지고 나발이고 없을 수도 있어."

"시간이 얼마나 걸리는지 알고 싶을 뿐이야."

"……삼십 분이다."

"출발해. 내 이야기도 삼십 분은 걸릴 것 같아. 시간을 낭비하고 싶지 않아." 나는 담배를 꺼내 불을 붙였다. 니시고리는 투덜거리면서 시동을 걸었다. 세드릭이 주차장을 나와 아오우메 가도를 서쪽 방향으로 달릴 때까지 기다렸다가 해야 할 이야기를 시작했다. 할 필요가 없는 이야기는 하지 않았다. 그는 보기 드물게 한마디도 끼어들지 않고 들었다. 나는 세 개비의 담배를 피웠다. 내가 피우지 않는 동안 그는 필터가 달린 담배를 두 개비 피웠다. 간나나 길과 교차하는 지점을 지나 담배를 싫어하는 사람이라면 차 안 니코틴이 치사량이 넘었을 즈음 이야기를 마쳤다.

사냥꾼으로서의 니시고리의 본능은 반응이 빨랐다. 그는 무선통신 스위치를 넣고 마이크를 들었다. "니시고리 경부다. 수사과 다시마 주임을 바꿔."

조금 기다리자 나이 든 탁한 목소리의 남자가 응답했다.

"요도바시 화재에서 발견된 불에 탄 시체 문제는 어떻게 되었지?" 니시고리가 물었다. 다시마는 살인이나 방화 혐의는 없는 것 같다고 말하고 수사 경과를 보고하려 했다.

"그건 됐어. 누구 한 명 남겨서 대기하게 해줘."

다시마가 알았다고 대답했다.

"우선 도신 전철에서 이삼 년 전에 잘린 홍보 담당 중역의 현재 주소를 알아봐. 횡령인 모양인데 경찰 신세는 지지 않았으니 어떤 형태로 사직했는지는 알 수 없어."

나는 그의 나이와 특징 등을 다시 이야기하고, 니시고리가 그걸 다시마에게 전했다. "다만 도신 쪽 사람들이 이 수사에 관해서는 전혀 눈치채지 못하게 해. 좀 골치 아픈 일이니까 자네가 직접 해줘."

다시마는 뭔가 방법이 있을 거라고 했다.

"그리고 가이후 마사미라는 여자를 지켜보도록."

나는 아파트와 조후에 있는 바의 위치와 그 여자의 특징을 알려주었다. 같은 업종에 종사하는 친구의 이름과 주소도 덧붙였다.

"그 여자는 현재 친구에게 가 있는 모양이야. 저녁때는 조후에 있는 바로 나가겠지. 그 여자가 어떤 남자와 만나는지 확인하는 게 잠복의 목적이다."

나는 문제의 인물을 가능한 한 상세하게 설명했다. 뒷좌석 코트 주머니에 잘 찍히지 않은 그의 사진이 있지만 당장은 전달할 방법이 없었다.

"그 여자가 그런 남자를 만나면 그 남자를 철저하게 마크해. 다만 그 녀석은 권총을 가지고 있어. 남자에겐 절대 들키지 않도록 해야

해. 하지만 놓칠 것 같으면 체포해버려. 알겠나?" 마지막 한마디는 내 양해를 받은 말이기도 했다.

"그 남자의 경력은." 니시고리가 말을 이었다. 나는 그의 직업, 사격 경력, 미국으로 건너간 이야기, 결혼 이력 등을 다시 이야기했다.

"이 녀석 신분을 밝히는 일에 누구든 한 명 붙여. 그리고 도신 그룹 회장 비서인 하세가와라는 남자를 마크하도록." 니시고리는 하세가와가 지닌 BMW 차종과 차번호를 조사하라고 덧붙였다.

"그 밖에 할 말 있나?" 니시고리가 내게 물었다.

"후추 제일병원의 아사쿠라라는 남자에게 그 무단 퇴원 환자에 대해 탐문하면 좋겠군. 사에키 씨 이외에 그 환자에 관해 질문한 사람이 있는지 없는지."

니시고리는 다시마에게 그 지시를 내리고 무선을 끊었다. 차는 오기쿠보를 얼마 남기지 않은 아오우메 가도와 간파치 길이 교차하는 지점을 지나는 중이었다.

"나를 미행하던 선글라스 남자는 어떻게 되었나?" 내가 물었다.

"글렀어. 모자에 콧수염 남자가 지시해서 미행한 거라면 그 남자는 빈틈없는 놈이야. 널 미행하라고 한 남자하고는 경마장에서 두세 번 만났을 뿐이고, 이름이나 주소도 모른대. 반년 전쯤에 주머니에 있던 돈을 경마에 다 털리고 화가 나 있는데 오륙만 엔을 융통해주고 용돈벌이를 할 생각이 있다면 연락처를 가르쳐달라고 했다는 거야. 그 뒤로 비슷한 일을 몇 차례 부탁받고 돈을 받았대. 그게 나카노 경찰서 녀석들의 보고야."

"보수를 지불할 때 녀석을 잡을 수 없을까?"

"아니, 일을 시킬 때는 전화로 하고 돈은 우송한다는 거야. 게다가 경마장에서 연락처를 가르쳐준 뒤로는 한 번도 만나지 않았고. 그 남자는 콧수염이 없었지만 모자는 늘 썼다는군. 반년 전 이야기지만."

"언젠간 제 목숨을 앗아갈 취미로군. 선글라스를 쓴 녀석은 석방할 건가? 그 녀석 입에서 나와 경찰 사이에 연락이 있다는 사실이 알려지는 건 곤란한데."

"그럴 염려 없어. 요즘 경마장에서 자주 일어나는 날치기 범인과 인상이 똑같고 피해자 한 명은 그 녀석이 틀림없는 범인이라고 증언했다니까 당분간 밖으로 나올 수 없지."

니시고리는 오기쿠보 경찰서 앞에서 좌회전하여 니시오기쿠보 역 쪽으로 차를 몰았다. 젠부쿠지가와를 건너 부근에서 번지수를 확인하더니 바로 지은 지 얼마 되지 않는 6층짜리 아파트 주차장에 세드릭을 집어넣었다.

"네 전화 직후에 나카노 경찰서에서 사에키 나오키의 마크II를 발견했다는 보고가 들어왔어."

"어디서?" 내가 물었다.

"가미샤쿠지이 부근의 신아오우메 가도에 버려져 있었지."

"사에키 씨는?"

니시고리는 고개를 저었다. "수상한 점은 아무것도 없고, 방금 주인이 주차하고 가버린 것 같은 상태였다더군. 감식반의 조사가 끝나기 전에는 뭐라고 하기 힘들지만 이렇다 할 실마리는 나오지 않을 거야."

우리는 세드릭에서 내렸다.

"나는 관리인을 만나고 올 테니 넌 차를 확인해. 찾아야 할 차는 흰색 갈란트 시그마미쓰비시 승용차야." 니시고리는 새하얀 아파트 건물 쪽으로 걸어갔다.

나는 주차장을 둘러보았다. 주차중인 차는 모두 여섯 대. 그 가운데 흰색은 두 대였다. 가까이에 있는 것은 얼핏 보기에도 폭스바겐이었기 때문에 주차장 안쪽에 있는 또 한 대의 흰색 차로 다가갔다. 니시고리가 말한 갈란트 시그마였고, 차번호는 와타나베가 메시지로 남겼던 '네리마 59 누 9375'였다. 나는 건물 쪽으로 물러나와 현관이 아닌 주차장 출입구를 통해 안으로 들어갔다. 니시고리가 관리실에서 막 나오는 중이었다.

"차는 찾았나?"

"틀림없어."

"5층으로 가지."

우리는 현관 끄트머리에 있는 엘리베이터를 탔다. 니시고리가 5층 버튼을 눌렀다. "남자 이름은 가쓰마다 다케시, 이십오 세. 학생 주제에 호스트클럽에 나가. 관리인 이야기에 따르면 이 시간이면 집에 있을 거래. 제법 인기가 있고, 이름에 어울리지 않게 미남인 모양이야."

5층에 도착하자 우리는 엘리베이터에서 내렸다. 니시고리는 호수를 찾아 503호실 앞에 멈춰 섰다. 그는 문 옆의 초인종을 누른 다음 안에 있는 사람이 볼 수 없는 위치까지 옆으로 물러났다. 그리고 벽에 등을 붙이더니 상의 앞섶을 열어 오른손을 허리춤에 찬 권총 쪽으로 가져갔다.

십오 초쯤 지나자 안에서 목소리가 들렸다. "누구? 자기야?" 문이 열렸다. 난청 연주자가 난청 팬을 상대로 연주하는 듯한 음악 소리와 함께 잠옷 위에 로브를 걸친 젊은 남자가 고개를 내밀고 내 얼굴을 의아하다는 듯이 바라보았다. 내가 니시고리에게 고개를 저어 보이자 그는 문 정면으로 나섰다.

"가쓰마다지? 경찰에서 나왔는데, 안을 좀 구경할까?" 그는 오른손에 든 경찰수첩을 내밀어 상대에게 보여주면서 왼손으로 문을 활짝 열었다.

"아, 예, 예." 젊은 남자는 그렇게 대답하며 한 걸음 뒤로 물러섰다. 늘씬한 큰 키에 목욕탕에서 막 나온 듯이 곤두선 유행하는 헤어스타일, 귀 윗부분부터 깎아내린 구렛나룻, 햇볕 이외에 뭔가 다른 걸로 태운 얼굴이었다. 전형적인 미남이지만 미남이라는 점 이외에는 아무런 특징도 없는 얼굴이었다. 우리는 현관으로 들어가 문을 닫았다. 그는 계속 "예, 예" 하며 우리를 안으로 안내했다.

밤 10시가 지나서 하는 텔레비전 드라마 화면밖에 눈에 들어오지 않는 것 같은 깔끔하게 정돈된 방이었다. 거실에 부엌이 바로 붙은 넓은 실내로 들어가 한복판에 있는 흰 테이블에 둘러앉았다. 베란다로 통하는 새시 유리창에는 흰 레이스가 달린 커튼이 쳐 있었다. 이

방에서 가장 눈에 띄는 것은 그 커튼 옆의 벽을 가득 채운 큼직한 제임스 딘 포스터였다. 살아 있다면 이 집 주인의 아버지보다 나이가 많을 배우이다. 이 방에 주인의 아버지 사진은 한 장도 붙어 있지 않을 게 틀림없다.

옆에 있는 침실 문은 반쯤 열려 있었다. 내 위치에서는 침대 끄트머리와 벽 쪽의 오디오 기기가 보였다. 록 음악은 거기에서 울려 나왔다. '마루이 백화점'의 젊은이 대상 상품 전시실에 들어온 기분이었다.

니시고리가 용건으로 들어가려 했지만 침실에서 울려대는 음악이 방해가 되었다.

"소리를 좀 작게 하고 오겠습니다." 가쓰마다가 그렇게 말하며 일어섰다.

"괜찮다면 꺼주겠나? 음악 감상이나 하러 온 건 아니니까." 니시고리가 말했다.

"비틀스입니다." 가쓰마다가 말했다. 저 방 안에 이 세상에서 가장 올바른 존재가 있다는 말투였다. 그는 침실로 갔다.

"비틀스라고?" 니시고리가 말했다. "요즘 젊은 경찰관도 그걸 모르면 범죄자라는 듯한 눈초리로 날 보더군. 형편없는 걸 형편없다고 이야기하기 두려워하는 어른들만 늘어나. 흥, 금세기 최대의 과대평가지."

"당신이 음악에 관해 그런 멋진 의견을 갖고 있을 줄은 몰랐는걸. 하시즈메의 노래방 취미보다는 낫군."

"닥쳐. 다신 그 자식하고 날 비교하지 마."

공감을 강요하는 것 같은 노랫소리가 작아지더니 멈추었다. 가쓰마다가 돌아와 자리에 앉았다.

"난 신주쿠 경찰서의 니시고리인데 그저께, 그러니까 월요일 밤 8시부터 9시 사이에 어디 있었는지 설명해보지."

"월요일 밤요? 물론 일하는 기치조지에 있었죠. 기치조지 남쪽 출구에 있는 '파브리스'라는 클럽인데요."

"그 가게에 몇 시부터 몇 시까지?"

"오픈인 7시 조금 전부터 문 닫는 12시 지나서까지요."

"중간에 한 번도 가게를 나가지 않았나?"

"예, 바쁜 가게여서 그럴 틈이 없습니다."

"그걸 증언해줄 사람이 있어?"

"클럽 지배인이나 동료 그리고 손님도요. 많아요." 가쓰마다는 느긋한 태도로 대답했다.

니시고리는 나를 흘긋 보고, 바로 다시 가쓰마다를 바라보았다.

"아래 주차장에 있는 흰색 갈란트는 네 차인가?" 니시고리는 그 차번호를 덧붙였다.

가쓰마다가 다시 침착성을 잃었다. "네, 맞습니다. 제 차인데요……."

"월요일 밤 8시부터 9시쯤 그 차가 어디 있었는지 이야기해."

"그건…… 잘 모르겠습니다. 실은 그날 밤 친구에게 빌려줬거든요……."

"그 친구 이름은?" 니시고리가 물었다. 그리고 상의 주머니에서 수첩을 꺼내 메모할 준비를 했다. "뭐지?"

"쓰무라라는 학창 시절 친구인데요."

"성이 쓰무라? 이름은 뭐야? 그리고 주소와 근무처를 대."

"잠깐만요. 사실 차를 빌려준 건 쓰무라가 아니고 가쓰라기라는 여자입니다. 죄송합니다. 클럽 손님이라서 폐를 끼치고 싶지 않다는 생각에 그만."

"네가 그 여자에게 폐를 끼친다고? 우리는 오히려 그 여자가 네게 폐를 끼치지나 않으면 다행이겠다고 걱정하는데. 가쓰라기는 한자를 어떻게 쓰지?"

"저어, 잠깐만요. 손님 명함이 있으니까 금방 가져오겠습니다." 가쓰마다는 침실로 달려 들어갔다.

나는 부엌과 거실을 구분하는 카운터 구석에서 재떨이를 들고 의자로 돌아왔다. 돈 많은 유한부인의 마음을 자극할 만한 보랏빛 커트 글라스 재떨이에 클럽 '파브리스'란 이름이 금박 글자로 찍혀 있었다. 인기 없던 스탕달은 사후 몇십 년이 지난 뒤에야 독자가 생길 것이라고 예언했다지만 설마 백오십 년 뒤 머나먼 동쪽 나라에서 자기 작품의 주인공 이름이 호스트클럽 상호가 되고 재떨이에까지 찍히게 되리라고는 상상도 하지 못했을 것이다. 내가 담배에 불을 붙였을 때 가쓰마다가 명함을 들고 돌아왔다. 그는 명함을 니시고리에게 건넸다. 니시고리는 얼른 훑어보고 그걸 내게 건넸다.

'미쓰이 물산 주식회사 총무부 비서과 가쓰라기 리에코' 회사 주소 옆에 자택 주소와 전화번호가 볼펜으로 적혀 있었다. 주소는 도시마 구 지하야초였다.

"그 여자는 가게 손님이라고 했는데, 차를 빌려주기도 하는 사이인가?"

"숨겨봐야 소용 없을 테니까 말씀드리죠. 한 달에 한두 번 가게에 오시는 단골이고……. 그러니까, 그날 밤은 대개 함께 호텔에 가게 됩니다. 어차피 조사해보시면 알게 될 테니 말씀드리는 거지만, 그 갈란트는 그 여자가 올해 6월에 새 차나 마찬가지인 중고차를 사준 겁니다."

숨겨봐야 별 수 없을 거라면서 털어놓지만, 자랑으로밖에 들리지 않았다.

"호오, 이 여자 기분파로군. 나이는? 인상이나 특징을 이야기해." 니시고리가 말했다.

"서른두 살일 겁니다. 적어도 본인은 그렇게 말했어요. 자그마하고 날씬하지만 몸매가 꽤 좋고, 이목구비가 또렷해서 모리시타 아이코의 십 년 뒤 모습을 보는 것 같아요. 미인이라고 해야겠죠."

한 시간 전에 영화관에서 내 앞자리에 앉았던 여자인 모양이다.

"모리시타 아이코라고 아나?" 니시고리가 내게 물었다.

나는 가쓰마다에게 물었다. "약간 사시가 있는 여자인가?"

"그렇습니다. 그 여자예요. 아십니까?"

"그 여자에게 차를 빌려준 건 월요일이 처음인가?" 니시고리가 질문을 이어나갔다.

"아뇨. 원래 그 여자가 쓰고 싶을 때는 반드시 차를 비워준다는 조건이니까요. 처음에는 그 여자가 주로 사용했지만 여름이 지나고부터는 별로 쓰지 않게 되었고, 지난달부터는 한 달에 두세 번쯤으로 줄어들어 이제야 내 차 같은 기분이 들기 시작했죠."

니시고리와 나는 얼굴을 마주 보았다. 이 남자를 상대로 캐묻기보다 얼른 이 명함 주인을 체크하는 편이 나을 것 같았다.

니시고리는 몸을 일으키더니 가쓰마다의 눈을 들여다보았다. "그래, 넌 경찰의 감시가 붙는 게 좋은가? 원래는 그래야 하니까 감시를 붙여도 상관없고."

"예? 어째서요? 전 차를 빌려주었을 뿐 아무 나쁜 짓도 하지 않았는데."

"문제는 앞으로 아무 짓도 하지 않겠다고 약속할 수 있느냐 아니냐야. 그 여자는 단골손님인 데다가 네게 아주 잘해주고 있어. 그런 이유로 우리가 여기서 나간 뒤 평소 은혜를 갚겠다며 조심하라는 연락이라도 하면 곤란한 일이지."

"그, 그런 짓 하지 않겠습니다. 우리 관계는 기브 앤드 테이크니까요. 그 여자에게 빚 같은 건 없습니다."

니시고리는 말투를 바꾸었다. "이 건에는 중대한 범죄가 관련되어 있어. 유괴 방조나 사후 종범으로 체포되어도 괜찮다면 무슨 짓을 해도 좋아. 하지만 전화 한 통에 오 년 형을 받을 각오를 해야겠지."

가쓰마다는 숨을 죽였다. "저는 맹세코 아무 짓도 하지 않겠습니다."

"뭔가 문제가 있나?" 니시고리가 내게 물었다.

나는 고개를 젓고 담배를 끈 뒤에 명함을 니시고리에게 돌려주었다. 가쓰마다의 겁먹은 눈이 그 명함을 바라보았다. 신경 쓰이는 눈빛이었다. 니시고리가 자리에서 일어섰다. 나는 앉은 채로 가쓰마다를 보았다. 그는 내 시선을 의식하고 얼른 고개를 숙였다. 하지만 니시고리가 수첩에 명함을 끼워 넣으려 하자 명함에 빨려 들어가듯 눈을 들었다.

"잠깐만요, 형사님." 가쓰마다가 찢어지는 목소리로 말했다.

니시고리는 다시 천천히 자리에 앉았다. "뭐지?"

가쓰마다는 로브 주머니에서 담배와 라이터를 꺼냈다. 빨간 담뱃갑에서 연필처럼 긴 외제 담배를 뽑아 듀퐁 라이터로 불을 붙였다. 담배 끝이 파르르 떨렸다.

"사실은." 가쓰마다는 담배 연기를 내뿜으며 말했다. "그 명함을 보고 찾아가봐야 그 여자를 만날 수 없을 겁니다."

"뭐라고? 엉터리 명함을 준 건가?" 니시고리는 화가 난 목소리였다.

"아뇨. 절대 그렇지 않아요. 그건 틀림없이 그 여자의 명함입니다. 클럽 지배인에게 물어보시면 알겠지만 그 여자는 우리 가게에서 분명히 가쓰라기라는 성으로 통했으니까요." 가쓰마다는 상기된 목소리로 말했다.

나는 좋지 않은 예감이 들었다. 니시고리의 얼굴에도 같은 기색이 드러났다.

"알아들을 수 있게 설명해."

"그 여자는 제게 자기 이름이 가쓰라기 리에코라고 밝혔어요. 그 명함은 차를 살 때 받은 건데 그때 그 여자는 회사나 집으로 전화하면 안 된다고 했습니다. 집에는 질투심이 많은 남편이 눈을 번득이고 있고, 회사에는 외도 상대인 과장이 귀를 세우고 있다면서요……. 저는 전화를 걸 생각도 필요도 없었지만요. 그런데 차를 그 여자가 몰고 다닐 때 딱 한 번 바다에 가고 싶어서 여자애에게 전화를 걸어달라고 시킨 적이 있습니다. 그때 명함에 적힌 내용이 거짓이라는 걸 알았습니다. 물론 '미쓰이 물산' 전화번호나 주소는 진짜인데 거기 비서과에는 가쓰라기 리에코라는 사람은 없고, 자택 주소와 전화번호도 엉터리였죠."

"그 여자 본명은? 진짜 주소와 전화번호는?" 니시고리가 물어뜯을 듯이 질문했다. "……모르나?"

가쓰마다는 담배를 입에 문 채로 여러 차례 고개를 끄덕였다.

니시고리와 나는 그 아파트 관리실에서 앞으로의 대책을 세웠다. 니시고리는 전화를 빌려 오기쿠보 경찰서와 연락을 취하고, 나는 전화 응답 서비스에 걸었다. '도신 그룹'의 고야 회장에게서 '급히 전화 연락 바람'이란 메시지가 들어와 있었다. 바로 전화를 걸자 오늘 밤 사키사카 지사의 동생인 고지의 집에서 영화 관련 연회가 있는데 나를 데리고 와도 괜찮다고 했다는 이야기다. 물론 형인 신야도 참석할 것이다. 6시에 도신 빌딩 지하 주차장에서 고야 회장과 만나기로 약속했다.

우리는 주차장에 세워둔 세드릭으로 돌아왔다. 나는 뒷좌석의 코트에서 영화관에서 챘던 수갑을 꺼내 니시고리에게 건넸다.

"모자 쓴 남자와 가쓰라기라는 여자의 지문이 묻어 있을 테지만 빈틈없는 놈들이니 단서가 되지는 못할 거야. 내 지문은 오 년 전에 부당하게 체포당했을 때 찍었으니 알아낼 수 있을 테지."

니시고리가 소리를 지르기 전에 나는 주머니에서 사진 일곱 장을 꺼내 '가이후 씨'가 찍힌 컬러사진 한 장만 제외하고 나머지를 니시고리에게 건넸다. 피사체에 관한 설명은 이미 관리실에서 해둔 터였다.

"사와자키, 이 사진 필름을 언제 어디서 손에 넣었는지 납득할 수 있는 설명을 생각해둬. 그리고 가쓰마다의 갈란트 차번호를 네게 가르쳐준 건 누군지도."

"그런 문제보다 사키사카 지사 저격에 사용된 권총에 관한 수사 기록을 가져오는 걸 잊지 마."

"닥쳐. 다시는 내게 지시하지 마."

우수한 형사는 마음에 들지 않는다. 나는 그래도 오히려 운이 좋다고 생각한다. 마음에 들지 않을 뿐이지 내 주위에 무능한 형사는 많지 않으니까. 신주쿠 경찰서에 무선 호출을 넣는 니시고리를 뒤로하고 일단 사무실로 돌아가기 위해 국철 니시오기쿠보 역으로 향했다.

27

    세이조에 있는 사키사카 고지의 저택은 21세기의 미래도시 주택처럼 보이기도 하고, 19세기의 유럽 감옥처럼 보이기도 하는 커다란 석조 건물이었다. 일본보다 외국에서 높은 평가를 받는 유명한 건축가가 설계한 것이라고 했다. 퇴근길 교통정체를 보이기 시작하는 고슈 가도와 간파치 길 덕에 고야 소이치로의 은회색 4도어 재규어 승용차를 별 어려움 없이 따라가 7시 전에 사키사카 저택 주차장에 도착했다. 삼십여 대의 차가 주차된 주차장은 그야말로 외제 자동차 특별 전시장이었다. 가장 눈에 띄는 것은 한가운데 있는 짙은 와인색 롤스로이스 그리고 내가 몰고 온 고물이었다. 형인 사키사카 지사는 연회에 7시경부터 한 시간여밖에 있을 수가 없고, 다시 도쿄 도청으로 돌아가 업무를 처리해야 한다고 했다.

우주복이나 죄수복을 입어야 할 듯한, 묘비를 여러 개 쌓아올린 것 같은 석조 현관에 서자, 점심때와 같은 정장 차림의 고야 회장이나 나나 마치 다른 차원에서 온 미아처럼 위화감이 느껴졌다. 우리가 앞에 서자 현관문이 자동으로 조용히 스르륵 열렸다. 스무 살쯤 되어 보이는 턱시도 차림의 미소년이 어서 오라고 인사를 했다. 텔레비전의 남성 화장품 광고에서 본 기억이 있는 얼굴이니 고지가 경영하는 프로덕션에 소속된 배우일 것이다. 우리가 건물 안으로 들어서자 뒤에서 문이 닫혔다.

"고야 회장님이시죠? 잠깐만 기다려주십시오." 미소년은 고개를 돌려 뒤에 있는 누군가를 찾았다.

현관 로비는 거의 호텔 로비 못지않은 넓이로, 멀리 왼쪽 안에 연회장 입구가 보였다. 거기에서 연주하는 음악과 파티에 참석한 손님들의 밝은 목소리가 흘러나오고, 밝은 조명 아래 정장을 입은 남녀의 모습이 얼핏 보였다.

미소년은 정면 석조 계단 옆에서 대화를 나누던 두 명의 남자를 향해 말했다. "전무님, 잠깐 실례하겠습니다. 도신 그룹의 고야 회장님이 오셨습니다."

두 남자가 대화를 멈췄다. 두뇌노동자인지 근육노동자인지 구분하기 힘든 캐주얼 차림의 남자가 다가왔다. 가쓰 신타로_{일본의 유명 배우}를 닮은 자그마하고 단단해 보이는, 턱시도 차림의 다른 남자는 파티장 쪽으로 갔다. 어쩌면 진짜 가쓰 신타로였을지도 모른다.

"오래간만입니다, 고야 회장님." 전무라고 불린 남자가 인사했다.

"지사님과 사장님이 2층에서 기다리고 계십니다."

"아, 고맙습니다." 고야 회장이 나를 소개했다. "이쪽은 전화로 이 야기한 사와자키 씨입니다. 이쪽은 사키사카 프로덕션의 전무님인 다키자와 씨."

"안내해드리겠습니다." 다키자와는 정면에 있는 석조 계단으로 향했다. 2층으로 올라가 연회장 바로 위에 해당하는 쪽으로 갔다. 그 사이 고야 회장은, 다키자와 전무가 영화사에 소속되어 있던 시절의 고지가 출연한 작품 대부분을 감독한 사람으로, 고지가 사키사카 프로덕션을 설립하자 몸담고 있던 회사를 그만두고 함께했다고 알려주었다. 도신 전철이 후원한 요트 레이스 촬영도 그가 맡았었다고 했다. 다키자와가 오늘 밤 파티는 사키사카 프로덕션 창립 십 주년과 새 TV 프로그램 발표를 겸한 것이라고 설명해주었다.

재질을 알 수 없는 새하얀 문 앞에 이르자 다키자와는 노크도 하지 않고 문을 열어 우리를 안으로 안내했다. 그 방은 설계자가 서재나 응접실은 서재나 응접실처럼 보여서는 안 된다는 건축 철학을 지닌 게 아니라면 틀림없이 서재 겸 응접실이었다. 이상한 요철이 있는 칸막이에 이상한 모양을 한 커다란 책상과 이상한 색조의 응접세트가 있었다. 책상 안쪽과 응접세트의 소파에 각각 남자가 한 명씩 앉아 있었다. 그들은 벽의 볼록 튀어나온 면 하나를 차지한 아주 커다란 비디오 스크린 영상을 보고 있었다.

스크린에는 남자 세 명이 보였다. 목소리는 없었다. 그들은 대형차 지붕에 만든 받침대 위에 서 있다. 카메라가 가운데 있는 인물을 클로즈업했다. 그는 흰 장갑을 낀 손으로 마이크를 들고 뭔가 열심히 이야기했다. 이름이 새겨진 다스키일본 옷을 입을 때 소매 등을 걷어 올려 X자 모양으로 어긋나게 매는 끈를 어깨에 비스듬히 걸치고 있다. 연설중인 사키사카 신야인 모양이었다. 갑자기 화면이 흔들렸다. 사키사카 씨의 모습이 사라졌다. 옆에 서 있던 남자 한 명이 쓰러지려는 사키사카 씨를 부축했다. 또 한 명의 남자가 어딘가를 손가락질하며 뭐라고 소리를 질렀다. 사키사카 씨를 끌어안은 남자 즉 동생인 고지가 형 왼쪽 가슴 부분을 누르며 뭐라고 외쳤다. 그 손 언저리가 빠른 속도로 붉게 물들어갔다. 다시 화면이 심하게 흔들렸다. 놀라서 아우성치는 군중, 달려오는 경찰관, 불빛이 흘러나오는 빌딩 창문, 저녁노을 진 하늘 등이 어지러이 비쳤다.

검은 승용차 한 대가 급발진하는 모습이 비쳤다. 차의 창문은 뭔가로 착색 가공되어 있는지 내부는 거의 보이지 않았다. 차는 바로 화면 밖으로 사라지고, 그 차를 가리키며 아우성치는 사람들의 모습이 비쳤다. 또 화면이 두세 차례 크게 흔들리더니 갑자기 끊어지고 어두워졌다. 사건 당시 텔레비전 뉴스에서 몇 번이나 본 영상이었다. 책상 안쪽에 있던 남자가 리모컨으로 비디오를 끄고 우리 쪽으로 다가왔다. 방금 본 화면에서는 보기 드물게 형에게 주인공 역을 양보하고 조연을 맡았던 사키사카 고지였다.

영화배우로 성공하고, 청년 실업가로서도 성공했으며 지금은 도쿄 도지사의 동생이자 참모 가운데 한 명이고 가까운 장래에 정계 입문이 기정사실이라는 소문이 나돌았다. '배우는 남자가 평생 할 일이 아니다'라는 것이 그의 자신감 넘치는 대사라고 한다. 새 지사가 선거에서 얻은 여성표 가운데 51퍼센트는 고지의 표라고 쓴 평론가까지 있었다.

그는 고야 회장 앞으로 오더니 손을 잡고 악수했다. 키 180센티미터로 나보다 7-8센티미터 더 커서 중키인 고야 회장을 내려다보았다. 짙은 붉은색 턱시도 상의가 결코 눈에 거슬리지 않았다. 그 아래 트레이드마크인 긴 다리가 늘씬하게 뻗어 있었다.

"지난번에는 고마웠습니다." 고지가 잘생긴 얼굴로 말하며 스크린이나 브라운관을 통해 낯익은 웃음을 지었다. "형님은 잠깐 자리를 비웠지만 곧 오실 겁니다. ……이분이 전화로 말씀하신 와타나베 탐정이신가요?"

"아뇨, 예, 그렇습니다만." 고야 회장이 우물거렸다.

"와타나베 탐정사무소의 사와자키입니다." 내가 정정했다.

"사키사카 고지입니다. 잘 부탁합니다. 통화하고 나서 다시 그때의 비디오를 보던 중입니다. 형님이 완전히 회복된 지금도 저 화면만 보면 오싹합니다." 그는 아직도 형의 피가 묻어 있다는 듯 자기 오른손을 내려다보았다. 하지만 고개를 들었을 때는 다시 스타의 얼굴로 돌아와 있었다.

"자, 이쪽으로 오시죠. 전무님도 함께." 그는 우리를 응접세트 쪽으로 안내했다.

거기 있던 또 한 명의 남자가 일어섰다. 벗어진 머리와 날카로운 눈, 두툼한 입술이 인상적인 쉰 살가량의 남자로 크고 단단한 체격에 수수하고 어두운 색 정장 차림이었다. 방금 본 비디오에서 차 위에 서 있던 세 번째 남자였다.

"소개하죠." 고지가 말했다. "부지사인 사카키바라 마코토 씨입니다. 형님이 입원했을 때 지사 대리로서 임무를 대행해주셨기 때문에 다들 아실 겁니다. 지사 선거 때는 참모로서 멋지게 활약해주셨죠. 형님에게 오늘이 있는 것도 다 사카키바라 씨 덕분입니다. 이쪽은 도신의 고야 회장님 그리고 방금 말씀드린 전화 건으로 오신……."

"사와자키입니다." 내가 말했다.

사카키바라는 고야 회장에게 인사를 했다. "말씀 많이 들었습니다. 아버님이신 소노스케 씨를 십 년쯤 전에 뵌 일이 있죠." 사카키바라는 나를 바라보았다. "지사님은 곧 오실 겁니다. 그때 이야기하기로 하죠."

내 기억을 어젯밤 신문기사로 보충하면 이 남자는 사키사카 지사와 같은 자민당의 이른바 매파에 속하며, 도의회 의원과 참의원 의원을 한 차례씩 지낸 뒤 이 년 전 '다나카 심판 선거' 때 도쿄 2구에서 중의원에 입후보했다가 근소한 차이로 낙선했다. 사키사카 씨가 지사 선거에 출마하기로 결정하기 전까지 그는 보수파가 미는 유력한 후보 가운데 한 명이었을 것이다. 정계에 입문하기 전에는 경찰에 이십 년 근무해 나중에는 경시부총감우리나라의 치안정감에 해당까지 지냈다. 그리고 '아사마 산장 사건'1972년 일본 연합적군파의 산장 점거 사건 전후로 거슬러 올라가면 공안부장 자리에 있으면서 특유의 매파적 솜씨를 발휘한 것으로 알려졌다. 하지만 내가 이 남자의 이름을 처음 들은 것은 예전 파트너였던 와타나베의 입을 통해서였다. 와타나베의 아들이 학생운동을 하다가 체포되었을 때 그렇지 않아도 사표를 쓰고 있던 와타나베에게 '사표를 써라'라고 전화로 명령한 것이 공안 1과장 시절의 사카키바라였다고 한다. 싸구려 술집의 텔레비전에서 사카키바라가 참의원에 당선되는 장면이 나오자 와타나베는 "저 녀석 출세했군" 하며 이야기를 해주었다.

"실례지만 몸수색을 하겠습니다." 사카키바라가 말했다. 양복점에서 가봉을 위해 치수를 재겠다는 듯이 아주 태연한 표정이었다. "지사님은 이런 일을 매우 싫어하지만 우리에겐 도쿄 도민에 대한 책임이 있죠. 그런 사건이 일어난 이상 어쩔 수 없는 조치라는 점을 이해해주시기 바랍니다."

고야 소이치로는 "그러시죠"라고 대답했지만 태어나서 처음 겪는 일인 듯 당혹감을 숨기지 못했다. 사카키바라는 민첩한 손길로 고야 회장은 재빨리, 나는 신경을 써가며 몸수색을 했다. 몸과 옷의 요소를 더듬으면서도 상대의 얼굴에서 눈을 떼지 않는 프로페셔널다운 방식이었다.

몸수색이 끝나자 고지의 권유로 나는 소파에 앉았다.

"사실은 말입니다, 사와자키 씨." 고지가 말했다. 어색해진 분위기를 누그러뜨리려는 듯 미소를 지었다.

"나는 영화사에 소속되어 있을 무렵에 한 마리 늑대 같은 멋진 탐정 역을 해본 적이 있습니다만 진짜 탐정을 만나는 건 오늘이 처음입니다. 생각해보면 전혀 경험도 지식도 없는 직업인 탐정 역할을 태연한 얼굴로 연기했으니 배우라는 직업은 정말 얼렁뚱땅입니다."
그는 특기인 남자의 일생 어쩌고 하는 그 대사를 덧붙였다.

"그 작품은 사장님이 주연을 맡은 작품치고는 관객이 별로 들지
않았죠." 다키자와가 말했다. "일본에서는 탐정물이라고 하면 아케
치 탐정이나 긴다이치 탐정만 생각하니 어쩔 수가 없죠."

"배급사가 도호였던가?" 고지가 말했다. "다카쿠라 겐_{일본을 대표하는}
_{배우} 씨 주연으로 미국 탐정물을 하려는 중인데 영화 판권을 딸 수 없
어 난항을 겪는다는 이야기를 들었죠."

"그런 모양이더군요." 다키자와가 맞장구를 쳤다. "제목이 '초가
을'이었던가……. 아십니까? 스펜서라는 이름의 당신 동업자를?" 마
지막 물음은 내게 던진 것이었다.

"아뇨, 프로야구 한큐 팀의 스펜서라면 알지만. 난카이의 노무라
에게 삼 관왕을 안겨줘야 한다는 분위기 때문에 8타석 연속 고의사
구를 당해야 했죠."

"프로야구라면 고야 회장님에게 물어봐야겠군요." 다키자와가 말
했다. "도신이 프로야구 구단 운영에 진출한다는 게 사실입니까? 은
밀하게 난카이나 야쿠르트를 상대로 교섭 중이란 소문이던데요."

고야 회장이 미소를 지었다. "아뇨. 그런 이야긴 없습니다. 부디
안심하시기를."

"또 야구 이야기인가요?" 고지가 지긋지긋하다는 듯이 말했다.
"야구 이야기라면 어디서든 해도 된다고 생각하는 분위기는 나로서
는 적응이 되지 않습니다. 그 밖에도 화제로 삼아야 할 스펜서는 얼

마든지 있는데…….”

고지와 다키자와의 이야기를 흘려듣던 사카키바라가 고개를 들어 고지의 뒤쪽을 바라보았다. 내가 들어온 것과는 다른 쪽, 책상 안쪽 문이 열리고 사키사카 지사가 들어왔다. 지사보다 나이가 좀 더든, 검은 진료 가방 같은 것을 든 더플 정장 남자가 함께였다.

사키사카 지사는 나이 사십오 세, 도쿄 대학 졸업 후 옥스퍼드 대학 유학중에 작가로 데뷔해 새로운 문학의 기수라는 칭찬을 들으며 문단에서 화려한 활약을 펼쳤다. 연극계에도 관계해 희곡작가, 연출가로서 재능을 발휘하기도 했고, 동생 고지가 영화배우로 출발할 때도 도와주었다. 서른 살에 참의원 의원으로 당선되어 정계에 들어갔으며, 이 년 전에는 역사상 최고 득표로 중의원으로 옮겨 이미 자민당의 젊은 유력 주자로서 지위를 굳힌 상태였다. 외국 배우 못지않은 동생의 체격에 비하면 약간 작은 편이지만, 180센티미터에 가까운 큰 키와 스마트한 용모는 그전까지의 궁상맞은 정치가 이미지를 불식시키기에 충분했다. 영화배우는 미남 스타라는 당시의 상식을 깬 동생의 개성 있는 마스크와 비교해도 그는 한 단계 위의 단정하고 지적인 미남이었다.

사키사카 지사는 우리 쪽으로 다가왔다. 벗은 상의를 옆구리에 낀채 와이셔츠 소매를 걷어 올려 팔뚝을 문질렀다.

“아, 여러분. 오래 기다리시게 했습니다. 시이나 선생님에게 퇴원후 정기검진을 받느라……. 선생님은 가슴의 상처는 이미 완치되었다고 하고, 앞으로는 특별한 이상이 없는 한 검진은 필요 없다고 말쑴하시는군요."

"그거 다행이네요." 고지가 말했다. "이제 저희도 한숨 놓겠네요, 형님."

"가슴의 상처는, 이라고 말씀하시면 달리 뭔가……?" 사카키바라가 시이나라는 의사와 지사의 얼굴을 번갈아 보며 물었다.

"아니, 걱정 없습니다." 시이나가 대답했다. "단순한 과로입니다. 그만한 수술을 받으면 지사님처럼 건강한 몸이라도 수술 후에는 상당한 체력소모를 보이죠. 게다가 새로 지사에 취임해 업무가 많습니다. 말씀을 듣자 하니 집필도 다시 시작하셨다는데 당연히 과로죠. 뭐 무리한 주문을 해봐야 듣지 않으실 분이니 매일 삼십 분씩 더 주무시겠다는 약속을 받았고, 주 이 회 비타민 주사 처방을 도쿄 도청 의무실에 전달했습니다."

사키사카 지사는 와이셔츠 소매를 내리고 국산으로 보이지 않는 수수한 색조의 짙은 녹색 상의를 입었다.

"제 진찰은 시이나 선생님이 들르신 김에 한 겁니다. 어서 연회장으로 갑시다. 시이나 선생님은 인기 여배우인 레이코 양의 데뷔 때부터 팬이라 하니 오늘 밤은 레이코 양과 이야기도 나눌 수 있고 사인도 받을 수 있다는 조건으로 이런 곳까지 왕진을 와주셨으니까. 고지, 부탁한다."

"지사의 목숨을 기적적으로 살려낸 의사 선생님을 만날 수 있으니 레이코 양도 기뻐할 겁니다." 고지가 시이나에게 말했다.

"제가 사장님을 대신해서 안내하겠습니다." 다키자와가 말하며 자리에서 일어섰다. "고야 회장님과 다른 분들은 잠시 먼저 용건을 나누십시오."

시이나 의사는 인사를 마치고 다키자와와 함께 방을 나갔다.

사키사카 지사는 사카키바라와 동생 사이에 자리를 잡더니 일단 고야 회장의 취임 파티에 초대해주었던 일에 대해 고맙다는 인사를 했다.

"이쪽은." 고지가 말투를 바꾸어 말했다. "아까 전화로 고야 회장님의 말씀을 설명할 때 이야기했던 그 탐정인데."

"와타나베 탐정사무소의 사와자키입니다." 나는 세 번째로 말했다. 오늘 밤에는 계속 이 말을 해야 하는 게 아닐까, 하는 생각이 들었다.

"사키사카입니다, 반갑습니다. 오늘 이렇게 찾아와주셔서 고맙군요. 용건을 들어볼까요?"

"먼저 제가 설명하겠습니다." 고야 회장이 말했다. "사와자키 씨는 제 조카의 의뢰로 조카사위에 관한 조사를 맡고 있습니다."

"조카라고 하시면, 사라시나 슈조 선생의?" 지사가 물었다.

"그렇습니다. 매형과 제 누나의 딸이죠. 조카라고는 해도 다섯 살 아래여서 여동생이나 마찬가지입니다만."

고야 회장은 사에키 나오키의 실종과 그가 실종되기 전에 하던 조사에 관해 도신 그룹 지하 주차장에서 나와 미리 의논한 선까지만 설명했다.

"그거 심려가 크시겠군요." 지사는 어두운 표정을 지으며 말했다.

"그 사에키 씨라는 행방불명된 기자분이 저와 관계가 있는 두 사건을 조사하고 계셨다는 것이 사실이라면 이건 남의 일이 아니라고 생각합니다. 저희가 도울 일이 있다면 뭐든 말씀해주시면 좋겠군요. 다만 그전에." 지사는 사카키바라 쪽을 잠깐 돌아보았다.

"그 두 사건에 관한 경찰의 수사 보고를 듣고 싶군요. 그런 문제에 관해서는 몇 차례 보고를 받기는 했습니다. 하지만 저는 그 두 사건에 별 의미를 두지 않습니다. 제가 이렇게 지금 살아 있고, 지사에 취임한 이상. 부지사님이나 동생은 신경을 곤두세우며 제게 너무 낙관적이라고 비난하지만…… 솔직히 이야기해서 저로서는 도쿄 도의 산더미 같은 난제와 씨름하기도 버겁습니다. 아시다시피 전직 야나이 하라 지사가 마구잡이식으로 운영했기 때문에 그 뒤처리를 하려면 재정에서부터 모든 것을 근본적으로 뜯어고쳐야 할 필요가 있습니다. 그래서 경찰의 보고도 흘려듣고 말았습니다. 그런데, 그 사건이 파문을 일으킨다면 저로서도 가볍게 볼 수는 없겠죠." 지사는 다시 사카키바라를 돌아보았다. "경찰 수사는 현재 어디까지 진행되었나요?"

"안타깝게도 실질적으로 10월 이후 아무 진전이 없습니다." 사카키바라는 테이블 위의 서류 파일을 집어 들었다. "경찰은 7월 12일 다치가와 역 앞 저격 사건과 그전에 있었던 괴문서 사건을 다루는 두 개의 수사본부를 설치해 수사하고 있습니다. 하지만 매우 유감스럽게도 이 두 수사본부는 언제든 통합될 수 있다는 안이한 사고방식으로 낙관적인 겉치레 수사를 한 것 같습니다. 저격 사건의 범인으로 보이는 미조구치 히로시와 괴문서에 적혀 있는 긴자의 클럽 마담인 미조구치 게이코가 남매간이기 때문에 이 두 사건은 간단하게 진상을 파악할 수 있을 거라고 보고 서로 상대 수사본부에 기댄 눈치가 있어 보입니다. 괴문서 사건은 실제 피해는 크지만 악질적인 장난 비슷한 범죄로 간주하기 쉬워 인쇄한 사람이나 배포한 사람은 확인해도 주범까지는 규명하지 못하는 실정입니다. 이에 대해 저격 사건은 틀림없이 중대한 범죄지만 범인이 이미 사망했기 때문에 수사본부로서는 절박한 생각이 없죠. 물론 저격이 미조구치 히로시라는 단독범의 소행이 아니라 배후에 주모자가 존재할 가능성이 있기 때문에 그 수사를 서둘러야 하지만요. 결국 수사는 미조구치의 시체에서 한 걸음도 나아가지 못하는 모양입니다."

사카키바라는 파일을 덮고 설명을 이어나갔다. "지사님의 당선이 결정되어 괴문서 사건은 단순한 중상모략에 불과하다는 것이 밝혀졌죠. 그리고 지사님이 목숨을 건지자 저격 사건도 괴문서의 내용을 경솔하게 믿은 미조구치 히로시에 의한 암살 미수 사건으로 처리되었습니다. 게다가 실제로 지금도 말씀하셨듯이 지사님 스스로 이런 사건은 별로 심각하지 않다고 하시고요. 적어도 이 두 사건을 정치적으로 중대한 문제라고 여기는 사람은 없는 게 아닐까요? 그런 세간의 평에 잔뜩 영향을 받아 현재 수사진의 사기는 거의 바닥에 떨어진 상태입니다."

지사는 쓴웃음을 지었다. "내가 낙선했다거나 혹은 죽었다면 수사본부는 의욕이 충만했을 거라는 이야기 같군."

"유감이지만 그렇게 되겠죠." 사카키바라가 말했다. "결국 두 수사본부는 당초 예상했던 합동수사는 생각도 못 하고, 저격 사건에 관해서는 미조구치 히로시의 배후관계가 전혀 밝혀지지 않은 상태입니다. 괴문서 사건과 뭔가 관련이 있다고 보고 주시하던 미조구치 게이코의 애인 노마 데쓰로를 저격 사건 뒤 정신이 없는 상황에서 놓친 이후로 이쪽도 아무런 진전이 없는 모양입니다."

전무인 다키자와 감독이 은쟁반에 여섯 명 분의 위스키 잔을 받치고 돌아왔다. 다키자와는 잔을 나누어주고 고지와 나 사이의 소파에 걸터앉았다. 하지만 술잔에 손을 뻗는 사람은 없었다.

"제가 받은 보고는 이상과 같습니다." 지사가 말했다. "경시청은 도쿄 도지사의 관할하에 있기 때문에 수사에 대해서는 나름대로 관여할 수도 있을 겁니다. 부지사님이나 제 동생은 더 엄격한 태도를 취해야 한다고 하지만 저는 이 두 사건이 결국 사적인 영역을 벗어나지 않는 기분이 듭니다. 아뇨, 사적인 문제라고는 해도 미조구치 남매나 괴문서의 발행자와 저 사이에 사적인 관계가 있다는 의미는 아닙니다. 제가 말씀드리고 싶은 이야기는 그 두 사건을 해결한다 해도 업무에는 별 영향이 없다는 거죠. 그런 문제에 경찰을 동분서주하게 만들기보다는 달리 해결해야 할 문제가 얼마든지 있다는 겁니다. 사카키바라 씨에게 이 건에 관한 경찰의 수사 상황을 추궁하는 일은 부디 삼가달라고 부탁하는 건 그런 생각 때문입니다." 지사는 천천히 눈을 감았다가 다시 천천히 떴다. "그래서 말씀하신 사에키 씨라는 분의 실종에 관해서 우리가 대체 얼마나 도움이 될지 매우 염려됩니다. 사에키 씨가 괴문서 발행자나 저격 사건의 진범을 밝혀냈을 가능성이 있다는 말을 듣고 우리는 오히려 깜짝 놀랐습니다."

사키사카 지사는 나를 잠시 싸늘하게 바라보더니 다시 고야 회장에게 시선을 돌리며 미소를 지었다. 그의 표정에는 나를 불신하는 기색이 뚜렷했다. 고야 회장의 소개가 있어서 어쩔 수 없이 시간을 낸 거라는 이야기인 모양이었다. 고야 회장은 불안한 표정으로 나를 돌아보았다.

현재 신주쿠 경찰서와 나카노 경찰서 두 곳의 수사본부가 합동으로 어떤 수사 활동을 시작했는지, 거기서 내 입장이 어떤 것인지 설명하면 지사의 믿음을 얻기는 어렵지 않을 것이다. 하지만 경찰과 내 관계를 밝히기 위해서는 이 방 안에 사에키 나오키를 붙잡아두고 있는 사람, 혹은 그 인물과 통하는 사람은 한 명도 없다는 확신이 있어야만 했다. 탐정이란 사람들에게 신뢰받는 일이 아니다.

사카키바라가 헛기침을 하고 말했다. "솔직히 말씀드려서 수사에 다소 완벽하지 못한 점이 있더라도 만반의 수사 태세와 기동력을 지닌 일본 경찰이 애를 먹는 사건을 한 저널리스트가 밝혀내려고 한다는 이야기는 선뜻 믿기 힘들군요. 제가 전에 몸을 담았던 곳이라고 해서 경찰을 변호하려는 건 아니지만요."

나는 주머니에서 담배를 꺼내 불을 붙였다. 고지가 책상으로 가서 재떨이를 가지고 왔다. 검은 육각형 세라믹 재떨이로 우주선 전용 가래 뱉는 그릇 같았다.

"그 문제에 있어서 사에키 씨는 우연하게도 운이 좋았던 모양입니다." 내가 입을 열었다. "사에키 씨가 밝혀낸 내용의 진위는 당분간 차치해두더라도 그 사람이 이미 일주일 가까이 소식이 끊어졌다는 것은 사실입니다."

사카키바라는 파이프를 꺼내고 다키자와는 필터 없는 '카멜' 담배에 불을 붙였다. 사키사카 지사와 고지가 위스키 잔을 들어 입술을 적셨다. 고야 회장도 따라서 잔에 손을 뻗었지만 차를 운전하고 왔다는 생각이 나서인지 입에 대지 않고 다시 내려놓았다.

"질문을 좀 하겠습니다만, 괜찮겠습니까?" 내가 물으며 지사와 세 명의 신사를 둘러보았다.

"하시죠." 지사가 애써 부드럽게 대답했다.

"저격에 사용된 권총은 발견되었습니까?"

"그럴 텐데요." 지사는 사카키바라를 돌아보았다.

"물론이죠." 사카키바라가 대신 대답했다. "미조구치 히로시가 도주하던 끝에 차가 추락했죠. 히노 시에 있는 다카하타후도 부근의 아사카와에서 시체가 있던 차와 함께 회수되었습니다."

"지사님 폐에서 나온 총탄은 그 권총에서 발사된 겁니까?"

사카키바라는 파일을 집어 들고 서류를 찾았다. "감식반의 조사로는 완전히 일치합니다. 그 총탄이 그 권총 이외의 총에서 발사되었을 가능성은 0.01퍼센트의 확률이라는 보고가 있군요. 우리가 미조구치 히로시 이외에 진범이 있다는 주장에 회의적인 것은 주로 이 물적 증거 때문입니다." 그는 자기가 우위를 차지했다는 걸 간파한 바둑 상대처럼 파일에서 얼굴을 들었다.

나는 고개를 끄덕였다. 내 물음에 사카키바라가 어떻게 대답할지는 이미 알았다. 저녁에 사무실에 돌아갔을 때 니시고리 경부에게 전화가 와서, 저격에 사용된 권총에 관한 자세한 수사 내용을 들었던 것이다. 미조구치 히로시 종범설에 물을 끼얹는 정보가 틀림없지만 니시고리나 나나 그게 반드시 결정적인 증거라고는 생각하지 않았다.

나는 질문을 계속했다. "그 권총이 어느 브랜드의 어떤 총인지 발표되었습니까?"

"아뇨, 그건 수사본부의 방침으로 발표되지 않았죠."

"하지만 저는 그 권총이 총신이 긴 루거 P08이란 사실을 압니다."

사카키바라는 놀란 표정으로 지사를 돌아보았다. 지사는 고지와 얼굴을 마주 보았다.

"경찰의 정보 누설입니까?" 고지가 물었다.

"그런 일은 있을 수 없을 텐데." 사카키바라는 미간을 찡그리며 말했다. "그 문제는 수사본부에서 엄격하게 대외비로 하고 있죠. 적어도 오늘 오전 중에 본부장과 전화로 이야기한 시점까지는 그랬습니다. 정보 누설은 없을 겁니다."

지사를 비롯한 다른 사람들이 나를 주목하며 다음 이야기를 기다렸다.

"제가 총신이 긴 루거 P08이라는 총에 관해 처음 들은 것은 사에키 씨가 저격 사건의 진범으로 보는 남자와 최근 넉 달간 동거하는 여성을 통해서입니다. 그 남자가 자기가 지닌 총의 이름과 특징을 그 여자에게 가르쳐주었습니다."

"단순한 우연의 일치일 수도 있겠죠." 다키자와가 말했다. "그 남자가 저격에 사용된 권총과 같은 모양의 총을 지니고 있었다고 해서 그게 무슨 증거가 되는 건 아니지 않습니까?"

사카키바라가 눈썹을 치켜세웠다. "우연으로 치부해버릴 만큼 흔한 총은 아니지만 더 중요한 점을 잊고 있군요. 지사님 몸에서 빼낸 총탄과 일치하는 총은 경찰이 미조구치를 체포하던 현장에서 회수한 루거입니다. 만약 그렇지 않다면 그 남자가 진범이라는 주장은 매우 유력해질 테지만……. 당신은 감식반이 말하는 0.01퍼센트의 가능성에 도박을 걸어볼 셈인가요?"

"그럴 생각은 없습니다." 내가 대답했다. "저격자는 주도면밀한 사람이라 두 자루의 총을 준비했을지도 모릅니다. 자동은 고장이 잦다고 합니다. 만일의 사태에 대비해 예비용 권총을 준비했다고 하더라도 이상할 것은 없죠."

아무도 반론하지 않았기 때문에 나는 말을 이었다. "그는 저격에 사용한 총을 차 안에 남겨두고 예비 총을 가지고 사라졌을지도 모릅니다. 저격에 사용한 총을 가지고 사라져 미조구치 이외에 진범이 있다는 사실을 알려주고 싶었다면 또 몰라도."

고지가 사카키바라에게 물었다. "그 차에 탄 또 한 명의 사람이 도주한다거나 하는 일이 그 상황에서 실제로 가능할까요?"

"그럴 가능성은 부정할 수 없죠." 사카키바라는 떨떠름한 표정으로 대답했다. "수사본부장의 이야기로는 추적중인 순찰차는 문제의 차량을 히노 시내에서 약 삼십 초간 놓쳤습니다. 아사카와에 차가 추락한 직후의 감시도 빈틈이 있었던 모양이고……. 그 차에 공범이 있었을 가능성을 부정할 수 없습니다. 사실은 그래서 권총이 어떤 것인지 공표하지 않는 겁니다. 자기가 그 저격 사건의 진범이라면서 자수한 사람이나 전화를 걸어온 사람이 이미 몇 명 있지만 모두 권총에 관한 증언에서 가짜라는 사실이 확인되었습니다."

사키사카 지사가 천천히 고개를 끄덕였다. "아무래도 사와자키 씨의 말씀은 앞뒤가 맞는 것 같군요. 저는 당신이 모호하고 근거 없는 이야기를 들고 온 것으로 생각했습니다. 이거 정말 실례했습니다. 제겐 당신의 직업에 대해 떨치기 어려운 편견이 있는 것 같군요. 고야 회장님의 소개가 있었는데도 말입니다. 고야 회장님은 실업계의 젊은 리더 가운데 한 분이니 사람을 보는 눈에 문제가 있을 거라 생각하지 않았지만 가족에 대한 걱정 때문에 다소 냉정을 잃고 계실지도 모른다고 생각했던 겁니다. 하지만 그건 제 잘못이었습니다. 사과드립니다." 지사는 고개를 숙였다.

고야 회장은 몸 둘 바를 몰라 했지만 나를 돌아본 얼굴에는 안도하는 표정이 드러났다.

나는 담배를 껐다.

"제 이야기가 아니라 사에키 씨가 밝혀내려 한 문제의 앞뒤가 맞는 겁니다. 그건 사에키 씨를 붙잡아둔 사람은 그가 밝혀내려 한 문제가 알려지면 안전이 위협받을 인물 즉 괴문서 사건의 범인이거나 저격 사건의 주모자라고 볼 수 있지 않겠습니까? 그리고 그 인물은 지사님의 '적'이라고 불러도 지장이 없을 인물일 것입니다. 제가 묻고 싶은 것은 저격을 계획하거나 괴문서를 발행할 가능성이 있는 지사님의 '적' 이름입니다."

꽤 긴 시간을 낭비한 끝에 나는 겨우 여기 찾아온 목적을 이야기할 수 있었다. 하지만 그에 대한 대답으로 네 명의 이름을 듣기까지는 또 십여 분의 시간을 소비해야만 했다. 고지가 형에겐 '적' 같은 건 없다고 주장하는 바람에 다른 적당한 표현을 찾아야만 했다. 또 사카키바라가 그 사람들의 명예훼손 문제를 염려했다. 나는 그들이 사에키 씨를 감금하고 있는지 어떤지 원만하고 합법적인 방법으로 탐색하는 행동으로만 한정하겠다고 약속해야 했다. 그리고 이 정보의 출처로서 사키사카 지사의 이름은 절대로 대지 않겠다고 약속했다.

알아낸 네 명 가운데 첫 번째 남자는 사키사카 지사와는 예전부터 견원지간으로 알려진 자민당 국회의원이었다. 그는 사키사카 씨가 지사 선거 출마를 위해 중의원 의원직을 버린 것이 당의 이익을 배신한 탤런트 정치가적인 발상이라고 통렬하게 비판하며 사키사카의 낙선은 불을 보듯 빤하다고 공언했다. 게다가 이 남자에겐 법률 위반 따위는 신경도 쓰지 않고 이권만 탐하는 사촌이 있어, 예전에 사키사카 씨에게 '문신만 하지 않은 조직폭력배'라고 지적당한 일이 있는 모양이었다. 그들이 두 가지 사건의 배후에 있다 해도 조금도 이상할 것이 없었다.

두 번째는 야나이 하라 후보의 참모 가운데 한 명으로, 예전에 학생운동 지지자이기도 했던 대학교수였다. 몇 해 전에 사키사카 씨와 그 교수는 〈문예춘추〉 지상에서 환경문제로 장기간에 걸쳐 논쟁을 벌였는데, 전문가들은 사키사카 씨의 완전한 승리를 선언했고 그 교수는 그때까지 누려오던 환경문제 권위자로서의 체면을 구기게 되었다. 그는 운동권 출신들로 이루어진 상당히 과격한 서클과도 관련이 있다고 하니 저격 사건의 주모자일 가능성을 배제하기 힘들었다. 다만 야나이 하라 씨 본인은 온후한 신사로 어떤 경미한 위법 행위도 하지 않는 인품이기 때문에 이번 사건과는 전혀 관계가 없을 거라고 지사는 잘라 말했다.

세 번째는 작가였다. 데뷔 당시에는 매우 친한 사이였는데, 둘이서 창간한 잡지가 실패하고 경제적인 대립이 불씨가 되어 사이가 완전히 벌어지고 말았다. 현재 그는 문단에서 '안티 사키사카'라는 한마디로 존재 의의를 표현하고 있다고 한다. 그 사람이라면 사키사카 씨가 미조구치 게이코의 긴자 클럽에 드나들던 사실도 알고 있고, 괴문서의 문체도 그 사람의 것이라는 가능성이 있는 모양이다. 다만 그 사람의 경우에는 달리 자금적인 배후가 필요하고, 저격 사건에는 관계가 없을 것이라는 이야기였다.

마지막 한 사람은 사키사카 씨의 대학 동창생으로, 당시 삼 년 후배 여학생이었던 현 지사 부인을 사키사카 씨에게 빼앗겼다고 생각하는 피해망상증 환자였다. 학창 시절부터 지금까지 이십이 년간 약 삼백 통에 이르는 살기등등한 협박장을 사키사카 씨에게 보냈다고 한다. 편지 이외에는 아무런 피해가 없어서 오늘날까지 방치해두었지만 이십이 년째에 협박을 실행에 옮길 가능성이 없다고는 단언할 수 없다는 이야기였다.

내 수첩은 이 네 명의 용의자에 관한 메모로 여러 페이지가 채워졌다. 나는 직감적인 판단을 믿지 않지만 이 네 명에 한해서는 직감적으로 결백하다는 판단이 들었다.

28

　나는 수첩을 덮어 상의 주머니에 넣은 다음 사키사카 지사에게 시간을 내주어 고맙다고 인사했다. 고지가 술을 권했지만 운전을 이유로 사양하고 대신 담배에 불을 붙였다. 누군가 반드시 물을 거라고 확신하던 질문을 고지가 던졌다.

　"저 비디오를 보면 아시겠지만 문제의 차는 유리창에 뭔가 가공이 되어 내부가 전혀 보이지 않죠. 영상 일에 관계하는 사람으로서 이렇게 안타까운 일은 없습니다. 저기는 총을 손에 든 저격자의 모습이 아주 잠깐이지만 잡혀 있습니다."

　"저 내부가 들여다보이지 않는 차에 기분 나쁜 리얼리티가 있다는 사람도 있습니다." 다키자와가 거들었다. "다 잡았다 놓친 물고기랄까, 렌즈가 포착하지 못한 저격자가 어떤 녀석인지 궁금해 견딜

수 없군요. 미조구치 히로시가 진짜 범인이 아니라면 일단 호기심이
발동하네요."

"사에키 씨라는 분이 진범으로 보는 남자는 대체 어떤 사람입니
까?" 고지가 물었다.

나는 잠시 말없이 담배만 피웠다. 다들 내 대답을 기다린다는 것
이 느껴졌다.

사카키바라가 헛기침을 했다. "우리는 낙관적으로 생각할 수 없
습니다. 그 인물이 사와자키 씨가 말씀하신 것처럼 예비용 루거를
지닌 채 아직 도쿄에 숨어 있다면 그는 미수로 끝난 범행을 다시 시
도할 작정인지도 모릅니다. 보안 문제 때문에, 그 인물에 관계하면
서 당신이 알게 된 사실들을 반드시 들어야겠습니다. 특히 그 남자
가 어디 있는지를 안다면." 그는 날카로운 눈으로 나를 뚫어지게 바
라보았다. 경찰관은 옷을 벗더라도 평생 경찰이다.

"그 사람도 그저께인 월요일 이후 소식이 끊겼습니다." 내가 말했
다. "그 사람 이름은 아직 모릅니다. 나이는 삼십대 후반, 키는 저 만
하고 탄탄한 체격이지만 건강이 많이 좋지 않은 인상을 풍깁니다.
짧게 깎은 머리에 약간 가느다란 콧날입니다."

나는 상의 주머니에서 '가이후'의 컬러사진을 꺼내 테이블에 얹
었다. "이건 사에키 씨가 몰래 촬영한 것으로 보이는 그 사람 사진입
니다. 제대로 찍히지는 않았지만 그 사람의 특징은 드러납니다."

지사가 사진을 집어 들고 들여다보았다. "내게 총을 쏜 진범으로
보이는 사람입니까?"

지사는 사진을 사카키바라에게 건넸다. 그는 잠시 사진을 바라보았지만 천천히 고개를 저었다. 그는 고지에게 사진을 건네며 내게 물었다. "그 사람의 특징이 드러난다고 했는데 당신도 이 남자를 만난 적이 있습니까?"

"기껏해야 이십 분쯤. 그 남자는 행방불명된 사에키 씨를 찾아 제 사무실을 방문한 겁니다. 그때까지만 해도 저는 그 남자가 누군지는 물론이고, 사에키 씨도 몰랐습니다."

나는 월요일 아침에 '가이후'라고 자기 성을 밝힌 남자와 만난 일을 간략하게 이야기하고, 그 남자와 사에키의 관계도 설명했다. 다만 그의 기억상실에 관해서는 전혀 언급하지 않았다.

사진을 보는 고지와 다키자와의 눈치를 살폈지만 피사체가 팔 년 전 권총 폭발 사고로 검지를 잃은 올림픽 후보 선수라는 사실은 깨닫지 못한 것 같았다. 그 폭발 사고가 사키사카 프로덕션과 관계가 있다는 이야기는 단순한 소문에 불과한 걸까? 다키자와가 배우 오디션이라면 이런 얼굴은 저격자 역으로 쓸 수 없다는 표정을 지으며 사진을 내 옆에 있던 고야 회장에게 건넸다.

"이 사람을 본 적이 있는 분 안 계십니까?" 내가 물었다. "보수를 받고 전혀 알지도 못하는 사람을 살해하는…… 살인청부업자가 없다고는 할 수 없겠지만 지사님에게 뭔가 원한을 품은 사람일 거라고 생각하는 게 자연스럽겠죠. 어쩌면 동생분에게 원한을 품었을지도 모르고."

고지는 흠칫 놀란 표정으로 나를 보았다. "다시 보여주시죠." 그는 고야 회장한테서 사진을 받아 들었다.

내가 담배를 끄며 말했다. "어제오늘 일이 아닐지도 모릅니다. 이십이 년 전에 실연당한 남자 이야기가 나올 지경이에요. 대개 남을 원망하는 마음은 상대를 보지 못한 채 시간이 흐르면 옅어지기 마련이지만 지사님이나 동생분처럼 늘 사람들 눈에 노출되는 사람들의 경우에는 오히려 원한이 깊어지는 경우도 있을 겁니다."

"그러고 보니 어디서 본 것 같기도 하고……." 고지가 말했다. "영화판에서는 워낙 많은 사람을 만나게 되다 보니. 아주 오래전에 촬영 현장에서 얼핏 본 적이 있는 얼굴 같기도 하고……. 감독님, 어떠세요?"

다키자와도 함께 사진을 들여다보았다. "상대가 배우이고 한 번이라도 제 영화에 얼굴을 내밀었다면 분명히 기억할 테지만 스태프일 경우에는 자신이 없군요. 그 사람들이야 손과 발, 귀만 있으면 되지 얼굴은 필요가 없으니까요." 그는 고개를 저었다.

"이 사진을 제가 가지고 있어도 괜찮겠습니까?" 고지가 물었다. "우리 고참 스태프에게 보여주면 누군지 아는 사람이 있을지도 모르겠군요."

"그러시죠." 내가 대답했다.

"영화판, 특히 촬영 현장은 전쟁터나 마찬가지입니다. 분명히 누군가로부터 원한을 사기 쉬운 곳이죠. 하지만 형님에게 그런 짓을 저지를 만큼 남에게 원한을 산 기억은 없습니다." 별로 자신 있는 목소리는 아니었다.

"눈치채지 못하는 원한이 더 깊을 경우도 있으니까요." 다키자와가 사장을 위로했다.

"사와자키 씨." 사카키바라가 입을 열었다. "그 남자에겐 동거하는 여자가 있다고 했죠? 그 여자는 그 사람이 저격 사건에 관계했는지 어쨌는지 듣지 못한 겁니까?"

"듣지 못했습니다. 그뿐만 아니라 그 남자의 본명조차 모르죠. 하지만 권총과 상당히 큰돈을 가지고 있다는 사실은 알았기 때문에 뭔가 사연이 있는 남자라고는 생각했던 모양입니다."

"그 남자는 그 여자에게 돌아올 가능성이 높지 않습니까? 서둘러 여자를 감시해야 할 것 같은데요."

나는 고개를 끄덕였다. "제가 신뢰하는 남자가 그 일을 맡고 있습니다." 그 남자가 일하는 곳이 사카키바라의 옛 직장이라는 사실을 밝힐 생각은 없었다.

사키사카 지사가 말했다. "그건 경찰에 맡겨야 하는 것 아닌가요?"

"제가 신뢰하는 사람이라고 했습니다. 당연히 그런 점에 관해서는 그 사람의 판단도 신뢰할 수 있다는 의미입니다. 여기 계신 분들이 사는 세상에서는 신뢰라는 말이 다른 의미로 사용됩니까?"

지사가 쓴웃음을 지었다. "아뇨, 같은 의미로 쓰려고 노력은 합니다."

나는 담배에 불을 붙이고 옆에 앉은 고야 회장에게도 한 개비 권했다.

"아, 됐습니다. 요즘 컨디션이 별로……." 고야 회장은 힘없는 목소리로 말했다. 그러고는 배를 손으로 누르는 시늉을 하며 일어섰다. "실례지만 잠깐 화장실에 다녀오겠습니다."

고지가 괜찮은지 물으며 문까지 따라가 화장실 위치를 가르쳐준 뒤에 돌아왔다.

나는 목소리를 낮추고 말했다. "도신 그룹의 사라시나, 고야 집안 사람들에 대해 묻고 싶었습니다. 그 사람들 가운데 누군가가 괴문서 사건에 관련이 있을 가능성은 없습니까?"

지사는 고지의 얼굴을 흘긋 보았다. "느닷없는 질문이라 당황스럽습니다만…… 대체 무슨 근거로 그런 걸 묻는 거죠?"

"아뇨, 근거는 아주 희박합니다. 두 사건의 배후에서 움직이는 돈이 너무 큰 액수라는 사실. 사에키 씨가 실종 직전에 만난 사람은 사라시나 요리코 여사라는 사실, 고야 회장의 비서인 하세가와라는 남자가 괴문서 사건과 관련이 있을지도 모를 인물과 접촉하는 것 같다는 사실 그리고 사라시나, 고야 집안과 사키사카 형제분 사이가 반드시 우호적이지는 않다는 소문을 들은 적이 있다는 사실……. 모두 다 근거라고 하기에는 부족한 것들뿐이지만 모두 다 열거하고 보면 약간 의문이 생깁니다."

"그런가요?" 사키사카 지사가 말했다. "소문이란 것은 제가 사라시나 여사와 함께 텔레비전에 출연한 '아키노 암살' 보도 프로그램 때 있었던 일을 과장한 거겠죠. 그건 저로서도 기분 좋지 않은 일이었습니다. 위대한 정치가이자 둘도 없는 친구였던 아키노 씨의 부음을 그런 형태로 듣게 되어 신경이 날카로웠던 겁니다. 그런데 아키노 부인과 친할 뿐이지 필리핀 사정에 대해 너무 모르는 사라시나 여사의 비상식적 발언 때문에 제가 그만 화를 내고 말았습니다. 지금도 제가 틀린 소리를 했다고는 생각하지 않지만 여성에게 무례한 면이 좀 있었습니다. 그 뒤 어떤 자리에서 요리코 여사를 만났을 때 제가 사과를 했고 그분도 잘 모르고 한 이야기였음을 부끄러워했기 때문에 설마 사건의 방아쇠가 될 만한 응어리가 남았다고는 생각할 수 없군요."

자리에 있는 모든 사람이 자연히 고지를 바라보았다.

"고야 회장과 저 사이에도 특별한 문제는 없습니다. 그게 벌써 이 년도 더 된 일입니다. 도신 전철이 제 요트 레이스 출장 스폰서였을 무렵이라 고야 회장의 부인인 가오루 씨하고도 친하게 지냈죠. 스폰서이자 친구인 고야 회장의 부인이기 때문에 그러는 건 당연한 거고요. 그걸 주간지가 그런 식으로 기사를 써댔죠. 실제로는 두 사람 사이에 아무 문제가 없었습니다."

"하지만 그 직후에 도신 그룹 회장에 취임한 소이치로 씨는 당신의 요트 레이스 스폰서에서 손을 뗐죠."

"그건 서로 이런저런 사정이 있어서."

"공식적인 발언은 필요 없습니다. 결국은 그 문제가 원인이 되어 두 분의 사업적인 제휴에 금이 간 거 아닌가요?"

"사실은 잘 모르겠습니다. 나도 그때는 그게 원인이 아닌가 하는 생각을 하지 않은 것은 아닙니다……. 솔직하게 이야기하자면 고야 부부는 사이가 좋다고는 할 수 없죠. 다들 외도라는 건 있었던 일도 없었던 것처럼 이야기하기 마련인데, 만약 고야 회장 부인이 없었던 일을 있었던 것처럼 자기 남편에게 이야기했다면 자금 지원을 중단하는 건 당연한 일이겠죠."

"같은 종류의 스캔들을 꾸며낸 괴문서로 그 앙갚음을 했다고는 생각하지 않습니까?"

"그렇다면 왜 제가 아니고 형님을 표적으로 삼았죠?"

"실례지만 당신에겐 그런 스캔들이란 게 훈장이 되면 됐지 별 타격은 없을 겁니다. 당신이 가장 큰 타격을 받을 수 있는 건 형님이 정치적으로 치명상을 입는 일이고 지사 선거에서 낙선하는 일이 아니겠습니까?"

"그러고 보니 그렇기는 하지만……."

그때 우주선의 비상사태를 알리는 듯한 전자음이 울리기 시작했다. 고지가 당장의 화제에서 도망치듯 자리에서 일어나 책상 위의 수화기를 집어 들었다. 그는 등을 지고 전화로 몇 마디를 주고받더니 송화구를 막고 뒤를 돌아보았다.

"부지사님, 도청에서 전화가 왔습니다. 여긴 손님도 계시니 옆방에 있는 전화를 쓰시죠."

"그럴까요? 잠깐 실례하겠습니다." 사카키바라는 서둘러 책상 뒤편에 있는 문을 통해 나갔다. 고지는 전화가 연결되는 것을 확인하고 다시 자기 자리로 돌아왔다.

지사가 살짝 빈정거리는 투로 말했다. "사와자키 씨, 당신이 고야

회장이나 그 누님인 사라시나 요리코 여사를 의심하다니 의외로군
요. 그건 당연히."

"그렇습니다. 사카키바라 씨나 동생분에 관해서도 사에키 씨를
붙잡아둘 이유가 없다 즉 괴문서 사건이나 저격 사건과 관련이 없다
는 확신이 있기 전에는 의혹 대상에서 제외할 수 없습니다."

"놀랍군요." 고지가 말했다. "통계적으로 부부나 부모형제처럼 가
까운 사람에 의한 살인의 확률이 매우 높은 모양이더군요. 이번에
새 프로그램에서 내가 연기하는 베테랑 변호사의 대사에도 그런 말
이 있는데, 맞는 말인지도 모르겠군요. 하지만 아무리 그렇다 해도
나라면 몰라도 부지사님까지 의심하는 건 상식 밖입니다. 부지사님
이 두 사건에 관여해야만 할 무슨 동기라도 있다는 겁니까?"

"형님이 출마하기 전까지 그 사람은 보수계가 추천하는 유력한
지사 후보였죠." 내가 대꾸했다.

"사와자키 씨, 설마 제정신으로 그런 이유 때문에 원한을 품었다
고 생각하는 건 아니겠죠?" 고지가 어처구니없다는 듯이 말했다.

다키자와가 끼어들었다. "지사님이 출마를 발표하시기 전에 자민
당은 세 명의 후보자를 검토했던 모양인데, 사카키바라 씨는 삼 순
위였으니까요. 지사님이 출마하지 않으면 후보자가 되었을 거라고
생각할 수 없습니다."

"사키사카 지사님의 출마에 의해 완전히 가능성이 사라진 것만은
분명하죠."

"만약 그분이 형님에 대해 그런 감정을 품었다면 당의 반대를 무

롭쓰고 선거 참모로 나설 수 있겠습니까? 사와자키 씨, 당신은 선거 기간 중의 사카키바라 씨 활약상을 모르기 때문에."

"그런 감정을 품었으면서 선거 참모가 되었다면 최고의 위장술이 겠죠."

"거참, 말을 너무 함부로 하는군." 고지가 화가 난 듯이 말했다.

"더 합리적으로 생각해야겠죠." 다키자와가 말했다. "부지사님에게는 괴문서로 지사님을 낙선시키거나 저격으로 지사님의 목숨을 빼앗는 것보다 지사님과 함께 선거전을 치러 승리해서 지사님의 오른팔로서의 지위를 얻어 부지사에 취임하는 게 훨씬 이득이 아닐까요? 지사님이 계신 자리에서 이런 이야기는 난처하지만, 사키사카 지사는 결코 도쿄 도지사로 그칠 분이 아니시죠. 사 년의 임기를 마치면 분명히 다음 단계가 기다릴 겁니다. 그때 지사님이 손을 댄 정책의 후계자로서 당연히 부지사인 사카키바라 씨의 이름이 나오겠죠. 그걸 물거품으로 돌리면서까지 관계할 만한 사건이라고는 도저히 생각할 수 없군요."

"부지사라는 점이 신경이 쓰이죠." 내가 대꾸했다. "사카키바라 씨가 부지사에 임명된 뒤, 혹시 지사님이 저격 사건의 부상이 악화되어 돌아가신다면 지사 자리에 앉는 건 누구죠?"

다키자와와 고지는 흠칫 놀라 지사 쪽을 돌아보았다. 하지만 사키사카 지사는 태연한 표정이었다. 아마 내 위협이 먹혀들지 않은 모양이었다. 나는 담배를 껐다.

"케네디 암살로 대통령이 될 수 있었던 사람이 존슨 부통령인가

요?" 사카키바라 부지사의 목소리가 들렸다. 어느새 돌아왔는지 문
앞에 서 있었다. 그는 문을 닫고 자기 자리로 왔다. "안타깝게도 대
통령과 도지사는 사정이 다릅니다. 지방자치법에 따르면 지사가 없
을 때는 부지사가 직무를 대리한다고 되어 있죠. 하지만 공직 선거
법에 따르면 그 직무를 대리할 사람은 지사가 문제가 생긴 날로부터
닷새 이내에 선거관리위원회에 신고하라고 되어 있습니다. 즉 재선
거로 새 지사를 뽑을 때까지는 제가 지사 기분을 낼 수 있다는 이야
기죠. 혹시나 싶어 덧붙이자면, 같은 수의 득표를 하고 추첨에서 낙
선한 후보가 있을 경우에는 그 사람이 뒤를 잇게 되어 재선거는 이
루어지지 않기도 하죠."

"자세하게 조사하셨군요." 내가 말했다.

"부지사님은 변호사 자격도 지닌 법률 전문가입니다." 고지가 말
했다.

"이런, 실례. 하지만 야나이 하라 후보와는 득표수에 차이가 있었
으니 실제로는 재선거가 이루어지겠군요. 다키자와 씨는 사키사카
지사님의 사 년 뒤 후계자는 부지사님이라고 말씀했습니다. 재선거
를 치르게 되면 당연히 당신도 입후보하시겠죠? 사키사카 지사님에
게 조의를 표하는 결전이고, 명참모로서 선거에서 싸우는 방법은 잘
아실 테니 충분히 승산이 있을 겁니다. 그렇다면 사 년을 기다리지
않고도 지사 자리에 앉을 수 있겠죠."

사카키바라는 고개를 저었다. "입후보자는 당이 결정합니다. 선거
는 그 결과를 예측하기 어려운 법이라 승산 같은 것에 기대지 않죠.

같은 득표수가 있을 수 있다는 걸 감안하면 반드시 재선거를 하게 되리라는 보증도 없고요. 그런 도박 같은 것을 기대하고 제가 지사님의 목숨을 노렸다는 겁니까? 저는 원래 도박을 싫어하는 사람입니다."

"존슨 씨는 지사 자리에 소극적인 것 같은데, 동생인 에드워드 케네디 씨는 어떨까요?" 내가 고지에게 물었다. "언젠가는 정계 진출할 거라는 이야기를 들었습니다. 이참에 형의 유지를 이어 '사나이가 평생 할 일'을 해보자는 생각을 하지 않았습니까? 당신이라면 자민당 추천 같은 건 필요 없을 테고, 애써 참의원 전국구로 시작하는 우회로를 걸을 필요도 없을 겁니다. 지금까지 늘 형의 후광을 받으며 지내왔죠. 이제 한걸음 앞서 나아가고 싶다는 건 어엿한 동기가 되지 않겠습니까?"

고지는 분노로 얼굴이 새빨개져 말을 하지 못했다. 만약 단둘이었다면 그는 액션 연기가 특기인 만큼 내게 주먹을 날렸을 게 틀림없다. 사키사카 지사는 응석받이를 달래듯이 동생의 팔을 두세 차례 살짝 두드렸다. "사와자키 씨, 제 동생이나 부지사님을 혼란스럽게 만드는 말씀을 하시면 안 됩니다. 당신 말씀대로라면 저격 사건은 내 당선이 결정된 뒤에 일어났어야 하는 것 아닌가요? 제가 투표하기 전에 죽어버리면 어떻게 하죠? 죽은 사람에겐 피선거권이 없기 때문에 자동적으로 야나이 하라 후보가 재선될 겁니다. 그럼 동생이나 사카키바라 부지사나 살인까지 저지르고도 결국 사 년을 기다려야만 합니다. 만약 제가 낙선했다면 어떻게 될까요? 전투에서 진 장

수를 죽여봤자 무슨 이득이 있겠습니까? 이런 식으로 반박하지 않고 당황한 모습을 보인 것이 외려 결백하다는 증거 아니겠습니까?"

나는 이쯤에서 물러서기로 했다. "아무래도 지사님 말씀이 맞는 것 같습니다. 사에키 씨의 실종 건, 나아가 괴문서 사건이나 저격 사건 문제로 제가 여쭤본 내용은 여러분이 전혀 잘못 짚었다고 생각하시는 것 같은 느낌이 들어서 약간 발끈한 듯하군요. 죄송합니다."

"아뇨, 잘못 짚었다고는 생각하지 않습니다." 지사가 말했다. "매우 날카로운 지적이라고 감탄하고 있습니다. 사실 우리 스스로 검토했어야 할 문제죠. 당신에게 지적을 받고 동생처럼 화를 내서는 안 될 일이었습니다."

"죄송합니다." 내가 말했다. "사에키 씨의 행방을 찾는 일만 생각하다 보니 이렇게 되었군요."

"중요한 건." 사카키바라가 말했다. "우리가 사에키 씨의 실종에 관여하지 않았다는 사실을 당신이 믿어주는 겁니다. 당신이 원한다면 후추에 있는 내 집, 홈그라운드인 퇴직 경시정 모임—흔히 KU회라고 부릅니다만—, 그 모임 사무실이 있는 건물 그리고 아들 집, 아들이 경영하는 회사 내부……. 어디든 자유롭게 수색해도 좋습니다."

"그건 나도 마찬가집니다." 고지가 말했다. 기분 전환이 빨라야 하는 건 스타의 조건이다.

"이 건물이라면 지금 당장이라도 샅샅이 보실 수 있고, 사키사카 프로덕션 건물, 빌린 촬영장 내부, 원한다면 하와이 별장이라도 자유롭게 수색해도 좋습니다."

나는 손을 들었다. "아뇨, 이제 그만하십시오. 그런 말씀을 들은 것만으로도 제 방문 목적은 충분히 이루어졌으니까요."

문이 열리고 고야 회장이 방으로 들어왔다. "이거 실례했습니다. 오래 자리를 비워서."

고지가 괜찮은지 묻자 고야 회장은 이제 다 나았다고 대답했다. 모두가 도신 빌딩 주차장에서 나하고 미리 짠 대로 움직인 행동이었다. 익숙하지 못한 연극 때문인지 안색이 약간 창백해 진짜로 몸이 좋지 않아 보였다. 나는 고야 회장이 원래 앉았던 자리에 앉기도 전에 일어섰다.

"제 볼일은 다 보았습니다. 괜찮으시다면 이만 실례할까 합니다."

고지가 고야 회장에게 잠깐만이라도 좋으니 지사와 함께 연회에 꼭 얼굴을 내밀어달라고 부탁했다. 방에 있는 모두가 자리에서 일어섰다.

사카키바라가 헛기침을 했다. "저는 사와자키 씨에게 한두 가지 묻고 싶은 게 있으니 여러분 먼저 연회장으로 가시죠. 사와자키 씨, 괜찮겠습니까?"

나는 괜찮다고 대답했다. 지사 일행은 사카키바라와 나를 남기고 방을 나갔다. 고야 회장도 함께 나갔다. 사카키바라와 나는 다시 소파에 걸터앉았다.

"한 가지 부탁이 있습니다." 사카키바라가 말했다. "문제의 저격자로 여겨지는 남자 이야깁니다. 솔직히 말씀드려 그 남자를 잡을 수 있는 건 당신과 당신이 신뢰한다는 친구인가요? 제가 볼 땐 두 분이 경찰보다 유리한 입장에 있는 것 같군요."

"신뢰할 수 있다고는 했지만 친구라고는 하지 않았습니다."

"그래요? 어쨌든 만약 당신들이 그 남자를 잡으면 경찰에 넘기기 전에 제게 연락을 주셨으면 합니다."

"이유를 들어볼까요?"

"당신이라면 설명하지 않아도 알 텐데요. 그 남자 배후에 주모자가 있다고 가정하고, 십중팔구 있을 테지만요. 그 남자는 경찰에 주모자의 이름을 밝히지 않을 우려가 있습니다. 결국 미수로 끝났기 때문에 그 사람의 형기가 얼마나 될지는 모르지만 주모자를 밝히고 형량을 줄이기보다는 그걸 출소 뒤의 생활에 대한 보험으로 삼는 편이 나을 거라고 생각할지도 모릅니다. 그래선 곤란하죠. 주모자의 지사님 저격 동기가 밝혀지지 않는 이상, 그 사람이 다시 지사님의 생명을 빼앗으려고 할 가능성은 부정할 수 없을 겁니다. 나는 다른 누가 아닌 주모자를 법 앞에 끌어내 합당한 처벌을 받게 하고 싶은 겁니다. 그러기 위해서 당신만 동의한다면 주모자의 이름과 교환 조건으로 그 사람을 풀어줘도 좋다는 생각까지 합니다. 금전적인 요구가 있다면 따를 용의도 있고요. 물론 이런 이야기를 할 필요는 없겠지만, 이 문제는 지사님에겐 반드시 비밀로 해주세요. 지사님은 아마 이런 뒷거래를 용납하지 않을 겁니다. 어때요, 받아들이시겠습니까? 물론 당신에게도 합당한 사례를 생각하겠습니다. 내겐 지사님을 지킬 의무가 있습니다. 명색이 경찰 경력을 지닌 참모가 옆에 있으면서도 지사님이 총탄을 맞게 한 것이 너무 부끄럽군요. 다시는 지사님이 위험에 처하는 일이 없게 하고 싶습니다."

나는 잠시 생각한 뒤 말했다. "바로 답변드릴 수는 없지만 고려해보겠습니다. 신뢰하는 사람과 의논할 필요도 있고요. 아마 당신 요구에 응할 거라고 생각합니다."

"좋습니다. 좋은 소식을 기다리죠."

"이쪽에서도 한 가지 부탁이 있습니다. 긴자의 클럽 마담, 미조구치 게이코의 애인이란 남자의 사진을 보여주시겠습니까?"

사카키바라는 고개를 끄덕이더니 서류 파일을 펼쳐 한 장의 전과 카드 복사본을 찾아 내게 건넸다. 정면과 옆얼굴 사진에 다카다노바바의 어두운 영화관에서 내 옆구리에 아이스픽 같은 것을 디밀던 남자의 얼굴이 찍혀 있었다. 노마 데쓰로, 이십구 세. 상해죄로 삼 년간 복역.

"짚이는 구석이 있습니까?" 사카키바라가 물었다.

"아뇨, 안타깝게도 제가 잘못 생각한 것 같군요." 나는 사진을 돌려주었다.

사카키바라는 이상하다는 표정으로 나를 바라보았지만, 아무 말도 하지 않고 사진을 원래 있던 곳에 다시 집어넣었다.

나는 사에키 나오키의 아파트에서 발견한 총 맞은 시체 즉 이하라 유키치의 경찰수첩을 지닌 남자에 관해 물어볼까 하는 생각도 했지만 그만두었다. 알든 모르든 사카키바라의 대답은 뻔했다. 안다고 해도 안색이 바뀔 상대가 아니었다.

우리는 할 이야기가 끝난 걸 확인하고 방을 나와 1층 현관 로비로 내려왔다. 나는 그냥 갈 테니 사키사카 형제에게 인사를 전하고 고야 회장을 불러달라고 했다. 사카키바라가 밝은 조명과 음악 그리고 사람들 목소리가 넘쳐나는 연회장으로 들어간 뒤 얼마 지나지 않아 고야 회장이 나왔다.

"저는 사무실로 돌아갈 텐데 함께 나가시겠습니까?"

"그러지 못할 것 같군요." 고야 회장이 대답했다. "좀 더 지사님이나 고지 씨와 어울리다가 돌아가겠습니다."

그의 대륙계 얼굴에 지금까지 본 적 없는 다른 감정이 드러나는 듯한 느낌이 들었다. 하지만 그 자리에서는 물을 수 없었다. 나는 도와주어 고맙다는 인사를 했다. 그는 나오코를 잘 부탁한다는 소린지 무슨 소린지를 우물거리고 내게 등을 돌려 연회장으로 돌아갔다. 나는 순간 고야 회장을 불러 세울까 하는 생각이 들었지만 그가 연회장으로 사라질 때까지 지켜보기만 했다. 그리고 미래도시에서 현재로 돌아가는 탈출구를 찾았다.

고야 소이치로가 그때 마음속으로 생각했던 내용은 나중에 알게 되었다. 자신 있게 이야기할 수는 없지만 만약 내가 그때 그걸 묻고 그가 대답을 했더라면 두 명의 사망자와 한 명의 중상자를 내지 않았을지도 모른다.

29

나는 간파치 길가에 있는 드라이브인에 차를 세우고 늦은 저녁을 먹었다. 주문한 식사가 나오기 전에 사라시나 슈조에게 전화를 걸었다. 늘 그러듯 본인이 전화를 받기까지 한동안 기다려야만 했다. 나는 현재의 조사 상황을 지장이 없을 범위까지만 설명하고 마음에 걸리던 내용을 물었다.

"사에키 나오키 씨가 니라즈카 변호사를 통해서 따님과의 이혼 및 위자료 건을 통보한 건 전화였습니까, 아니면 편지 같은 것이었습니까?"

"전화였습니다." 사라시나는 바로 대답했다.

"그러면 그건 니라즈카 변호사가 그렇게 말했을 뿐이지 사에키 씨는 그런 이야기를 한 적이 없을 수도 있지 않겠습니까?"

"아뇨, 그렇게 생각할 순 없습니다."

"그럼 사에키 씨의 전화 내용을 니라즈카 변호사가 고의로 왜곡했을 가능성은?"

"아뇨, 그런 일도 있을 수 없습니다."

"어떻게 그렇게 단언하실 수 있는 거죠?"

사라시나는 몇 초 머뭇거리고 나서 대답했다. "그때 전화 통화한 내용이 녹음되어 있습니다. 니라즈카 변호사는 자기 앞으로 오는 전화는 모두 녹음하는 모양입니다. 이유는 알 수 없지만 그 사람이 하는 일은 그래야 할 필요도 있겠죠. 그 테이프를 들었습니다. 그러니 사에키의 요구는 정확하게 우리에게 전달된 겁니다……. 다만 그 녹음테이프에 관해서는 나오코에게 알리지 않았습니다. 남편과 변호사 사이에 오간 그런 대화는 들어봐야 유쾌하지 않을 테니까요."

"그렇습니까?" 내가 말했다. 사에키 나오키가 이런 문제로 니라즈카 같은 남자의 손을 빌리게 된 데에는 뭔가 특별한 이유가 있을 거라고 생각할 수밖에 없었다.

"그 테이프를 들어볼 수 있을까요?" 내가 물었다.

"예…… 필요하다면. 니라즈카 군은 한 시간 전에 여기서 나갔으니 이미 집에 도착했을 겁니다. 바로 준비하라고 할 테니 좀 있다가 그쪽으로 전화하세요." 사라시나는 니라즈카의 집 전화번호를 가르쳐주고 나서 덧붙였다. "사와자키 씨, 될 수 있으면 그런 테이프가 있다는 이야기는 나오코에게 비밀로 해주시면 좋겠습니다."

나는 꼭 이야기해야 할 이유가 없는 한 그렇게 하겠다고 약속하고 전화를 끊었다. 십오 분 만에 식사를 마치고 니라즈카의 집으로 전화를 걸었다. 그는 기다렸다는 듯이 수화기를 집어 들었다.

"탐정 나리?" 니라즈카가 가시 돋친 목소리로 말했다. "그 녹음테이프는 지유가오카에 있는 사무실에 두었네. 내일 아침에 사무실로 연락을 줘." 기분이 무척 상한 모양이었다.

"한 시간 뒤에 전화하지." 내가 말했다. "전화기에 대고 녹음테이프를 재생해줘."

"지금부터 한 시간 뒤라니, 무슨 소리야? 지금 9시가 다 된 시각인데. 난 옷 갈아입고 술을 마시고 있어."

"미안하군. 아무래도 오늘 꼭 듣고 싶은데."

"말하자면 날 믿지 못하겠다는 태도로군. 그 테이프는 사라시나 씨도 들었어. 탐정 나부랭이가 이러쿵저러쿵 할 일이 아니야."

"나 혼자로 청중이 부족하다면 내 의뢰인도 함께 들으면 되겠지. 그런 녹음테이프가 있다는 걸 알면 사에키 부인도 틀림없이 듣고 싶어 할 거야."

니라즈카는 잠시 입을 다물었다가 토하듯 말했다. "10시 지나서 사무실로 전화해."

9시 반에 나는 사무실에 도착했다. 난로를 켜기 전에 전화 응답 서비스 다이얼을 돌렸다. 허스키한 목소리의 여자 오퍼레이터가 받아 5시와 8시에 알파벳으로 'X씨'가 전화를 했다고 한다. "8시에 걸려온 건 제가 받았는데, 아마 어제 시스템과 요금에 대해 묻고 나중에 다시 전화하겠다고 한 사람과 같은 목소리인 것 같아요."

"그렇겠지. 메시지는?"

"이렇게 계속 사무실을 비워두면 어떻게 문제의 인물과 접촉할 기회가 있겠는가. 이상입니다."

"알았어. 그 밖에는?"

"9시에 사에키 나오코 님이 남기셨습니다. '몇 시건 상관없으니 전화 주세요.' 이상입니다. 어젯밤에는 사에키 나오코 씨의 대리인이란 사람의 메시지가 있었던 것 같은데 이름이 나오키와 나오코라니, 쌍둥이인가요?"

"아니, 부부야. 한자로 쓰면 완전히 남남이란 걸 알 수 있지."

"부부는 완전 남남이 아니에요."

"이혼서류가 두 사람 사이에 오락가락해도 말인가?"

"예. 아무리 이혼을 해도 부부였던 상대와는 완전 남은 아닐 거예요....... 아닌가요?"

"그 말이 맞을지도 모르겠군." 남편 잘 보살피라고 말하고 나는 전화를 끊었다.

난로에 불을 붙이고, 그 불로 담뱃불을 붙였다. 책상으로 돌아와 구가야마에 있는 사에키 나오코의 집으로 전화를 걸었다. 신주쿠 역에서 헤어진 뒤의 일...... 모자를 쓴 콧수염 기른 남자와 영화관에서 나눈 이야기, 니시고리 경부를 비롯한 경찰의 수사가 시작되었다는 이야기, 고야 회장과 사키사카 지사 형제를 만난 이야기 등을 짧게 보고했다. 사에키 나오코는 남편의 승용차가 발견되었다는 연락을 받았다고 했다. 그리고 모자 쓴 콧수염 남자인 도신 전철 옛 중역의 이름은 '소네 요시에'라고 알려주었다. 자기 청첩장 발송 명단을 보고 이름을 기억해냈다고 했다. 명단에 삼 년 전 주소도 기록되어 있겠지만 그건 아마 아무런 도움이 되지 않을 것이다. 나오코는 몇 시든 상관없으니 뭔가 진전이 있으면 연락을 달라고 하고 전화를 끊었다.

사에키 나오코의 목소리에서는 뭔가 다급한 느낌이 있었다. 여자의 직감과 비교하면 탐정의 판단 따위는 감기 걸린 사냥개의 코나 다를 바 없다.

가이후 마사미가 하는 조후의 바로 즉시 전화를 걸었다. '가이후 씨'에게서 연락은 오지 않았다. 적어도 그 여자는 그렇게 대답했다. 나는 그 남자의 '잃어버린 과거' 가운데 밝혀진 부분을 이야기했다. 가이후 마사미는 의외로 차분하게 내 이야기를 들었다. 아마 더 나쁜 사태를 각오하면서 넉 달을 살아왔을 게 틀림없다. 마지막으로 사에키를 찾기 위해 경찰의 손을 빌릴 필요가 있었고, 결과적으로 가이후 마사미에게도 경찰의 감시가 붙게 되었다는 이야기를 할 수밖에 없었다.

"어째서 그런 짓을! 약속이 다르잖아요." 비명에 가까운 목소리로 말했다.

"약속을 깨진 않았죠. 하지만 비난은 당연합니다. 변명으로 들릴 테지만 그 사람은 아마 경찰의 보호 안에 들어가는 게 더 안전할 겁니다." 얼마 남지 않은 목숨에 안전이라는 게 의미가 있다면 말이지만.

"그 사람이 살아 있으면 곤란할 사람이 있다는 거로군요."

"그런 이야기죠. 그리고 그 사람은 아마 경찰의 그물에 걸리지 않을 겁니다."

"아마, 아마, 아마. 그런 소리밖에 할 말이 없어요? 난 아마 당신에게 감사해야겠군요."

10시가 지나서 니라즈카의 사무실로 전화를 걸었다. 그는 불쾌한 기분을 고스란히 드러내며 바로 녹음테이프를 재생했다. 한두 번 음량 테스트를 한 뒤 문제의 전화 녹음이 수화기를 통해 흘러 들어왔다. 나는 담배를 끄고 두 남자의 대화에 귀를 기울였다.

처음 듣는 사에키 나오키의 목소리는 자신감은 있지만 만족을 모르는 서른 살 청년답게 오만과 겸손이 뒤섞여 짐짓 점잔을 떠는 목소리였다. 사에키와 니라즈카는 서로에게 호의를 품지 않은 사람들끼리의 무뚝뚝한 인사를 나누었다.

(그런데, 이렇게 내게 전화까지 건 것은 대체 무슨 바람이 불어서일까? 용건을 이야기하지.) 니라즈카가 말했다.

(사라시나 가문의 고용 변호사인 당신에게 용건이 있습니다. 내일 밤 9시에 나는 덴엔초후에 있는 사라시나 저택으로 갈 겁니다. 나오코와의 이혼서류를 가지고 갑니다. 내 도장은 이미 찍었죠. 거기서 나오코의 이혼 동의를 얻어 도장을 찍게 할 겁니다. 나머지는 전문가인 당신에게 부탁하면 되겠죠? 위자료는 오천만 엔. 이 이야기를 나오코에게 전해줘요. 필요하다면 당신의 고용주인 사라시나 부부가 동석해도 상관없고요. 물론 다들 바쁘시다면 나는 나오코의

도장만 받으면 별문제 없어요. 이상입니다. 잘 부탁합니다.)

(잠깐만! 자네 제정신인가? 지금 대체 무슨 소릴 하는 건지 알기나 해?)

(그렇다고 생각하는데요.)

(위자료 말이야! 바보 같은 소리하지 마. 나오코 씨를 잔뜩 고생시키고 마음도 괴롭게 만드는 건 자네 쪽이잖아. 위자료는 자네가 지불해야지. 그런데 사라시나 씨 재산을 넘보고 무슨 그런 뻔뻔한 요구를.)

(니라즈카 씨, 난 당신에게 가정법원 재판관이 되어달라는 게 아니에요. 그냥 내 뜻을 나오코에게 전하면 그걸로 그만이에요.)

(자네는 이런 말도 안 되는 소리가 통할 거라고 생각하나? 사라시나 씨나 부인이 이런 이야기를 받아들일 리 없지.)

(두 분의 동의 따윈 필요 없어요. 내 의향을 전달하면 나오코는 이혼에 동의할 겁니다. 내 입으로 이런 소리 하기는 그렇지만, 나오코가 이혼에 반대하는 건 당신도 잘 알죠? 하지만 이제 나오코도 후련할 겁니다⋯⋯. 나오코가 독신으로 돌아가면 당신도 좋을 텐데요.)

(무례한 소리 하지 마! 자네가 어떤 인간인지 오늘 똑똑히 알았네. 나오코 씨는 하루 빨리 자네 같은 남자와 헤어져야 해. 좋아, 그래. 기꺼이 자네에게 도움이 되어주지.)

(니라즈카 씨, 당신은 걸려오는 전화를 모두 녹음한다고 했는데 이 전화도⋯⋯?)

(물론, 녹음하고 있어. 이제 와서 한 말을 취소해봐야 소용없어.

조만간 자넬 빈손으로 사라시나 가문에서 쫓아내겠어. 기대하라고.)

(그러죠. 그럼 내일 밤 9시에 봅시다.)

(잠깐만. 내일이라면 나오코 씨나 사라시나 부부에게 연락이 될지 어떨지.) 전화가 끊어지는 소리가 났다. (여보세요, 이봐! 사에키, 여보세요…….)

녹음기가 멈추는 소리가 나고, 니라즈카의 목소리가 들렸다. "녹음은 여기까지야. 나에 대한 말도 안 되는 의심이 풀렸나?"

"애써 사무실까지 달려간 보람은 있겠군."

"흥, 억지 부리지 마. 도대체 이런 사적인 전화를 듣고 싶어하는 건 당신이 단순히 관음증 환자라는 증거지. 그 변변치도 못한 남자를 나오코 씨 앞에 데리고 오는 작업이 얼마나 무의미한 일인지 당신도 이제 알게 되었을 거야. 지금도 늦지 않았어. 그 지저분한 손을 거둘 생각이 있다면 나오코 씨가 지불할 탐정 비용의 곱절을 사라시나 씨가 지불하도록 해볼 수도 있는데. 아니, 그쯤은 내가 내도 좋아."

"당신은 재무 담당 변호사로는 제법 유능한가?"

"물론, 그런데……. 그게 무슨 뜻이지?"

나는 전화를 끊었다. 바로 그때 전화벨이 울렸다. 나는 내려놓았던 수화기를 다시 집어 들었다.

"사와자키? 나다." 니시고리가 소리쳤다. "십 분 전에 전화했는데 통화중이더군."

"의뢰인과 통화했지."

"사키사카 지사하고는 이야기가 어떻게 되었지?"

나는 요점만 이야기했다. 니시고리가 관심을 보인 것은 사키사카 고지가 '가이후'의 사진을 보고 아는 남자라고도 못 하고 모르는 남자라고도 못 한 사실, 긴자의 마담 미조구치 게이코의 애인, 노마 데쓰로가 영화관에서 본 남자라는 이야기, 부지사인 사카키바라가 저격자를 잡으면 경찰에 넘기기 전에 자기에게 연락해달라는 요청을 했다는 이야기. 이 세 가지였다. 사카키바라의 이름을 듣자 그는 큰소리로 "그 정치꾼 자식"이라고 욕을 했다. 목소리가 제대로 들리지 않는 것은 달리는 순찰차 안에서 전화하기 때문인 모양이었다.

"나도 알려줄 것이 있어." 니시고리가 언성을 높였다. "도지사 저격 용의자인 문제의 남자 신원이 밝혀졌어. 스와 마사유키, 삼십팔 세. 도쿄 출신, 재즈 피아니스트, 전 사격선수권 우승자, 1980년부터 1984년까지 뉴욕 거주. 미국인 아이린 글래스와 결혼해 슬하에 두 자녀. 올 7월 이혼. 이 녀석이 틀림없나?"

"신체 특징은?"

"그래, 일치해. 신장 176센티미터, 오른손 검지가 제2관절부터 없어."

"스와 마사유키……라고?" 이제야 그 남자의 본명이 밝혀졌다.

"칠팔 년 전 사진과 사에키가 찍은 사진을 비교해보았는데, 일단 동일 인물인 것 같아. 그리고 감식반 보고에 따르면 사진에 찍힌 BMW의 차번호는 도신 그룹 본사 비서실에 근무하는 하세가와 야스히코, 사십일 세의 차번호와 일치한다더군. 하지만 하세가와 감시는 실패했어. 우리 서 형사가 4시가 지나서 도신 본사에 도착했을 때는 이미 퇴근한 뒤였다는군. 그 사람 BMW는 수배중이야. 그리고 전 도신 전철 중역으로 최근 오 년간 정년, 질병 이외의 이유로 퇴직한 사람은 한 명밖에 없었어."

"소네 요시에인가? 의뢰인이 이름을 기억해냈어."

"그래. 하지만 현주소는 알 수 없어. 아무래도 고의로 그렇게 만든 것 같은 흔적이 있는 모양이야."

"가이후 마사미 쪽은 어떤가?"

"그쪽은 걱정 마. 그 여자는 지금 조후에 있는 자기 바에 있어. 우리 경찰서 형사와 조후 경찰서의 지원을 받지만 아직 이상한 움직임은 전혀 없네."

나는 니시고리의 다음 말을 기다렸다. 이런 보고만 하려고 달리는 차에서 일부러 두 번이나 전화를 걸었을 리는 없다.

"사와자키……." 니시고리가 말했다. 평소처럼 조롱하는 말투가 아니라 보기 드물게 왠지 이야기를 꺼내기 어려운 모양이었다. 나는 말없이 그대로 기다렸다.

"그래, 어쩔 수 없지. 지금 바로 사무실에서 나와 신주쿠 경찰서 주차장에서 대기하는 다시마 주임의 순찰차에 합류해."

"무슨 일이야?" 내가 물었다.

"닥쳐. 그냥 시키는 대로 해. 하지만 얌전히 굴어, 알겠어?"

"그 순찰차는 어디로 가지?" 나는 일어서서 책상 옆으로 돌아나가 난로의 불을 껐다.

"가쓰마다에게 물어봐. 어디로 갈지는 나도 아직 몰라. 녀석은 이십 분 전에 기치조지에 있는 '파브리스'를 빠져나왔어. 그 갈란트 시그마를 타고 이노카시라 거리 동쪽으로 향하고 있네. 내 20미터 앞에서. 흥미가 있다면 다시마의 순찰차를 타고 지시에 따라."

나는 전화를 끊고 삼 초 뒤에 사무실을 뛰쳐 나갔다.

30

　가쓰마다의 흰색 갈란트는 주차장의 어둠 속 거의 한복판에 있었다. 니시고리 경부의 세드릭 창에서 30미터쯤 떨어진 곳에 갈란트 운전석이 보였다. 가쓰마다는 실내등을 껐지만 두 개비의 담뱃불이 희미하게 들려오는 카스테레오의 록 음악 리듬에 맞춰 흔들렸다.

　신주쿠 경찰서에서 다시마 주임의 일반 승용차처럼 보이는 경찰차를 타고 고슈 가도로 나왔을 때 가쓰마다가 이노카시라 거리를 빠져나가 호난초 방향으로 가는 중이라는 무선 연락이 들어왔다. 경찰차는 부도심을 한 바퀴 돌듯이 사카에초 길로 들어가 호난초로 향했다. 사카에마치 공원 근처에 이르자, 가쓰마다가 호난초 교차로를 통과했다는 연락이 들어와, 우리가 탄 차는 나카노 길과 교차하는 지점에 있는 파출소 앞에서 대기했다. 삼 분 뒤 우리 바로 앞으로 가쓰마다의 갈란트와 니시고리의 세드릭이 좌회전하더니, 나카노 길을 북쪽으로 타고 올라갔다. 그 오 분 뒤에 가쓰마다는 야요이초 6초메에 있는 '후지미 하이 레지던스'라는 7층짜리 건물 옆 주차장에 갈란트를 세웠다.

가쓰마다가 가쓰라기 리에코라는 여자와 만날 셈이라면 그 여자의 얼굴을 알아볼 수 있는 사람이 갈란트가 보이는 위치에서 감시해야 한다는 내 의견을 니시고리는 마지못해 받아들였다. 내가 주차장 펜스 바깥 길에 세운 니시고리의 세드릭으로 이동하고, 다시마 주임이 운전한 차와 신주쿠 경찰서에서 급파된 또 한 대의 순찰차가 주차장에 있는 두 개의 출입구를 감시하기 시작한 지 이미 삼십 분이 지났다.

조수석에 앉은 니시고리와 뒷좌석의 내가 갈란트를 계속 감시했다. 운전석에 앉은 삼십대 중반의 누마타란 말없는 형사는 언제든 차를 출발시킬 태세였다. 무선 호출음이 울리자 니시고리가 응답했다.

"나카노 경찰서의 아쓰미 부장형사입니다." 상대방이 말했다. "아직 움직임은 없습니까?"

"아니, 없네."

"문의하신 건 말입니다. 부동산중개소를 겁박해서 간신히 그 주차장을 임대한 사람을 알아냈습니다. 갈란트가 주차한 9번 주차공간을 빌린 사람은 가쓰라기 리에라는 사람이랍니다. 아마도 가쓰라기 리에코와 동일 인물이라고 생각해도 틀림없을 겁니다."

"가쓰라기 리에라고? 그 여자 주소는?"

"야요이초 6의 20. 후지미 하이 레지던스 312호실입니다. 그 아파트도 주차장과 같은 부동산중개소가 관리하기 때문에 주차장 바로 옆에 있을 겁니다."

"아, 바로 앞에 보이네. 여자 직장은 알아냈나?"

"아뇨. 그 미쓰이 물산 총무부 비서과라는 글씨에 선을 그어 지우고 무직으로 되어 있습니다."

"여자 방에 전화가 있나?"

"있습니다."

"좋아, 바로 걸어봐. 누가 전화를 받을 경우에는 어떻게 하는지 요령은 알겠지?" 니시고리가 확인했다.

"예, 잠시 기다리시죠." 아쓰미는 그렇게 말하더니 무선을 끊었다.

그때 가쓰마다가 문을 열고 차 밖으로 나왔다.

"저길 봐." 내가 말했다. 조수석에 앉은 니시고리가 무전 스위치를 넣었다. "가쓰마다가 움직인다." 니시고리가 말했다. 가쓰마다는 등을 쭉 펴는 시늉을 두세 차례 하더니 담배를 던져 발로 밟아 끄고 후지미 하이 레지던스 3층 쪽을 흘긋 본 뒤 추운 듯 몸을 웅크리며 차로 돌아갔다.

"제기랄, 아무것도 아니야. 녀석이 차로 다시 들어갔다." 니시고리가 말했다.

호출음이 울렸다. "아쓰미입니다. 아무도 전화를 받지 않습니다."

"알았다." 니시고리가 응답했다. "오늘 밤은 장기전이 될 것 같군. 하지만 적어도 저 호스트 녀석이 어느 유한마담과 데이트하는 걸 구경할 걱정은 없어졌군."

하지만 바로 또 호출음이 울렸다. "다시마입니다. 지금 여자 한 명이 탄 흰색 갈란트 시그마가 주차장으로 들어갔습니다. 바로 그리 가겠습니다."

"알았다. 언제든 출발할 수 있도록 해." 니시고리가 빠른 말투로 대답했다.

바로 가쓰마다의 갈란트와 완전히 같은 모델에 색깔도 같은 차가 시야에 들어와 가쓰마다가 탄 차 뒷부분에 부딪힐 듯이 급정차했다. 두 대의 갈란트 문이 동시에 열리더니 가쓰마다와 여자가 밖으로 뛰어나왔다. 여자가 가쓰마다에게 달려가 다그치는 소리가 들렸다. "너 왜 여기 있는 거지?"

나는 니시고리를 돌아보았다. "영화관에서 본 여자가 틀림없어."

"모든 차량 출발. 미리 지시한 대로 행동해." 니시고리가 무선으로 말했다. 세드릭도 출발해 주차장 펜스를 따라 우회하더니 정면 입구를 지나 현장으로 급히 달려갔다. 다시마 주임이 모는 차 뒤에 세드릭을 세우고 니시고리와 내가 두 대의 갈란트 쪽으로 달려가자 가쓰라기 리에와 가쓰마다는 다시마를 비롯한 네 명의 형사에게 포위당해 멍하니 서 있었다. 가쓰마다의 카스테레오가 "It's been a hard day's night……"이라고 노래했다.

"가쓰마다, 널 공무집행 방해로 체포한다." 니시고리가 체포장을 제시하며 말했다. "능력 있는 변호사를 구하지 않으면 유괴 방조와 이 여자에 대한 공갈 미수도 뒤집어쓰게 될 거야. 하지만 이 여자가 요즘 출근하는 곳이나 최근에 드나들던 곳을 안다면 부는 게 좋을 걸. 그렇게 되면 네 죄는 아주 가벼워지겠지."

"나, 난, 알아요. 아마 이 여자를 미행했을 때 몇 차례 간 곳일 겁니다." 가쓰마다가 당황해서 소리쳤다. "그게 분명히 히가시나카노에 있는."

"좋아, 다시마 주임. 이 녀석을 연행해서 아는 걸 살살이 훑어내. 그리고 저 소음 좀 꺼."

나는 가쓰라기 리에 정면에 서서 록 음악이 꺼지기를 기다렸다가 말했다. "사에키 씨가 감금되어 있는 곳을 네 입을 통해 들으면 낭비하는 시간이 훨씬 줄어들 텐데."

가쓰라기 리에는 연행되는 가쓰마다를 바라보며 물었다. "대체 어떻게 저 남자를 알아냈지?"

"네가 내 사무실에서 빠져나가 가쓰마다의 차를 타고 도망가는 걸 목격한 사람이 있지."

가쓰라기는 알겠다는 표정을 지었다. 낮에 입었던 것과 같은 적갈색 가죽 하프코트에 청바지 차림이었지만 갑자기 한기가 느껴지는지 두 손을 코트 주머니에 찔러 넣었다.

"소네 요시에는 오늘 밤 안으로 지명수배가 된다는군." 내가 말했다. 니시고리가 덧붙였다. "노마 데쓰로가 눈이 뒤집혀 사에키 나오키를 처지하려 든다면 당신도 할망구가 될 때까지 바깥 공기를 쐴 수 없게 될 거야."

가쓰라기 리에는 입술을 깨물며 아파트의 자기 방을 올려다보았다. "이제 다들 정체가 탄로 났군."

니시고리가 가쓰라기의 갈란트에 고개를 집어넣고 검은 숄더백을 꺼내더니 문을 닫았다.

"소네 요시에가 일확천금을 꿈꾸었을지 몰라도 이젠 끝났어." 내가 말했다.

가쓰라기 리에는 쾌적하고 안락한 자기 거처를 체념하듯 아파트를 등졌다. "안내하지."

이제 곧 자정이 될 시각이었다. 니시고리 경부의 세드릭 앞 유리창 밖으로 보이는 거리는 밤과 낮의 차이는 있을지언정 사에키가 찍은 사진 속 거리와 같은 장소였다. 소네 요시에와 하세가와 비서의 BMW가 찍혀 있던 사진의 배경이다. 히가시나카노 역 동쪽 출구에서 오쿠보 거리로 나오는 중간에 '나카노 YS 빌딩'이 있었다. 니시고리는 사에키 나오키의 구출을 가장 중요한 임무로 삼아 신주쿠 경찰서와 나카노 경찰서에서 약간의 응원 병력만 불러 소네의 근거지를 급습하기로 했다. 이번에는 소네와 노마의 얼굴을 아는 사람이 YS 빌딩으로 들어갈 때 동행하도록 해야 한다는 내 의견은 무시당했다. 경찰은 이미 두 사람의 얼굴 사진을 손에 넣은 상태였다. 그게 없더라도 이렇게 위험이 따르는 일에 일반인을 참가시킬 리 없었다. 나는 그 빌딩에서 20미터쯤 떨어진 길에 세운 세드릭에 남게 되었다. 운전석에는 누마타 형사가, 뒷좌석에는 수갑을 찬 채 얌전히 앉아 있는 가쓰라기 리에가 함께였다.

가쓰라기 리에로부터 캐낸 건물 내부 정보를 바탕으로, 그녀가 지닌 정면과 뒷문 보조열쇠를 써서 니시고리와 다시마가 이끄는 두 팀, 총 아홉 명의 형사가 자정에 맞춰 건물 안으로 치고 들어가기로 했다. 가쓰라기는 건물 1층은 소네 요시에와 내연 관계인 여자가 운영하는 '티파니'란 이름의 여성 패션용품점이라고 했다. 2층의 임대 사무실은 도지사 선거 직전부터 그들의 작전본부로 쓰였고, 3층에 있는 소네 부부의 살림 공간에는 노마 데쓰로와 미조구치 게이코 모자도 함께 사는 모양이었다. 노마 데쓰로는 소네의 처조카였다. 문제의 사에키 나오키는 1층 점포 뒤에 있는 창고를 통해 드나들 수 있는 지하실에 갇혀 있다고 했다.

자정에서 삼십 초가 지났을 무렵 건물 2층의 큰길 쪽으로 난 창문에 불이 들어오더니 소리가 희미하게 들렸다. 나는 앞 유리창 너머로 2층, 3층, 옥상 순서로 훑어 올라갔다. 옥상 쪽에서 바깥 불빛에 비친 노마 데쓰로의 옆얼굴이 얼핏 보였다가 사라졌다. 건물 주위에는 네댓 명의 제복 경찰이 감시할 테지만 건물에 너무 가까이 있어 노마가 시야에 들어오지는 않을 것이다. 나는 세드릭 조수석에서 내린 뒤 코트를 벗어 좌석에 던졌다. 내가 본 장면을 보지 못한 누마타 형사가 밖으로 나가면 안 된다, 돌아오라며 제지했다. 나는 말을 듣지 않았다.

상점가의 셔터에 등을 붙이고 YS 빌딩으로 다가갔다. 건물 바로 앞에 있는 골목으로 들어서려는데 제복 경찰 한 명이 불러 세웠다. "무슨 일입니까? 무슨 문제가 있습니까?"

나카노 경찰서에서 나온 경찰관으로 니시고리에게 도착했다고 보고하러 왔을 때 나를 보았기 때문에 신주쿠 경찰서 소속 형사로 생각한 모양이었다.

"아니, 만약을 위해서 건물 옥상을 통해 도망가는 걸 막으려고."

그렇게 말하고 나는 재빨리 골목으로 달려 들어갔다. 폭 1미터 남짓한 골목은 어두컴컴했지만 조심스럽게 콘크리트 벽에 등을 대고 위를 올려다보며 안으로 들어갔다. 골목을 사이에 둔 옆 건물은 5-6층이기 때문에 그쪽으로 도망칠 수는 없을 것이다. 그 건물 흰 벽에 YS 빌딩 옥상의 윤곽이 수평으로 그림자를 드리웠다. 다시 아주 잠깐이지만 그 윤곽선 위로 사람 머리 그림자가 나타났다 사라졌다. 노마는 옥상에서 건물 뒤쪽으로 이동하고 있다. 나는 골목이 끝나는 모퉁이까지 이동해 건물 뒤편을 살폈다. 폭이 약 3미터 이상 되는 뒷길을 사이에 두고 병원 같은 흰 건물의 뒤쪽 등을 대고 있는 모양새였다. 새처럼 날지 않는 한 노마는 이쪽으로도 탈출할 수 없을 것이다. 남은 것은 건물 오른쪽뿐이다. 뒷문 쪽에 다시마가 운전하던 경찰차가 보였다. 나는 골목을 나와 아무도 없는 그 차로 다가갔다. 건물 뒷문이 반쯤 열려 있고, 그 안에서 제2팀이 뛰어 들어가는 발소리와 사람 목소리가 들려왔다.

건물 뒤를 지나 반대편 골목 입구까지 가서 위를 올려다보았다. 이웃한 건물은 YS 빌딩과 거의 같은 높이의 3층짜리로, 거리는 1.5미터쯤 되어 보였다. 노마의 탈출로는 여기뿐이다. 나는 제2팀 사람에게 지원을 요청해야겠다고 생각했다. 하지만 옆 건물 거주자에 대한 정보도 없었고, 공연히 소란을 떨다가 노마가 인질을 잡는 사태가 벌어지기 전에 그에게 접근하고 싶었다. 그때 머리 위에서 누군가 달려가는 소리가 났다. 그러더니 검은 그림자가 두 건물 사이의 공간을 날았다. 나는 얼른 옆 건물 뒤로 돌아갔다. 제법 연륜이 묻어나는 연립주택 건물로, 안쪽 모퉁이에 좁은 계단이 있었다. 큰길 쪽에도 계단이 있을 테지만 노마가 그쪽 계단으로 내려오면 배치된 제복 경찰의 눈을 피할 수 없을 것이다.

나는 발소리가 나지 않도록 조심하면서 계단을 통해 3층까지 올라갔다. 3층에서 옥상으로 올라가는 계단은 더욱 좁고, 그 위에 녹이 슨 철제문이 있었다. 계단에 한 발을 디뎠을 때 그 문손잡이가 도는 소리가 났다. 발소리를 죽이고 계단 위의 좁은 층계참까지 올라갔다. 다시 누군가 안쪽에서 손잡이를 돌려 문을 열려고 했다. 열릴 리 없었다. 어린애들은 손이 닿지 않을 높이에 빗장이 질려 있었다. 그 옆에 메모가 붙어 있었다. '위험. 열지 말 것.' 다시 문을 열려는 덧없는 시도가 있었지만 이윽고 조용해졌다. 나는 십 초쯤 더 기다려 소리가 나지 않도록 살며시 빗장을 벗겼다. 손잡이를 천천히 돌려 문을 힘껏 열어젖히며 옥상으로 달려 나갔다.

어두컴컴한 옥상에서 제일 먼저 눈에 들어온 것은 엉덩이를 문에 세게 부딪혀 앞으로 고꾸라진 남자의 모습이었다. 그는 문에 등을 지고 쭈그리고 앉아 있었던 모양이다. 하지만 다음 동작은 매우 민첩했다. 그대로 두 번 앞으로 굴러 내 쪽을 향해 자세를 가다듬었다. 노마 데쓰로는 운동복 상의에 청바지 차림이었지만 낮에 입었던 짙은 남색 피코트를 말아 들고 있었다. 그게 문제였다.

"역시 너로군." 노마가 속삭이듯 말하더니 입가에 희미한 미소를 지었다. 나는 상의 단추를 풀고 한 걸음 앞으로 내디뎠다. 그가 피코트 주머니에 손을 집어넣는 것과 내가 덮친 것은 거의 동시였다. 나는 그의 오른손에 감겨 있던 피코트를 움켜쥐며 그의 가슴을 어깨로 들이받았다. 그는 뒤로 두세 걸음 비틀거리며 물러나면서도 주머니에 넣은 오른손으로 찾던 것을 움켜쥔 모양이었다. 갑자기 주머니 옷감을 뚫고 튀어나온 아이스픽의 끄트머리가 내 왼쪽 눈 몇 센티미터 앞까지 다가왔다. 나는 움켜쥔 피코트를 옆으로 떨치듯 끌어당겨 간신히 피했다. 그 바람에 내게 옆모습을 보이게 된 노마의 옆구리에 오른쪽 무릎으로 일격을 가했다. 그는 윽 하고 신음하며 몸을 웅크렸지만, 다음 순간 아이스픽을 쥔 채 혼신의 힘을 다해 내 심장으로 달려들었다. 그의 코트를 잡지 않았다면 아이스픽은 내 가슴에 꽂혔을 게 틀림없다. 나는 움켜쥔 코트를 필사적으로 왼쪽 위 방향으로 추켜올렸다. 왼쪽 어깨 약간 아래에 심한 통증이 느껴졌다. 하지만 아이스픽은 빗나갔다. 나는 다리후리기로 노마를 넘어뜨리고 코트를 빼앗은 뒤 백 스텝을 밟았다. 일어서려고 치켜든 노마의 머리가 알맞은 위치에 있어 그의 관자놀이를 럭비에서 플레이스킥이라도 하듯 차올렸다. 노마는 한 바퀴 굴러 엎어진 채로 꼼짝도 하지 않았다. 턱 아래에 손을 대 기절했을 뿐이란 걸 확인했다.

나는 왼팔 상박부의 상처를 손으로 누르며 빌딩 옥상이 큰길을 내려다보는 지점까지 걸어갔다. 아래 큰길에 있는 제복 경찰을 불러

니시고리 경부에게 노마 데쓰로가 이 옥상에 있다고 전해달라고 고함을 쳤다. 그리고 구토감이 일어 그 자리에 쭈그리고 앉았다.

다시마 주임에게 응급 지혈 조치를 받고, 니시고리의 세드릭으로 향하던 도중에 나는 호송차로 끌려가는 소네 요시에와 스쳐 지났다. 잠옷 위에 코트를 입고 모자를 쓰지 않은 소네는 평범한 초로의 남자에 지나지 않았다.

"내 나이가 되면 손에 들어온 목돈을 내팽개친 스스로가 어리석게 여겨질 거야." 그가 내게 말했다. 억지를 부리는 게 아니라 나를 동정하는 표정이었다. 나는 고개만 끄덕이고 반론은 하지 않은 채로 호송차를 떠나보냈다. 나는 이 나이에도 내가 어리석다는 생각을 시도 때도 없이 한다.

세드릭에 올라타자 누마타 형사는 차 지붕 위의 사이렌을 울리며 출발했다. 니시고리는 조수석에 앉았고, 뒷좌석에는 가쓰라기 리에가 아니라 수염이 아무렇게나 난 청년이 앉아 있었다. 처음 보는 사에키 나오키는 사진보다 약간 더 야위었고 안색이 좋지 않았다. 올리브색 스포츠 셔츠는 때가 탔고, 갈색 코듀로이 상의와 바지는 주름투성이였다. 계속 문지르는 오른쪽 손목의 붉은 찰과상은 수갑을 찼던 자국인 모양이었다.

"소개하지." 니시고리가 사에키에게 말했다. "와타나베 탐정사무소의 사와자키⋯⋯. 하긴, 자네에게 이 남자를 소개하는 건 이게 두 번째로군."

사에키는 내 얼굴을 보며 살짝 고개를 숙이고는 "감사합니다"라고 웅얼거렸다. 나는 상의 주머니에서 수첩을 꺼내 거기 들어 있던 사에키의 스냅 사진을 꺼내 본인에게 건넸다. 그는 잠시 그 사진을 바라보았다. 이윽고 그의 지친 얼굴에 의문이 떠오르고, 그 의문이 사에키에게 약간의 활력을 불어넣은 것 같았다.

"부인에게 얻은 사진입니다." 내가 말했다. "실종자를 찾을 때 그런 사진을 열 명, 스무 명, 때로는 쉰 명에게 보여주어도 잘 풀리지 않기 마련인데 이번에는 아직 아무에게도 보여주지 않았는데 당신을 찾아냈군요."

"나오코가 당신을? 사와자키 씨라고 하셨습니까?" 사에키는 니시고리를 보더니 그 시선을 내게로 돌렸다.

"그런데 어떻게 나오코가 당신을……?"

"나카노에 있는 아파트 탁상달력에 경부한테 들은 내 전화번호를 받아 적은 걸 기억합니까?"

사에키는 눈을 가늘게 뜨고 기억을 더듬었다. 그리고 천천히 고개를 끄덕였다. "난 그러면…… 내가 고용하지도 않은 탐정의 구조를 받은 운이 좋은 남자인 모양이군요."

사에키 나오키는 무의식적으로 자기 사진을 지저분한 상의 주머니에 넣었다. 그때 손목의 찰과상이 드러났다. 나는 주머니를 뒤져 담배를 꺼냈다. 아이스픽을 휘두르던 남자 때문에 담뱃갑은 납작하게 찌그러져 있었다.

31

신주쿠 경찰서에 도착하고 나서 한 시간이 눈 깜빡할 사이에 흘렀다. 나는 오기 변호사에게 전화를 걸어 상황을 알리고 의뢰인에게 연락해달라고 부탁했다. 그리고 사에키와 함께 의무실에 가서 경찰의의 치료를 받는 사이에 사에키가 니시고리 경부의 약식 심문에 대답해 몇 가지 의문이 풀렸다.

저격 사건의 진범으로 보이는 인물은 스와 마사유키가 맞았다. 그리고 괴문서 사건을 저지른 사람은 소네 요시에 일당이며, 그 배후는 '도신 그룹'의 회장 고야 소이치로이고, 그들의 파이프 역할을 맡은 사람이 하세가와 비서라는 사실, 주모자를 밝혀내기 위해 일억 엔을 요구해보았더니 고야, 하세가와, 소네, 이 세 사람이 돈을 건네기 위해 도신 빌딩 지하 주차장에서 몰래 만나는 모습을 목격했다는 사실, 그 밀회 현장을 몰래 촬영한 증거 필름이 든 카메라가 마크II의 대시보드에 있다는 이야기, 사에키가 유괴당한 것은 그가 사라시나 요리코와 벤츠에서 이야기를 마치고 아파트로 돌아와 일억 엔을 받으러 갈 때 보디가드 겸 증인으로 일해달라고 의뢰하기 위해 와타나베 탐정사무소에 전화를 막 걸려던 때였다는 이야기, 급한 택배 배달을 가장한 노마 데쓰로 및 소네 요시에, 가쓰라기 리에 세 명에게 뜻하지 않은 습격을 당해 그날 밤 보쌈을 당하듯 감금 장소로 옮겨진 이야기, 하지만 저격 사건에 관해서는 감금 이전에는 괴문서와 마찬가지로 고야 회장이 주모자가 틀림없다고 믿었지만 증거라고 할 수 있는 것은 없고, 감금된 뒤에 소네 일당의 반응을 보니 그 믿음에 자신이 없어졌다는 이야기 등을 들었다.

니시고리가 스와 마사유키가 있을 만한 곳을 묻자 사에키는 몇 번이나 주소를 캐내려 했지만 뜻을 이루지 못했으며, 자기 아파트 이외에는 이렇다 할 장소가 없다고 대답했다. 의무실 병상에 누워 링거 주사를 맞으며 자기는 저격 사건 혐의를 빼면 스와 마사유키에게 이렇다 할 악감정을 품을 수 없었다고 했다. 그리고 마지막으로 나오코와 함께 형처럼 믿었던 고야 회장이 이런 짓을 저질렀다는 사실이 무엇보다 안타깝다는 이야기를 덧붙였다.

사에키의 증언으로 고야 회장과 하세가와 비서에 대한 긴급체포 명령이 떨어졌다. '나카노 YS 빌딩'에서 연행된 사람은 소네 요시에와 그의 아내, 노마 데쓰로와 그의 애인인 미조구치 게이코 모자까지 합쳐 모두 다섯 명이었다. 소네 요시에는 괴문서 발행 의뢰인을 캐묻자 처음에는 어떤 돈 많은 여성이라고 증언하여 은근히 사라시나 요리코가 의뢰인인 듯한 냄새를 풍기려 했다. 그러나 도신 전철에서 쫓겨났을 때 원한을 품은 게 아니냐는 지적을 하면서 YS 빌딩 지하실 비밀금고에서 발견된 고야, 하세가와, 소네가 몰래 만나는 사진의 필름을 들이밀자 그제야 고야 소이치로가 의뢰인이라고 진술했다. 그 네거티브 필름은 사에키를 유괴할 때 사용한 마크II에서 나온 것으로, 자기들이 단순한 종범에 불과하다는 증거로 보관해두었다고 대답했다. 소네가 그 필름을 더 효과적으로 이용해 먹을 방법을 궁리했다는 것은 누가 보더라도 분명했다. 비밀금고에서는 현금 일억 엔도 발견되었다.

가짜 형사 이하라 유키치 살인 사건의 나카노 경찰서 담당자들이 몰려와 살인 현장인 아파트 주인 사에키 나오키를 의욕적으로 심문했다. 하지만 사에키는 범행이 있기 나흘 전부터 이미 감금상태였기 때문에 그 살인에 관해서는 아는 것이 전무했고, 피해자의 사진을 보여주어도 모르는 사람이라고 증언했다. 그러자 그들은 완전히 의욕을 잃고 말았다. 사에키가 유괴된 날짜는 소네 요시에 일당의 증언과도 일치했기 때문에 의문의 여지가 없었다.

1시가 지나서 하세가와 비서가 도쿄 역 '국제관광호텔'에서 체포되었다. 호텔 예약 전화를 그의 아내가 몰래 들었던 것이다. 하세가와는 호텔 프런트를 통해 다음 날 오사카발 홍콩행 항공권을 예약한 상태였으며 상당한 현금을 지니고 있었다. 체포 현장에서 심문한 담당 경찰관의 말로는 하세가와가 고야 회장의 행방은 모른다고 대답했다고 했다. 다만 퇴근 직전에 고야 회장에게 불려가 괴문서 관련 증거들은 태워 없애라는 지시를 받았다고 증언했다. 그 자리에서는 지시대로 행동할 것처럼 했지만 그때 그는 이미 멀리 도망칠 결심을 한 상태였다고 했다. 자기는 원래 사에키를 감금하는 것에 반대했고, 그 뒤로 사태는 점점 더 나빠져 며칠 전부터 도망칠 기회를 노렸다는 이야기였다. 이미 도신 그룹 본사 회장실이나 고야 소이치로의 자택에서 가택수색을 하던 담당자들이 하세가와의 증언으로 괴문서 관련 물증 두세 가지를 압수했다고 한다.

한편 고야 회장은 10시가 지나서 사키사카 고지의 집 연회장을 떠난 것까지는 확인되었지만 그 뒤의 행적은 밝혀지지 않았다.

분주하게 움직이는 신주쿠 경찰서 2층 수사과 복도에서 나는 다시마 주임이 가져온 종이컵에 든 커피를 마시면서 마지막 한 개비 남은 담배를 피우고 있었다. 니시고리 경부가 수사과 문을 열더니 급히 따라오라고 했다. 그는 계단을 내려가 1층 복도를 통해 사에키와 내가 아까 머물렀던 의무실 쪽으로 향했다.

"사에키 씨는 오늘 밤 집에 돌아갈 수 있는 건가?"

"나카노에 있는 아파트는 그쪽 경찰이 재수사를 시작했기 때문에 안 돼. 그곳만 아니라면 어디든." 목소리가 어느새 평소처럼 퉁명스러워져 있었다.

"내 일은 끝났어." 내가 말했다. "사에키 부인이 여기 도착하면 나도 돌아갈 거야."

의무실 앞에는 제복을 입은 경찰관 한 명이 서 있었다. 우리는 안으로 들어갔다. 의사들의 모습은 이미 보이지 않았다. 칸막이 안쪽에는 침대가 두 개 있었는데 그 가운데 하나에 사에키 나오키가 누워 있었다. 그는 우리가 들어가자 바로 일어나 침대 끄트머리에 걸터앉았다. 니시고리는 둥근 의자에 걸터앉았고, 나는 빈 침대 쪽으로 갔다.

"무슨 일이죠?" 사에키가 물었다.

"골치 아프게 되었습니다. 가이후 마사미가 우리 감시를 빠져나가 행방을 감추었습니다. 조후에 있는 바에서 나와 지토세카라즈 역 쪽의 연립주택으로 돌아가던 도중에 그만 감쪽같이 감시망을 빠져나갔습니다."

나는 니시고리의 따가운 시선을 느끼며 침대 옆 선반에 놓인 알루미늄 재떨이에 담배를 껐다.

"경찰 이외에 그 여자를 감시하고 있었다는 사실을 알던 사람은 탐정, 너뿐이야. 뭔가 수작을 부린 건 아닐 테지?"

나는 대답하지 않았다. 사에키가 내가 생각하는 내용을 이야기했다. "스와 마사유키가 시킨 겁니까? 가이후 마사미라는 사람은 스와와 함께 산다는 여자죠?"

니시고리는 고개를 끄덕였다. "그리고 고야 소이치로의 행방도 전혀 알 수 없군요. 두 사람에게 한 번만 더 묻죠. 스와 마사유키, 가이후 마사미, 고야 소이치로. 이 세 사람의 행방에 관해 뭔가 단서가 될 만한 내용을 알지 않나요?"

니시고리는 사에키와 나를 번갈아 바라보았다. 사에키와 나는 고개를 저었다. 니시고리는 투덜거리며 구깃구깃한 넥타이를 풀어 둘둘 말더니 상의 주머니에 넣었다.

의무실 문이 열리고 칸막이 밖에서 다시마 주임이 고개를 디밀었다. "사에키 씨 부인과 변호사가 왔습니다."

"들여보내." 니시고리가 말했다. 나와 니시고리는 칸막이 밖으로 나왔다.

사에키 나오코와 오기 변호사가 의무실 안으로 들어왔다. 나오코는 파란 모헤어 코트를 입고 짙은 남색 핸드백을 들었다. 오기의 복장은 여전했고 서류가방을 들고 있었다.

"부군은 칸막이 안쪽에 계십니다. 들어가시죠." 니시고리가 그렇게 말하고 먼저 방을 나갔다.

"사와자키 씨……." 나오코가 불렀다. 그리고 내 다친 팔을 보았다. "그 팔은 왜 그렇게 되었나요?"

"별일 아닙니다. 이야기는 내일 하시죠. 남편분이 기다립니다." 나도 니시고리의 뒤를 따랐다.

오기도 부부의 만남을 배려해 나와 함께 밖으로 나왔다. "사에키 문제는 나오코 부모를 대신해서 감사의 말을 전하네. 하지만 서장에게 인사하러 갔다가 들은 이야기인데 고야 회장이 골치 아프게 되었더군."

나는 말없이 고개를 끄덕였다. 그러고서 바깥 복도에서 담뱃불을 붙이는 니시고리 쪽으로 다가갔다.

"사에키 씨 아파트에서 발견된 시체에서 빼낸 총탄에 관해 이야기를 해줘."

"9밀리 파라벨럼 탄이야."

"루거에 사용하는 실탄이군. 사키사카 지사의 폐에서 나온 총탄과는 일치하지 않나?"

"일치하지 않았다더군."

"그 아파트 여기저기 떨어져 있던 혈흔은 그 죽은 사람이 흘린 것이었나?"

"어떻게 그 혈흔에 관해 알지?"

"그만 좀 해. 이젠 그런 거 캐물을 필요 없잖아."

"까불지 마. 미리 말해두지만 경찰은 너 따위 인간에게 빚진 것 없어. 알겠어?"

"누가 그런 소리 했나? 질문에 대한 답은?"

"다른 사람 피야." 니시고리가 마지못해 대답했다.

"그럼 스와 마사유키가 총에 맞았을 가능성도 있군."

"없어. 스와가 팔 년 전에 오른손 검지를 잃었을 때 치료한 진료소의 기록에 그의 혈액형이 남아 있었지. 그 피는 스와가 흘린 것도 아니야."

"그렇다면 그 가짜 형사가 총탄에 맞았을 때 그 방에는 스와 이외에 사람이 있었다는 이야기가 되는군."

"그렇지."

나는 니시고리한테 담배 한 개비를 빌렸다. 필터를 뜯어내면서 말했다. "난 갈 거야. 아무래도 체력이 한계에 이른 것 같아."

"진술서에 서명은 했나?" 니시고리가 물었다.

"내일 할게." 나는 아픈 오른팔을 잡고 그 자리를 떠났다.

신주쿠 경찰서 현관을 나서자 일기예보와 달리 가랑비가 내렸다. 물론 어제 들은 일기예보였다. 코트를 두고 나왔다는 걸 깨닫고 수사과 다시마 주임의 책상으로 돌아갔다. 책상 주인은 자리에 없었다. 조서를 꾸밀 때 앉았던 의자 등받이에서 코트를 집어 들다가 무심코 다시마 주임의 책상 위로 눈길이 갔다. 미조구치 히로시의 추락사 현장인 히노 시 아사카와 부근의 약도가 들어간 조사보고서가 보였다. 코트를 입으면서 집어 들고 읽어보니 사건 당일의 차량 회수 상황을 대략 알 수 있었다. 도주 차량의 추락은 오후 6시 반, 미조구치의 시체가 인양된 것이 8시 조금 전, 차량 인양 작업에 시간이 걸려 자정 무렵까지 매달린 것으로 되어 있었다. 파손된 운전석 문으로 흘러나간 권총과 기타 유류품은 날이 밝기를 기다려 재개된 작업을 통해 이튿날인 새벽 5시에 회수되었다. 나는 코트를 입고 형사들이 눈치채지 않도록 수사과를 나왔다. 다시 1층으로 내려왔을 때 안내창구 옆의 공중전화가 눈에 들어왔다. 나는 니시고리한테 얻은 담배에 불을 붙이며 수화기를 들었다.

의뢰받은 일은 모두 끝난 상태였다. 사에키 나오키 유괴와 괴문서 사건 이외에는 아직 해결되지 않았지만 이제 탐정이 나설 자리는 없었다. 나는 이 세상에서 유일하게 외우는 여자 전화번호를 떠올리려 애썼다. 몹시 지쳐서인지 숫자가 바로 떠오르지 않았다. 그때 깨달왔다. 만약 내게도 스와 마사유와 같은 일이 일어난다면, 그 번호의 주인공인 여자를 다시는 만날 수 없게 될 것이다……

어쩌면 내가 느끼는 것보다 더 지친 모양이었다. 나는 고개를 저으며 전화 다이얼을 돌렸다.

"여기는 전화 서비스 T·A·S입니다." 아르바이트 오퍼레이터의 목소리였다. 탐정의 습성이란 참으로 처량하다.

"와타나베 탐정사무소의 사와자키예요. 10시 이후에 무슨 연락 들어온 것 없나요?"

"잠깐만요. 11시에 XYZ의 'X씨'에게서."

"그건 이제 됐어요. 다른 연락은?"

"12시에 고야 소이치로 님에게서 '세타가야에 있는 기누타 공원 북쪽의 예전 국제영상 스튜디오 자리로 와달라.' 이상입니다."

나는 전화를 팽개치듯 내려놓고 신주쿠 경찰서 현관을 나와 가랑비를 맞으며 주차장에 세워둔 블루버드로 달려갔다. 도중에 꺼진 담배를 내뱉고 블루버드에 올라탔다. 주차장을 나올 때 스쳐 지난 녹색 소형차 운전석에서 안도하는 표정의 다쓰미 레이코를 본 것 같은 기분이 들었다.

32

　고야 소이치로의 전화가 온 지 벌써 두 시간 이상 지난 시각이었지만 그가 타는 재규어는 '국제영상' 정문 대각선 맞은편에 있는 폐업한 볼링장 공터에 세워져 있었다. 나는 블루버드를 재규어 옆에 세우고 대시보드에서 손전등을 꺼낸 뒤 코트를 입고 빗속으로 내려섰다. 재규어 안에는 아무도 없었고, 엔진도 완전히 식어 있었다. 손전등으로 차 안을 비춰보니 운전석 옆 콘솔 박스에 부착된 전화의 수화기가 제 위치에서 어긋나 있었다. 고야 회장이 마지막으로 전화를 건 곳이 내 전화 응답 서비스라고만은 할 수 없지만 수화기를 서둘러 내려놓았다는 사실만은 분명했다.

　나는 세타가야 길을 건너 국제영상 정문 앞에 섰다. 문기둥에는 굵은 철사로 '폐쇄되었습니다. 출입 금지'라고 적힌 팻말이 매달려 있었다. 레일로 여닫는 철제 격자문에도 튼튼한 자물쇠가 걸려 있었다. 녹이 슨 철문에는 옆에 있는 울창한 숲에서 뻗은 담쟁이넝쿨이 뒤엉켜 있었다. 왼쪽에는 도보 출입 전용 작은 철문이 있었지만 밀고 당겨봐야 꼼짝도 하지 않았다. 혹시나 싶어 그 한복판에 붙어 있는 쪽문 손잡이를 돌려보니 녹이 슨 쇠가 마찰하는 소리를 내며 간단하게 열렸다. 나는 허리를 구부리고 안으로 들어갔다.

황폐한 수위실 앞을 지나 약 30미터 전방에 커다란 검은 그림자를 드리운 건물을 향해 차도를 걸어갔다. 11월 하순에 내리는 비는 차가웠다. 건물 옆에 도착했을 때는 이마에서 빗방울이 떨어졌다.

3층짜리 철근 건물이었다. 나는 '국제영상주식회사'라는 간판이 있는 정면의 현관에서 시작해 건물 주위를 한 바퀴 돌았다. 다섯 개도 넘는 출입문을 모두 밀어보았지만 열리는 것은 없었다. 유리창이 몇 군데 깨져 있었지만 사람이 드나든 흔적은 보이지 않았다. 손전등으로 안을 비춰보았다. 인기척은 전혀 느껴지지 않았다. 건물 정면으로 돌아와 한 발 뒤로 물러나 건물 위를 쳐다보았다. 어둠과 비때문에 건물의 검은 실루엣만 보일 뿐이었다.

건물 오른쪽에 비슷한 높이의 거대한 콘크리트 상자 같은 건물이 두 개 나란히 있었다. 창문이라고는 하나도 없는 창고 같은 건물이었다. 바깥의 큰길에서는 잡목 숲에 가려 보이지 않을 위치였다. 가까운 쪽 건물로 가다가 보니 높이가 약 5미터, 가로 폭이 약 7미터는 될 법한 큼직한 두 짝짜리 문이 건물 정면 대부분을 차지했다. 그문을 좌우로 활짝 열면 대형 트럭 세 대쯤은 한꺼번에 들어갈 수 있을 것 같았다. 문 한가운데 페인트로 '제1스튜디오'라고 적혀 있었다. 이런 곳은 처음이라 잘 모르겠지만 아마 이 안에서 영화나 텔레비전 드라마 촬영을 하는 모양이었다. 문 좌우에 커다란 출입구가 있었지만 자물쇠로 잠겨 있었다. 다른 건물—당연히 '제2스튜디오'였다—의 출입구도 밀어보았지만 결과는 마찬가지였다.

나는 두 스튜디오 사이로 난 차도를 걸었다. 제2스튜디오 뒤편 옆으로 작은 오두막 같은 건물이 달라붙어 있는 게 보였다. 가까이 가보니 화장실이었다. 그 바로 앞 어둠 속에 승용차 한 대가 서 있었다. 건물과 마찬가지로 폐차된 것으로 생각해 손전등으로 비춰보니 검은 블루버드는 내 차와 비교하면 새 차나 다름없었다. 차 안도 살폈지만 별 이상은 없었다. 하지만 이 차는 두 곳의 스튜디오와 화장실에 둘러싸여 대낮에도 외부에서는 보이지 않을 위치에 있었다.

나는 제2스튜디오 뒤로 돌아갔다. 모퉁이에 출입구가 있었다. 그 문에는 자물쇠가 걸려 있지 않았다. 나는 소리가 나지 않도록 천천히 문을 열고 건물 안으로 들어갔다. 어딘지는 몰라도 조명 같은 것이 켜 있다는 건 알았지만 눈이 익숙해지기까지는 몇 초 걸렸다. 5-6미터 앞에서부터 허리 높이의 스테이지 같은 것이 설치되어 있었다. 아마 사방 15-16미터쯤 되는 넓이로, 그 위에 3미터가량 되는 높이의 합판이 울타리처럼 둘러쳐져 임시로 지은 가건물 오두막 같은 모양새였다. 합판이 쓰러지지 않도록 군데군데 버팀목이 세워져 있었다. 조명은 그 울타리 안쪽에 켜져 있는지 창문처럼 생긴 곳에서 빛이 흘러나왔다. 나는 손전등을 무기 대신 움켜쥐고 그 스테이지 구석에 있는 계단을 올라갔다. 발소리가 나지 않도록 조심하면서 빛이 새어나오는 창문으로 다가가 안을 들여다보았다. 내부는 실물과 똑같이 꾸민 스키장의 로지로 보이는 통나무집이었다. 아마 촬영용 세트일 것이다. 창문 맞은편에 오두막의 출입문이 보여 나는 세트 바깥을 합판 벽을 따라 반 바퀴 돌았다. 출입문과 기둥은 여닫기를 견딜 수 있도록 단단하게 만들어져 있었고, 문 앞의 스테이지 바닥에는 진짜 흙을 도톰하게 쌓아올렸다.

문을 열고 통나무 오두막 안으로 들어갔지만 '야호' 하는 소리를 지를 만한 상황은 아니었다. 나를 맞이한 사람은 오두막 주인이나 스키복을 입은 여자애들이 아니라 수수한 비즈니스 정장 차림의 세 명의 남자였다.

스튜디오 천장에는 마치 창살처럼 격자로 매단 쇠파이프에 연결된 두 개의 조명에 불이 들어와 있어서 세트 안 구석구석까지 환했다. 정면에 나무 냄새가 짙게 풍기는 원목 테이블이 있고, 나무로 만든 벤치가 ㄷ자 모양으로 그 테이블을 둘러쌌다. 왼쪽 벽에는 벽돌로 만든 난로가 있었다. 오른쪽 바로 앞이 부엌이고 안쪽은 바닥을 약간 돋운 부분에 매트가 깔린 2층짜리 나무침대가 두 개 놓여 있었다.

세 사람 가운데 두 명은 난로와 원목 테이블 사이 바닥에 쓰러져 있었다. 나머지 한 명은 나무 벤치에 앉아 한 손을 2층 침대 쪽으로 뻗고 고개를 숙이고 있었다. 나는 바닥에 쓰러진 두 명 쪽으로 다가 갔다. 천장을 향해 허공을 쏘아보고 있는 사람은 부지사인 사카키바라 마코토였다. 이마 한가운데 총탄을 맞아 얼굴이 검푸르게 부풀어

올랐지만 날카로운 눈매만은 내게 뒷거래를 제안했던 여섯 시간 전과 똑같았다. 오른손에 든 권총의 방아쇠 부분에 그의 검지가 걸려 있었다. 상당히 낡은 자동권총으로 그립 부분 위에 'BROWNING'이라고 새겨져 있었다. 그의 왼손은 옆에 엎어져 있는 남자의 등에 얹혀 있었다. 그 남자는 구부린 오른쪽 팔 안에 얼굴을 묻었고, 가슴 아래는 피가 많이 고여 있었다. 얼굴을 확인하지는 않았지만 뒷모습과 양복으로 보아 고야 소이치로가 분명했다. 그 흥건한 피에서 나는 냄새와 화약 냄새가 세트 안에 들어왔을 때부터 내 후각을 자극한다는 사실을 깨달았다.

두 남자를 뒤로하고 벤치에 앉은 세 번째 남자를 살피러 갔다. 옆을 향한 얼굴을 보기 위해 벤치 뒤로 돌아 길게 뻗은 오른손 아래로 들여다보았다. 살짝 수염이 난 야윈 체구의 사십대 남자였다. 7대 3으로 가르마를 탄 비듬 많은 머리카락 아래는 무얼 해도 제대로 풀리지 않는다는 표정의 얼굴이 있었다. 한 번도 본 적이 없는 사내였다. 벤치 등받이 너머로 늘어뜨린 왼손에 응급처치를 한 듯이 두툼한 붕대가 감겨 있었다. 이만한 부상이라면 최근에 어디선가 피를 흘렸다 하더라도 이상할 게 없었다. 나는 그 남자의 상의 주머니를 뒤졌다. 사후경직이 시작되었는지 몸이 뻣뻣했지만, 안주머니에서 찾고자 하는 것을 꺼낼 수 있었다. 오쿠무라 데이지라는 이름으로 된 경찰수첩과 그가 하치오지 경찰서에 근무하는 순사부장우리나라의 경정에 해당하는 계급이라고 인쇄된 몇 장의 명함이었다. 이하라 유키치의 명함과 아주 흡사했다. 그것들을 다시 주머니에 집어넣으며 와이셔츠를 입은 남자의 가슴에 총탄을 맞은 둥근 구멍이 나 있는 것을 확인했다. 원목 테이블에 총신이 짧은 권총이 놓여 있었다. 이하라 유키치가 가지고 있던 것과 같은 38구경 리볼버였다. 나는 주머니에서 손수건을 꺼내 그 권총을 집어 들었다. 다섯 개의 탄창에는 세 발이 남아 있었다. 이 가운데 한 발은 사카키바라 마코토의 두개골 안에 박혀 있을지도 모른다. 나는 권총을 원래 있던 곳에 돌려놓고 손수건을 집어넣었다. 테이블에는 이틀이나 사흘 치쯤 되는 음식 흔적과 마시다 남은 위스키 병이 어지럽게 놓여 있었다.

그곳을 떠나려 뒷걸음질하다가 등에 딱딱한 것이 닿더니 '찰칵' 하는 소리를 냈다. 뒤를 돌아보니 2층 침대 기둥에 매달린 수갑이 흔들리고 있었다. 수갑의 한쪽 끝은 기둥에 걸려 있었지만 또 한쪽은 풀린 상태였다. 구멍에는 열쇠가 그대로 꽂혀 있었다. 상상하자면 누군가 수갑을 차고 침대에 묶여 있었고, 본인이 풀었거나 누가 수갑을 풀어주었다는 계산이 나온다. 하지만 그 인물이 이 세트 안에 있는 세 사람 가운데 한 명인지 제4의 인물인지는 알 수 없었다.

다시 바닥에 쓰러진 두 사람 쪽으로 갔다. 고야 회장으로 보이는 남자를 확인하기 위해 머리 쪽에 쭈그리고 앉아 남자의 왼쪽 어깨를 살짝 들어올렸다. 고야 소이치로였다. 핏기 없이 무표정한 얼굴은 나이 든 느낌이 옅어져 제 나이를 드러냈다. 갑자기 그가 낮게 신음하며 눈을 살짝 뜨는 바람에 나는 깜짝 놀라 들어 올렸던 그의 어깨를 놓칠 뻔했다. 다른 두 사람보다 더 많은 피를 흘린 탓에 살아 있으리라고는 생각도 하지 못했다.

"고야 회장, 괜찮습니까?" 그렇게 물으며 등에 얹힌 사카키바라의 손을 밀쳐내고 그를 돌아 눕혔다. 오른쪽 어깨 빗장뼈 아래 부근 상의에 구멍이 뚫렸고, 그 주위가 검게 탔다. 아주 가까운 거리에서 총탄을 맞아 탄환이 겨드랑이 아래를 관통한 모양이었다. 출혈은 이미 멈춘 상태였다.

"아아, 사와자키 씨…… 역시 사키사카 저택에서 당신에게 이야기를 했어야 하는 건데." 그는 갈라진 목소리로 말했다.

"바로 구급차를 부르죠."

일어서려는 내 팔을 고야는 움직일 수 있는 왼손으로 잡아 제지했다. "기다려요. 사정 이야기를 해야만 해요……. 부탁이니 내 이야기를 들어줘요."

"그러면 일 분만. 그 이상은 무립니다."

그는 눈을 감고 말했다. "사카키바라 씨를 미행해서 여기까지 왔어요. 사키사카 저택에서 화장실에 갔다가 돌아오던 도중에 그가 통화하는 걸 엿들었죠……. '요구한 돈은 준비했다. 그 남자는 잡아두었겠지? ……그렇다면 그 사람을 내게 넘겨. 그러면 돈을 주지.' 사카키바라 씨는 그렇게 말하고 상대가 지정하는 장소를 메모한 다음 자정에 만나기로 했죠." 고야는 눈을 뜨고 덧붙였다. "잡아둔 남자란 사에키 이야기가 아닐까 생각한 겁니다."

"왜 그 이야기를 사키사카 저택에서 헤어질 때 이야기하지 않았습니까?"

그는 얼굴을 찡그렸다. "말할 기회를 놓쳤습니다……. 짐작이 완전히 어긋날지도 모르고요…….”

“저를 믿어야 좋을지 어떨지 불안했다?”

그는 자기가 한심하다는 표정으로 고개를 끄덕였다. “생각을 고쳐먹고 당신에게 전화했을 땐 이미 늦었죠. 설마 이런 일이 일어나리라곤 상상도 하지 못했으니까…….”

“알겠습니다. 그쯤 해두죠.” 내가 말했다.

그는 내 팔을 잡은 손에 힘을 주었다. “할 이야기가 더 있어요……. 당신에게 전화를 거느라 이곳에 와서 사카키바라 씨를 놓쳤습니다. 여기 도착할 때까지 칠팔 분 공백이 있었기 때문에 그사이에 무슨 일이 일어났는지 알 수 없어요. 어쨌든 창문으로 안을 들여다보니 내게 등을 보인 남자가 저 테이블 위에 얹은 가방의 내용물을 살피고 있었죠. 사카키바라 씨가 가지고 온 가방인데, 안에 들어있던 건 아마 돈이었을 겁니다. 그러자 사카키바라 씨가 갑자기 권총을 쏘고, 등을 진 남자는 벤치에 나동그라졌죠. 나는 사에키가 있는지 어떤지 확인할 틈도 없이 입구 쪽으로 돌아가 안으로 뛰어들었어요. 총성에 놀라 거의 제정신이 아니었죠. 어쨌든 사에키가 총에 맞는 일은 막고 싶었습니다. 뛰어 들어와 보니 내게 등을 진 사카키바라 씨가 누군가에게 권총을 겨누며 ‘너도 이제 끝장이다’라고 소리치더군요. 그가 권총으로 겨눈 사람은 방 저쪽 침대에서 몸을 내밀고 바닥에서 뭔가를 집어 들려던 남자였죠. 얼굴이 보이지 않아 사에키인지 아닌지 구분할 수 없었어요. 나는 사카키바라 씨가 총을 쏘는 걸 막으려고 뒤에서 덮쳤습니다. 잠깐 승강이를 벌였지만 결국은 총탄을 맞았죠. 바닥에 쓰러지는데 총성이 한 발 더 울렸습니다."

고야는 안색이 점점 창백해지고 호흡도 거칠어졌다. "그 사람들은 어떻게 되었습니까?"

"침대에 있던 사람은 여길 빠져나간 것 같군요. 사카키바라 씨는 미간에 총알을 맞고 죽었습니다."

"그 사람이 사에키였나요?"

"아뇨, 그렇지 않습니다. 사에키 씨는 이미 다른 곳에서 구출되었습니다."

"정말인가요?" 그는 큰 목소리로 말했다. 그의 얼굴이 고통으로 일그러지며 심하게 기침을 했다. "그거…… 다, 다행이로군요." 그가 힘겹게 말했다.

"한 가지만 묻죠." 내가 그의 귀에 대고 말했다. "도지사 선거 때의 괴문서 사건이 당신 짓이었나요?"

고야 소이치로는 눈을 휘둥그렇게 뜨고 나를 뚫어지게 보더니 아무 말도 없이 정신을 잃고 말았다.

"바로 구급차를 부르죠." 나는 일어서서 문으로 향했다.

바로 그때 문 뒤에서 남자의 목소리가 들려왔다. "그럴 필요 없네." 손에 든 권총이 정확하게 내 위장을 겨누었다. 물이 뚝뚝 떨어지는 소매 없는 검은 비옷을 걸친 제복 경찰이 세트 안으로 들어왔다. "동료가 정문 체인을 벗기고 구급차를 이리 인도하는 중이야. 하지만 이건 영화 촬영이 아니잖은가?" 그는 굳은 표정으로 세트 안의 참상을 둘러보았다. 둥글고 포동포동한 온화한 얼굴의 서른 살가량

된 경찰관이었지만 총구가 나를 겨누니 어떻게 생겼건 아무 위안도 되지 않았다.

"내가 험프리 보가트로 보이나?"

경찰관은 고개를 저었다. "한 시간도 더 전에 국제영상 스튜디오에 부상당한 사람이 있다는 신고가 있었지만 새로 부임한 동료가 요 앞에 있는 '국제영상'인 줄 잘못 알았어. 그래서 약간 시간이 걸렸지. 전화로 신고한 건 당신인가?"

"아니, 하지만 막 신고를 해야 하는 상황이었지. 이 부상자는 수배 중인 중요 참고인으로 고야 소이치로란 사람이야. 이 사건 담당자인 신주쿠 경찰서 니시고리 경부에게 연락을 해줘. 그 전에 그 권총 총구 좀 치워주면 좋겠군."

경찰관이 내 말을 제대로 이해하기도 전에 구급차의 사이렌이 울렸다.

3시가 지나, 고야 소이치로는 세이조에 있는 응급실로 실려갔다. 그리고 삼십 분 뒤에는 니시고리를 포함한 다섯 명의 신주쿠 경찰서 형사들이 도착해 세이조 경찰서의 수사진에 합류했다. 현장 수사를 마치고 니시고리의 세드릭과 내 블루버드는 고야 회장이 이송된 응급병원 '세타가야 의료센터'로 향했다. 사라시나 슈조 씨, 요리코 여사, 오기 변호사 일행이 이미 도착해 있었다. 사라시나는 사위에 이어 처남의 목숨도 구해주었다며 내게 고맙다고 인사했다. 하지만 고야 회장의 담당 의사는 환자가 출혈이 많아 매우 위독한 상태이며 현재 의식불명이라고 했다. 그리고 경찰이든 고야 회장의 가족들이든 면회는 일체 사절한다고 알려주었다. 요리코 여사가 회장 부인은 현재 동생과 별거중이라 고베에 있는 친정—간사이 지방에서 규슈에 걸쳐 건설업계를 선도하는 '서일본 하우징' 사장댁—에 가 있는데, 소식을 듣고도 도쿄에 올 의사는 없으니 누나인 자기가 제일 가까운 가족으로서 잠깐이라도 상태를 봤으면 좋겠다고 사정했다. 담당 의사는 허락하지 않았다.

니시고리와 나는 세이조 경찰서로 이동했다. 내가 국제영상에서 있었던 일에 관한 조서를 꾸미고 서명을 마쳤을 때는 이미 동이 튼 새벽 5시였다.

세이조 경찰서를 나서려다 현관 로비에서 사키사카 지사를 비롯한 네댓 명의 수행원과 마주쳤다. 사카키바라 마코토의 사망 소식을 듣고 달려오는 중일 것이다. 유효기간이 지난 소화기라도 보듯 그의 시선이 내 얼굴을 훑고 지나갔다. 현관을 나서니 밖은 이미 날이 밝았고 비도 그쳐 있었다.

5시 반에 신주쿠의 사무실 주차장에 블루버드를 세웠다. 사무실에 불이 흐릿하게 들어와 있는 것을 보고 신문을 집어 든 다음 2층으로 뛰어 올라갔다. 사무실 문은 자물쇠가 걸려 있지 않았다. 나는 문을 열고 사무실로 들어갔다. 책상 위에 있는 전기스탠드의 작은 전구가 사에키 나오코의 잠든 얼굴을 비췄다. 석유난로 옆에 손님용 의자를 끌어다 놓고 파란색 모헤어 코트를 턱 아래까지 덮은 상태로 잠들어 있었다. 나는 소리가 나지 않도록 책상 뒤로 돌아가 의자에 앉았다. 책상 한가운데 크고 작은 두 개의 종이비행기와 눈에 익은 사무실 여벌 열쇠가 놓여 있었다. 큰 비행기를 펼쳤다.

오키나와 관광 안내 전단지의 여백에 예전 파트너의 메시지가 있었다.

내일 아침 도쿄를 떠나네. 불쾌하게 만들어 미안하군. 부디 어젯밤 차 넘버가 도움이 되기를 바라네.

따스한 곳으로 가볼 생각일세. 그럼 나중에 다시.

W

작은 종이비행기는 내 책상에 있는 메모지를 써서 접었다.

잠깐 사무실 문이라도 볼까 싶어서 2층에 올라와버렸네. 한밤중인 2시에 사무실 바깥 벤치에 쓸쓸하게 앉아 있는 부인을 내버려둘 수가 없었지. 문 열쇠를 아직 가지고 있었기 때문에 돌려줄 기회라고 생각해 사용했네. 블루버드가 주차장에 없어서 돌아올 거라고 생각했는데…….

부인 덕분에 사무실 안까지 구경했지만 예전과 변한 게 없군. 공연한 짓을 한 게 아니면 좋겠는데……. 부인과는 말이 통해 즐거웠다고 전해주게. 그럼 다음에 또.

W

나는 책상 서랍을 뒤져 피우다 넣어둔 담뱃갑을 찾았다. 들여다보니 담배가 네댓 개비 남아 있었지만 무척 오래되어 보였다. 어차피 혀는 마비되다시피 했으니 맛 따위야 상관없었다. 나는 담배와 두 개의 종이비행기에 불을 붙였다. 종이성냥을 켜는 소리에 나오코가 눈을 떴다. 잠시 자기가 어디에 있는지 모르는 듯 멍하니 앉아 있었다. 그러고는 나를 보더니 뭐라 말로 표현하기 힘든 미소를 지어 보였다.

"죄송합니다. 안 계신데 멋대로 들어와서."

"그건 상관없지만 어쩐 일로 여기에?"

"바깥 벤치에서 기다리는데 와타나베 씨란 분이 절 보시고……."

"아뇨, 그건 압니다. 왜 당신이 여기 오게 되었는지를 묻는 겁니다."

나오코는 고개를 숙이고 대답하지 않았다.

"남편은 어떻게 되었죠?" 내가 물었다.

"다쓰미란 여자와 함께 신주쿠 경찰서를 나갔어요. 내일 밤 9시에 덴엔초후에서 이혼서류에 도장을 찍기로 했습니다. 결국은 딱 일주일 늦춰졌을 뿐이로군요."

"당신도 받아들였습니까?"

"어쩔 수 없었죠. 전과는 사정이 다른 걸요. 지금은 남편에게 저보다 더 어울리는 사람이 있으니까요……. 우습군요. 헤어지기 위해 남편을 찾아달라고 부탁했다니."

"내일 이혼식에 저를 초대해주실 수 있겠습니까?"

나오코는 의아한 표정으로 나를 뚫어지게 바라보았다. "예. 원하
신다면…… 오세요."

나는 담배를 끄고 일어섰다. "댁까지 바래다드리죠."

난로를 끄고 돌아보니 나오코가 바로 앞에 서 있었다. 그리고 내
품안으로 천천히 들어왔다. 전과는 다른 향수 냄새가 났다. 어쩌면
나오코의 진짜 냄새인지도 모르겠다. 나는 나오코를 껴안았다기보
다는 품안에서 그녀가 움직이지 못하도록 누르고 있었다.

"당신 집에 데려가줘요." 나오코가 내 가슴에 대고 말했다. 약간
떨리는 목소리였다. 나는 가자고 했다.

블루버드에게 초과근무를 시켜 주차장을 빠져나왔다. 나오코는
한동안 와타나베 이야기를 했다. 하지만 고슈 가도를 서쪽으로 달리
면서 입을 다물었다. 이노카시라 길과 나뉘는 지점에 이르렀을 때
구가야마로 가는 거냐고 묻고, 간파치 길로 좌회전해서 남쪽으로 달
릴 때는 덴엔초후로 가는 거냐고 물었다. 나는 세타가야 길로 들어
가 고야 소이치로가 있는 '세타가야 의료센터' 주차장에 블루버드를
세웠다. 나오코에게는 오빠나 마찬가지 존재인 남자에게 무슨 일이
일어났는지 설명하자 나오코는 뒤도 돌아보지 않고 병원 현관으로
달려 들어갔다. 잊었던 상처에 다시 통증이 찾아왔다. 그 뒤 오후 늦
게 집에서 잠이 깨기까지 무슨 일이 있었는지 제대로 기억도 나지
않았다.

33

　나는 조르주 루오의 유화를 바라보았다. 그 그림은 사라시나 저택
응접실의 세련된 느티나무 벽에 걸려 있었다. 화요일에 처음 방문했
을 때 사라시나가 이 집에 한 점뿐이라고 했던 미술 작품이었다.

　발목까지 내려오는 긴 옷을 걸친 두 사람이 원근법에 따라 삼각
형으로 보이는 길인지 개울인지 확실치 않은 곳에 한 사람은 서 있
고 한 사람은 앉아 있다. 전체적으로 노란색과 갈색을 바탕으로 짙
게 칠해진 물감은 특유의 검은 윤곽을 메워버릴 정도였다. 하늘의
희뿌연 달과 불길한 바람처럼 거칠게 붓질한 녹색 물감이 묘한 콘트
라스트를 이루었다. 화가의 눈에는 달빛만으로 밤이 이렇게 또렷하
게 떠오르는 모양이다. 이런 그림의 가치는 짐작도 할 수 없지만 이
대저택에 비하면 오히려 소박한 장식이라는 느낌이 들었다.

화요일에도 본 기모노 차림의 중년 여성이 작은 응접실로 안내하겠다며 이 방으로 데리고 왔다. 손님 열 명 이상도 너끈히 들어올 수 있을 만한 넓이의 우아한 서양식 방이었다. 큰 응접실이라면 틀림없이 농구 시합을 할 수도 있을 넓이일 것이다. 나는 벽에 걸린 유화에서 제일 먼 소파에 앉아 담배에 불을 붙였다. 큼직한 흑단 테이블 위에는 청동 조각품으로 오해할 만한 재떨이가 놓여 있었고 어디에도 '금연'이란 표시는 없었다. 명화를 앞에 두고 담배를 피우는 기분은 각별했다.

　　그날 내가 사무실에 나온 시각은 이미 오후 5시가 다 되었을 무렵이었다. 어젯밤의 고야 소이치로에게서 온 전화를 마지막으로 전화 응답 서비스에 들어온 메시지는 한 건도 없었다. 블루버드를 몰고 신주쿠 경찰서로 가서 어제 작성한 진술서를 훑어보고 서명을 했다. 니시고리 경부와 잠깐 이야기를 나누면서 스와 마사유키, 가이후 마사미의 행적은 아직도 파악이 되지 않았다는 사실을 알게 되었다. 그리고 '세타가야 의료센터'에도 들렀다. 고야 회장이 있는 4층 외과에는 들어갈 수 없었지만 식사를 마치고 돌아온 다시마 주임을 만나 피의자는 아직 의식불명이라는 이야기를 들었다. 병원 현관에서 사라시나 슈조와 딱 마주쳤다. 우리는 엘리베이터 옆에 있는 흡연 장소에서 잠깐 이야기를 나누었다. 사라시나는 고야 회장의 간호에 매진하는 딸 나오코—그래봤자 병실 밖에서 대기할 뿐인 모양이다—를 이혼 절차를 밟을 예정인 9시에 늦지 않도록 약간 시간 여유를 두고 데리러 왔다고 했다. 나는 이번 사건에 관해 두세 가지 의

문점이 있으니 이혼 절차가 끝난 뒤에 그 자리에 모인 사람들을 만나고 싶다고 부탁했다. 나오코의 허락은 이미 얻었다는 이야기를 덧붙였다. 사라시나는 바로 승낙해주었다. 엘리베이터에 타는 그를 지켜본 뒤, 나는 로비에 있는 전화로 니라즈카 변호사에게 연락을 취했다. 그 변호사와의 대화는 어쩔 수 없이 불쾌한 내용이 되었지만 그 녹음테이프에 관한 내 요청을 받아들여주었다. 물론 니라즈카의 호기심 때문이었지만. 나는 저녁식사를 마친 뒤 블루버드를 몰아 덴엔초후에 있는 사라시나 저택으로 갔다. 9시에 바깥문 인터폰 버튼을 눌렀다.

이혼에 필요한 시간은 기껏해야 십삼 분에 불과했다. 담뱃불을 끄려 하는데 기모노 차림의 중년 여성이 사라시나의 서재로 연결된다고 가르쳐준 느티나무 문이 열렸다. 사라시나 부부와 사에키 나오코—아니, 이젠 사라시나 나오코라고 불러야 하는 걸까—가 방에 들어왔다. 방금 이혼한 의뢰인은 오늘 아침 일찍 병원 주차장에서 헤어질 때와는 전혀 다른 사람 같았다. 처음 만났을 때 보았던 것과는 색깔이 다른 베이지색 니트 차림이었다. 니라즈카 변호사가 그 뒤를 따랐고 사에키 나오키와 오기 변호사가 이야기를 나누며 약간 늦게 들어왔다. 사에키도 어젯밤의 야윈 모습은 많이 가셔 사진으로 본 것처럼 강한 의지가 드러나는 모습을 되찾았다. 이발도 하고 수염도 깎았다. 짙은 남색 블레이저에 깔끔한 흰색 스포츠 셔츠 차림이었다. 오기와 니라즈카 쌍둥이 변호사가 한자리에 있는 모습을 보기는 처음이었다. 복장과 소지품에 너무 큰 차이가 있어 유일하면서도 완전한 공통점인 얼굴 생김새가 유난히 부각되었다. 내 왼쪽에 사라시나, 맞은편에 그의 부인 요리코, 오른쪽에 오기와 니라즈카, 요리코 옆에 나오코와 사에키가 앉았다.

"사와자키 씨라고 했죠?" 요리코가 퉁명스러운 목소리로 말했다. "우리 오늘 밤은." 거기까지 말하고 짐짓 한숨을 쉬며 오기 변호사를 바라보았다.

오기가 말을 이었다. "오늘 밤은 다들 피곤하네, 탐정. 모처럼 와주었는데 미안하지만 용건은 될 수 있으면 간단하게 끝내는 게 좋겠군."

"그럴 작정입니다." 내가 말했다. "사에키 씨에게 감금되기까지의 경위를 묻고 싶은데요."

"그러죠." 사에키가 대답했다.

"당신은 소네 요시에가 전에 도신 전철의 중역으로 근무했다는 사실을 알았습니까?"

"아뇨, 그 사람은 우리 결혼식 피로연에 참석했다고 하던데, 전혀 기억이 나지 않았습니다. 나는 글 쓸 때의 필명으로 그들과 접촉했는데, 상대편은 처음부터 내 정체를 알았죠. 그런 사실을 알았다면 나도 그렇게 간단하게 유괴당하지는 않았을 겁니다만."

"일억 엔을 요구한 건 언제였는지 기억이 납니까?"

"예. 감금당하기 이틀 전이니까 지난주 화요일 점심때입니다. '나카노 YS 빌딩' 옆 공중전화로 소네에게 그 이야기를 하고, 그의 움직임을 지켜보니 눈에 익은 BMW가 나타났죠. 소네와 이야기하는 운전석 남자가 하세가와 비서라는 걸 알았을 때는 솔직히 놀랐습니다."

"그럼 그 사람들의 대답을 받은 건 언제였죠?"

"그날 저녁이죠. 소네는 금액에 관해서는 아무 말도 하지 않았지만 나흘이나 닷새쯤 시간을 달라고 말했습니다. 여유가 없으면 주모자와 접촉할 때 아무래도 신중함이 부족할 듯했습니다. 그들은 이십사 시간 뒤에 현금으로 일억 엔을 지불하라고 요구했죠. 결국 사십팔 시간 뒤로 합의를 봤습니다."

"그럼 목요일 저녁이로군요."

"그렇습니다. 하지만 그 몇 시간 전에 그들이 아파트로 밀고 들어왔죠."

"그럼 지하 주차장에서 그들이 일억 엔을 받는 모습을 목격한 것은 언제였죠?"

"일억 엔을 요구하고 지불하겠다는 답변을 받은 다음 날인 수요일 오전이었습니다."

"틀림없습니까?" 내가 확인했다.

"예. 전날 밤 나는 하세가와 비서의 BMW가 가고 난 뒤에 YS 빌딩의 조명이 꺼질 때까지 계속 지켜보고 마크II 안에서 두세 시간 눈을 붙였습니다. 이튿날 아침, 9시가 지나서 소네가 차로 움직이기 시작해서 미행했더니 도신 빌딩으로 직행하더군요."

"그렇군요. 사에키 씨, 당신은 그 현장을 목격하고 사진 찍은 걸 감금당하기 전에 다른 사람에게 이야기했습니까?"

"아뇨. 물론 그러지 않았습니다."

"그럼 그들이 당신에게 일억 엔을 지불하고 협박에 응하려던 상황에서 느닷없이 당신을 유괴, 감금하기로 방침을 바꾼 건 대체 왜일까요?"

"그건 아마도…… 나를 매수하기만 해서는 자기들의 안전을 확보할 수 없다고 생각한 건지도 모르죠. 내가 주모자는 소이치로 씨란 걸 알게 된 것이 결정적이었죠. 경찰의 말로는 내가 그 현장을 찍은 걸 그들은 눈치챈 모양이라고 하니까요. 조심하기는 했지만 소네를 따라 그 주차장에 차를 끌고 들어갔을 때의 상황에서는 아무래도 내 차는 그들의 시선이 미치는 곳을 지나가야만 했죠. 그들 가운데 한 명이 어디선가 감시했다면 나를 확인하는 건 간단했을 겁니다."

나는 두 번째 담배에 불을 붙이고 말했다. "그러면 앞뒤가 맞지 않는군요."

사에키와 내 이야기가 끝나기를 꾹 참고 기다리던 방의 분위기에 갑자기 팽팽한 긴장이 감돌았다.

"어째서죠?" 사에키가 눈썹을 찌푸리며 물었다.

"그 사람들이 당신을 매수해도 안전은 확보할 수 없다고 생각했다면 당신은 훨씬 전에 감금되었어야 할 겁니다. 적어도 일억 엔이나 되는 큰돈을 준비하거나 할 필요가 없죠."

"그렇죠……. 그러니까 그 시점까지는 내게 돈을 지불할 생각이었겠죠. 하지만 그 주차장에서 주모자의 정체가 들통이 났기 때문에 갑자기 방침을 바꿔 나를 감금한 거 아닐까요?"

"갑자기 방침을 바꿨다고 하지만 그들은 너무 느긋하게 움직였습니다. 수요일 오전 중에 정체가 들통난 뒤 목요일 저녁 당신 아파트에 쳐들어가기까지 하루 반나절 동안 그들은 대체 무슨 생각을 한 걸까요?"

"그렇게 꼬치꼬치 따지면 대답하기 어렵지만 실제로 그런 모순은 있을 수 있지 않겠습니까? 그 사람들도 무척 혼란스러웠을 테고요……."

"무슨 이야기를 하려는지 이해가 되지 않는군." 오기 변호사가 끼어들었다. "달리 앞뒤가 맞는 설명이 가능하다는 건가?"

"고야 소이치로 씨 이외의 주모자를 생각하면 좀 더 아귀가 맞습니다."

모두 내 얼굴을 뚫어지게 바라보았다. 의심이 아니라 무언가 기대하는 듯한 표정은 나오코뿐이었다.

사라시나가 낮은 목소리로 말했다. "그게 사실이라면 우리 고야, 사라시나 집안 입장에서는 대단히 다행스러운 일일 텐데…… 만약 이 자리에서만 그냥 해보는 이야기라면 유감입니다."

"내게도 보통 문제가 아닙니다." 사에키가 말했다. "좋든 싫든 나는 고야 소이치로 씨가 괴문서 사건의 주모자라는 사실에 대한 증인입니다. 그 문제에 대한 반증이 있다면 이야기를 꼭 들어보고 싶군요."

나는 담뱃재를 떨었다. "지하 주차장에서 그들이 몰래 만나는 현장을 찍은 당신 사진을 보면 세 사람이 이야기하며 앞에 있는 하세가와 비서 손에 있던 커다란 가방이 나중에 소네 요시에의 손으로 이동했을 뿐입니다. 당신 진술에 따르면 그들의 대화 내용을 들었다는 증언은 없었죠. 어쩌면 고야 회장은 그때의 상황이 당신 눈에 어떻게 비칠지 전혀 몰랐을 가능성은 없을까요? 그는 하세가와 비서를 따라 그 주차장에서 오래간만에 예전 중역이었던 소네를 만나 그저 몇 마디 이야기만 나누었을 뿐일 가능성은 없겠습니까?"

사에키는 무심코 난감한 표정을 지으며 블레이저에서 담배를 꺼냈다. 일찍이 세계를 제패했던 '하이라이트'였다.

"그럴 가능성이 없다고는 할 수 없겠죠." 사에키는 담배에 불을 붙이며 말을 이었다. "소네를 미행해 그 주차장에 들어가 약간 떨어진 차 안에서 카메라 셔터를 눌렀을 뿐이니까요. 그 사람들이 우호적인 분위기에서 이야기한 건 맞지만 대화를 직접 듣지는 못했습니다. 하지만 그건 소네가 일억 엔을 지불하겠다고 한 이튿날 아침에 있었던 일이죠. 달리 어떤 해석을 해야 되는 겁니까?" 그는 나와의 사이에 가로놓인 보이지 않는 뭔가에 내던지듯이 담배 연기를 뿜어냈다.

니라즈카가 빈정거리는 목소리로 내게 말했다. "발견된 증거물들은 무시할 작정인가?"

"아니, 그렇지 않아." 내가 대답했다. "증거물이라는 건 회장실 금고에서 발견된 워드프로세서로 작성한 괴문서의 원고와 인쇄기 구입 영수증 등의 서류, 기오이초에 있는 회장 자택의 창고에서 발견된 소형 오프셋 인쇄기와 괴문서 잔량이라더군. 그것들은 물적 증거임이 틀림없지만 과연 고야 회장의 것인지 어떨지는 아직 증명되지 않았지." 나는 담배를 끄고 덧붙였다. "신주쿠 경찰서 형사의 말을 빌리면 중요한 증거를 그렇게 보관하는 얼빠진 범죄자도 보기 드물다는 이야기야."

"하지만 무리가 있군." 오기가 말했다. "소네와 하세가와 비서의 증언은 어떻게 설명할 셈이지?"

"그들이 교도소에서 나오는 건 몇 년 뒤가 되죠?" 내가 오히려 물었다.

"글쎄, 괴문서 쪽은 사키사카 지사에게 고소할 의사가 없다면 별 문제가 되지는 않을 거야. 사에키를 감금한 것도 단순한 불법감금이기 때문에 영리를 목적으로 한 유괴와는 비교도 되지 않아. 기껏해야 오 년 뒤면 출소하겠지."

"그때 그 사람들에게 하룻밤 사이에 일억 엔이나 되는 돈을 조달할 수 있는 주모자가 교도소 안에 있는 게 이득일까요? 아니면 자유로운 몸인 게 이득일까요?"

"요리조리 잘도 빠져나가는군." 오기는 쓴웃음을 지으며 말했다.

노크 소리가 나더니 기모노 차림의 중년 여성이 차를 쟁반에 담아 내왔다. 방에 있던 두 여성과 니라즈카에게는 홍차를, 나머지 사람들에게는 커피를 나눠주고 물러가기까지 대화는 중단되었다.

"이런 식으로 자기에게 유리한 이론만 내세우다 보면 결말이 나지 않겠군요." 사에키가 다시 말문을 열었다. "사와자키 씨. 당신은 소이치로 씨가 누군가가 파놓은 함정에 빠졌을 가능성도 있다는 이야기를 하고 있을 뿐입니다. 그럴 가능성은 현행범 이외의 모든 범죄에 적용할 수 있겠죠. 만약 소이치로 씨 이외에 괴문서 사건이나 나를 감금해야만 할 동기를 지닌 사람이 있다면 당신은 그 증거와 함께 그 인물의 이름을 확실하게 말씀해야 하지 않겠습니까?"

나오코가 시선을 아주 천천히 사에키에게서 내 쪽으로 돌렸다.

나는 사라시나 요리코를 똑바로 바라보았다. "소네 요시에가 처음 심문에서는 괴문서 사건의 주모자를 '어느 돈 많은 여성'이라고 진술했습니다. 그 뒤 진술을 번복해 고야 회장이 주모자라고 증언하는 하세가와 비서와 사에키 씨의 주장에 동의했죠. 그 빈틈없는 남자가 왜 그런 번복을 했을까요? 어째서 바로 다 털어놓는 진술을 했을까요? 소네 요시에는 진술 따위는 언제든 바꿀 수 있다는 뜻을 전달하고 싶었던 게 아니겠습니까? 그 주모자 여성에게?"

사라시나 요리코는 신경질적인 웃음소리를 냈다. "어처구니가 없군요. 동생의 결백을 밝혀주려는 줄 알고 이야기를 들었는데, 대신 나를 얽어 넣겠다니. 농담치고는 지나치네요."

"사와자키 씨, 당신에겐 여러 모로 신세를 졌지만 집사람에 대한 아무런 근거도 없는 폭언은 삼가세요." 사라시나 슈조가 말했다.

"근거가 있습니다." 내가 말했다. 커피를 다 마시고 나서 요리코를 돌아보았다.

"적어도 동생보다는 당신 쪽의 혐의가 더 짙습니다."

요리코는 손등이 하얗게 될 만큼 소파 팔걸이를 꼭 움켜쥐었다. "그렇게까지 말씀하신다면 저도 당신 이야기를 들을 수밖에 없겠군요. 자, 납득이 가도록 설명을 해보시죠."

　나는 고개를 끄덕였다. "우선 소네 요시에와의 연관성입니다. 도신 전철에서 횡령 문제가 발각되었을 때 고야 회장은 온건한 처리를 염두에 두었는데 당신이 강경하게 나와 목을 날렸다고들 하더군요. 그래서 그 사람이 당신에게 원한을 품고 고야 회장의 수족이 되어 움직여도 이상할 게 없는 사람이라고 여겨집니다. 하지만 만약 당신과 소네 사이에 비밀스러운 약속이 있었다면 그런 도식은 간단하게 허물어지고 맙니다. 경찰은 현재 YS 빌딩의 토지 구입 및 건물 건축 자금을 조사하는데, 소네는 도신 전철에서 퇴사한 직후에 입수 경로가 불분명한 거액의 자금을 지원받은 것으로 밝혀졌죠. 그 후원자가 고야 회장이든 당신이든 이상할 게 없지만 적어도 이번 같은 일에 소네를 이용할 작정이었다면 그를 도신에 남겨 한가한 자리라도 주려고 한 고야 회장보다는 쫓아내서 지금과 같은 포지션에 둔 당신 쪽이 더 의심스럽죠. 도신에 남겨두면 괴문서 발행부터 사에키 씨의 감금에 이르기까지 일련의 행동에도 지장이 있었을 겁니다. 그렇게 생각하면 소네가 처음 증언에서 당신을 암시했던 것은 실로 교묘한 위장이었던 셈이 되겠죠. 고야 회장 쪽으로 쏠린 의심의 시선이 다시 당신을 향하지는 않을 겁니다. 소네라는 남자가 만약 정말로 당신을 원망한다면 바로 뒤집어질 진술로 당신을 못살게 굴 사람이 아니죠. 뭔가 수를 써서 한껏 분풀이를 할 남자입니다. 그는 출소한 뒤를 위해 그 진술로 당신 신상의 안전은 자기들 증언에 달려 있다고 못을 박은 게 아니겠습니까……? 소네 요시에가 당신보다 고야 회장과 가까운 사람이라는 주장은 별로 근거가 없다고 생각합니다. 뭔가 반론할 말씀이 있습니까?"

"물론 있고말고요." 요리코가 화가 난 듯 말했다. "저는 횡령을 한 그 소녀라는 중역과 비밀 약속 따윈 하지 않았습니다. 당신 이야기는 아무런 근거도 없는 추측, 아니 억측에 불과합니다. 하지만…… 어쨌든 그다음 이야기를 들어보죠."

"다음은 사키사카 지사의 입후보와 괴문서 사건 문제입니다. 고야 회장은 자기 부인 문제로 사키사카 고지 씨에게 불쾌감을 느끼고, 당신은 텔레비전에 출연했을 때 지사인 사키사카 신야 씨에게 불쾌감을 느꼈습니다. 고지 씨가 가장 큰 타격을 받는 건 형의 정치 생명이 끊어지는 일이라고 한다면 그 점에서는 당신이나 고야 회장의 동기는 서로 비슷한 수준이라고 할 수 있겠죠. 하지만 고야 회장의 동기는 자기 아내와 고지 씨의 스캔들 이외에는 아무것도 없습니다. 당신에겐 사키사카 씨에게 타격을 입힌다는 목적 이외에 괴문서 사건의 혐의를 고야 회장에게 떠넘겨 자리에서 물러나게 하고 도신의 실권을 빼앗는다는 더 큰 목적이 있었던 것 아닙니까? 당신은 남편인 사라시나 씨가 고문 자리에서 물러나고 동생인 소이치로 씨가 회장에 취임한 뒤로 도신 그룹에 대한 영향력을 거의 상실했을 겁니다. 당신은 소네 요시에나 하세가와 비서와 공모하여 이 사건의 모든 증거가 고야 회장을 지목하도록 면밀한 준비를 했습니다. 다만 처음에는 경찰이 개입할 수준은 아니고 도신 내부에서 고야 회장의 신용을 추락시킬 만한 방법으로 강구한 것이 아닐까 생각합니다만…… 어쨌든 고야 회장보다 당신이 괴문서 사건에 관해 더 큰 동기가 있었다, 이렇게 말할 수 있지 않을까요?"

요리코는 쓴웃음을 지으며 말했다. "아주 재미있는 이야기로군요. 하지만 제가 실제로 그렇게 했다는 증거는 아무것도 없습니다. 사와자키 씨, 그럼 제가 묻죠. 저는 왜 오늘까지 동생인 소이치로를 밀어내지 않고 도신 그룹의 실권이란 걸 그에게 넘겨준 채로 지내온 걸까요?"

"괴문서 사건에 이어 당신이 예상하지 못했던 사태가 일어났기 때문이죠. 우선 저격 사건이 있었습니다. 양쪽 사건에 미조구치 남매가 연관되어 문제를 복잡하게 만들었습니다. 괴문서 사건의 주모자가 저격 사건의 주모자로도 간주될 우려가 생기자 당신은 사태를 가만히 보고 있을 수가 없게 되었겠죠. 소네의 말에 따르면 당신은 누군가가 저격 사건의 혐의를 덮어씌우려는 게 아닐까 하는 불안을 느꼈을 겁니다. 고야 회장을 몰아내는 작업을 할 상황이 안 되는 거죠. 그리고 두 번째는 사에키 씨가 이 두 사건에 관해 조사를 시작한 겁니다. 그가 미조구치 게이코에서 시작해 노마 데쓰로 그리고 소네 요시에까지 밝혀내는 불편한 상황이 되었죠. 그렇게 되면 상황은 모두 사에키 씨의 페이스에 따라 전개되어 당신은 거기 대응하느라 쫓기게 됩니다." 나는 말을 끊고 요리코와 사에키 나오키를 번갈아 바라보았다. 다른 의견을 내는 사람은 없었다.

"궁여지책으로 당신은 사에키 씨가 저널리스트로서 사건의 진상을 밝혀 고발하려는 움직임을 이용하기로 했습니다. 그렇게 하는 길

이외에는 선택의 여지가 없었죠. 사태를 더 냉정하게 관찰하여 적어도 저격 사건을 덮어쓰지 않고 넘어갈 수 있다는 확증을 얻고 싶었을 테지만, 사에키 씨가 당장이라도 소네 씨를 비롯한 공범들을 고발하려고 들자 이런저런 궁리를 할 틈이 없었을 겁니다. 사에키 씨가 일억 엔을 요구했을 때 당신 쪽은 방침을 굳혔죠. 그가 주모자를 파헤칠 목적으로 그런 요구를 했다는 사실은 당신들도 거의 짐작했을 겁니다. 사에키 씨가 저널리스트로서의 사명과 눈앞에 다가온 성공을 기껏해야 일억 엔쯤 되는 돈과 맞바꾸고 포기할 거라고는 생각할 수 없죠. 그런 사람이라면 이미 오래전에 나오코 씨의 남편이라는 신분을 이용해 도신 그룹의 중역 자리라도 차지했을 테니까요. 당신은 가짜 주모자인 고야 회장이 소네 요시에를 만나는 현장을 꾸며내 사에키 씨로 하여금 그 장면을 목격하게 만들었죠. 그리고 가까스로 당신 쪽 계산대로 되었습니다. 이렇게 된 거 아닙니까?"

요리코는 입을 다물었다. 눈빛이 공허했다.

"하지만 그러면……." 사에키가 말했다. 납득이 가지 않는다는 표정으로 내 얼굴을 뚫어지게 바라보았다.

"그래, 그거야말로 앞뒤가 맞지 않는군." 오기 변호사가 사에키에게 동조했다. "이봐, 탐정. 당신은 사라시나 부인이 고야 회장보다 더 의심스럽다는데, 그런 설명이라면 답은 오히려 반대가 아닌가? 조금 전에 고야 회장이 주모자라면 훨씬 전에 사에키를 감금해두거나 혹은 정체가 들통난 수요일 오전 중에 바로 감금했어야 한다고 하지 않았나?"

"그랬죠." 내가 대답했다.

"그럼 사라시나 부인의 경우는 어떻게 되지? 사에키를 감금할 필요는 전혀 없지 않은가? 그날 저녁에 소네를 통해 사에키에게 일억엔을 건네게 하고, 그걸 증거로 고야 회장을 고발하면 모든 일이 계획대로 되는 거 아니겠나? 사라시나 부인이 왜 그렇게 하지 않았겠나?"

"니라즈카 변호사." 내가 말했다. "사에키 씨가 지난주 이혼을 통보해온 전화 녹음테이프를 재생해주겠습니까?"

사라시나 부부와 쌍둥이 변호사가 제각각 내게 항의하는 바람에 방 안이 떠들썩해졌다.

34

방금 이혼한 두 사람만은 침묵을 지켰다. 사에키 나오키는 뭔가 자기 생각에 잠겨 있었고, 나오코는 처음 듣는 녹음테이프 이야기에 의아한 표정을 지었다. 사라시나 부부와 쌍둥이 변호사는 아까 입을 열 때와 마찬가지로 불쑥 입을 다물었다. 사라시나가 점잖게 물었다. "사와자키 씨, 그럴 필요가 있을까요? 딸은 이미 이혼했는데."

"필요가 없다면 굳이 이런 소리를 하지 않겠죠."

사라시나는 시선을 옮겼다. "니라즈카, 테이프가 준비되어 있나?" 변호사를 나무라는 말투였다.

"아…… 예. 실은 사무실을 출발하기 직전에 저 사람이 전화를 걸었습니다. 그리고 분명히 테이프를 들어야 할 상황이 올 테니까 재생장치와 함께 가지고 오라더군요. 저는 엄중하게 항의했지만."

"알았네." 사라시나가 말했다. "나오코, 들은 그대로다. 우리는 전화 녹음을 차마 네게 들려줄 수 없었기 때문에 요점만 전했지. 그 테이프에 기록된 대화는 나도 다시 듣고 싶지 않고 사에키도 사람들 앞에서 재생되는 건 원치 않을 거라고 생각해. 하지만 그건 네게 전하는 말이기 때문에 네가 듣고 싶다면 재생하도록 하마. 어떻게 하겠니?"

"그런 게 있었군요." 나오코는 시큰둥한 목소리로 말하고 사에키를 돌아보았다. 사에키는 여전히 생각에 잠긴 탓에 나오코의 시선을 의식하지 못했다. 나오코가 나를 바라보았다. "이제 와서 그런 테이프를 들어봤자 바뀌는 것도 없고 다들 불쾌하게 생각할 뿐이잖아요⋯⋯."

"아무런 관계도 없는 사건의 범인 취급을 당하면서 해명 기회도 얻지 못하고 병원 침대에 누워 있는 사람에 비하면 그다지 불쾌한 일은 아니겠죠."

사에키가 고개를 들었다. "나오코, 전화 녹음을 재생하고 사와자키 씨 이야기를 들어보지. 나도 소이치로 씨가 만약 죄가 없다면 억울하게 처벌받는 건 어떻게든 피하고 싶어."

"하지만 사와자키 씨는 어머니를."

"나는 괜찮아." 요리코가 기계적으로 말했다. "니라즈카 씨, 녹음 테이프를 틀어주세요."

니라즈카는 사라시나의 의향을 확인한 다음 와인색 가죽 서류가방에서 소니 소형 테이프레코더를 꺼냈다. 그가 스위치를 누르자 바로 사에키와 니라즈카가 딱딱하게 인사를 주고받는 대화가 들렸다.

(그런데, 이렇게 내게 전화까지 건 것은 대체 무슨 바람이 불어서일까? 용건을 이야기하지.)

(사라시나 가문의 고용 변호사인 당신에게 용건이 있습니다. 내일 밤 9시에 나는 덴엔초후에 있는 사라시나 저택으로 갈 겁니다. 나오코와의 이혼서류를 가지고 갑니다. 내 도장은 이미 찍었죠. 거기서 나오코의 이혼 동의를 얻어 도장을 찍게 할 겁니다. 나머지는 전문가인 당신에게 부탁하면 되겠죠? 위자료는 오천만 엔. 이 이야기를 나오코에게 전해줘요. 필요하다면.)

"거기까지면 됐습니다." 내가 말했다.

니라즈카는 얼른 정지 버튼을 눌렀다. 응접실 안이 다시 조용해졌다. 사에키와 나오코는 내가 테이프 안의 어떤 말을 재생시키고 싶었던 건지 이해한 듯했다. 요리코의 얼굴에 두려워하는 기색이 짙어졌다.

"나오코 씨, 제가 하고 싶은 이야기를 아시죠?" 내가 말했다.

"예, 하지만…… 그게 무슨 의미가 있는 거죠?"

"우선 눈치채신 내용을 이야기해주시죠."

나오코는 도움을 청하듯 사에키와 요리코를 차례로 바라보았다. 하지만 두 사람은 나오코의 말을 기다렸다.

"남편은…… 사에키는, 위자료를 요구하지 않았습니다. 니라즈카 씨나 어머니가 이걸 듣고 사에키가 위자료를 요구한다고 여기는 건 무리가 아니지만…… 사에키가 제게 오천만 엔을 지불할 거라고는 아무도 생각해보지 않은 건가요?"

"그건 말도 안 돼요, 나오코 씨." 니라즈카가 언성을 높였다. "사에키가 나오코 씨에게 지불하겠다고 분명히 밝혔다면 몰라도……
아니, 가령 그렇게 들었다 해도 저는 믿지 않았을 겁니다. 사에키에게 오천만 엔이나 되는 큰돈이 있습니까?"

"여러분은 사에키를 몰라요. 이렇게 이야기할 때는." 나오코는 갑자기 입을 다물고 헤어진 남편을 바라보았다.

사에키는 부정하려 들지도 않고 씁쓸하게 웃었다.

"탐정." 니라즈카의 언성이 거칠어졌다. "그 문제에 관해서 조금 전 서재에서 사라시나 부인과 사에키 사이에 어떤 대화가 오갔는지 자넨 몰라. 부인이 '사라시나 가문으로서는 위자료를 한 푼도 지불할 생각이 없어요. 하지만 한때 사라시나 가문의 한 사람이었던 사람이 먹고살기 위해 부끄러운 짓을 하지 않을 만큼의 돈이 필요하다면 갚으라는 독촉 없이 무이자로 오천만 엔이든 일억 엔이든 빌려주죠'라고 제안했을 때 사에키는 '그러면 됐습니다. 언젠가 의논을 드리게 될지도 모르겠군요'라고 대답했어. 그래도 자넨 사에키가 오천만 엔을 받을 셈이 아니었다는 건가?"

"벤츠에서 이야기할 때와 지금은 사정이 달라졌으니까." 내가 말했다. "헤어진 아내에게 위자료를 청구하는 남자, 이건 사에키 씨의 이미지와 어울리지 않죠. 사에키 씨, 당신은 어젯밤 왜 다쓰미 레이코를 신주쿠 경찰서로 부른 거죠?"

갑자기 이야기가 바뀌자 사에키는 당황했다. "뭡니까? 아주 눈치

없이 질문하시는군요. 오늘 밤 여기서 우리가 무슨 수속을 밟았는지 아실 텐데."

"당신은 이전에도 자주 나오코 씨와 헤어지려고 했고, 나오코 씨는 계속 반대했지만 다쓰미 레이코 이야기를 꺼낸 적은 한 번도 없었죠. 만약 당신에게 따로 좋아하는 여자가 생겼다면 나오코 씨도 계속 이혼에 반대하지 않았을 겁니다. 그런데도 그런 이야기를 꺼내지 않았죠. 그런데 갑자기 어젯밤 같은 일이 생긴 것은 로맨틱하지 않은, 뭔가 급한 이유가 있었기 때문 아닙니까?"

"그럼 왜 내가 그 여자를 부른 걸까요?" 사에키가 반문했다. 그는 오히려 내가 어디까지 아는지 확인하는 게 재미있는 모양이었다.

"당신은 감금되던 날 오후 2시쯤 나카노에 있는 '루나 파크'란 카페에서 그 여자를 만났죠. 그때 당신은 곧 큰돈이 들어올 테니 평소 신세를 졌던 레이코와 그 여자 부모에게 답례로 뭔가 선물하고 싶다고 했습니다. 손에 들어올 큰돈의 액수는 오천만 엔이라는 이야기도 했죠. 당신이 급히 그 여자를 만나고 싶었던 건 그 이야기를 하지 못하게 하고 싶었기 때문 아닙니까?"

사에키는 미소를 지었다. "사와자키 씨, 당신은 상상력이 아주 풍부한 탐정이로군요. 나는 그런 이야기를 다쓰미 레이코에게 한 기억이 없고, 그 여자도 그런 이야기를 들은 적이 없다고 증언할 겁니다. 하지만 가령 그랬다면 대체 어떻게 된다는 거죠?"

"별것 아니지." 니라즈카가 끼어들었다. "사에키, 자네는 역시 위자료 오천만 엔을 받을 셈이었기 때문에 그 돈이 들어올 거란 이야기를 그 여자에게 흘렸고 선물 약속을 했어. 그뿐 아닌가? 이야기의 앞뒤나 금액도 딱 맞아떨어지는군."

"그렇게도 생각할 수 있지." 내가 말했다. "하지만 이혼하고 받은 위자료로 다른 여자에게 선물을 약속하는 사람, 이것도 사에키 씨의 이미지와 맞지 않아요. 다쓰미 레이코에게는 그 돈과는 다른 오천만 엔으로 선물할 셈이었을지도 모릅니다."

"가정이기는 하지만 아주 부자가 된 기분이로군요." 사에키가 빈정거리듯 말했다.

"그런 가정이 사실이라면." 오기 변호사가 말했다. "사에키는 합계 일억 엔을 손에 넣을 작정이었다는 이야기가 되는군."

"사에키 씨에게 또 한 가지 묻고 싶은 게 있습니다." 내가 말했다. "당신은 감금당하기 전날 밤, 기억을 되찾기 위해서라며 저격 사건 용의자인 스와 마사유키를 후추, 하치오지 방면으로 데리고 가 밤새 끌고 다녔습니다. 신중한 그 사람의 주의력을 둔하게 만들어 그를 미행하려던 게 틀림없습니다. 왜 그렇게 갑자기 스와의 주소를 파악할 필요가 생겼던 거죠? 그건 소네 요시에 일당이 일억 엔을 주는 대가로 괴문서 사건에 대한 입막음뿐만 아니라 저격자의 이름과 은신처를 요구했기 때문일 겁니다. 당신이 만약 그 일억 엔을 증거로 소네 요시에와 주모자를 고발할 생각이었다면 저격자의 진짜 이름과 주소를 가르쳐줄 필요가 전혀 없겠죠. 경찰이 그들을 구속할 때까지의 시간만 벌면 그걸로 충분하니까요. 하지만 일억 엔을 손에 넣기 위해서는 저격자에 관한 정확한 정보를 그들에게 주고 그들의 요구를 들어줄 수밖에 없었을 겁니다."

"그거야말로 사에키의 이미지에 맞지 않는군." 오기가 언성을 높였다. "사에키가 그들을 협박해서 얻은 돈으로 이혼 위자료를 지불하고 다른 여자에게 줄 선물을 살 그런 남자라는 건가?"

"적어도 아내에게 받은 위자료로 다른 여자에게 선물하는 것 보다는 낫죠. 협박이든 뭐든 자기 스스로 직접 번 돈임에는 틀림없으니까요."

"내 동생도 사에키를 제대로 보지 못하지만 탐정은 더하군. 일억 엔이란 돈은 분명히 큰돈이지만 사에키에겐 그런 구린 돈을 탐내기보다는 괴문서 사건의 진상과 저격 사건 진범의 접점을 발표하여 저널리스트로서의 성공을 도모하는 게 훨씬 의미가 있을걸."

"아, 잠깐만요." 사에키가 오기의 말을 가로막았다. "이렇게 되었으니 사와자키 씨의 이야기를 끝까지 들어보죠. 사와자키 씨, 만약 당신 말대로 내가 일억 엔을 내 것으로 만들 생각이었다면 대체 어떻게 되는 거죠?"

"수요일 오후, 당신과 사라시나 부인은 벤츠 안에서 이야기를 나누었습니다. 그때 부인이 제일 알고 싶었던 내용은 당신이 계획대로 고야 회장을 고발할 것인가 아닌가 하는 문제였죠. 하지만 그 이야기를 직접 물어볼 수는 없었을 겁니다. 우선 나오코 씨와의 이혼 문제를 화제로 삼았죠. 위자료 오천만 엔이 청구된 거라고 생각했기 때문에 나오코 씨의 심정을 헤아려 어머니로서 뭔가 해주고 싶다는 생각이었을 겁니다. 부인은 그 이상의 금액을 지불할 수도 있으니

딸 앞에서 그런 요구는 하지 말라고 부탁했습니다. 거기까지는 아마 부인이 이야기한 대로 대화가 진행되었을 겁니다. 하지만 그다음부터 이야기가 달랐던 것 아닙니까? 사에키 씨, 당신은 위자료 오천만 엔이 자기가 받을 게 아니라 지불할 거라고 대답했을 것입니다. 부인은 깜짝 놀랐을 게 틀림없죠. 그 한마디로 사에키 씨에게는 고야 회장을 고발할 생각이 없다는 사실을 깨달았기 때문입니다. 부인 입장에서는 '도신'의 실권을 되찾겠다는 완전히 다른 목적으로 일억 엔을 지불했는데 당신은 그 돈을 받은 다음 그 반을 나오코 씨에게 위자료로 줄 생각이었던 겁니다. 그렇다면 고야 회장은 여전히 도신 그룹의 회장이고, 게다가 회장의 약점을 쥐고 있다고 오해하는 당신이 앞으로 어떻게 할지 예측할 수도 없게 되죠. 부인의 계획은 엉망진창이 되는 겁니다……. 그렇다면 방법은 하나밖에 없죠. 사에키 씨를 감금하는 겁니다."

나는 사라시나 부인을 돌아보았다. 안색이 변해 있었다.

"이렇게 생각하는 게 당신 동생을 주모자로 보는 것보다 앞뒤가 맞지 않습니까? 그가 주모자라고 하면 처음에 너무나도 순순히 일억 엔을 지불하려고 한 것도 자연스럽지 못하고, 정체가 드러난 지 하루 반나절이나 지나서 사에키 씨를 감금한 문제는 도무지 이해할 수 없죠. 하지만 당신이 주모자라고 하면 일억 엔 지불에 적극적이었던 이유도 설명이 되고, 벤츠에서 이야기를 나눈 직후에 사에키 씨를 감금할 수밖에 없게 된 앞뒤 상황도 이해가 갑니다."

요리코는 뜻밖의 불청객이라도 바라보듯 나를 응시하고 있었다.

가늘게 떨리는 입술을 굳게 다문 채로 아무런 반박도 항의도 하지 못했다.

오기 변호사가 침묵을 깼다. "법정에서 검사의 교묘한 함정에 걸린 것 같은 기분이 드는데…… 탐정이 한 말이 사실인가?" 그 질문은 사에키에게 던진 것이었다.

"저에 관한 이야기는 사와자키 씨가 말한 그대로입니다." 사에키가 순순히 대답했다. "나는 소이치로 씨가 주모자라는 사실을 믿어 의심치 않았기 때문에 장모님과 벤츠에서 이야기를 나눌 때 그런 의미가 있었을 줄은 상상도 하지 못했습니다. 변명이 되겠지만 일억 엔을 내 것으로 만들려던 일도 굳이 숨길 생각은 없었죠. 이 저택에 올 때까지는 그 사실도 포함해서 왜 오천만 엔의 위자료를 지불할 수 없게 되었는지를 설명할 생각이었습니다. 하지만 아까 서재에서 장모님은 선수를 쳐서 제가 마치 위자료를 받으려는 계산이었던 것처럼 행동했습니다. 내겐 지불 능력이 없다고 여기시고, 사라시나 가문의 체면이나 나오코의 마음에 상처가 나지 않는 이혼 절차에 협조하라고 제안하신 거라고 생각했죠. 나로서는 지불해야 할 오천만 엔도 없고, 어젯밤 신주쿠 경찰서에서 나오코가 이혼에 동의한 이상 그런 문제는 어떻든 상관없었습니다. 그리고 미수로 끝난 저의 일억 엔 탈취 계획을 아무도 문제 삼지 않는다면 내가 나서서 신고할 필요도 없을 거라고 생각했고요……. 하지만 소이치로 씨의 혐의가 불확실해진 지금, 일억 엔을 내 것으로 만들려던 사실이 진상 규명의 열쇠가 된다면 그 사실을 숨길 생각은 없습니다. 사와자키 씨 말씀

대로 나는 벤츠 안에서 장모님에게 위자료는 내가 지불할 거라고 큰
소리를 쳤습니다."

방에 있는 모든 사람의 눈이 사라시나 부인을 향했다. 요리코의
동요는 극에 달해 있었다.

요리코가 벌떡 일어섰다. "저, 몸이 좀 좋지 않아 실례하겠습니
다."

요리코는 위태로운 걸음으로 응접실을 나갔다. 사라시나가 "실례
합니다"라며 아내의 뒤를 따랐다.

나는 소파에서 일어나 루오의 유화 앞으로 걸어갔다.

"사에키는 처벌을 받게 되는 건가요?" 나오코가 오기 변호사에게
물었다.

"글쎄, 미묘한 문제로군. 법적으로는 사에키의 죄는 마음속의 문
제이지 물적 증거도 없고……. 그런데 누가 그를 고발할 수 있을까?
사라시나 부인의 증언이 있다고 하더라도 그가 일억 엔을 자기 것으
로 만들 생각이었는지 증거로 삼으려 할 생각이었는지 판단을 내리
기 힘들지. 어차피 일억 엔을 손에 넣지 못했으니까……."

"그러면 어머니와 소이치로 삼촌은?"

"글쎄, 불길한 이야기지만 만약에 고야 회장이 아무런 증언도 하
지 않고 숨을 거두고 부인이 법정에서 다투려 하면 부인의 승산은
반이라고 해야 할까? 하지만 회장이 회복해서 자기는 결백하다고
주장하면 부인은 훨씬 불리해질 거야."

"어머니는 왜 소이치로 삼촌에게 이런 짓을……." 나오코가 비통

한 목소리로 말했다. 방 안에 무거운 공기가 떠돌았다.

"이런 자리니까 하는 이야기지만." 오기 변호사가 말했다. "부인이 나오코 아버지와 결혼하기 조금 전의 일이었을 거야. 부인이 돌아가신 소노스케 씨에게 심하게 히스테리를 부리며 '소이치로가 태어나서 아버지가 후계자가 생겼다고 크게 기뻐한 날 내 어머니는 말기 암 증상과 소이치로의 어머니에 대한 질투 때문에 괴로워하며 죽어가고 있었다'고 화를 내는 걸 문 밖에서 들은 적이 있어⋯⋯. 그게 또 배 다른 소이치로에 대한 부인의 숨길 수 없는 감정이었는지도 모르지."

응접실 문이 열리고 사라시나가 돌아왔다. "오기 변호사 그리고 니라즈카. 집안 문제로 의논할 일이 있으니 내 서재로 와줘. 난 사와자키 씨와 할 이야기가 있으니 먼저 가 있게."

쌍둥이 변호사는 가방을 집어 들고 서재로 통하는 문으로 나갔다.

"안사람이 처남에게 한 짓은 내가 눈치를 채고 어떻게든 막았어야 했어요." 사라시나가 힘없는 목소리로 말했다. "사와자키 씨, 정확한 일시까지는 모르지만 요 몇 년간 집사람이 사용처를 알 수 없는 큰돈을 쓴 일이 몇 차례 있었죠. 내 기억으로는 소네 씨를 내보낼 무렵과 도지사 선거 공고가 났을 무렵과 거의 일치하는 것 같습니다. 그리고 지난주 화요일에는 장인이 수집한 골동품과 자기 보석 일부를 팔아 일억 엔을 현금으로 만들었습니다. 나는 늘 집사람이 하는 '도저히 거절할 수 없는 기부 의뢰가 들어와서'라는 대답을 그대로 믿었죠⋯⋯. 사와자키 씨, 경찰보다 먼저 우리에게 이야기해준 점은 깊이 감사드립니다. 그럼 오늘은 이만 실례하겠습니다."

사라시나는 서재로 통하는 문 앞에서 멈춰 섰다. "나오코, 어머니는 진정제를 먹고 누워 있으니 걱정하지 말거라." 그렇게 말하고 그는 방을 나갔다.

이혼한 두 사람과 나만 응접실에 남았다. 나는 소파로 돌아와 세 개비째 담배에 불을 붙였다. 사에키도 담배를 입에 물었다. "사와자키 씨, 스와 마사유키는 여전히 행방불명인가요?"

나는 그렇다고 대답했다.

"어떻게 지낼까? 왠지 이제 그 사람이 공연히 보고 싶군요……."

"사에키 씨, 괜찮다면 한 가지 묻고 싶은 게 있어요."

그는 내 질문이 무엇인지 이미 안다. "그건 매우 사적인 문제이기 때문에 될 수 있다면 그냥 넘어가주시죠."

나오코는 전남편을 향해 시선을 옮겼다. 그러고는 깜짝 놀란 표정을 지었다.

"반드시 대답해달라는 건 아닙니다." 내가 말했다. "고야 회장이 총탄을 맞은 경위를 아직 자세하게는 모를 테지만 그는 당신을 구출할 생각으로 권총을 든 사람에게 덤벼들었습니다. 내가 고야 회장 이외에 당신을 감금한 인물이 있는 게 아닐까 생각한 건 그 점 때문이기도 했죠. 고야 회장의 그런 행위가 당신에 대한 마음을 그대로 드러냅니다. 그런데 당신은 고야 회장을 대체 어떻게 생각하는 거죠? 소이치로 씨가 주모자라고 생각했을 때 그를 고발하는 걸 포기하고 협박하기로 한 건 왜입니까?"

나오코의 눈에서 갑자기 눈물이 흘렀다. 소리 내어 울지는 않았지만 눈물은 멈출 줄 모르고 흘러내렸다.

"그를 형제처럼 여겼다……. 이걸로는 이유가 되지 않습니까?" 사에키는 괴로운 표정을 지으며 말했다.

"고발을 포기한 이유는 됩니다. 하지만 협박한 이유는 되지 않죠."

사에키는 헤어진 아내에게 말했다. "당신은 이미 아는 것 같군……. 사와자키 씨에게 이야기해도 괜찮겠어?"

나오코는 말없이 고개를 끄덕였다.

"삼 년 전입니다." 사에키가 말했다. "내가 나오코에게 프러포즈를 했을 때 이 사람은 생각할 시간을 좀 달라고 했습니다. 본인은 눈치채지 못했겠지만 나는 상당히 쇼크를 받았죠. 프러포즈를 바로 받아들여줄 거라는 확신 같은 게 있었으니까요. 결국 이 사람은 닷새 뒤에 승낙해주었습니다. 하지만 동요한 나는 그 닷새 동안 이 사람의 뒤를 미행했어요. 사흘째 되던 날, 나는 나오코가 소이치로 씨의 부축을 받으며 산부인과 병원을 나오는 모습을 목격하고 말았습니다. 신문기자 특유의 수단을 사용하여 혹시나 싶어 거기서 무슨 일이 있었는지를 알아보았는데, 역시 상상했던 그대로였습니다."

나오코는 목소리가 나지 않도록 손바닥으로 자기 입을 가렸다.

"나는 그 사실을 잊으려고 애쓰며 나오코와의 결혼생활을 계속해왔죠. 이 사람은 소이치로 씨가 아닌 나하고 결혼해주었으니까요. 하지만 잊으려 애를 쓸수록 오히려 그 문제에 얽매이는 나를 스스로 어쩔 도리가 없었습니다. 그런 사정을 이미 알았다는 이야기를 이 사람에게 하는 건 지금이 처음이군요……. 그리고 이번 사건이 일어났습니다. 소이치로 씨가 주모자라고 생각했을 때 제 기분을 이해하시겠습니까? 그 사람을 형처럼 생각했던 것도 사실입니다. 나오코가 전에 사랑했던 사람을 고발할 생각이 없어진 것도 사실이고요. 하지만 동시에 이 세상에서 가장 미워하는 사람에게 경찰에 가는 것보다 더 괴로운 일을 만들어주고 싶다고 생각한 것도 사실입니다……. 아마 그런 배경이 있어서 소이치로 씨를 주모자라고 생각했겠죠."

사에키는 담배를 끄고 자리에서 일어섰다. "그럼 이만 실례하겠습니다. 지금은 다쓰미 레이코의 집에 신세를 지고 있습니다. 도망칠 생각도 숨을 생각도 없지만 일억 엔 건으로 자수할 생각도 없습니다. 지금은 그 여자 곁에 있는 것이 제가 할 수 있는 가장 나은 일인 것 같군요." 그는 조용히 응접실을 나갔다.

나는 담배를 끄고 나오코의 눈물이 그치기를 기다렸다. 이윽고 나오코는 넋이 나간 목소리로 입을 열었다. "이걸로 다행이라고 생각해요. 저 사람은 남의 과오는 용서해도 자기 실수는 용서하지 못하는 사람이니까……."

나도 사정이 이해가 되었다. "그때 지운 아기는 사에키 씨의 아기였군요."

그녀는 손등을 깨물며 고개를 끄덕였다. 그리고 내 얼굴에 드러난 표정을 잘못 읽고 낮은 목소리로 외쳤다. "어째서 그런 이야기를 저 사람에게 하신 거죠?"

　나오코가 진정되기까지는 시간이 약간 걸렸다. "사에키가 프러포즈하기 전 딱 열흘 동안 저는 저 사람에게 임신했다는 사실을 이야기해야 한다고 생각하며 고민했죠. 프러포즈했을 때 왜 그 이야기를 하지 못했는지 지금도 이해되지 않아요. 얼떨결에 조금 기다려달라고 대답했어요. 그날 밤새도록 고민했죠. 그 순간에 이야기하지 못했다면 영원히 이야기하지 않는 게 나을 것 같다는 생각이 들었어요. 이튿날 저는 소이치로 씨와 의논했습니다. 소이치로 씨는 물론 반대했죠. 네가 이야기할 수 없다면 자기가 대신 사에키에게 이야기하겠다고요……. 저는 얼른 임신한 건 사에키의 아기가 아니라고 거짓말을 했습니다. 결국은 소이치로 씨를 설득했죠. 아기를 지우고 그의 프러포즈를 받고 싶었던 거예요. 그래도 왜 이렇게 굴절된 반응을 하게 되었는지 저도 이해가 되지 않아요. 닷새 뒤, 그의 프러포즈를 받아들였을 때는 이제 모든 게 잘될 거라고 생각했었습니다. ……하지만 역시 잘못이었던 거예요."

　'세타가야 의료센터'에 있는 고야 소이치로에게 가겠다는 나오코를 나는 블루버드로 태워주었다. 도중에 우리는 내 보수 정산 문제를 제외하고는 거의 아무 말도 하지 않았다. 병원에 도착하자 나오코는 오늘 아침 내 사무실에서 있었던 일에 관해 뭔가 이야기하려고 망설이다가—내가 그럴 기회를 주지 않았다— 그냥 말없이 현관으로 향했다.

　사무실에 도착할 때까지 애정과 진실을 배려하는 것이 증오와 거짓을 배신하는 것보다 사람들에게 훨씬 더 깊은 상처를 입힌다는 생각을 했다. 직업상 서로 기쁨을 나눌 수 없는 사람들의 배반을 보는건 일상다반사지만 괴로움 또한 서로 나누지 않으면 치유되지 않고 오히려 커지는 모양이다. 진실을 밝히기보다는 굳이 다른 남자와의 관계를 의심받는 길을 선택한 여자의 마음을 나는 이해하려고 해보았다. 어디선가 끊임없이 "진실은 털어놓아야 한다"는 목소리가 들려왔지만 나는 그런 이야기를 믿지 않았다.

35

이튿날 나는 국철을 타고 '도쿄 도청'으로 갔다. 도청 제1청사는 지요다 구 마루노우치에 있는 도쿄 역에서 남쪽으로 약 500미터 떨어진 곳에 있었다. 공공기관들은 다들 최신 건물을 갖고 싶어하는데, 보기 드물게 삼십 년 전에 지은 낡은 8층 건물 청사를 그대로 썼다. 정면 오른쪽에 있는 현관을 통해 오카모토 다로 도쿄 도청의 동판 릴리프를 제작한 아티스트의 벽장식이 있는 1층 로비로 들어갔다. 예술이라고 한다. 내가 보기에는 애들 장난 같은 잡동사니였지만 그런 걸 구경하러 온 건 아니었다. 따분해 보이는 안내 데스크의 여성에게 내가 찾는 곳의 위치를 묻고 엘리베이터를 타고 2층에서 내렸다. 의회 청사로 가는 연결통로가 보이는 흡연실에서 니시고리 경부가 기다리고 있었다.

"삼 분 지각이야." 니시고리가 무뚝뚝한 목소리로 말했다.

나는 코트를 벗었다. "기다리라고 한 기억은 없는데."

"닥쳐. 〈마이니치 신문〉 기사를 읽었을 텐데." 그는 접힌 신문으로 내 가슴을 쳤다. "넌 스와 마사유키가 기억을 잃었다는 사실을 알고도 이야기해주지 않았어."

사에키 나오키의 특종 기사였다. '저격자는 기억상실자'라는 제목으로 1면과 3면에 큼직한 특집 기사가 실려 있었다. 게다가 사에키와 스와 마사유키의 만남부터 오늘에 이르기까지의 자세한 기록을 괴문서 사건의 진상과 섞어 앞으로 이 주간에 걸쳐 연재할 거라는 예고도 있었다.

"몰랐어. 하지만 알았다고 해도 이야기하지 않았을 거야."

니시고리는 소리를 지르려다 참았다. "좋아, 그 문제는 나중에 다시 따지기로 하지. 이리 와." 그는 담배를 재떨이에 던지고는 앞장서서 큰길 옆의 통로 막다른 곳에 있는 계단을 올라갔다. 2층으로 가는 출구에 형사나 SPsecurity police, 요인경호관로 보이는 덩치 큰 남자가 서 있다가 니시고리에게 눈짓을 보냈다. 우리는 '총무부'라는 표시가 있는 구역을 지나 '지사실' 쪽으로 향했다.

나는 오늘 아침 일찍 도청 대표번호로 전화를 걸어 사키사카 도지사를 바꿔달라고 부탁했다. 장난전화로 의심한 세 명의 직원이 전화를 다른 곳으로 돌릴 때마다 무슨 용건이냐고 물었다. 나는 같은 대답을 세 번 반복해 총무부 서무과에서 민원과, 민원과에서 행정관리부, 행정관리부에서 특별비서과로 넘겨진 끝에 니시고리 경부의

"지사에게 무슨 볼일이 있다는 거야?"라는 호통을 듣게 되었다.

니시고리와 나는 '지사실'이라는 팻말이 붙어 있는 문 안으로 들어갔다. 정면에 '부지사실' 문이 있고 좌우로 뻗은 7~8미터 복도의 막다른 곳에는 왼쪽이 특별 응접실, 오른쪽이 '지사실' 문으로 되어 있었다. '부지사실' 문에는 아직 사카키바라 마코토의 이름이 새겨진 플라스틱 명판이 붙어 있었다. 반쯤 열린 문틈으로 대여섯 명의 형사가 흰 장갑을 끼고 수사하는 모습이 보였다.

"어제부터 본청과 합동으로 부지사의 자택과 여기를 수색하는데 아무것도 나오지 않는군."

니시고리는 오른쪽 복도를 걸어가 문 앞에서 걸음을 멈췄다. "오늘 아침 일찍 사라시나 슈조로부터 연락이 있어서 괴문서 사건 및 사에키 나오키 감금 사건으로 부인을 출두시키겠다고 했네. 세이조 경찰서 인력이 사라시나 저택 앞에서 대기하고 있어."

니시고리가 지사실의 문을 열고 들어가자 또 복도가 나왔다. 복도 오른쪽은 '특별비서실'인데, 윗부분이 유리로 되어 있는 패널 벽 너머에는 세 명의 남자 직원과 네 명의 여자 직원이 책상에 앉아 있었다. 왼쪽은 이 건물에 들어와 처음 보는 회반죽을 바른 벽이었다. 아마 그 뒤에 우리가 가려는 곳이 있을 것이다. 니시고리와 내가 복도를 걸어가자 여비서 한 명이 일어나 안쪽 문에서 복도로 나왔다. 우리는 세 번째로 '지사실'이라는 표시가 있는 문 앞에서 얼굴을 마주 보았다.

"경부님, 이쪽 분이 지사님과 약속하신 사와자키 씨입니까?" 사십대 초반의 눈썹이 굵은 여비서가 확인했다. 니시고리가 그렇다고 대답했다.

"오셨다고 보고를 드리겠습니다. 아마 식사가 끝나셨을 겁니다." 여비서는 문을 노크하고 지사실로 들어갔다.

복도 안쪽의 유리창 너머로 길 건너편에 있는 '미쓰비시 본사'의 깔끔한 건물 일부가 보였다. 창문 앞에 서 있는 형사인지 SP인지가 니시고리와 나 사이의 한 지점을, 마치 그곳에 수상한 인물이 서 있기라도 하다는 듯이 물끄러미 바라보았다. 여비서가 지사의 점심식사 쟁반을 들고 나왔다.

"지사님이 기다리십니다. 2시에는 정례회의가 재개되니 신경 써주시면 감사하겠습니다." 여비서 옆을 지나 우리는 지사실로 들어갔다.

도지사인 사키사카 신야가 업무 책상 너머에서 일어서며 우리를 맞이했다. "자, 들어오시죠. 이쪽으로."

부지사를 잃은 동요는 전혀 느껴지지 않았다. 이 방의 주인으로서 한 치의 빈틈도 없는 태도였다. 우리는 방을 비스듬히 가로질러 지사의 책상 쪽으로 다가갔다. 도지사의 집무실치고는 예상보다 좁고 검소하고 약간 어두웠다. 왼쪽 벽 위에 걸린 역대 지사의 초상화가 없었다면 중소기업 사장실이나, 역대 교장의 사진을 장식한 고등학교 교장실인 줄 알았을 것이다.

"사와자키 씨에겐 고맙다는 말씀을 드려야겠군요." 지사가 말했다. "당신 덕분에 도신 그룹의 고야 회장이 아슬아슬하게 목숨을 건졌다는 이야기를 들었습니다. 게다가 그 괴문서 사건의 진범도 자수할 수밖에 없게 되었다고 조금 전에 보고를 받았습니다. 정말 감사합니다." 지사는 눈썹을 살짝 찌푸렸다. "경찰은 세상을 떠난 사카키바라 부지사를 저격 사건의 주모자로 수사하기 시작했다고 들었는데 저는 아직 믿을 수 없군요……. 혐의 사실에 관해서는 수사본부장의 이야기를 잠깐 들었을 뿐이지만요."

니시고리와 나는 책상 이쪽에 놓여 있는 두 개의 의자 옆에 서서 지사와 마주 보았다.

"오후에 열리는 의회에선 부지사의 사고사에 관해 야당 대표의 질문을 받아야만 하는데……. 사와자키 씨로부터 그 건에 관해 말씀이 있을 거라는 연락을 받았습니다. 저로서는 하나라도 더 많은 정보를 듣고 싶습니다." 그는 니시고리와 내 얼굴을 번갈아 바라보더니 덧붙였다. "만약 사와자키 씨가 저와 단둘이 이야기하고 싶다면 경부께서는 자리를 피해주셨으면 합니다만."

"그렇게는 할 수 없습니다." 니시고리는 눈썹 하나 까딱하지 않고 말했다. "본부장님으로부터 제가 입회하는 조건으로 이 사람을 지사님께 면회시켜도 좋다는 허락을 받았습니다."

"호오, 이상한 이야기로군요. 도지사가 도민을 만나는데 경찰관의 허락이나 입회가 필요하다는 이야기는 처음 듣네요."

지사는 위엄을 회복하려는 듯 식사 때 의자 등받이에 벗어둔 상의를 집어 들어 걸쳤다. 그저께 만났을 때와는 다른, 밝으면서도 수수한 영국제 갈색 스리피스였다.

"안타깝습니다만." 니시고리가 말했다. "이 저격 사건에는 이미 세 건의 살인과 한 건의 살인미수가 관련되어 있습니다. 지사님께서 불쾌하시겠지만 저도 이대로 물러날 수는 없습니다."

"하지만 경부." 지사가 언성을 높였다.

"지사님." 내가 가로막았다. "이야기에 따라서는 경부에게 확인하고 싶은 내용도 있습니다. 경부의 동석은 오히려 바라는 바입니다만."

"그렇습니까?" 지사는 침울한 표정으로 말했다. "사와자키 씨가 그렇게 말씀하신다면, 어쨌든 앉으시죠."

우리는 각각 의자에 걸터앉았다. 니시고리는 내게 방에서 나가달라는 소리를 들은 것 이상으로 화가 난 듯 나를 노려보았다. 나는 그 시선을 무시하고 코트를 의자 등받이에 걸쳤다.

"말씀을 들어볼까요?" 지사가 말했다.

나는 표현을 골라 말했다. "저격 사건의 주모자는 부지사인 사카키바라 씨가 아닌 것 같습니다. 적어도 지사님의 동생인 사키사카 고지 씨가 관계되어 있을 겁니다."

지사는 거의 표정 변화 없이 내 얼굴을 뚫어지게 바라보았다. 니시고리의 위압적인 목소리가 들려왔다.

"사와자키, 나를 이런 일에 얽어 넣으려 들지 마. 그런 이야기는 일단 서에 가서 듣지."

"경부, 걱정할 필요 없어요. 사와자키 씨는 뭔가 크게 오해하는 모양인데 당신까지 이 사람과 뜻이 맞아 여기 오게 되었다고는 생각하지 않습니다. 안심하고 사와자키 씨의 오해를 푸는 걸 도와주면 좋겠군요."

니시고리가 싸늘한 목소리로 말했다. "사와자키, 납득이 가도록 설명하라고."

"고야 회장이 의식을 잃기 직전에 이야기해준 증언에 따르면 그날 밤 우리가 고지 씨의 저택에 있을 때 사카키바라 씨에게 저격자인 스와 마사유키의 신병을 돈을 받고 건네겠다는 가짜 형사의 전화가 걸려왔습니다. 고지 씨는 그 전화를 도청에서 온 전화라고 했고, 사카키바라 씨에게 옆방에서 통화하도록 했습니다."

지사는 고개를 저었다. "그것만으로는 동생이 관계되어 있다는 증거가 되진 않잖아요? 그 가짜 형사가 부지사를 전화로 불러내기 위해 도청 직원을 가장해 전화를 걸었다면 동생 입장에서는 다른 반응을 보일 수 없었겠죠."

"이 사건의 주모자에게는 거액의 자금이 필요합니다." 내가 말했다. "스와 마사유키에게 준 돈만 해도 대략 일억 오천만 엔입니다. 스와를 추적하던 이하라와 오쿠무라라는 두 가짜 형사를 고용할 경비도 있죠. 마지막으로 그 오쿠무라라는 남자에게 스와를 넘겨받으며 건네야 할 돈도 필요했을 겁니다. 그 남자가 목숨과 바꾸면서까지 탐을 낼 만큼 돈을 지불할 능력이 거래 상대에게 있었다고 해도 좋을 겁니다. 큰돈을 벌 수 있는 직업이 아닌 경찰 출신 사카키바라 씨를 단독 주모자로 보는 건 무리이지 않겠습니까?"

"사람의 재력이란 건 겉만 봐서는 알 수 없습니다. 돈과 인연이 있을 걸로 보이는 동생보다 부지사가 더 가난하다는 근거는 어디에도 없죠. 영화판은 겉보기와 달리 실속이 없습니다."

"경부, 두 명의 가짜 형사 신원이 밝혀졌을 텐데. 이야기해주면 좋겠군."

"아직 발표할 단계가 아니야." 니시고리가 무뚝뚝하게 말했다.

지사는 눈썹을 치켜세웠다. "발표라고요? 경부, 여기는 도지사 집무실입니다. 여기서 나눈 이야기는 저 문밖으로 한걸음도 나갈 일이 없어요. 그 두 사람에 관해 경찰이 파악하는 내용을 말씀해주세요. 아니면 수사본부장에게 전화를 걸어 허락을 받을 필요가 있습니까?"

지사는 책상 위에 있는 전화로 손을 뻗었다.

"아뇨." 니시고리가 퉁명스럽게 대답했다. "국제영상에서 시체로 발견된 가짜 형사는 본명이 오바 데루오. 삼 년 전까지 국제영상 경비 담당자로 근무했습니다. 사에키 나오키의 아파트에서 발견된 시체는 그 오바라는 사람의 주변을 더듬어 오늘 아침에야 신원이 확인되었습니다. 본명은 정윤홍, 삼 년 전에 사키사카 프로덕션을 그만둔 사람입니다. 이 남자는 조감독, 소품 담당, 하급 배우 등 뭐든 닥치는 대로 다 하는 사람이었던 모양입니다. 이 이인조가 삼 년 전에 각각 직장을 그만둔 이유는 국제영상 촬영소에서 벌인 장기간에 걸친 절도 행위가 발각되었기 때문입니다. 게다가 그걸 발견한 게 당시 텔레비전 영화 촬영 때문에 국제영상을 사용하던 사키사카 프로덕션의 사키사카 고지 씨와 감독인 다키자와 씨였죠. 이상입니다."

"그렇다면 그들이 동생에게 원한을 품을 수는 있어도 두 사람이 같은 이해관계로 부지사와 연결되었다고 생각하는 건 이상하지 않은가요?"

"범죄자란 경찰에 잡히지 않는 이상 남들을 원망할 일이 없기 마련입니다. 괴문서 사건의 사라시나 여사와 소네라는 남자의 관계도 그랬죠. 그들이 고지 씨나 다키자와 씨를 원망했는지, 아니면 고맙게 여겼는지는 간단하게 판단할 수 없는 문제입니다." 나는 니시고리를 돌아보았다. "그 두 사람은 절도 건으로 체포되었나?"

"놈들이 기소된 기록은 없어." 니시고리가 말했다.

나는 말을 이었다. "영화판에 있었던 이 두 명과 사카키바라 씨를 직접 연결시키기는 어렵지만 중간에 고지 씨나 다키자와 씨를 놓으면 연결은 분명해지죠."

"이제는 다키자와 감독까지 공범으로 만드는군."

"고지 씨는 생각을 해냈나요? 제가 맡긴 사진에 있는 남자가 팔년 전 촬영중에 권총 폭발로 검지를 잃은, 게다가 올림픽 출전을 앞둔 사격선수였다는 사실을?"

"에……? 아아, 그런 모양입니다." 지사는 무언가 잘못 삼킨 듯한 얼굴로 말했다. "오늘 아침에 전화 때 그런 이야기를 한 것 같습니다."

"부자연스럽군요." 내가 말했다. "그때 고지 씨는 스와 마사유키의 사진을 보고 모르는 척할 수 없었습니다. 올림픽 사격 대표의 손가락이 없어졌으면 아무리 팔 년이란 세월이 흘렀어도 그 남자 얼굴을 잊을 리 없을 텐데."

"기억이란 건 의외의 작용을 하는 경우가 있죠. 동생을 사카키바라 씨의 공범으로 만들 확증은 되지 않는군요. 그렇죠, 경부?" 지사는 니시고리의 대답을 기다리지도 않고 자신 있게 말을 이었다. "어쨌든 동생과 사카키바라 씨가 나를 저격해서 이익이 있느냐 없느냐 하는 이야기는 이미 어제 충분히 한 끝에 가당찮은 일이라는 결론에 이르지 않았나요?"

"그런 걸 다시 들추려는 게 아닙니다." 내가 말했다. "그 저격 사건은 당신의 이익을 지키기 위해, 당신이 직접 지시한 것이라고 이야기하는 거죠. 주모자는 당신이고 사카키바라 씨, 고지 씨, 다키자와 감독, 두 명의 가짜 형사 그리고 스와 마사유키는 당신의 하수인에 불과하죠."

사키사카 지사는 고개를 크게 젓고 쓴웃음을 지으며 말했다. "무슨 말씀을! 말도 안 되는 소리. 아무래도 나는 당신을 과대평가한 것 같군요. 사람을 모사꾼으로 만들려면 더 그럴듯하게 말이 되는 이야기를 해야지."

"그러죠. 문제의 시작은 괴문서 사건입니다. 당신과 야나이 하라 후보와의 선거 정세는 그 사건이 발생하기 전까지 대등한 걸로 예상되었기 때문에 그 사건은 사키사카 진영에는 상당한 타격이었을 겁니다. 스캔들의 진위는 누가 보더라도 명백했지만 괴문서라는 것이 워낙 그런 성격이라 뜻하지 않게 불리한 상황을 불러올지도 모릅니다. 선거에 이길 생각이라면 뭔가 그럴듯한 대책이 필요했겠죠. 한

편 스와 마사유키는 작년 말에 건강이 나빠져 미국에서 귀국해 있었고요. 그는 수술이 불가능한 뇌종양으로 짧으면 일 년밖에 살지 못할 목숨이라는 진단을 받았고 아내와 자식의 장래를 생각하면 무슨 짓을 하건 큰돈을 손에 쥐고 싶었을 겁니다. 그때 그에게 지사 선거가 그 목적을 이루기 위한 아주 좋은 수단으로 떠올랐죠. 그는 팔 년 전에 알고 지내던 고지 씨를 찾아갔습니다. 촬영중에 일어난 폭발 사고로 고지 씨에게 받아야 할 빚이 있다고 생각했는지도 모르죠. 이윽고 지사 선거를 사키사카 진영에 유리하게 만들기 위한 대담한 계획이 수립된 겁니다."

나는 말을 끊고 지사가 입을 다물고 있는 걸 확인했다.

"스와 마사유키가 당신을 저격하죠. 테러 행위의 피해자는 동서고금을 막론하고 비극의 주인공으로 큰 동정을 얻게 됩니다. 나아가 괴문서 여주인공의 친동생인 미조구치 히로시를 사건에 끌고 들어와 괴문서 사건을 획책한 놈들의 움직임을 봉쇄하고 동시에 경찰의 눈을 다른 곳으로 돌릴 수 있었죠. 사람들은 두 가지 사건을 같은 그룹이 저지른 음모로 여기고, 당신을 더욱 동정하게 됩니다. 투표 전날 밤의 수술로 당신은 목숨을 건지고, 선거 결과는 당신에게 도지사 자리를 안겨주었습니다. 계획은 멋지게 성공했죠. 단 한 가지만 제외하고."

나는 지사의 눈에 불안의 기색이 스치는 것을 보았다. "스와 마사유키에게 지불한 일억 오천만 엔이라는 금액으로 미루어 그는 틀림없이 저격 후에 바로 자수하기로 되어 있었을 겁니다. 반년 전에 살 수 있는 시간이 일 년에서 이 년 사이라는 선고를 받은 그로서는 남은 인생을 교도소 안에서 살든 밖에서 살든 어차피 사형 집행을 앞둔 처지나 마찬가지니까요. 자수한 스와가 팔 년 전 권총 폭발 사고 때문에 사키사카 형제를 원망하게 되었다고 진술하면 계획대로 아무 문제가 없었을 겁니다. 하지만 예상도 못한 곳에서 차질이 생겼죠. 그는 미조구치 히로시의 도주 경로 어디선가 자취를 감추었고, 결국 자수하지 않았습니다. 그가 자수하려 해도 할 수 없었던 이유는 〈마이니치 신문〉에 실린 사에키 씨의 기사를 읽어 이미 알 겁니다. 그때부터 완벽하다고 생각했던 계획에 균열이 생기기 시작했습니다." 나는 주머니에서 담배를 꺼내 불을 붙였다. 니시고리 경부도 나를 따라 필터 있는 담배를 입에 물었다.

사키사카 지사는 책상 위의 새 재떨이를 거의 무의식적으로 우리 쪽으로 내밀었다. 바닥에 도쿄 도의 심볼 마크가 찍힌 유리 재떨이였다. 다른 데서 보았다면 아무 느낌도 들지 않을 마크였지만 이 방 안 재떨이 바닥에 찍힌 걸 보니 바로 앞 의자에 앉아 있는 남자가 이 도시를 손안에 쥔 권력자라는 사실이 새삼 떠올랐다.

지사는 미소를 지었다. "소설가인 내가 들어도 상당히 잘 짜인 스토리지만, 한 가지 치명적인 결함이 있군요. 나를 상당히 무모한 용기를 지닌 인간으로 여기고 계시는 것 같습니다. 그 스와라는 인물의 사격 솜씨가 가령 세계 최고라 해도 만에 하나 실수를 할 수 있죠. 지사 자리를 얻기 위해 권총의 표적이 되다니, 그런 사람이 어디 있겠습니까. 실제로 그때 총탄은 내 심장에서 겨우 5밀리미터 떨어진 곳에 박혔습니다."

"누가 그런 소리를 하죠?" 내가 물었다.

"무슨 뜻입니까?" 지사는 눈썹을 찌푸리며 물었다.

"당신이나 고지 씨, 사카키바라 씨 이외에 당신이 총탄을 맞았다는 사실을 증언하는 사람이 있습니까?"

"하지만 그건 다치가와 역 앞에 있던 많은 사람이 목격한 일입니다."

"현장에 있던 사람들이 과연 다키자와 씨가 촬영한 비디오 이상의 것을 볼 수 있었는지 의문이로군요. 분명히 총성이 울렸습니다. 당신은 쓰러졌죠. 고지 씨는 당신을 안아 일으켰습니다. 당신 셔츠 가슴은 붉게 물들어 있었고요. 사건 현장에서 수상한 차가 도주했습니다. 확실한 것은 그것뿐입니다. 당신 가슴에 총탄이 박힌 걸 직접 본 사람은 없어요. 배우인 고지 씨, 감독인 다키자와 씨, 소품 담당이었던 정윤홍 그리고 당신 스스로도 연출이나 연기에 관해서는 잘 알죠. 이만한 영화 스태프가 모이면 그런 눈속임은 얼마든지 가능할 겁니다. 상당히 잘 만든 저격 장면이었죠."

"말도 안 되는! 증인이 있어요. 총탄을 꺼낸 수술 집도의 시이나란 의사가 분명히 증언해줄 겁니다."

"시이나 의사는 증인으로서 충분하다고 할 수 없습니다. 그는 사키사카 가문과는 십 년 이상 친분이 있는 인물이죠. 오히려 사카키바라 씨 같은 사람보다 훨씬 더 가까운 존재입니다. 저는 전부터 이상하다고 생각한 것이 있습니다. 저격자는 대체 왜 투표 전날 밤 신주쿠 역 앞에서 열릴 가두연설을 저격 현장으로 선택하지 않고 이틀 전에 열린 다치가와 역을 골랐는가 하는 점입니다. 두 역의 연설 장소나 차도의 위치를 비교하면 오히려 신주쿠 역 쪽이 저격에는 더 적합한 것 같고, 극적 효과도 훨씬 클 텐데."

"그런 건 저격 사건 범인에게 물어봐요."

"당신에게는 저격자가 다치가와 역을 선택해주어 그야말로 안성맞춤이었죠. 저격 현장에서 겨우 700−800미터 거리에 의사인 시이나 씨가 경영하는 '무사시노 클리닉'이 있었고, 평소 같으면 고마에에 있는 본원인 '다마 클리닉'에서 진료하고 있을 시이나 씨가 그날 저녁에는 다치가와 분원에 있어주었으니까요. 게다가 저격이 투표 이틀 전이었던 덕분에 중태에서 위독, 수술 그리고 기적적으로 목숨을 건졌다는 발표를 투표 당일 이른 아침 뉴스에 내보낼 수 있었으니."

"그런 삐뚤어진 견해가 있을 줄은 생각도 못 했군요……. 왜곡된 렌즈를 통해 보니 모든 것이 일그러져 보이는 겁니다. 하지만 내 가슴의 상처를 보면 당신의 고집스러운 오해도 풀릴 겁니다." 지사는 이미 상의를 벗고 있었다.

"아뇨, 잠깐만요." 나는 지사를 제지했다. "제가 상처를 본들 정확한 판단은 할 수 없습니다. 권총 총탄을 빼낼 수 있을 만한 의사라면 총탄에 맞은 상처처럼 만드는 수술쯤이야 간단하겠죠. 저를 납득시키고 싶다면 정식 외과 의사나 경찰의의 감정을 받아야 할 겁니다."

한쪽 어깨를 상의에서 빼던 지사의 움직임이 딱 멈췄다. 그는 상의 안주머니 부근을 뚫어지게 바라보았다. 거기에 반론의 실마리가 숨겨져 있기라도 하듯이.

나는 담뱃재를 떨었다. "저격 사건이 연극이 아닐까 생각하게 된 계기는 그날 사카키바라 씨가 지적한 두 정의 '루거 P08'입니다. 저는 현장에서 회수된 권총과 스와 마사유키가 지닌 같은 모델의 권총은 어느 쪽인가가 만약의 경우를 위한 예비용이 아니겠느냐고 했지만 제가 생각하기에도 납득이 가는 추측은 아니었습니다. 사격이나 총에 집착하는 사람은 기본적으로 자기 손으로 정비한 총만 믿죠. 저는 신주쿠 경찰서에서 미조구치 히로시의 추락 현장에 관한 수사 보고를 읽게 되었습니다. 시체 및 유류품의 회수 현황에 관한 설명을 경부로부터 듣고 싶군요."

"무슨 소리야?" 니시고리는 담배를 재떨이에 눌러 껐다. "보고서는 나도 읽었지만 별로 이상한 점은 없었어. 그런데 넌 누구 허락을 받고 그런 보고서를 읽은 거지?"

"현장 수색은 미조구치가 추락한 당일 밤과 이튿날 아침 두 차례에 걸쳐 이루어졌을 텐데."

"그래. 미조구치의 시체와 도주 차량은 당일 밤에 바로 인양했지만 가드레일에 충돌할 때 운전석 문이 열려버린 모양이야. 저격에 사용된 권총은 거기서 흘러나간 일부 유류품과 함께 이튿날 재개된 물밑 수색 때 발견되었지. 그 이야기 말인가?"

나는 고개를 끄덕였다. "스와 마사유키는 분명히 '루거 P08' 한 자루를 휴대하고, 발포하고, 그 총을 가지고 도주한 겁니다. 저격 사건을 계획한 사람들은 스와가 자수하지 않고 체포되지 않았다는 사실을 알고 깜짝 놀랐을 게 틀림없어요. 도망친 스와의 의도를 알 수 없으니 어쨌든 그를 경찰의 수사 대상이 되지 않도록 숨기고 미조구치 히로시의 단독 범행으로 보이게 만들기로 했습니다. '루거 P08' 이 한 자루 더 있었다는 사실이 그 공작을 가능하게 만들었을 테죠. 그 총에서 발사된 총탄을 당신 몸에서 빼낸 것으로 경찰에 신고하고, 그 총을 추락 현장에 던져 넣었습니다. 그걸 실행한 사람은 경찰 사정을 잘 알고, 추락 현장에 접근해도 아무도 수상하게 여기지 않을 사카키바라 씨였을 거라고 생각합니다. 처음 계획으로는 스와의 루거에서 사전에 발사된 총탄을 경찰에 신고할 예정이었겠죠. 당신 몸에서 꺼낸 총탄, 그 총탄이 발사된 권총이 현장에서 발견되지 않았다는 골치 아픈 상황은 간신히 피할 수 있었습니다. 이렇게 해서 제2의 인물은 사에키 나오키가 그를 다시 만나기까지 사람들 시야에서 사라져버렸죠……. 어쨌든 몸에서 빼냈다는 총탄이 그런 성질의 것이라면 저격자는 실탄을 사용할 필요는 없었던 겁니다. 실탄이 사용되지 않았다면 이 사건에서 가장 큰 이익을 본 '피해자'를 주모자라고 생각해도 이상할 게 없습니다. 당신은 한 번도 권총의 표적이 된 적이 없고 '피해자'조차 아니니까요."

"그런 증거는 아무것도 없어." 사키사카 지사는 힘없는 목소리로 말했다. "모두가 당신 멋대로 상상한 것에 불과해."

나는 말없이 담배를 껐다. 이제 할 말은 아무것도 없었다.

니시고리가 무뚝뚝하게 말했다. "스와 마사유키를 잡으면 모든 게 밝혀지겠군."

"그 사람은 기억을 잃었다는 보고를 받았습니다. 그 사람이 제대로 된 증언을 할 수 있겠습니까?" 지사가 물었다.

"적합한 의사의 치료를 받으면 잃어버린 기억도 되돌아올 겁니다." 니시고리가 대답했다.

"기억이 되돌아온다 해도 솔직한 진술을 할 거라고는 생각할 수 없겠죠. 우선 그때까지 그 사람 목숨이 붙어 있겠어요? 그는 중병에 걸려 오래 살지 못한다고 들은 것 같은데요."

니시고리와 나는 얼굴을 마주 보았다.

"지사님, 무슨 말씀을 하고 싶은 겁니까?" 니시고리가 물었다.

지사는 우리를 각각 십 초씩 응시했다. "나는 사와자키 씨의 터무니없는 가설을 인정할 생각이 없습니다. 하지만 그런 식의 재미있고 우스운 주장을 세상 사람들은 즐거워할 테고, 그 나름대로 설득력도 있는 것 같군요. 솔직하게 말해서 두 분이 어떻게 나오느냐에 따라 도쿄 도지사로서의 내 입장은 매우 미묘한 것이 되겠죠. 그건 매우 불편합니다. 아니, 만약 뭔가 확실한 증거가 있다면—그런 게 있을 리 없지만— 나도 깨끗하게 물러나겠습니다. 하지만 확증이 없는 이상은 그런 가설을 함부로 발표하지 않았으면 좋겠습니다."

지사는 의자에서 일어서서 몸을 앞으로 내밀었다. "왜 이런 부탁을 하는가. 모두가 도쿄 도와 도민을 위해서입니다. 결코 나 개인을 위해서가 아니에요. 당신들도 현재 전세계에서 손꼽히는 대도시 도쿄가 어떤 위기에 빠져 있는지 알 텐데요. 야나이 하라가 팔 년에 걸

처 도정을 운영하면서 도쿄의 재정과 도시 문제를 최악의 상태에 몰아넣었습니다. 주택, 땅값 폭등, 환경 문제, 중소기업, 고용 문제. 어느 것 하나 쉽지 않은 상황에 직면해 있는 지금이야말로 지혜롭고 용기있는 결단을 내려야 할 때입니다. 그렇지 않으면 백 년은 어려움을 겪어야 할 화근을 남기게 될 겁니다. 사와자키 씨는 비극의 영웅인 내게 동정표가 모였다고 하지만 말도 안 됩니다. 도쿄 도민을 우롱해선 안 됩니다. 그들은 파탄을 맞이한 도쿄의 장래를 내게 맡기고 반드시 재건해달라는 기대를 보내는 겁니다. 아니, 이런 이야기는 구질구질하게 이야기하지 않아도 두 분은 잘 알고 계실 겁니다. 부디 도쿄 도민의 기대를 배반하지 말아주세요……. 그래요, 임기의 반, 아니 일 년이라도 괜찮습니다. 풍파를 일으키지 말고 내가 도정을 꾸리게 해줘요. 그래서 만약에 내가 공약을 어기거나 아무런 성과도 올리지 못한다면 그때는 가설이든 의혹이든 발표해도 좋습니다. 하지만 지금은 곤란해요." 지사는 애원하는 눈빛으로 우리를 바라보았다.

"저는 일개 경찰관에 불과합니다." 니시고리가 말했다. "확증이 잡히지 않는 이상은 지사님에게 어떤 불편도 끼칠 생각이 없습니다. 가설이니 의혹이니 해서 소동을 일으킬 일은 없을 겁니다."

"경부의 말씀을 들으니 마음이 든든하군요……. 하지만 그것만으로는 충분치 않습니다. 가령 사와자키 씨가 세운 가설이 옳다고 칩시다. 그래서 대체 내게 어떤 죄를 물을 수 있다는 거죠? 도민의 기대를 짊어진 지사로서 부적격한 무엇이 있나요? 말하자면 선거는 무기를 사용하지 않는 전쟁이고 전략이 아닙니까? 나는 괴문서라는 적의 전략에 대해서 가짜 저격이라는 전략으로 응수한 셈이 될 겁니다. 그래요, 그 시점에서 만약 누군가가 그런 전략을 내게 제안했다면 나는 기꺼이 받아들였을 겁니다. 실제로는 그렇지 않지만요. 이만한 문제가 정치라는 무대 위에서 과연 비난을 받아야 할 일입니까? 나는 선거법을 위반하지도 누구를 상처 입히지도 않았습니다."

"미조구치 히로시는 사망했습니다." 내가 말했다.

"그게 내 책임입니까? 당신 가설에 따르면 그들은 저격한 뒤에 자수할 예정이었다고 하지 않았습니까? 그렇다면 도주하다가 운전을 잘못해서 사망한 남자의 문제까지 책임질 수는 없죠. 애당초 괴문서 사건만 일어나지 않았다면 미조구치라는 남매가 등장할 필연성도 없었고, 저격 사건도 일어나지 않았을 겁니다. 책임은 바로 괴문서를 발행한 사람이 져야 하는 거라고 생각하지 않습니까?"

사키사카 지사의 말이 조금 혼란스러워졌다. 지금까지 살아온 인생에서는 이토록 궁지에 몰린 경험이 한 번도 없는 게 틀림없다.

"지사님, 당신 표현을 빌리면, 당신은 전략을 그르친 겁니다." 내가 말했다.

"그르쳐요?" 그가 물었다.

"그렇습니다. 저는 정치에 관심이 없고, 선거를 뻔히 들여다보이는 연극 이상으로 생각한 적이 없어요. 당신 말로는 전략입니까? 당신은 그것을 잘못 쓴 겁니다. 스와 마사유키가 당신을 향해 공포탄을 쏘았을 때 아마 당신은 승리를 향한 최단거리에 접근해 있었겠죠. 하지만 도망친 스와 마사유키가 기억상실자로 돌아왔을 때, 당신은 승리의 여신에게 버림받은 겁니다. 하지만 아직 패배하지는 않았죠. 당신의 패배를 결정적으로 만든 것은 오바와 정윤홍이라는 두 가짜 형사에게 권총을 쥐여주고 스와의 행방을 뒤쫓게 한 일입니다. 사에키 나오키의 아파트에서 발견된 시체나 국제영상에서 일어난 총격 사건만 없었다면 아무도 스와 마사유키에서 더 나아갈 수 없었을 겁니다. 어쩌면 그가 병으로 죽는 걸 마지막으로 모든 것이 어둠 속에 묻혔을지도 모릅니다. 그 두 명의 가짜 형사를 보냈을 때 당신은 전략을 그르치고 승부에 진 겁니다."

"아뇨, 그건 그렇지 않죠." 지사가 말했다. "난 그들을 보내거나 하지 않았어요. 아니, 하지 않았을 거라고 해야겠군요. 아무리 그런 입장에 놓였다 하더라도. 도지사 자리를 지키기 위해 사람 목숨을 빼앗다니, 나로서는 생각할 수 없는 일입니다."

니시고리와 나는 누가 먼저랄 것도 없이 자리에서 일어섰다. 더 이야기해봐야 소용이 없었다.

"곧 2시입니다." 니시고리가 말했다. "의회가 시작될 시간이죠. 우린 이만 실례하겠습니다."

사키사카 지사는 책상 뒤를 돌아 우리 쪽으로 다가왔다. "잠깐만요. 당신들은 내가 저격 사건을 계획하고 실행했다는 확증을 잡을 수 없을 겁니다. 그런 쓸데없는 노력을 해봤자 피차 아무런 이익이 없어요. 그렇다면 냉정하게 의논을 해봐야 하지 않을까요?"

니시고리는 몹시 불쾌한 얼굴로 지사에게 등을 돌리더니 출구로 향했다. 나는 의자 등받이에 걸쳐두었던 코트를 집어 들었다. "지사님, 나는 승부에 진 사람을 싫어하지는 않지만 자기가 패배했다는 사실을 깨닫지 못하는 인간이나 패배를 인정하려 들지 않는 인간은 마음에 들지 않더군요." 나는 니시고리의 뒤를 따랐다.

"잠깐 기다려요. 조금 전에는 일 년이라고 했지만 열 달이라도 좋아요. 부탁입니다. 내게 시간을 줘요. 일천이백만 도쿄 도민과의 공약을 지켜야만 합니다. 아니, 적어도 반년이면 이 도쿄를 재건하기 위한 세 가지 중요한 결의안을 통과시키고."

니시고리 경부가 문을 열고 나를 기다리고 있었다. 우리는 사키사카 지사의 흐트러진 목소리를 뒤로하고 지사실을 나왔다. 경부는 부지사실을 수사중인 형사들에게 적당히 하고 끝내라는 지시를 내리고 자기는 본청에 들렀다가 신주쿠 경찰서로 돌아갈 거라고 했다. 그리고 건물 한가운데 있는 엘리베이터로 걸음을 옮겼다.

만원에 가까운 엘리베이터의 승객은 우리만 남기고 2층에서 내렸다. 그들은 서류가방이나 두툼한 서류철에 채워넣은 밥벌이로서의 '도정都政'을 손에 든 채 의회 청사로 가는 연결 통로 쪽으로 바삐 사라졌다. 니시고리는 엘리베이터의 문이 닫힐 때까지 1층 버튼을 신경질적으로 계속 눌러댔다.

"어떻게 잘될 것 같은가?" 내가 물었다.

그는 고개를 저었다. "놈들이 네 목숨을 노려주면 어떻게든 되겠지. 제기랄, 저런 녀석에게 표를 찍었다는 생각을 하면 구역질이 나는군. 넌 누굴 찍었어?"

"난 아무에게도 투표하지 않아. 하룻밤 만에도 길이 반들반들 드는 직업은 정치가와 매춘부뿐이라더군."

엘리베이터에서 내려 인사도 나누지 않고 니시고리는 주차장 쪽으로, 나는 현관 쪽으로 향했다.

사무실에 돌아와 전화 응답 서비스에 전화를 거니 메시지가 하나 들어와 있었다. "12시에 사흘 전 밤 기숙사까지 태워다주었던 나이토 유미 님이 다음과 같은 메시지를 남겼습니다. '고맙습니다.' 이상입니다."

36

거짓말처럼 아무 일도 없이 일주일이 지났다. 12월 초순치고는 이례적으로 따스한 날씨가 이어져 겨울은 아직 초입에서 머뭇거리는 중이었다. 주차장에 세워둔 블루버드를 출발시키면서 면허증 갱신과 떨어진 명함 주문 가운데 어느 걸 먼저 처리할까 궁리했다. 오타키바시 길로 나와 신호를 기다리는데 조수석 창문을 노크하는 사람이 있었다. 뭐라고 말을 할 틈도 없이 그 사람은 문을 열고 올라탔다. 스와 마사유키였다.

그는 사무실에서 만났을 때와 똑같은 카키색 코트 차림으로, 왼손에 들었던 서류가방을 발아래 내려놓았다. 신호가 바뀌자 나는 오쿠보 방향으로 차를 몰았다. 그는 몸을 틀어 창 너머로 뒤따라오는 차를 보고 있었다. 백미러를 보니 흰색 코롤라 운전석에 낯익은 여자가 앉아 있었다. 가이후 마사미 같았다.

"고슈 가도로 빠져 잠시만 달려주시겠습니까?" 스와가 말했다. 오른손은 코트 주머니에 찔러 넣은 채였다. 그 손에 쥔 권총은 언제든 나를 쏠 수 있는 상태일 거라고 생각했다. "될 수 있으면 천천히 달려주세요." 그가 덧붙였다.

열흘간의 힘든 생활을 상징하듯 스와 마사유키의 얼굴에는 열흘치 수염이 나 있었다. 얼마 남지 않은 생명에서 열흘이 더 줄어들었을 것이다. 하지만 병을 앓고 있다는 느낌은 별로 들지 않았고, 오히려 위험을 극복해왔다는 자신감과 긴장감이 가득 차 보였다. 오쿠보 길에서 좌회전할 때 뒤를 보니 어느새 코롤라는 보이지 않았다.

"기억이 돌아왔나?" 내가 물었다.

"그게 확실치 않습니다. 그놈들이 이야기해준 내용과 내가 기억해내는 내용의 경계가 불분명해서, 신문기사에 실린 경력 같은 것도 읽고 나면 이미 아는 내용 같은 느낌이 들죠."

"놈들이란 건 사에키 씨의 아파트나 국제영상 스튜디오에서 시체로 발견된 남자들을 말하는 건가?"

그는 내 얼굴을 뚫어지게 바라보더니 고개를 끄덕였다. 나는 담배를 피우고 싶어 상의 주머니를 더듬었다. 스와가 코트 주머니에서 내가 피우는 것과 같은 담배를 꺼내 자연스러운 손놀림으로 한 개비를 뽑아 내 입에 물려주었다. 물론 왼손이었다. 그는 자기도 담배를 입에 물고 흰색 일회용 라이터로 양쪽 담배에 불을 붙였다.

"사에키 씨의 아파트에 전화를 걸었는데, 이미 자유의 몸이 되었을 텐데 아무도 받지 않는군요. 그 사람 연락처를 알면 가르쳐주시겠습니까?" 스와는 내가 대답하기도 전에 덧붙였다. "우습군요. 처음 당신 사무실을 찾아갔을 때와 똑같은 질문이로군요."

"사에키 씨가 어떤 목적으로 자네와 접촉했는지는 알지?"

"그 사람이 쓴 〈마이니치 신문〉 기사는 읽었습니다. 그는 내가 누군지 알았던 거죠. 그건 상관없습니다. 저쪽은 저널리스트고, 나를 도지사 후보를 살해하려고 한 사람으로 여기니 어쩔 수 없겠죠……. 그 사람에겐 신세를 졌습니다. 기억이 없어지고 난 뒤에 생긴 두 명의 친구 가운데 한 명이죠. 작별 인사를 해야겠다는 생각입니다."

"연락처를 가르쳐주지." 내가 말했다. "자네에겐 이미 너무 많은 비용을 받았으니까 말이야. 그전에 두세 가지 묻겠네."

"그러시죠." 그가 순순히 받아들였다.

"저격 사건의 진짜 주모자는 누군가?"

"신문에 따르면 경찰은 선거 참모였던 사카키바라에게 사건의 주범 혐의를 두는 것 같지만 그게 정확한 사실이 아니라는 건 알 텐데요."

"저격은 연극이라는 것도 알지."

스와는 나를 뚫어지게 바라보았다. "그렇다면 이야기하기 편하겠군요. 주모자라고 불러야 할 사람은 사키사카 형제이고, 계획에 가담한 사람은 사카키바라 마코토, 다키자와라는 영화감독, 의사인 시이나 그리고 그 두 사람…… 오바라는 남자와 또 한 명은 한국 국적인 남자인데."

"정윤홍. 예전에 사키사카 프로덕션에서 일했지."

"그래요, 내가 기억하는 건 그뿐입니다……. 아니, 미조구치 히로시가 있군요. 오바의 말에 따르면 미조구치를 이 건에 끌어들인 사람은 정윤홍이라고 했습니다."

"저격한 뒤에 도주부터 병원에서 의식을 되찾기까지의 경과는 기억이 났나?"

"아뇨……. 하지만 그들 이야기를 듣고 약간은 알게 되었죠. 미조구치가 그렇게 교묘한 운전으로 도주할 거라고는 예상도 하지 못했던 모양입니다. 그게 계획이 어긋난 첫 번째 요인이라고 하더군요. 미조구치에겐 위협사격만 할 거라고 이야기해두었기 때문에 사키사카 후보가 쓰러지는 걸 보자 정신이 나갔던 모양입니다. 나는 히노 시내 어딘가에서 그가 운전하던 차에서 내린 것 같습니다. 병원에서 의식이 돌아온 뒤부터는 기억이 또렷하지만. 내 옷에는 타서 눌어붙은 것처럼 헤진 부분이나 얼룩이 있었죠. 달리는 차에서 뛰어내렸나 봅니다. 어째서 그렇게 되었는지는 미조구치가 죽은 지금은 확인할 길이 없지만 계획대로 자수하는 게 두려웠는지도 모르겠습니다." 그는 깊은 한숨을 내쉬었다.

나는 다시 확인했다. "주모자는 사키사카 지사인가?"

"최종 책임은 그 사람이 져야 할 겁니다. 저격 계획을 진행한 사람은 사키사카 형제와 사카키바라 세 사람이었죠."

"그 문제에 관해서는 자네 기억이 되돌아왔다고 봐도 좋겠나?"

스와는 잠깐 생각했다. "안타깝지만 확실하게 그렇다고는 할 수 없죠. 오두막 세트에서 오바와 사카키바라에게 들은 이야기와 내가 생각해낸 것이 마구 뒤섞여 있습니다. 스스로 확신은 있지만 내게 증언 능력이 있느냐는 의미라면, 능력 있는 변호사에게 추궁당할 경우 엉망이 되어버릴 겁니다."

"뭔가 물증 같은 건 없나?"

그는 고개를 저었다. 담배를 끄고 발아래 놓인 서류가방을 가리켰다. "사카키바라가 가져온 이천만 엔은 여기 있지만 사키사카 형제가 관련이 있다는 사실을 밝힐 증거가 되지는 못할 겁니다."

"사키사카 지사는 자네 기억이 불확실하다는 걸 알고 버티고 있어. 스스로를 과신하는 사람은 반드시 어딘가에 약점이 있기 마련이지."

"당신이 저격 사건은 연극이라는 걸 눈치챘다는 사실을 그가 알고 있나요?"

나는 일주일 전 도청에서 있었던 일을 대략 이야기해주었다.

"요즘 그 사람이 이상하리만치 열성적으로 일하는 모습을 보이는 것은 그 때문이로군요." 스와가 말했다. "매스컴은 사키사카를 극찬하고, 그에 대한 도민들의 지지도 높아만 가죠. 처음에는 난색을 표하던 자민당이나 반대파까지 요즘은 입을 다물었어요."

"지사 자리를 빼앗을 수 있다면 빼앗아봐라. 그런 심산인 모양이더군. 얌전히 물러날 사람은 아니지."

나는 담배를 대시보드의 재떨이에 눌러 껐다. 블루버드는 야마테 거리를 고슈 가도 방향으로 달렸다.

"정윤홍을 쏜 건 자넨가?" 내가 물었다.

"그래요……. 그건 정당방위였습니다."

"그럼 오바를 쏜 사람은?"

"사카키바라입니다. 오바가 이천만 엔을 확인하는데 주머니 안에 있던 총을 꺼내 느닷없이 쏘았죠. 나는 오두막 세트의 침대에 수갑이 채워져 있었어요. 손이 닿을 수 있는 곳에 오바의 '치프 스페셜' S&W M36, 소형 회전식 권총이 떨어져 있어서 재빨리 손을 뻗었지만 이미 늦었죠. 그런데 갑자기 그 남자가 뛰어들어와 사카키바라에게 달려들어주었기 때문에 목숨을 건질 수 있었어요. 안타깝게도 권총을 집어 사카키바라를 쏘기 전에 사카키바라가 그 사람을 쏘았죠. 그 사람은 상태가 어떻습니까?"

"생명이 위독하다는 이야기를 들었어. 그날 밤 경찰에 신고한 사람이 자네로군."

그는 고개를 끄덕였다. "너무 늦지 않았다면 다행일 텐데. 조금이라도 빚을 갚는 셈이 될 테니."

"루거 P08은 가지고 있지 않았나?"

"오바가 손이 닿지 않을 곳에 놓아두었기 때문에 그때는 쓸 수 없었죠. 그의 주머니에서 열쇠를 꺼내 수갑을 푼 다음 루거와 이 이천만 엔을 들고 촬영장을 빠져나간 겁니다."

"그리고 사에키 씨 아파트에서 있었던 일을 이야기해주겠나?"

"그날은 당신 사무실에서 사에키 씨 아파트로 바로 갔습니다. 현관문의 자물쇠가 열려 있어 사에키 씨가 돌아온 줄 알고 안으로 들어가니 놈이 있었죠. 처음에는 오바 혼자인 줄 알았는데 정윤홍은 마침 소파 뒤에서 허리를 구부려서 보이지 않았습니다. 오바가 권총을 쏘려는 걸 보고 그의 손을 쐈죠. 그때 소파 뒤에서 정윤홍이 일어서며 권총을 겨누더군요. 뒤를 돌아보자마자 쏠 수밖에 없었어요. 도저히 정확히 조준할 여유가 없었죠. 정윤홍의 총에서 발사된 탄환이 천장에 매달린 형광등에 맞았습니다. 그래서 튀는 유리 파편을 피하기 위해 저는 팔로 얼굴을 가렸죠. 그 잠깐 사이에 오바는 떨어뜨린 권총을 집어 들고 내 등 뒤에 달라붙었습니다. 루거를 빼앗긴 뒤에는 그 사람이 시키는 대로 할 수밖에 없었어요."

"정윤홍과 오바가 사에키 씨의 아파트를 어떻게 알아냈는지 이야기는 들었나?"

"그들은 내가 도망친 직후부터 병원을 샅샅이 뒤졌다고 합니다. 이치카와, 히노에서부터 시작해 후추에서 저로 보이는 환자를 찾아내기까지 시간이 꽤 걸렸죠. 그런데 마침 사에키 씨의 문의 편지가 와 있었던 겁니다."

"후추 제일병원이로군. 사에키 씨의 아파트에서 오바와 함께 국제영상으로 이동했나?"

스와는 관자놀이를 손가락으로 누르고 고개를 끄덕였다. "오바는 부상을 입었기 때문에 내가 주도권을 빼앗을 기회가 없진 않았지만 잃어버린 과거를 되찾을 기회라고 생각해서 상황을 살피기로 했죠. 하지만 수갑에 묶인 상태에서 사카키바라가 그 세트에 나타났을 때는 알고 싶었던 과거와 목숨을 맞바꿔야 할 상황이었어요……. 하기

야 그런 걱정은 할 필요도 없는 신세지만." 그는 관자놀이를 누른 손

가락에 힘을 주었다.

"몸이 좋지 않은가?"

"두세 시간마다 두통이 심하게 와서……. 사실은 어제도 당신이

외출하기를 기다렸는데 중요한 순간에 두통이 심해져서 미행을 할

수 없었죠. 그 여자가 구해준 수면제를 먹어도 밤에는 제대로 잠을

이루지 못하는 상태입니다. 이런 상태도 오래 가지는 않겠죠."

스와의 지시에 따라 고슈 가도를 우회전해서 블루버드를 느린 속

도로 몰았다.

"술도 마실 수 없게 되었어요." 스와가 낮은 목소리로 말했다. "마

시면 다음 날은 죽은 사람이나 마찬가지죠. 될 수 있으면 당신과 술

을 한잔하고 싶었어요. 신세를 졌으니 고맙다는 인사는 해야죠."

"고맙다는 소리를 들을 일은 아무것도 한 게 없는데."

"아뇨, 당신 덕분에 가이후 마사미와 다시 만날 수 있었죠. 그 여

자가 당신은 누구하고도 술을 마시지 않는 사람이라고 하던데, 정말

입니까?"

나는 쓴웃음을 지었다. "지명수배된 남자와 여자가 화제로 삼을

만한 이야기는 아니로군. 게다가 내 덕분에 그 여자를 만날 수 있었

다는 이야기는 절대 남들 앞에서는 하지 마. 특히 경찰 앞에서는."

스와는 미소를 지었다. 나는 상의 주머니에서 수첩을 꺼내 한 손

으로 페이지를 넘겼다. 다쓰미 레이코나 '사우스 이스트'라는 카페

에 관한 메모가 있는 부분을 찾아내 그 페이지를 찢어 스와에게 건

냈다. "사에키 씨는 그 다쓰미라는 여자 집에 있어. 그 카페는 그 여자 부모가 하는 가게이고, 그 여자도 거기서 일하지. 그쪽을 통하면 사에키 씨에게 연락할 수 있을 거야."

그는 메모를 코트 주머니에 넣었다. "사에키 씨의 부인은 아파트 앞에서 한 번 본 적이 있죠. 그 부부에게도 뭔가 문제가 있는 것 같았어요. 그날 밤 후추에서부터 하치오지 주위를 돌아다니며 사에키 씨는 처음으로 자기에 대해 이런저런 이야기를 해주었습니다…… 편하게 사는 사람은 없는 법이더군요."

그는 내 얼굴을 잠시 바라보고 나서 말을 이었다. "저격 이후의 일은 대략 아는 셈인데 그 이전의 일은 아직 또렷하지 않은 점이 많습니다. 스와 마사유키라는 남자의 이력 가운데 당신이 아는 내용을 이야기해줄 수 없겠습니까? 당신에게 이런 첨언은 소용이 없을 테지만 거짓 없이, 숨김없이."

나는 그의 주문대로 이야기했다. 그는 별 말 없이 들었는데, 세 가지 숫자…… 의사가 진단한 그의 수명과 미국에 있는 아내가 받은 위자료의 액수 그리고 자기의 두 아이 나이를 물었다. 나는 마지막 질문에는 대답할 수 없었다.

"한심한 이야기지만." 스와가 말했다. "내가 또렷하게 기억해낸 사실이라고 하면 사키사카 고지가 불법소지하던 진짜 콜트 자동권총이 폭발한 순간 느낀 손가락의 아픔과…… 또 한 가지는 미국으로 건너간 해에 처음 직접 들은 텔로니어스 몽크의 피아노 연주, 그것뿐이죠……. 웃기죠? 자기 자식의 이름도 얼굴도 기억하지 못하니."

"생각해내는 게 두려울 테지. 큰돈과 맞바꾼, 다시는 만나지 않기로 결심한 아이들일 테니까."

그는 앞을 바라본 채로 아무 대답도 하지 않았다. 이윽고 차는 사사즈카 상점가에 이르렀다.

"앞으로 어떻게 할 생각인가?" 내가 물었다.

"그 여자를, 가이후 마사미를 계속 이렇게 얽어 맬 수는 없죠. 사에키 씨와 이야기하고 난 뒤에 나머지는 제가 마무리를 지을 생각입니다."

"신주쿠 경찰서의 니시고리 경부가 사건의 진상을 아네. 그 사람에게 자수하면 별로 번잡스럽지 않게 넘어갈 수 있을 거야."

"기억해두겠습니다." 스와가 말했다. "다시 기억이 사라지지 않는 한."

그리고 오 분쯤 달리니 블루버드는 오하라 교차로에 도착했다. 간나나 길 아래를 지나는 터널로 들어가는 비탈길을 내려간 직후에 스와 마사유키는 차를 세우라고 했다. 그는 코트에서 '루거 P08'을 꺼내더니 정말 미안하다고 덧붙였다. 처음 보는 그의 오른손은 들은 대로 검지 제2관절부터 없어 방아쇠에는 가운뎃손가락이 걸려 있었다. 나는 블루버드를 세웠다. 뒤에서 오는 차가 요란하게 경적을 울리며 내 차를 피해 지나갔다. 스와는 조수석 문을 열고 차에서 내려 내리막길을 되돌아 걸어갔다. 아마 가이후 마사미가 운전하는 코롤라가 고슈 가도 반대 차선이나 간나나 길에서 기다릴 것이다. 나는 추돌당하기 전에 블루버드를 출발시켰다. 아무도 원하지 않는 이천만 엔이 든 서류가방이 옆에서 흔들리다가 바닥으로 쓰러졌다.

나는 그 뒤 두 사건에 관계가 있었던 사람 누구하고도 만나지 않았다. 소문을 약간 듣기는 했다. 사라시나 슈조는 '도신'의 고문으로 복귀하고, 사라시나 요리코는 엄청난 보석금을 물고 구치소에서 나왔다고 했다. 고야 소이치로는 내년 초에 퇴원해 회장에 복귀하면 별거중인 부인과 이혼할 거라는 이야기였다. 사에키 나오키와 나오코 이야기는 전혀 듣지 못했다. 세이와카이의 하시즈메는 그 뒤로 얼굴을 보이지 않았고, 옛 파트너인 와타나베로부터도 소식이 없었다. 니시고리 경부와는 결국 아무런 증거도 되지 않는 이천만 엔이 든 서류가방을 전해준 뒤로 만나지 못했다. 하지만 사키사카 형제와 스와 마사유키는 다시 만나야만 했다. 다만, 직접 본 게 아니라 텔레비전 뉴스를 통해서.

크리스마스까지 이 주가 남은 추운 밤이었다. 프랭크 시나트라의 부도칸 콘서트에 초대 손님으로 나타난 턱시도 차림의 사키사카 형제가 정면 현관 앞에서 짙은 와인색 롤스로이스에서 내려섰을 때 스와 마사유키가 그들을 다시 저격했다. 아니, 그게 첫 저격이었다. 처음 한 발이 사키사카 지사의 심장을 정통으로 꿰뚫었다. 즉사였다. 경호 담당 SP 네댓 명이 저격자를 포위하고 권총을 겨누었다. 사키사카 고지를 쏜 두 번째 총탄이 발사됨과 동시에 SP들의 권총도 일제히 불을 뿜었다. 스와 마사유키는 다섯 발의 총탄을 머리와 가슴에 맞고 즉사했다. 텔레비전이나 신문은 '전 올림픽 대표 후보 사격

선수 스와 마사유키가 다시 사키사카 지사를 저격……'이라며 '한편 동생인 고지 씨는 다행히도 총탄이 빗나가 생명에 지장은 없고, 오른손 검지를 잃게 되었을 뿐……'이라고 보도했다.

매스컴은 늘 중요한 내용을 빠뜨린다. 진실을 전달한다고 떠들지만 기껏해야 그런 수준이다.

이 책에는 실제로 존재하는 지명, 단체명, 기업명, 개인 이름, 작품
명이 자주 나오지만 소설이기 때문에 사실과는 아무런 관계도 없다.
그런 이름을 사용하는 데 신중을 기하고 어떠한 불편도 끼치지 않으
려고 주의했지만, 그럼에도 나의 부주의가 드러난다면 책임은 등장
인물 여러분에게 있는 것이 아니라 나의 능력 부족 때문일 것이다.
이런 방법을 택한 이유는 단 하나, 예를 들어 신문이라면 실제로 존
재하지 않는 '마이아사 신문' 같은 이름으로 대충 넘어갈 수 없었기
때문이다. 책 끄트머리에 삼가 깊은 감사의 뜻을 표한다.

하라 료

말로라는 사나이

_하라 료

전화벨이 울렸을 때 나는 사무실 불을 끄고 나가려던 참이었다. 시간만 걸릴 뿐 성과가 없는 일이 열흘 이상 계속되어 무척 피곤했다. 이미 저녁 7시가 지난 시각이라 받지 말고 그냥 나가버릴까 생각하기도 했다. 하지만 결국 책상으로 돌아와 전기 스탠드를 켜고 수화기를 들었다. 귀에 익은 남자 목소리가 사와자키 씨냐고 물어, 그렇다고 대답했다.

"이 년 전 사건 때 헤어진 아내와 함께 큰 신세를 졌던 르포라이터 사에키 나오키입니다. 기억하십니까?"

기억한다고 했다.

"괜찮으시다면 지금 어디서 만나 술이라도 한잔하며 말씀을 듣고 싶습니다만."

"용건은?" 내가 물었다.

"아, 만나서 말씀드릴 생각이었는데…… 사실은 한 잡지에서 '일본의 탐정들'이란 특집을 준비하면서 탐정사무소나 흥신소에 관한 실태조사를 했습니다. 저도 감수를 맡아 관계하기 때문에 그 잡지사 편집장에게 사와자키 씨 이야기를 했더니 꼭 인터뷰를 따와야 한다고 어깃장을 놓더라고요. 혹시 괜찮으시다면……."

"자넨 편집장에게 뭐라고 대답했지?"

전화 저쪽에서 사에키가 쓴웃음을 흘린 듯했다.

"도저히 불가능할 거라고 대답했죠. 인터뷰 같은 건 절대 할 수 없을 거라고요."

"다음 기회에 전화를 걸게, 한심한 용건 없을 때."

사에키가 진지한 말투로 서둘러 말했다.

"그럼 이 전화를 다음 기회에 건 전화로 여겨주실 수 없습니까? 난 그저 당신을 만나려면 나름대로 구실이 있는 게 나을 것 같아서……. 인터뷰 문제는 만나서 거절당하면 그걸로 그만이라고 생각했습니다."

이 년 전 겸허와 오만이 맹렬하게 싸우는 것 같던 그의 표정이 머릿속에 떠올랐다.

"여전하군. 자네 같은 남자가 왜 살면서 그런 잔머리를 굴릴 필요가 있는 거지?"

그는 뭐라고 웅얼거리더니 대답했다.

"그렇게 말씀하신다면 할 말이 없군요……. 당신과는 아무 상관없는 세계일 테지만 세상에는 그런 보잘것없는 것으로 부드럽게 움직이는 세계도 있다는 건 당신도 알지 않습니까?"

"요즘은 단순한 것이 유행인 줄 알았는데."

사에키가 웃었다. 그리고 문득 생각이 났다는 듯이 말했다.

"필립 말로라는 남자를 아십니까?"

어디서 들어본 적 있는 이름이었다. 워싱턴, 링컨, 메디슨, 루스벨트, 케네디……. 아니, 미국 대통령이 아닌 건 분명하다.

사에키는 내 대답을 기다리지 않고 말로라는 남자에 관해 자세하고 친절하게 설명해주었다. 그리고 덧붙였다.

"그게 '남자는 터프하지 않으면 살 수 없고, 부드럽지 않으면 살 자격이 없다'였던가? 그 사람의 이런 대사는 들어본 적 있겠죠?"

"갑자기 들으니 자양강장제의 광고 카피처럼 들리는군. 그런 말은 뭔가 그럴듯한 질문이 있을 때 나와야 할 답 아닌가?"

"그럴지도 모르죠. 그러고 보니 분명히 '당신처럼 엄격한 남자가 어떻게 그리 부드러워질 수 있느냐'는 여자의 물음에 대한 답이었던 것 같네요."

"요즘은 다들 답에만 신경을 쓰지, 질문 쪽은 생각하지 않아. 그만한 질문이 있어야 나올 대답인데 답만 끄집어내 금과옥조처럼 내세우는 건 뭔가 잘못된 거지."

"그렇군요. 소설에서 한 문장만 뽑아낸다는 게 원래 난센스이긴 하군요. 그렇지만 다들 그 답에만 신경 쓰는 건 분명 요즘 남자들이 여자 입을 통해 그런 멋진 질문을 듣지 못하기 때문이겠죠."

"그런가?"

"누군가 말했듯이 답은 반드시 어딘가에 숨겨져 있다는 것이 현대인의 신앙이고, 자기만 그걸 모르는 게 아닐까 하는 것이 현대인의 불안이라고 하니까요."

"내겐 자네가 이야기한 말로라는 남자의 대답이 이미 일종의 질문처럼 들리는군. 그 사람이 자네가 이야기한 스타일의 탐정이라면 그는 인생에 답이 꼭 필요하다고는 생각하지 않을 걸세."

"과연. 답을 구하지 않는 탐정이라, 이상한 이야기지만 그렇게 볼 수 있을지도 모르겠네요. 어떻게 해서든 답을 알고 싶어하는 건 어린애나 어린애 같은 사람이란 건가요?"

"답이란 건 올바른 답일수록 사실은 번잡한 조건이 붙기 마련일 거야. 일반적으로 다들 아는 내용이라면 답으로서의 기능을 제대로 하지 못하는 게 아닐까? 그 남자 같은 사람은 그런 것에는 아무런 흥미도 느끼지 못하는 걸 테지."

"중요한 건 더 잘, 더 정확하게 묻는 건가요?"

"그런 뻔한 소리가 아니야. 아까 그 대사 말인데, 나처럼 인생이 반쯤 꺾어진 사람이라면 누구나 '엄격해질 수 없었다면 여태 살아올 수 없었을 테고, 부드러워질 수 없다면 살 자격이 없을 것이다……'라는, 누구에게 확인할 길이 없는 물음을 가슴에 안고 있기 마련이지. 물음이라고 하기 이상하다면 일종의 감개 같은 걸까? 약간 부끄럽고 다소 멋쩍은."

"서른둘인 저로서는 아직 이해할 수 없군요." 사에키가 말했다.

"아까 자네가 '남자는……'이라고 했지만 그 부분은 별로 신용할 수 없군. 그런 감개에 무슨 남녀가 따로 있겠나. 제대로 된 여자라면 역시 엄격하고 부드럽게 사는 거지."

"말씀을 듣고 보니…… 그렇군요. 아마 '남자는……'이란 말은 누가 멋대로 붙인 거고, 원래는 말로라는 탐정 스스로가 그렇다는 대사였던 것 같군요."

나는 주머니를 뒤져 담배를 꺼내 손님이 두고 간 일회용 라이터로 불을 붙였다.

사에키가 잠시 머뭇거리다 말했다.

"말로와 당신이 닮았다고 이야기하려는 건 아니지만, 적어도 말로와 당신은 몇 가지 공통점이 있는 것 같군요."

"나는 신문 1면에 버젓한 얼굴로 사진을 찍히는 인간들하고도 한두 가지 공통점이 있을 테고, 신문 3면 기사에서 고개를 숙인 채 사진을 찍히는 인간들과는 틀림없이 더 많은 공통점이 있을 거야."

"그런 의미로 한 이야기가 아니라는 건 아시죠? 말로라는 인물의 살아가는 모습과 당신이 살아가는 모습에는 뭐랄까……."

"살아가는 모습이라고? 자네, 직업과는 달리 어정쩡한 표현을 쓰는군. 죽어가는 모습이란 건 있지만 살아가는 모습이란 건 없어. 그런 표현을 쓰니 이야기가 갑자기 수상해지는군."

"삶의 방식이라고 하면 괜찮겠습니까?" 사에키가 씁쓸하게 웃으며 물었다.

나는 W자 모양의 검은 유리 재떨이를 끌어당겨 담뱃재를 털고 나서 말했다.

"삶의 방식은 아무리 계획적 혹은 의지적으로 보여도 결국은 그때그때의 거래에 지나지 않아."

"아마 그렇겠죠. 하지만 거래라고 하셨는데, 말로나 당신이나 늘 기꺼이 손해 보는 거래만 하는 것처럼 보이네요."

"그거야 뭐가 이익이 되는지 모르기 때문이겠지. 선배 탐정에겐 미안하지만 철이 덜 든 거야."

"말로는 삼십대 중반이 조금 지난 남자예요."

"그거 놀랍군. 나보다 나이가 많은 사람인 줄 알았는데."

"그건 아마 작가의 나이가 무의식적으로 반영되어 있기 때문인지도 모르죠. 작가는 그때 이미 오십대였을 테니까요."

사에키는 그 작가에 관해 한동안 열심히 이야기해주었다. 나는 그 작가 이야기를 들으며 왠지 알코올의존증에다가 행방도 알 수 없는, 와타나베라는 옛 파트너를 생각했다. 잡념을 떨치니 사에키는 인간은 두 가지 종류가 있는 게 아니냐는 이야기를 하고 있었다.

"싸워야 할 상대는 늘 자기 외부에 있다고 생각하는 사람과 일단은 스스로와의 싸움부터 시작하는 사람이 있죠. 거의 모든 사람이 둘 중 하나에 속할 겁니다. 특별히 어느 쪽이 낫다 못하다 따질 생각은 없습니다. 예를 들어 야구선수라면 나가시마 시게오는 전자이고, 오 사다하루는 후자죠. 가공의 인물로 따지면 햄릿은 후자고 돈키호테가 전자라고 해야 할까요? 혹은 나폴레옹은 전자이고 아라비아의 로렌스는 후자겠죠. 물론 그 사람들은 하나의 정점에 이른 천재들이니 그래도 괜찮을 겁니다. 하지만 우리 같은 평범한 사람은 그렇지 않죠. 한심하게도 늘 혼란 상태에 빠져 있습니다. 제일 골치 아픈 건 전자는 스스로와 싸워야 할 때 문제를 남과의 다툼으로 해결하려 들고, 후자는 바로 앞에 있는 적과 싸워야 할 때 스스로에 갇혀 의미 없는 소모만 반복하고……. 하지만 말로에겐 결코 그런 혼란이 없어요. 그는 어느 쪽으로도 분류할 수 없는 사람인 거죠. 당신도 아마 마찬가지가 아닐까 생각합니다."

나는 담배 연기를 천천히 뿜어냈다.

"아무래도 이거 칭찬하는 이야기는 아니겠지?"

"아뇨, 칭찬이나 폄하가 아니라 특별하다는 이야기입니다."

"평범한 사람인데도 불구하고, 말이지……? 하지만 인간이 그렇게 싸우기만 하는 존재인가? 싸워 이기는 게 그렇게 중요한가? 인생에서 승패는 늘 부분적인 승패에 지나지 않는 거 아닌가? 싸울 상대가 자신이든 누구든."

"그런 사고방식은 패배주의로 간주될지도 몰라요."

"심판을 바꿔." 내가 말했다. "아니, 애당초 불공평한 싸움에 몸을 던질 용기가 있다면 왜 심판이나 관객의 눈을 신경 쓰는 거지?"

"어떻게 그렇게까지 스스로를 믿을 수 있는 거죠……?"

사에키는 묻는다기보다 혼잣말처럼 중얼거렸다.

"나이 때문일까, 아니면 성격 때문일까?"

"그런 건 난 잘 몰라. 아는 거라고는 딱 한 가지야. 자네는 싸워야 할 상대가 스스로라고 생각하는 인간에 속하고, 게다가 자기와의 싸움에 지쳐 있다는 사실이지."

사에키는 아무 반론도 하지 않았지만 결국 깊은 한숨을 내쉴 뿐이었다. 그리고 마음을 가다듬는 듯하더니 이번에는 놀리는 투로 말했다.

"사와자키 씨, 당신은 자기 문제로 탐정과 상담해야 할 일이 생긴다면 대체 어떻게 할 거죠?"

"글쎄……. 전화번호부에서 '마' 페이지를 뒤져 '말로'를 찾아보겠지."

사에키는 비로소 밝게 웃었다. 그는 잠시 쓸데없는 이야기를 늘어놓은 뒤, 사실은 그 탐정 관련 특집기사 서문을 쓰다가 막혀 있었는데 이제야 좀 제대로 된 글을 쓸 수 있을 것 같은 기분이라고 했다.

"한심한 용건이 없는 다음에 또 전화 드리죠."

잠깐 침묵이 흐르고, 나는 그가 이 년 전 사건 때문에 헤어진 아내 일이나 새로운 동거녀 문제를 말하려는가 생각했다. 그가 그런 문제를 생각했던 것은 확실했지만 결국은 아무 말도 하지 않았다. 나도 묻지 않았다. 나는 담뱃불을 끄고 전혀 다른 질문을 했다.

"말로란 탐정 이야기를 쓴 사람 이름을 가르쳐줄 수 있나?"

"레이먼드 챈들러." 사에키가 대답했다. 우리는 전화를 끊었다.

• 1988년 9월에 하야카와쇼보에서 발행한 《레이먼드 챈들러 독본》에 수록된 글을 수정, 보완한 것입니다.

우선 지은이 소개입니다.

　1946년 12월 18일 출생. 일본 사가 현 도스 시에서 태어나 규슈 대학 문학부 미술사학과 졸업. 대학을 졸업한 뒤 도쿄에서 재즈 피아니스트로 활동하다가 고향으로 돌아가 집필에 전념. 레이먼드 챈들러의 영향이 짙게 드러나는 하드보일드 작품을 여러 편 발표했다. 1988년에 《그리고 밤은 되살아난다》로 데뷔. 이 작품으로 제2회 야마모토슈고로상 최종 후보에 올랐다. 일 년 반 뒤에 발표한 두 번째 작품 《내가 죽인 소녀》로 제102회 나오키상을 수상. 세 번째 작품 발표까지 육 년, 네 번째 작품까지 구 년이 걸리는 등 데뷔 이후 십구 년 동안 장편 네 편, 단편집 한 권, 수필집 한 권을 내놓았으며, 문장 하나하나에 정성을 들이는 과작寡作으로 유명하다. 단편집 《천사들의 탐정》으로 제9회 일본모험소설협회 최우수 단편상을 수상.

이상이 이 소설의 지은이 하라 료 선생에 관한 객관적 사실들입니다. 챈들러에 대한 지은이의 한없는 동경과 경의는 이 책 맨 뒤에 실린 단편 〈말로라는 사나이〉에 고스란히 드러나 있습니다. 그러니혹시 레이먼드 챈들러의 소설을 읽은 적이 없는 분들이라면 이 소설을 읽은 뒤 한 권쯤 읽어보기를 권합니다. 이는 지은이가 챈들러에게 표하는 경의에 동참하는 셈입니다.

몇 가지 참고 사항을 남깁니다.

하라 료의 작품이 국내에 처음 소개된 것은 아닙니다. 나오키상 수상작인 《내가 죽인 소녀》가 1990년에 박영 선생의 번역으로 청림출판에서 나왔습니다. 이 소설의 한국어판은 초판이 나온 뒤로 다시 발행되지 않았습니다. 그러다 보니 일부 미스터리, 추리 마니아들사이에 제목이 언급되거나 극히 일부 독자만 읽은 소문 속의 소설이었던 세월도 있습니다. 오랜 기간 창고에 숨어 있던 《내가 죽인 소녀》의 재고 이십여 권이 출판사의 노력으로 다행히 빛을 보아 온라인 미스터리 동호회를 통해 몇해 전에 배포되었습니다. 하지만 워낙적은 수량이라 그 뒤로는 몇몇 독자들이 돌려 읽는 길 이외에는 구할 방법이 없었습니다. 그리고 몇 해가 흘러 이제 출판사 비채가 하라 료의 작품을 본격적으로 소개하게 되었습니다. 사소한 배경이지만 참고가 될지 모르겠다 싶어 적어둡니다.

일본에서 나온 《본격 미스터리 크로니클 300》이란 책에서는 이 작품에 대해 다음과 같이 언급합니다. 제 재주로는 이 작품의 특징을 더 간략하게 요약할 방법이 없어 일부분을 인용합니다.

본격 미스터리 독자에게 하드보일드&사립탐정소설은 논리적인 사고보다 인생관에 대한 사색을 중시하며 트릭이나 의외성은 전혀 없는, 경구를 내뱉으며 관계자들을 찾아 돌아다니는 사립탐정이 우연히 수수께끼를 푸는 이야기로 받아들여지는 게 아닐까? 하지만 하드보일드&사립탐정소설은 문제 해결에 이르는 경위가 다를 뿐 본격 미스터리와 같은 플롯은 필요하며 때로는 그것이 트릭을 요구하는 의외성을 양성하는 경우도 있다. 하라 료는 레이먼드 챈들러에게 영향을 받았다. 하지만 플롯은 챈들러 이상으로 치밀하다.

다음은 제목. 지은이는 한 수필에서 '그리고 밤은 되살아난다'라는 첫 장편 제목에 얽힌 에피소드를 밝힌 일이 있습니다. 제목 결정에 가장 고생한 작품이라고 했습니다. 지은이의 제목 해설이라고 할 수 있는 부분이 있어 옮겨둡니다.

(전략) 첫 장편소설에 '그리고 밤은 되살아난다'라는 제목을 붙일 때 가장 힘이 들었다. 내가 '하야카와쇼보'에 보낸 원고에는 '밤은 다시 되살아난다'라는 가제가 붙어 있었다. 담당 편집자는 '다시'라는 단

어가 중복이고, 글자 수가 많다며 난색을 표했다. 나는 또 다른 제목 후보로 생각하고 있던 '되살아나지 않는 밤'이라는 제목을 편집자에게 보냈다.

'그리고 밤은 되살아난다'와 '되살아나지 않는 밤'은 완전히 다른 제목 같지만 작품을 읽은 독자라면 작품 속에 있는 어느 날 밤의 사건이 다시 재현된다(되살아난다)고도 할 수 있고, 처음에는 살아 돌아온 인물이 다시 죽기(되살아나지 않기) 때문에 둘 다 어울릴 법한 제목이라고 생각할 것이다. (후략)

위의 글 '후략' 부분에는 그 뒤 편집자가 이백 개 이상의 제목을 적어 작가에게 보내고, 작가는 고심 끝에 자기가 좋아하는 영화의 제목을 참고하여 '그리고'라는 접속사를 넣은 최종 제목을 뽑기까지의 과정을 이야기하고 있습니다.

이번에는 지엽적인 정보입니다. 우리말로 옮긴 원고를 편집부에 넘기며 '옮긴이의 말에서 언급하겠다'고 말씀드린 보충 설명을 남깁니다. 맨 뒤에 실린 단편 안에 '남자는 터프하지 않으면 살 수 없고 부드럽지 않으면 살 자격이 없다'라는 대사에 관해서입니다. 이 '자양강장제 광고 카피 같은' 문장은 챈들러의 《플레이백》에 나옵니다. 일본의 하드보일드 독자는 물론 일반인들에게도 널리 알려진 필립 말로의 대사입니다.

If I wasn't hard, I wouldn't be alive. If I couldn't ever be gentle, I wouldn't deserve to be alive.

이 영어 문장을 읽으면 단편에서 왜 사와자키 탐정과 사에키가 그런 대화를 나누는지 아실 겁니다. 물론 여기에는 일본에서 레이먼드 챈들러 작품 번역에 번역가마다 어휘 선택에 차이가 있다는 점—특히 hard를 어떻게 일본어로 옮겼는가—도 더불어 작용합니다. 이 책에서는 하라 료 선생이 채택한 일본어 번역을 그대로 한국어로 옮겨두었습니다. 하지만 더 자세한 언급은 한국어판 옮긴이로서의 역할을 넘어서는 것이니 최소한의 정보를 제공하는 선에서 멈춥니다. 《플레이백》에서 필립 말로가 그런 대사를 하게 된 자세한 전후 사정에 대한 설명은 생략하겠습니다. 혹시 위의 원문을 찾아보실 분은 《플레이백》이 거의 끝 부분을 보시기 바랍니다. 제가 가지고 있는 판본(Tom Hiney의 해설이 앞에 붙은 Everyman's Library 판)으로는 959쪽 아래서 네 번째 줄에 있습니다.

그리고 군더더기입니다. 아래 내용은 정보 전달도 아니고 객관적인 평가도 아니니, 그런 내용을 원하시는 분은 무시하기 바랍니다.

후기에 관한 변명을 한두 마디 해둡니다. 저는 읽고 옮기는 사람이지 비평가나 평론가가 아닙니다. 그럴 능력도 없고, 앞으로도 그럴 생각이 없습니다. 그러다 보니 한국어로 옮기면서 객관적인 기준도 없이 한 독자로서 실망하는 작품도 있고, 흥분하며 좋아하는 작품도 있습니다. 모두 번잡스러운 제 취향 탓입니다. 게다가 될 수 있으면 후기 쓰는 일을 피하려고 듭니다.

하지만 피할 수 없을 때는 '최대한 짧은 시간 안에 쓰고 돌아보지 말자'가 원칙입니다. 사실 관계의 오류 여부만 확인하고 수정합니다. 그러지 않으면 자꾸 원작의 장점을 하나라도 더 늘어놓으려는 욕심이 고개를 들기 때문입니다. 당연히 '옮긴이의 말'에는 그런 제 성향이 거칠게 드러납니다.

보는 이의 시각에 따라 다를 테지만, 하라 료는 하드보일드를 스타일 중심으로 끝까지 밀고 나간 작가인 데다 미스터리 요소까지 곁들이기 때문에 제게는 늘 즐거움을 주는 소중한 작가입니다. 이 책의 편집자와 함께 하드보일드와 하라 료, 레이먼드 챈들러 이야기를 길게 하다가 의견의 일치를 본 내용은 이렇습니다. '하라 료 선생은 하드보일드를 스타일 중심으로 갈 수 있는 지점까지 밀어붙인다.' 또 한 가지 덧붙이자면, 원래 이 책을 만들 처지였지만 이제는 측은하게도 동무 번역자가 된 전임 편집자와의 대화 가운데 합의를 본 부분. '하라 료에게는 챈들러 이상의 무엇인가가 있다.' 물론 과대광고라고 여기셔도 좋지만 실제로 담당 편집자들과 제가 나누었던 대화의 일부분입니다. 편집자와 번역자는 이렇게 약간은 들뜬 기분으로 작업을 합니다.

저는 극장에서 주윤발의 〈영웅본색〉을 보고도 성냥개비를 입에 물어본 기억이 없습니다. 그렇다고 성냥개비를 씹으며 긴 코트 자락을 펄럭이던 주위 사람들을 비웃어본 적도 없습니다. 요즘처럼 '자칭 쿨한' 인생을 산다고 '스스로' 여기는 이들에게는 사와자키 탐정이 '폼생폼사'로 보일 수도 있겠습니다. 제 감상은 다소 하드보일드에 어울리지 않지만, '사와자키 탐정만큼이라도 차가게 살자'입니다.

이어지는 《내가 죽인 소녀》부터 최근작에 이르기까지 사와자키 탐정의 스타일은 세월의 흐름과 함께 훨씬 더 세련되고 진화합니다. 출판사 비채는 하라 료의 소설 모두를 소개할 계획이랍니다. 그러니 부디 마음 편하게 기다려주시기를.

내친 김에 한 가지 더. 중년 탐정 사와자키의 팬클럽을 만드실 분계시면 연락주십시오. 블루버드도 없는 신세지만 가장 빠른 교통편으로 달려가겠습니다.

2008년 10월
권일영

그리고 밤은 되살아난다 블랙&화이트 009

1판 1쇄 발행 2008년 11월 4일 **2판 1쇄 발행** 2018년 6월 5일
지은이 하라 료 **옮긴이** 권일영
펴낸이 고세규
편집 장선정 **디자인** 정지현

발행처 김영사
주소 경기도 파주시 문발로 197(문발동) 우편번호 10881
등록 1979년 5월 17일(제406-2003-036호)
주문 및 문의 전화 031)955-3200 팩스 031)955-3111
편집부 전화 02)3668-3295 팩스 02)745-4827 전자우편 literature@gimmyoung.com
비채 카페 cafe.naver.com/vichebooks 인스타그램 @drviche 카카오톡 @비채책
트위터 @vichebook 페이스북 www.facebook.com/vichebook
ISBN 978-89-349-8174-9 03830 책값은 뒤표지에 있습니다.

비채는 김영사의 문학 브랜드입니다.
이 도서의 국립중앙도서관 출판시도서목록(CIP)은 서지정보유통지원시스템 홈페이지(http://seoji.nl.go.kr)와 국가자료공동목록시스템(http://www.nl.go.kr/kolisnet)에서 이용하실 수 있습니다.
(CIP제어번호: CIP 2018015311)